____________________ 님의 소중한 미래를 위해
이 책을 드립니다.

영화기자의 글쓰기 수업

영화기자의 글쓰기 수업

〈씨네21〉 주성철 기자의 영화 글쓰기 특강

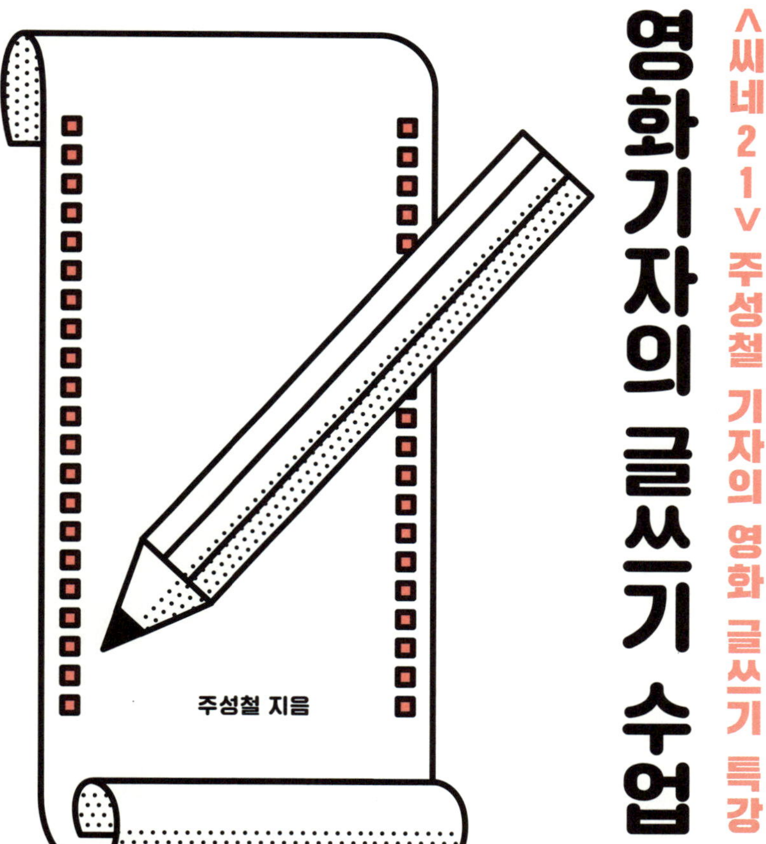

주성철 지음

메이트북스

메이트북스 우리는 책이 독자를 위한 것임을 잊지 않는다.
우리는 독자의 꿈을 사랑하고,
그 꿈이 실현될 수 있는 도구를 세상에 내놓는다.

영화기자의 글쓰기 수업

초판 1쇄 발행 2018년 12월 7일 | **초판 2쇄 발행** 2024년 5월 3일 | **지은이** 주성철
펴낸곳 ㈜원앤원콘텐츠그룹 | **펴낸이** 강현규·정영훈
편집 안정연·신주식·이지은 | **디자인** 최선희
마케팅 김형진·이선미·정재훈 | **경영지원** 최향숙
등록번호 제301-2006-001호 | **등록일자** 2013년 5월 24일
주소 06132 서울시 강남구 논현로 507 성지하이츠빌 3차 1307호 | **전화** (02)2234-7117
팩스 (02)2234-1086 | **홈페이지** www.matebooks.co.kr | **이메일** khg0109@hanmail.net
값 16,000원 | **ISBN** 979-11-6002-185-1 03800

메이트북스는 ㈜원앤원콘텐츠그룹의 경제·경영·자기계발·실용 브랜드입니다.

이 도서의 국립중앙도서관 출판시도서목록(CIP)은 e-CIP홈페이지(http://www.nl.go.kr/ecip)에서 이용하실 수 있습니다.(CIP제어번호 : 2018035473)

글쓰는 일의 핵심은 당신의 글을 읽는 이들의 삶과
당신 자신의 삶을 풍성하게 만드는 것이다.
자극하고 발전시키고 극복하게 만드는 것, 행복해지는 것,
그것이 궁극적인 목적이다.

• 스티븐 킹(소설가) •

영화기자를 꿈꾸는 사람들에게

"영화평론은 영화가 될 수 없고 음악평론은 음악이 될 수 없지만 문학평론은 문학이 될 수 있다."

문학평론가 신형철의 저서 『느낌의 공동체』에 실려 있는 여러 산문들 중, 문학평론가 정홍수의 첫 번째 평론집에 대해 그가 했던 얘기다. "문학평론이 가장 위대하다는 얘기를 하려는 것이 아니다. '뭔가'에 들러붙어서 바로 그 '뭔가'가 되는 유일한 글쓰기"로써 문학평론이 지닌 축복받은 특수성에 대한 얘기였다. 문학평론은 글로 써진 것을 글로 읽어내는 것이지만, 영화평론은 이미지를 글로 읽어내는 행위이다 보니 영화평론이 기를 쓰고 영화에 들러붙어도 영화평론은 결코 영화가 될 수 없다. 문학평론이 쉽게 이뤄진다는 말을 하려는 것이 아니라, 영화에 대해 쓴다는 것은 근본적으로 어떤 결핍을 안고 시작될 수밖에 없다는 말을 하고 싶어서다.

또한 움직이는 영화를 우리가 굳이 멈춰선 활자로 풀어쓴다는 것은 대체 어떤 행위일까? 우리는 왜 매번 부족하다고 느끼게 되는 걸까?

'글쓰기'에 대한 책을 쓰기로 결심하고 난 뒤, 날마다 능력 밖의 작업을 시작했다는 자책뿐이었다. 앞서 말한 '영화 글쓰기'의 근본적인 결핍과 부족을 그 누구보다 깊이 느끼는 사람으로서 감히 누군가에게 조언을 건네는 것이 가당키나 한 일인가, 하는 생각에 부끄러운 순간이 한두 번이 아니었다. 어쩌면 이 책은 글을 잘 쓰고 싶다는 내 욕망이 더 강해졌던 과정의 기록이기도 하다.

20년 가까이 영화기자 생활을 해온 입장에서, 그리고 현재 〈씨네21〉의 편집장으로서 그 범위를 '영화기자의 글쓰기'로 좁혀보기로 했다. 대체 영화기자가 무슨 일을 하는지 궁금한 사람도 있을 것이고, 한때 10개 넘게 존재하던 영화잡지 전성시대를 뒤로 하고 현재 유일하게 남은 23년 전통의 오프라인 영화잡지 〈씨네21〉에 대해 궁금한 사람도 있을 것이며, 폭넓은 의미에서 대중문화를 다루는 기자나 평론가가 어떻게 될 수 있는지 궁금한 사람도 있을 것이다.

안타깝게도 '영화기자'란 직업은 이제 멸종되어 가는 직업이다. 글도 쓰고 인터뷰도 하고 현장 취재도 나가는 등 하는 일은 굉장히 많지만 이른바 '언론사기자'로 분류되지도 않고 '영화평론가'라 불리지도 않는다. 하지만 영화기자는 한때 '영화인'이 되길 꿈꾸는 사람들에게 각광받던 직종이었다. 그렇게 영화기자로만 살아온 입장에서 먼 훗날 '100년 전에 그런 직종의 사람이 있었다'라는 어떤 증거라도 남겨두고 싶은 사명감도 있다.

그래서 마치 역사적 자료를 남기는 기분으로, 글쓰기는 물론이고 '누군가는 들어주겠지'라는 생각으로 직업 자체에 대한 얘기를 시시콜콜하게 썼다. 새로 쓴 글과 기존에 썼던 글을 더해, 제목만 보고 이 책을 접할 다양한 목적을 지닌 사람들에게 저마다 실제적인 도움이 되는 책을 쓰고 싶었다.

'글쓰기'를 주제로 한 책을 20권 이상 읽어보니 영화 글쓰기나 비평적 글쓰기와 무관한 작법, 그러니까 '광의의 창작'에 관한 책들이 대부분이었다. 이 책을 접한 사람이라면 분명히 읽어봤을 베스트셀러나 유명 작가의 글쓰기 책에서도 실제적인 방법보다는 '태도'에 관한 내용들이 많았다. 그 실제적인 방법이라는 것도, 가령 '일기를 써라' 같은 어딘가 실행에 옮기기 버거운 내용도 많았다.

그래서 무엇보다 최소한 '뜬구름 잡는' 얘기가 없는 책을 쓰고 싶었다. 영화평을 쓸 때든, 인터뷰를 할 때든, 뉴스 기사를 쓸 때든 오랜 경험에서 우러나오는, 나 스스로 실천하며 살아왔던 방법들을 들려주고

싶었다. 그래서 이제 시작하는 수준의 직업적 글쓰기를 목표로 하고, 또 영화기자가 목표라면 그 바탕이 되는 경험을 전해 실력을 쌓는 데 도움을 주고 싶었다.

이 책에서 '영화리뷰' '영화비평' '영화평' '영화글'이라는 표현은 수시로 섞여서 사용된다. 그 표현들의 미세한 차이점에 대해 본문에서 따로 설명하겠지만, 근본적으로 서로 어떻게 다른지 심각하게 고민하지 않았으면 좋겠다. 개인적으로는 그런 물음에 대해 '영화리뷰'는 '짧은 영화평'이고 '영화비평'은 '긴 영화평'이라는 정도로만 간단하게 말하곤 한다.

이 책에서 다루는 글쓰기의 글이란 그냥 블로그에 쓰는 에세이가 아니라, 특정 매체의 게재를 목적으로 한 청탁받아 쓰는 '광의의 모든 영화글'이라고 해두자. 영화기자나 영화평론가를 꿈꾸는 사람들이라면 또한 그것이 일차적 목표이기도 할 것이다. 하지만 나로서는 이 책을 끝내야겠다고 마음먹었던 일차적 목표 마감일이 언제였는지 도통 기억이 나지 않는다. 괜한 기다림을 강요하며 출판사에 이래저래 민폐를 끼친 것은 아닌지 걱정된다.

게다가 글머리에 썼다시피, 영화를 활자로 풀어내는 데 있어서 오는 근본적인 결핍은 지금 이 순간에도 당연히 해소되지 않았다. 돌이켜보면 1년에 영화주간지 50권을 만드는 가운데 3~4권정도 만족스럽게 작업했다는 생각이 들 때의 기분으로 지금껏 겨우겨우 버텨온 것 같다. 그것은 이 일을 그만두는 순간까지 영원히 도달할 수 없는 경지일지도 모른다.

결코 말과 글로 붙들어둘 수 없는 영화를 기어이 말과 글로 풀어내고 싶다고 생각하는 사람들, 영화기자라는 특별한 세계를 통해 영화일을 하고 싶다고 생각하는 사람들, 그렇게 어딘가에서 내가 겪었고 또한 현재 마주하고 있는 고통과 결핍으로 머리를 싸매고 있을 많을 사람과 대화하기 위해 이 책을 썼다. 길 앞에서 한 치 앞도 보이지 않는다고 느낄 당신에게 이 책이 조그만 희망의 실마리라도 된다면 좋을 것 같다.

2000년 4월 1일부터 35권의 〈키노〉, 155권의 〈필름2.0〉을 지나
571권째 〈씨네21〉을 만들고 있는 어느 날

주성철

이제 시작하는 수준의 직업적 글쓰기를 목표로 하고,
또 영화기자가 목표라면 그 바탕이 되는 경험을 전해
실력을 쌓는 데 도움을 주고 싶었다.

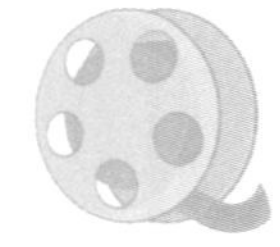
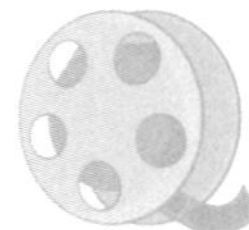

차례

Part 01 영화기자라는 직업에 대해

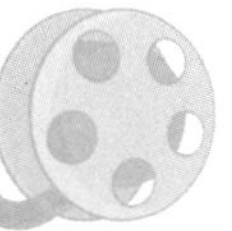

Part 02 / 글을 쓰기 전에

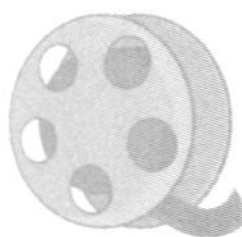

Part 03 / 글을 쓸 때

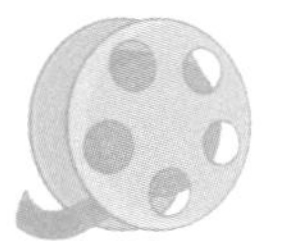
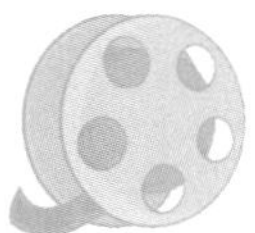
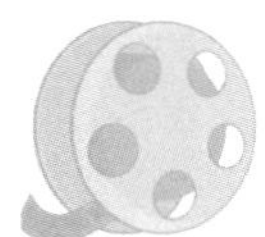

Part 04 / 인터뷰의 기술

『영화기자의 글쓰기 수업』
저자 심층 인터뷰

'저자 심층 인터뷰'는 이 책의 주제와 내용에 대한 심층적인 이해를 돕기 위해 편집자가 질문하고 저자가 답하는 형식으로 구성한 것입니다.

Q. 『영화기자의 글쓰기 수업』을 소개해주시고, 이 책을 통해 독자들에게 전하고 싶은 메시지가 무엇인지 말씀해주세요.

A. 〈씨네21〉과 비슷한 시기에 창간되어 마니아들의 열광적인 지지를 얻었던 월간지 〈키노〉와 〈프리미어〉가 생명을 다했고, 지난 2008년 폐간한 주간지 〈필름2.0〉까지 더하면 1990년대 말과 2000년대 초에 이르기까지, 시사 주간지시장과 견주어도 이상하지 않을 영화잡지의 화려한 전성기가 있었습니다. 그리고 그 기자들은 이후 감독이나 PD가 되어 영화제작을 하거나 TV방송국을 비롯해 패션지나 여타 수많은 매체로 흘러들어갔습니다. 비록 현재는 영화

매체도 줄고 그 인원도 줄었지만, '영화기자'라는 직업이 영화계는 물론 대중문화 다방면의 수요를 충족시켜주는 '사관학교' 역할을 담당했다고 하는 자부심이 있습니다. 그래서 단지 '글쓰기 수업'을 넘어 영화계 전반에 대한 이해를 돕는 책이 되었으면 합니다. 순수한 씨네필과 영화기자를 꿈꾸는 사람, 혹은 미래의 영화인을 꿈꾸는 사람들 모두가 끈끈한 공동체가 되어 서로를 응원하며 계속 영화에 대한 사랑을 잊지 말았으면 좋겠습니다.

Q. 문학평론이나 음악평론 등 다른 매체와 달리 영화글(영화평론)만 가지는 차이점은 무엇일까요?

A. 영화란 '미완성인 채로 완성되는 예술'이라고 생각합니다. 감독이나 작가가 쓴 시나리오는 그 자체로 영화도 아니고 문학도 아닙니다. 결국 시나리오를 일 초에 24프레임이 지나가는 한 편의 영화로 만드는 것은 촬영, 조명, 사운드, 특수효과 등 숙련된 기술 스태프들의 역할입니다. 그들의 역량에 의해 영화의 완성도와 작품성이 결정되기도 합니다. 영화가 여타의 예술과 근본적으로 다른 점은 바로 감독의 손과 발과 귀가 되는 또 다른 사람이 존재한다는 것이며, 영화가 '시청각예술'이자 '종합예술'이라는 얘기는 바로 '협업'이라는 속성 때문입니다. 촬영, 조명, 특수효과, 무술 등 모든 분야가 일사분란하게 움직여 최고의 숏을 만들어내는 순간의 희열은, 뜻하지 않은 환경의 변화나 공동 작업이라는 근본적 한계로 인해 쉽게 찾아오지 않습니다. 하지만 그런 미완성 속에서 모

두가 완성을 향해 끊임없이 고독하게 도전하는 예술이 바로 영화입니다. 영화비평의 매력은 바로 종합예술의 여러 지점들을 아우르며 미완성의 지점을 찾아내는 것이라고 생각합니다.

Q. 영화글은 기억력과의 싸움이라고 말씀하셨습니다. 영화에 대한 기억력을 높이기 위해서는 어떠한 방법이 필요할까요?

A. 최대한 집중력을 가지고 영화를 봐야 합니다. 당연히 극장에서 영화를 관람하는 경우라면 조용하고 어둡게, 말하자면 어느 정도 통제된 상황에서 영화를 보기 때문에 집중력에 대한 걱정을 할 필요가 없을 것입니다. 하지만 개인적으로 DVD나 블루레이, IPTV 등을 이용해 영화를 관람할 때 집중력을 유지하기란 여간 어려운 일이 아닙니다. 중간에 끊지 않고 영화를 한 번에 쭉 보는 것이 힘들 수도 있습니다. 그럼에도 주어진 상영시간 만큼은 온전히 내 시간을 영화에 양보해야 합니다. 영화도 연극처럼 중간에 끊지 않고 봐야 합니다. 그래야 영화가 한 편의 '작품'이 됩니다. 또한 끊지 않고 보는 것은 집중력에 상당한 영향을 끼칩니다. 영화를 보면서 또는 관람한 직후에 바로 글을 쓰는 것이 좋겠으나 그럴 수 없다면 '내가 쓸 것'에 대해 간략한 메모라도 해두는 것이 좋습니다.

Q. 영화글을 빨리 쓰기 위한 팁이 있다면 어떤 것이 있을까요?

A. 이미 영화를 관람하는 중에 무엇에 초점을 두고 써나가야겠다는 생각을 정리해둘 필요가 있습니다. 그리고 극장에서 상영하고 있

는 영화를 '일시정지'할 수 없는 것처럼, 글을 쓸 때도 집중력 있게 사고를 멈추지 말고 한 호흡으로 써야 합니다. 이런저런 이유로 중간에 그 영화에 대한 사고를 중단하는 순간, 글을 쓰기 위해 머릿속에서 활발하게 재생되던 영화 또한 거기서 멈춰버리고 마는 것입니다. 억지로라도 '2시간짜리 영화는 2시간 만에 글을 완성한다, 그것이 힘들다면 적어도 글을 다 쓸 때까지는 일어나지 않겠다'는 마음가짐으로 영화글을 쓰길 바랍니다. 하지만 결코 쉽지 않은 일입니다. 두 방법 모두 힘들다면 마지막으로 '오늘 본 영화는 오늘 쓴다'는 것만 지켜보십시오. 그것만으로도 엄청나게 빨리 쓰게 될 것입니다.

Q. 영화글은 화려한 글솜씨보다 정확한 정보 전달이 우선이라고 하셨는데, 그 이유에 대해 설명 부탁드립니다.

A. 이것은 영화기자로서 가져야 할 태도에 관한 것입니다. 누군가 영화잡지의 영화글을 읽는다고 할 때, 기본적으로는 그 영화를 관람하기 전에 읽는 경우가 많을 것입니다. 그래서 화려한 글솜씨나 날카로운 시각을 뽐내기 이전에, 기본적으로 전달하고 시작해야 하는 최소한의 정보가 있습니다. 글쓰기란 자신이 상상한 독자와 대화를 주고받으며 완성하는 것입니다. 바꿔 말해, 글을 쓰기 전에 풍부한 정보를 찾아서 비축하라는 의미이기도 합니다. 앞서 얘기한 화려한 글솜씨나 날카로운 시각은 결국 풍부한 정보의 바탕 위에 비로소 서있을 수 있습니다.

Q. 영화글을 쓸 때 감독, 배우, 주제, 대사, 장면, 인물, 사건 등 가장 비중을 둬야 하는 요소는 무엇일까요?

A. 영화에 관한 글은 결국 영화에 대해 보통 이상의 관심을 가진 사람이 '찾아서 읽는다'고 할 수 있습니다. 개봉을 기다리고 있던 영화, 바꿔 말해 관람 계획이 있는 영화나 평소 좋아하는 영화인 등 자신이 찾아서 읽고 싶은 글만 읽는다는 것이 정확합니다. 관심 없는 영화나 감독에 대한 글을 굳이 찾아서 읽는 사람이 과연 몇이나 될까요? 쉽게 말해 영화글은 '읽을 사람만 읽는다'고 해도 과언이 아닙니다. 그렇다면 글을 쓰는 입장에서 감독, 배우, 주제, 대사, 장면, 인물, 사건 등 여러 요소 가운데 자연스레 '독자의 관심사'가 보일 것입니다. 그리고 그것은 자신의 관심사이기도 할 것입니다. 도저히 관심사가 보이지 않는다면, 일단 각각의 요소로 두세 개의 문장을 써나가기 시작해 보십시오. 가장 잘 써지는 것이 가장 잘 읽히는 것이기도 합니다. 쓰기 시작하면 답은 저절로 찾아옵니다.

Q. 많은 영화를 보고 지식을 쌓는다고 영화글을 잘 쓸 수 없다고 말씀하셨습니다. 영화글을 잘 쓰기 위한 방법이 있다면 무엇일까요?

A. 자기만의 시각과 해석이 중요합니다. 과거와 달리 이제는 영화가 개봉할 때마다 다 찾아보기 벅찰 정도로 영화를 둘러싼 정보가 넘쳐납니다. 그럴수록 독자들이 원하는 것은 단순히 '타인의 관점'에서 더 나아가 '미처 내가 생각하지 못한 것'을 알게 되는 것입니

다. 그러자면 영화의 모든 장면에 의문을 가지면서 관람하는 것이 중요합니다. 나의 사소한 의문으로 시작한 글이 타인의 세계관에 영향을 끼칠 만한 거대한 질문이 될 수도 있습니다.

Q. 영화글을 쓸 때 '내가 감독이다'라는 마음을 가지는 것이 중요하다고 하셨는데, 그 이유에 대해 설명 부탁드립니다.

A. 영화가 협업으로 완성되는 종합예술이긴 하지만, 그것을 최종적으로 '종합'하는 사람은 결국 한 사람의 감독입니다. 한 영화에 대해 잘 쓸 수 있는 가장 손쉬운 방법은 바로, 그 영화를 만든 감독에 대해 잘 아는 것입니다. 감독에 대해 연구하다 보면 한 편의 영화가 무엇으로부터 영향 받았는지, 어떤 영화를 참고삼아 더 보면 좋을지 바로 알게 됩니다. 더 나아가 영화가 품은 주제, 혹은 숨기고 있는 관점에 대한 자기만의 시각과 해석 또한 '내가 이 영화의 감독이다'라는 생각으로 접근하면 훨씬 수월하게 풀어낼 수 있습니다. 영화비평이란 바로 그 감독에 대한 정신분석이기도 합니다.

Q. 앞으로 영화글을 쓰고 싶어 하는 사람들에게 각별히 덧붙일 말씀이 있으시면 부탁드립니다.

A. 하나의 작품처럼 '완벽한' 글을 완성해야 한다는 강박을 버렸으면 합니다. 일정 시간 공부하듯 자료를 찾으며 집중력 있게 글을 쓴다는 것 자체가 하나의 훌륭한 지적 유희 행위입니다. 일단 그것으로 충분합니다. 나보다 더 많이 본 사람, 더 잘 쓰는 사람, 그리

고 명성 있는 평론가와 전문가의 글을 더 유심히 읽게 되는 것은 지극히 당연한 일이겠지만, 나만의 방식으로 최선을 다해 한 편의 글을 완성하기 위해 경주했다는 작은 성취감도 중요합니다. 마음에 쏙 드는 한 편의 글을 완성하는 데 1주일의 시간을 쓰는 것보다, 얼마간 부족하더라도 자신이 마음속으로 정한 하루의 시간('오늘 본 영화는 오늘 쓴다') 안에 한 편의 글을 일단 완성해보는 것이 중요합니다. 작은 성취감들이 모이면서 자연스레 글을 쓰는 속도도 빨라지고, 시각과 해석을 예리하게 가다듬는 솜씨도 갖춰질 것입니다. 처음부터 완벽한 감독이나 배우가 드문 것처럼 기자나 평론가도 마찬가지입니다.

순수한 씨네필과 영화기자를 꿈꾸는 사람,
혹은 미래의 영화인을 꿈꾸는 사람들 모두가 끈끈한 공동체가 되어
서로를 응원하며 계속 영화에 대한 사랑을 잊지 말았으면 좋겠습니다.

어떤 영화에 대해 쓰는 행위 자체도 결국 나 자신을 발견하기 위한 항해여야 한다. 영화를 통해, 주인공을 통해, 결국 나를 들여다봐야 하고, 그리하여 다른 사람도 자신을 들여다볼 수 있게 영화기자는 글을 통해 영화와 관객 사이의 매개자가 되어야 한다. 바로 그것이 영화를 보고 글을 쓰는 우리의 근본적인 목표다.

Part 01
영화기자라는
직업에 대해

나는 왜 이 영화에 대해 쓰는가

"글쓰기는 인생 자체와 마찬가지로 발견을 위한 항해다." 그 기나긴 항해의 최종 목적지는 우리 자신이어야 한다.

나는 왜
쓰는가

정통 글쓰기 책은 아니지만, 글쓰기에 관한 유명 작가의 에세이 2권이 출판되어 있다. 조지 오웰(George Orwell)의 『나는 왜 쓰는가(Why I Write)』와 스티븐 킹(Stephen King)의 『유혹하는 글쓰기(On Writing)』다. 먼저 조지 오웰은 자신의 책에서 글을 쓰는 동기 혹은 욕구를 크게 4가지로 분류한다.

첫 번째는 똑똑해 보이고 싶은 '순전한 이기심'이다. 사람들의 이야깃거리가 되고 싶고, 내 글이 영향력을 발휘해 사후에 기억되고 싶은 것이다. 물론 이는 과학자나 정치인, 법조인, 성공한 사업가 모두가 지닌 것이겠으나 조지 오웰은 "끝까지 자기 삶을 살아보겠다는 고집이 있고 재능 있는 사람들의 부류에 속한다"고 말한다. 그러면서 그는 이런 말도 덧붙인다. "나는 진지한 작가들이 대체로 언론인에 비해 돈에는 관심이 적어도 허영심은 더 많고 자기중심적이라고 생각한다." 글쓰기를 위한 가장 강력한 동력은 바로 어떤 '자발적인 열망'인 것이다.

두 번째는 외부 세계의 아름다움에 대한 '미학적 열정'이다. 글쓰기 자체가 전해주는 묘미를 추구하는 것이다. 이를 통해 자신의 생각을 남과 나누고 싶은 욕망이 숨어 있다. 앞서 말한 자신의 열망을 발산하는 것을 넘어 나의 글이 다른 사람을 공감시킬 수 있기를 바라는 것이다. 바꿔 말해 글은 자기 자신뿐만 아니라 타인을 위해 쓰는 것이기도 하다.

세 번째는 사물을 있는 그대로 보고, 진실을 알아내고, 그것을 후세를 위해 보존해두려는 '역사적 충동'이다. 바로 지금 내가 쓰는 글은 바로 현재의 나와 세상을 기록해두는 일이다. 이를 통해 자신을 더 발전시켜나가는 계기를 지속적으로 만들 수도 있다.

네 번째는 세상을 특정 방향으로 밀고 가려는 '정치적 목적'이다. 어떻게 보면 세 번째 이유와 비슷한데 거기서 더 나아가 남들의 생각을 바꾸려는 욕구를 말한다. 단순히 내 생각을 전달하는 수준을 넘어 남에게 영향을 미치고픈 욕구다. 아마도 켄 로치의 영화나 〈변호인〉(2013), 〈1987〉(2017) 같은 영화, 혹은 〈밤섬해적단 서울불바다〉(2017), 〈공동정범〉(2016) 같은 다큐멘터리에 대해 쓰고 싶다는 생각이 들 때에는 이 네 번째 동기에 깊이 맞닿아있을 것이다.

하지만 종종 이 네 번째 동기는 글쓰기의 본래 목적으로부터 벗어나는, 이른바 '정치적'이며 '불순한' 것으로 평가되기도 한다. 그러나 이에 대해 조지 오웰의 생각은 다르다. "다시 말하지만, 어떤 책이든 정치적 편향으로부터 진정으로 자유로울 수 없다. 예술은 정치와 무관해야 한다는 의견 자체가 정치적 태도인 것"이라고 말한다. 더 나아가 "지난 10년을 통틀어 내가 가장 하고 싶었던 것은 정치적인 글쓰기를 예술로 만드는 일이었다"고 말한다. 세상 어떤 작가도 언제나 불의를 감지하는 것에서부터 글쓰기가 출발한다는 것이다. 마지막으로 그는 자신의 역저 『동물농장(Animal Farm)』에 대해 "정치적 목적과 예술적 목적을 하나로 융합해보려고 한 최초의 책"이라며 이렇게 마무리한다. "내 작업들을 돌이켜보건대 내가 맥없는 책들을 쓰고, 현란한 구절이나 의미 없는 문장이나 장식적인 형용사나 허튼소리에 현혹되었을 때는 어김없이 '정치적' 목적이 결여되어 있던 때였다."

여기서 '정치적'이라는 말에 지나치게 집착할 필요는 없다. 글쓰기를 '있는 그대로의 자신을 드러내는 것'이라고 할 때, 어떤 제약도 없이 그에 충실하고 솔직한 글을 쓰는 것만으로도 -정치(政治)라는 말에 담긴 다양한 이해관계의 소통과 조정이라는 근원적 목적을 충분히 충족하는- 정치적 목적의 글쓰기라고 생각한다. 어떤 강력한 주장과 목적이 분명한 주제로 나아가기에 앞서, 바로 그런 태도에서 담담하게 시작하는 것이다. 그러면서 궁극적으로는 자신을 발견하기 위함이다.

『북회귀선(Tropic of Cancer)』을 쓴 헨리 밀러(Henry Miller)는 이렇게도 말했다. "글쓰기는 인생 자체와 마찬가지로 발견을 위한 항해다." 그 기나긴 항해의 최종 목적지는 우리 자신이어야 한다. '나는 왜 쓰는가'라는 질문의 답이 바로 여기에 있다.

더 나아가 『유혹하는 글쓰기』에서 스티븐 킹은 "글쓰기란 글을 읽는 이들의 삶을 풍요롭게 하고, 아울러 작가 자신의 삶도 풍요롭게 해준다. 글쓰기의 목적은 살아남고 이겨내고 일어서는 것"이라며 궁극적으로 쓰는 사람과 읽는 사람 모두 '행복해지는 것'이라 했다. 정치로 시작한 얘기가 어느덧 행복으로 흘러오게 되었다.

나는 왜 이 영화에 대해 쓰는가

'나는 왜 쓰는가'라는 질문을 다소 사변적으로 풀어보았는데, 이제부터 현실적으로 다루고자 하는 질문은 다음과 같다. 위 질문에 '영화'를 넣으면 된다. '나는 왜 이 영화에 대해 쓰는가?'

사람들이 영화글을 읽는 이유가 뭘까? 영화를 보기 전에 읽는 리뷰라면 영화를 봐야 할지 말아야 할지 결정하거나, 이미 영화를 봤다면 궁금했던 지점에 대한 해설을 듣고 싶거나, 자기 나름의 분석이 맞았는지 틀렸는지 확인받고 싶어서일 것이다.

전자의 경우는 2가지로 나누어진다. 첫 번째는 이미 그 영화를 보겠다고 사실상 결심하고서 글을 읽는 경우다. 좋아하는 시리즈의 속편일 수도 있고, 좋아하는 감독이나 배우의 신작일 수도 있으며, 칸국제

〈어벤져스: 인피니티 워〉

영화제나 아카데미시상식 등 유명 영화제의 수상작일 수도 있다. 아무튼 그 영화에 대한 사전 정보가 꽤 있는 편이고, 기자나 평론가가 그 영화를 혹평했다고 해도 아랑곳없이 직접 두 눈으로 확인하고 싶은 마음에 그 영화를 볼 가능성이 높은 경우다.

〈마블〉과 〈어벤져스〉 시리즈를 다 챙겨본 팬이 세 번째 시리즈인 신작 〈어벤져스: 인피니티 워〉(2018)에 대한 비평가들의 평가가 별로 좋지 않고 별점도 낮다고 해서 그 영화를 보지 않을 확률은 사실상 제로에 가깝다. 어차피 볼 거라는 건 정해져 있고 '제발 평가가 좋았으면!' 하는 소망만 담겨있을 뿐이다.

두 번째는 그냥 '주말에 영화 한 편' 보고 싶은 정도로 별다른 정보 없이 순수하게 '볼만한 영화'를 찾으려는 경우다. 잘 모르는 감독과 배우여도 좋아하는 장르의 영화이거나 영화 자체에 대한 평이 좋다면 그 영화를 선택할 가능성이 높아진다. 대신 이런 사람들이 글을 읽을 때 기대하는 점은 오직 하나다. "그래서 이 영화가 좋다는 거야, 나쁘다는 거야? 이 영화를 보라는 거야, 보지 말라는 거야?"

그래서 우리는 분명한 태도를 취할 필요가 있다. 내가 쓴 글에 아무런 영향도 받지 않을 사람과, 내가 쓴 글의 평가에 따라 관람을 결정하겠다는 사람 모두에게 해당되는 글을 쓰기 위해 '나는 무엇에 대해 중점적으로 쓰겠다'는 정확한 초점과 '이 영화는 좋다(혹은 나쁘다)' 하는 명쾌한 주장을 가지고 있어야 한다. 후자의 경우 대놓고 원색적으로 '좋다' 혹은 '나쁘다'라는 글을 쓰라는 말이 아니라(물론 필요에 따라 그럴 수도 있다), 독자에게 왜 좋은지 왜 나쁜지를 세련되게 잘 전달되게끔 써야 한다.

가령 이준익 감독의 〈사도〉(2014)에 대해 쓸 때 '〈황산벌〉(2003), 〈왕의 남자〉(2005), 〈구르믈 버서난 달처럼〉(2010), 〈평양성〉(2010) 등 기존의 이준익 사극과 어떻게 다른지를 중점적으로 비교해본다'는 초점과 '영화와 TV드라마를 통틀어 가장 현실적인 영조의 내면을 담아낸 수작'이라는 나의 주장을 썼다. 이른바 '이준익 사극'은 그것이 코미디를 지향하건 아니건 간에 묘하게 '비극으로 끝난 역사'의 순간으로 들어갔다는 공통점이 있기 때문에 이를 초점으로 잡아 비교했다. 또한 사도세자와 영조의 이야기는 영화와 TV드라마로 수도 없

〈사도〉

이 만들어진 소재이기에 '같은 이야기를 굳이 또 봐야 하는지' 궁금해 할 독자들이 대다수라고 가정하고 후자의 주장을 필히 담아내야 한다고 생각했다. 물론 〈사도〉는 송강호의 영조와 유아인의 사도세자가 어떠할지가 가장 중요한 감상 포인트이기에 그 또한 반드시 언급해야 할 대목이다.

여기서 더 나아가 『유시민의 글쓰기 특강』에서 유시민 작가는 이른바 '거시기 화법'에 대해 얘기한다. 확실하게 말해야 될 부분, 독자가 궁금해 할 부분에서 '그게 좀 거시기해서' '영화가 장면도 거시기하고 연기도 거시기하다'는 식으로 애매모호하게 쓰지 말라는 지적이다.

글은 분명하고 구체적이어야 한다.

〈사도〉에서 "유아인의 연기가 참 좋았다. 송강호는 역시 송강호였다"라고 쓰는 건 분명하지만 구체적이진 않다. "유아인의 사도세자는 같은 년도에 개봉한 〈베테랑〉(2015) 조태오 역의 유아인과 비교해도 한층 더 섬세하고 강렬한 연기를 보여준다"거나, "사사건건 충돌하는 아들 사도세자와의 관계에 대해 '이것은 집안일!'이라며 신하들에게 끼어들지 말라고 하는 영조의 신경질적인 모습은 송강호였기에 가능했다. 여태껏 우리가 알지 못했던 영조의 모습을 볼 수 있게 된 것은 오직 송강호 덕분이다"라고 구체적으로 써야 한다.

비판할 때도 마찬가지다. 농담처럼 말하자면, 감독이나 배우가 읽어도 '분하지만 참을 수밖에 없다'고 느낄 만큼 구체적으로 비판해야 한다. 대충 '거시기'로 둘러대다가는 쓰는 사람도 재미가 없고, 그걸 읽는 독자 또한 피곤해진다. 자신감을 갖고 과감하게 자기주장을 해야 하며, 이를 뒷받침하는 풍부한 논거를 제시해야 한다.

기억나는 대사와 장면이 없어서 자신의 주장을 뒷받침할 수 없는 사람이 '이 영화에 대해 쓰고 싶다'고 생각하는 상황이 가능하기나 할까. 정말 이 영화에 대해 쓰고 싶다는 열망이 가득한 경우라면, 오히려 떠오르는 대사와 장면들이 주체할 수 없을 정도로 넘쳐나는 경우가 정상일 것이다. 독자는 '이 사람이 쓰고 싶어서 썼구나' 아니면 '그냥 써야 해서 썼구나' 하고 단번에 알아챈다. 물론 직업적 글쓰기를 하게 되면 '당신은 왜 이 영화에 대해 쓰는가'라는 질문에 '청탁을 받아서, 아니면 편집장이 시켜서 쓰게 되는' 순간이 분명히 찾아온다. 하지만 그것을 들켜서는 안 된다. 어떤 순간에도, '지금 나는 이 영화에 대해 정말 할 말이 많다'는 생각으로 임해야 한다.

독자에게 진심을 숨기고 직업적 글쓰기에 매진하는 순간에도 반드시 잊지 말아야 할 것이 있다. 앞에서 얘기한 것처럼, 어떤 영화에 대해 쓰는 행위 자체도 결국 나 자신을 발견하기 위한 항해여야 한다. 이 영화를 통해, 이 주인공을 통해 결국 나를 들여다봐야 하고, 그리하여 다른 사람도 자신을 들여다볼 수 있게끔 글을 통해 영화와 관객 사이의 매개자가 되어야 한다. 바로 그것이 영화를 보고 글을 쓰는 우리의 근본적인 목표다.

미덕을 찾아라

기자로서 무엇이든 의심하고 비판할 준비가 되어 있는 태도는 당연한 것이지만, 사실 그것이 영화기자를 직업으로 삼으려는 사람들에게는 독이 될 수 있다.

보고 읽을 사람이 정해져 있는 영화가 있다

오랜 영화기자 경험에서 나온 얘기를 하자면, 영화잡지는 결국 영화에 대해 보통 이상의 관심을 가지고 있는 사람이 읽는다고 할 수 있다. 그러다보니 이들은 개봉을 기다리고 있던 영화, 바꿔 말해 관람 계획이 있는 영화나 평소 좋아하는 영화인 등 자신이 찾아서 읽고 싶은 기사만 읽는다.

가령 키모 스탐보엘 감독과 티모 타잔토 감독이 공동연출한 액션영화〈헤드샷〉(2016)에 대해 이렇게 쓴 기자가 있었다. "액션 장르 팬이 아닌 관객이라면 설명 없이 이어지는 긴 액션 신을 지겹다고 느낄 수도 있다." 이 글은 글의 경제성으로 보나, 효과성으로 보나 하나마나 한 말이다. 일단 '영화에 대해 보통 이상의 관심을 가진 사람' 중에서도 이 〈헤드샷〉에 관심을 가진 이는 굉장히 적을 것이다. 앞서 〈킬러스〉(2014) 또한 공동연출했던 키모 스탐보엘과 티모 타잔토 감독을 아는 사람 자체도 드물 것이다. 글을 쓴 기자 또한, 긴 액션 신을 지겹다고 느낄 관객은 이 영화에 아무런 관심이 없는 사람일 것이라 이미 쓰면서 상정하고 있음을 알 수 있다.

더군다나 〈헤드샷〉은 태국의 〈옹박: 무에타이의 후예〉(이하 〈옹박〉, 2003) 시리즈에서 인도네시아의 〈레이드: 첫 번째 습격〉(이하 〈레이드〉, 2011) 시리즈로 이어지는, 당대 동남아 상업 액션영화 스타일을 그대로 보여주는 영화로 이미 많은 팬을 거느리고 있는 영화다. 그 팬들은 이미 서사의 완결성 이전에 '이번엔 또 어떤 기발한 액션 신이 있을까'라는 기대만으로 기꺼이 영화 관람료를 지불하는 이들이다. 때문에 〈헤드샷〉에 대한 글을 읽을 사람은 원래 그 장르의 팬이거나, 혹은 최소한 〈옹박〉도 알고 〈레이드〉도 주워들은 적이 있어서 대략 어떤 영화인 줄 알고 호기심이 발동한 사람들이다. 즉 '설명 없이 이어지는 긴 액션 신' 자체를 즐길 준비가 된 사람들이 글을 읽을 것이라 가정할 수 있다.

〈헤드샷〉의 주인공을 맡은 이코 우웨이스는 앞서 〈레이드〉 시리즈에서 맨손 액션의 정수를 보여준 것을 바탕으로 할리우드에 진출해 비록 짧게나마 〈스타워즈: 깨어난 포스〉(2015)에 출연하기도 했다. 그러니 〈헤드샷〉 리뷰는 〈옹박〉 〈레이드〉 같은 영화와 비교해서 액션의 퀄리티가 어떠한지, 그 장단점은 무엇인지 단도직입적으로 써나갈 필요가 있다. 리뷰는 한정된 분량 안에서 써야 하기 때문에 말하자면 이미 저 한 문장만큼 낭비했다고 할 수 있다. 즉 관심 있는 사람에게도, 관심 없는 사람에도 불필요한 문장이란 얘기다.

어딘가 소수의 덕후들이 좋아할 만한 영화, 고정 팬들을 거느린 다양성영화(독립영화, 예술영화, 다큐멘터리영화 등을 총칭하는 말로 작품성·예술성이 뛰어난 소규모 저예산 영화를 말한다)라면 미덕과 장점을 찾는 데 열중할 필요가 있다. "내가 (영화기자 생활 오래) 해봐서 아는데"라고 꼰대처럼 말하자면, 그런 영화들일수록 영화든 영화평이든 볼 사람은 보게 되어 있고, 읽을 사람은 읽게 되어 있다. 보고 읽을 사람들이 정해져 있는 경우라면, 어떻게 글을 써야 할지 답은 빤하지 않은가.

세상 어떤 영화도 미덕이 있을 것이라는 자비로운 마음

『유시민의 글쓰기 특강』에는 '취향을 두고 논쟁하지 말라'는 흥미로운 챕터가 있다. "미적 취향을 표현하는 방법과 관련해 정상과 비정상의 경계를 정하는 객관적 기준이 있는 것이 아니"기 때문에 "서로 다른 취향을 가진 사람들이 서로 의지하며 살아가는 사회에서는 타인의 취향을 존중해야 한다"는 것이다. 대중문화 글쓰기를 해야 하는 사람들이 처한 난관을 그대로 보여주는 말이다.

그런 점에서 세상 모든 영화는 칭찬받을 부분이 있고, 반대로 비판받을 부분 또한 동시에 가지고 있다. 그러나 영화기자들은 이 '논쟁불가능한 취향'이라는 영역에 뛰어들어 기어이 썸 업이나 썸 다운, 혹은 별 1개부터 5개까지 그 취향을 계량화하도록 강요받는다. '이 영화를 지지하네 반대하네, 이 배우의 연기는 가식적이어서 더이상 볼 수가 없네, 저 감독은 자본이라는 악마와 결탁했네' 등 온갖 보기 좋은 말들을 끌어들여서 마치 '좋은 취향'과 '나쁜 취향'이 따로 존재하는 것처럼, 거기에 논리를 들이대야 하는 천형(天刑) 아래 신음하는 사람들이다. 바로 이 영화기자라는 직업의 즐거움과 괴로움은 모두 여기서 비롯된다.

오래도록 영화기자 생활을 하면서 '까칠한' 동료들을 많이 봐왔다. 당연히 기자로서 무엇이든 의심하고 비판할 준비가 되어있는 태도는 당연한 것이지만, 사실 그것이 영화기자를 직업으로 삼으려는 사람들에게는 자칫 독이 될 수 있다. 이것이 세상의 뉴스를 다루는 기자와 극장의 영화를 다루는 기자의 차이점이라 할 수 있다. 여기서 '독'이란 속한 잡지나 회사에 독이 된다는 얘기가 아니라 스스로에게 독이 된다는 얘기다.

1년에 상업 한국영화가 100편 안팎으로 제작된다고 할 때 그 중에서 마음에 드는, 즉 비평을 쓰고 싶고 감독과 배우를 만나고 싶은 한국영화가 채 10편도 안 되는 사람은 사실상 이 일을 할 수가 없다. 아니, 스스로 견디기 힘들 것이다. 실제로 이런 이유로 일에 재미를 느끼지 못해 퇴사하는 경우를 꽤 봤다. 자신이 함량 미달이라고 생각하는 영화의 감독이나 배우를 만나서 웃으며 인터뷰를 해야 할 때 얼마나 자괴감을 느낄 것인가. 그럼 '그런 일을 맡지 않으면 되는 것 아닌가'라고 반문할지도 모르겠다. 하지만 '기대작 소개' 같은 개념의 기사인 경우, 상당수의 표지 인터뷰는 보통 영화를 보지 않은 채 진행되는 경우가 제법 있다.

영화를 보지 않고 감독과 심도 깊은 인터뷰를 진행하는 것은 말이 안 되지만, 배우나 스태프들의 경우 일정에 따라 어쩔 수 없이 미리 진행해야 하는 경우도 있다. 영화를 보고 난 뒤에 쓰는 본격 비평 기획이라기보다는 개봉일쯤에 '〈강철비〉(2017)는 어떻게 만들어졌나'라는 제목이 붙는 독자들에게 다양한 정보를 전달하기 위한 '제작기' 형태의 글일 것이다.

많은 영화기자 지망생의 가장 큰 착각 중 하나가 영화를 보고 난 뒤에 비평을 쓰고, 감독이나 배우를 만나 인터뷰하는 것을 업무의 90% 정도로 생각한다는 점이다. 그러나 그 외의 일들이 훨씬 많다. 미리 예상하는 프리뷰를 써야 하고, 순전히 가이드로 기능하는 제작기도 써야 하며, 영화를 보지 않은 채 인터뷰를 진행해야 할 수도 있다. 영화기자와 영화평론가가 다르고, 대중지와 비평지의 차이가 바로 여기서도 발생한다.

한국영화와 한국영화잡지는 운명공동체

내게 "어떻게 20년 가까이 영화기자 일을 했냐"고 묻는 경우가 종종 있다. 아까 말했던 1년에 100편 안팎으로 만들어지는 한국영화들을, 직접 보기 전까지는 '영화가 좋을 거야'라는 애정을 가지려고 최대한 노력하며 살아왔다고 말한다. 싫어하는 영화도 좋아하게끔 스스로 세뇌하거나 자포자기하라는 말이 아니라, 기본적으로 어떤 영화에서라도 기어이 미덕을 찾아내고픈 너그러운 마음을 갖지 않고서는 이 고된 일을 즐기기 힘들다는 얘기다.

물론 이것은 순전히 나의 경우다. 그래서 종종 선배나 동료들로부터 "넌 아무 영화나 좋아한다"거나, "성향이 비슷한 감독의 영화를 무조건 좋게 보는 경향이 있다"는 말을 수도 없이 들어왔다. 매번 합당한 이유로 그래왔다고 생각하지만, 누군가는 별점에 후한 나를 두고 '별점의 성철스님'이라는 별명을 붙여주기도 했다. 지난 영화기자 생활을 돌아보면 날카로운 시각으로 영화의 허점들을 찾아내려는 태도와 영화에 관심 있을 단 한 명의 관객을 위해 일말의 미덕이라도 찾아내려는 태도, 둘 사이에서 마치 포스의 균형을 이루려는 제다이처럼 끊임없이 그 균형을 찾으려고 노력했던 것 같다.

영화 주간지는 1년에 50권의 잡지를 만든다. 연말에 이르러, 지난 50권 중에 정말 마음에 드는 영화에 대해 쓰고 정말 만나고 싶었던 인터뷰이를 만나 신나게 일했던 주의 잡지가 몇 개나 되는지 돌이켜보면 채 절반이 되지 않는다. 30권 이상을 억지로 대충 만들었다는 개념이 아니라, 영화 전문지에서 일하며 '대중지'와 '비평지' 사이에서 균형을 잡는 일이 그만큼 어렵다는 얘기다. 물론 좋은 영화를 만났음에도 자신의 역량 부족으로 만족스럽지 못한 기사를 생산해냈을 때의 자괴감도 거기에 포함되는 것이니, 영화 주간지의 기자란 '이번 주는 제대로 잘 해보자!' 하고 1년에 50번 다짐했으나 30번 좌절하는 가운데 10번 정도 선방하고 10번 정도 희열을 느끼며 살아가는 사람들이다.

그래서 나는 오늘도 언론시사회에 가서 내 자리를 찾아 앉으며 간절히 바란다. 지금 보러 온 이 영화가 부디 나를 삐치게 하지 않기를, 내 마음에 쏙 들기를, 그래서 신나게 쓰고 만나며 일할 수 있는 영화이기를 간절히 바란다. 바꿔 말해 그런 영화를 만나는 확률이 거의 바닥에 다다르는 순간, '별점의 성철스님'이라 불리는 자도 1년에 40번 이상 좌절하게 되는 순간, 더이상 이 일을 할 수 없을 것이다. 한국영화와 한국영화잡지가 공동운명체라고 말하는 이유는 바로 이 때문이다.

영화기자라는 이상한 직업에 대해

기자들은 우리를 기자로 생각하지 않고, 영화인도 우리를 영화인에 끼워주지 않는 난감함 속에서 생활하는 사람들이 바로 영화기자다.

영화기자,
기자도 아니고 영화인도 아닌

아주 오래전 영화잡지 〈키노〉에 있을 당시, 스크린쿼터운동 범영화인 서명을 받을 때 대책위원회에 전화해 이름을 올리고 싶다고 요청한 적이 있다. 하지만 전화를 받으신 분이 짐짓 당황하더니 잠깐 얘기를 나눠보고 다시 연락해주겠다고 했다. 도통 무슨 이유인지 알 수 없었으나 이내 걸려온 전화에서 "영화잡지기자는 영화인으로 분류하기가 애매해서 서명에 포함시킬 수 없다"는 답변을 듣고야 말았다.

그때만 해도 혈기왕성하던 시기라 그 이유를 꼬치꼬치 캐물었는데, 상대방의 장황한 답변을 요약하면 다음과 같았다. "영화 제작과 관련된 일을 하는 사람이 영화인"이라는 것이다. "아니, 그럼 영화마케터도 영화 제작과 관련 없는 사람 아닌가요?"라고 묻고 싶었지만 그만두었다. 그 서명에는 영화마케터들의 이름이 꽤 많았기 때문이었다.

이처럼 영화기자라는 직업은 참 애매하다. 뉴스를 발굴하고 이슈를 추적하는 '언론인'으로 분류되지도 않을 뿐더러 내가 일하고 있는 〈씨네21〉의 경우 잡지협회에도 등록되어 있지 않다. 심지어 일간지 영화기자들 위주로 모인 한국영화기자협회에도 등록되어 있지 않다. 그래서 아무리 뛰어난 기사를 써도 '이달의 기자상'이나 영화기자협회에서 수여하는 '올해의 영화기자상'은 받을 수 없다. 영화잡지로서의 〈씨네21〉이 모기업인 〈한겨레〉로부터 다수의 기자들이 넘어와 출발했음에도, 오래전 그보다 앞섰던 영화월간지 〈스크린〉과 〈로드쇼〉가 생겨나 사실상 기자보다는 영화평론가나 영화애호가에 가까운 사람들이 이른바 '영화기자'가 되면서 형성된 전통이 이식되어 지금까지 이어지고 있는 것이다.

'기자'를 꿈꿨다 해도 '언론고시'라 불리는 시험을 통과한 정식기자도 아니고, 보다 멀리 영화현장으로 나가 감독이나 프로듀서를 꿈꿨다 해도 어쨌건 '영화인'은 아니다. 그럼에도 영화현장과 밀착된 기자로서의 자질과 뛰어난 혜안을 갖춘 평론가로서의 자질 모두를 요구받는, 이상한 신종 직업이 탄생한 것이다.

기자들은 우리를 기자로 생각하지 않고, 영화인도 우리를 영화인에 끼워주지 않는 난감함 속에서 생활하는 사람들이 바로 영화기자다. 윤종빈 감독의 〈범죄와의 전쟁: 나쁜 놈들 전성시대〉(2012)에 등장하는 최익현(최민식)처럼 민간인도 건달도 아닌 '반달' 같은 존재랄까. 더구나 영화기자들의 중요한 취재거리 중 하나인 촬영현장 취재가 최근 마케팅 단계에서는 거의 생략되어가고 있기에, 어쩌면 영화기자라는 것이 멸종단계에 접어든 직업이 아닐까 하는 우울한 생각마저 든다.

그런데 〈씨네21〉에서 최근 몇 년간 우리 안에 잠자고 있던 '기자'의 본성을 깨우는 기사들을 다수 기획하면서, 전에 없이 부쩍 많은 변호사들을 만났다. 특히 2017년 이화정 기자의 '#영화계_내_성폭력' 특집기사와 인터뷰, 김성훈 기자의 전 박근혜 정권 당시 '모태펀드와 블랙리스트' 관련 취재가 이어지면서 각종 명예훼손과 고소 위협에 직면했기 때문이다. 일부 언론에 의해 보도된 것처럼 김성훈 기자는 유치장 신세까지 졌다. 법무팀은 물론 관련 변호사들의 조언을 듣고 또 그렇게 판단한 대로 흔들림 없이 갈 생각이지만, 〈씨네21〉을 가해자로 규정하는 상대방 변호사들이 여성 인권이나 보편적 정의 대신 "산업생태계의 현실"이라는 말로 후려칠 때면 앞이 깜깜해진다. "여성 피해자는 법을 못 믿어서 폭로를 하고, 남성 가해자는 법이 자기 편이라 믿고 소송을 한다"는 한 트위터리안의 말이 가슴을 후벼파는 것이다.

앞서 말한 것처럼 '반달' 같은 삶이지만, 영화기자로서 거의 20년 가까이 영화계를 경험한 바에 따르면 영화에는 참여하는 사람과 생겨나는 변수가 많아서 자신의 능력보다 시스템의 문제가 공과를 결정짓는 경우가 많다고 느낀다. 그 시스템을 바꿔보기 위해 많은 이가 함께 노력하고 있다는 것을 알기에, 모태펀드와 가짜뉴스 취재 목적으로 역삼동 부림주택을 방문했던 김성훈 기자가 있는 경찰서로(건물에 무단 침입했다는 이유로 경찰 조사를 받았다) 향하는 발걸음이 가벼웠다고 말하고 싶지만, 사실 무거웠다. '영화기자가 수행해야 할 업무가 과연 어디까지일까'라는 생각에 마음이 복잡해졌다.

하지만 그런 고민을 짐 지워준 김성훈 기자에게 오히려 고마웠다. 지금껏 기자는 우리를 영화인이라 생각하고 영화인들은 우리를 기자라 생각하는 우울한 딜레마 속에서 일했지만, 능력이 닿는다면 결국 우리는 그 둘 모두일 수 있다. 그 무엇도 될 수 있다는 태도가 중요한 것이다.

종이잡지의
슬픈 운명

"〈씨네21〉에 감독님들 연락처 정리한 파일이 있으시죠? 혹시 보내주실 수 있을까요?" 몇 해 전, 모 인터넷매체기자가 사무실로 전화를 걸어와 문의한 내용이다. 따로 정리한 파일도 없을 뿐더러 설령 있다 해도 어떻게 보내드릴 수 있겠냐고 반문했더니, "필요할 때마다 연락드려서 한 명씩 물어보는 게 더 귀찮지 않겠어요?"라는 답이 돌아왔다. 순간적으로 '정말 그러네?'라고 0.1초 감탄했던 기억이 있다.

그보다 더 몇 해 전, 〈씨네21〉에 배우 박중훈의 한국영화회고록 '박중훈 스토리'를 연재하던 중이었다. 역시 또 모 인터넷매체기자와 언쟁을 벌인 적이 있다. 내 글의 핵심과 무관하게 '박중훈이 욕설을 했다'는 자극적인 제목으로 인용 부분에 대해 따옴표도 제멋대로 달았고, 심지어 내가 쓰지 않은 표현까지 추가해서 기사를 작성했기 때문이었다. 하지만 그 기자 또한 항의하는 내게 당당했다. "왜 원글의 의도와는 다르게 마음대로 인용을 해서 기사를 썼냐"고 물었더니 "그 내용이 그 내용 아닌가요?"라고 퉁명스럽게 답한 뒤, 통화 말미에는 "앞으로 〈씨네21〉 기사를 인용할 일은 없겠네요"라는 잔인한 절교선언까지 덧붙였다.

'오용(誤用)'이나 '남용(濫用)'을 뜻하는 이른바 '어뷰징(abusing)기사'의 폐해는 어제오늘의 일이 아니다. '어뷰징'은 사전적 의미 그대로 자신의 이해관계를 관철하기 위해 시스템의 정상적 운영을 파괴하는 변칙적인 방식으로 시스템을 악용하는 행위를 말한다. 인터넷 포털사이트에서 언론사가 의도적으로 검색을 통한 클릭 수를 늘리고 인기검색어 순위까지 올리기 위해 별 다를 바 없는 내용의 기사들을 제목만 바꿔 무차별적으로 전송하는 행태가 그렇다.

겉으로 드러나는 포털검색과 조회 수 속에 '진실'이란 없다. 아니, 그리 거창하게 말할 필요도 없이 최소한의 팩트 확인조차 없는 경우가 부지기수다. 그저 그들은 제목이 자극적이면 자극적일수록 진실에 다가간다고 여기는 사람들이다.

가령 방송인 유승옥을 향한 사심이 가득했던, 이른바 '기승전유승옥' 기사 사례가 있다. 실제로 다음과 같은 제목의 기사가 올라갔다. "명왕성 접근 성공, 모델 유승옥, '너무 신기해요'" "10호 태풍 린파 발생, 유승옥… '모든 분들 피해 없었으면'" 검색 순위가 높은 유승옥

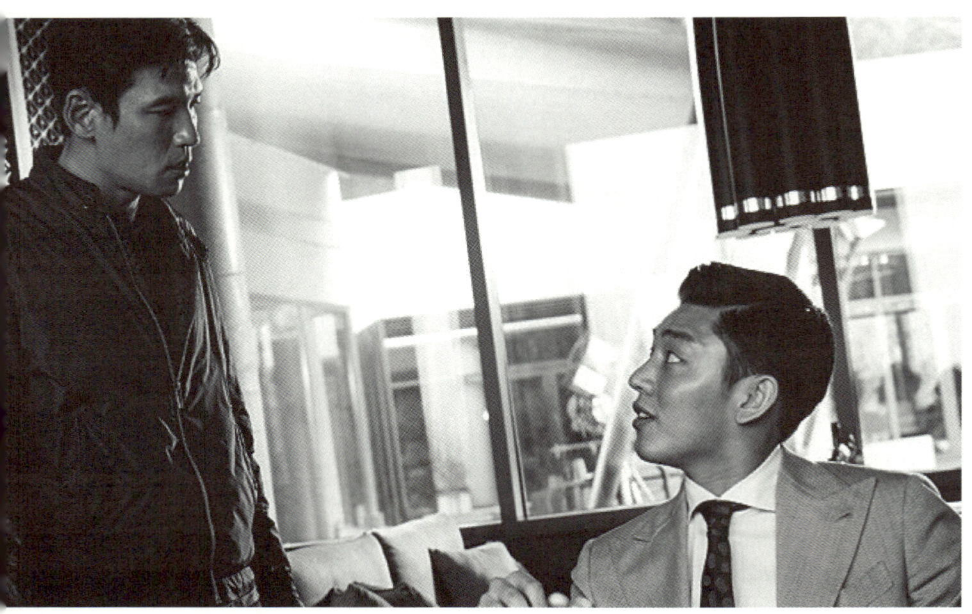

〈베테랑〉

이라는 이름을 모든 기사에 끼워 팔았던, 그야말로 어뷰징의 신기원이었다.

류승완 감독의 〈베테랑〉에서 흥미로운 인물 중 하나는 광역수사대 총경(천호진)이다. 서로 자기가 힘들게 형사 생활했다며 부상 부위를 드러내는 서도철(황정민)과 오팀장(오달수) 앞에서 그 역시 머리카락을 헤집어 부상당해 텅 빈 '땜빵'을 들이밀며 '현장 출신'임을 드러낸다. 오팀장과 서도철이 설득해도 "적당한 선에서 사건을 마무리짓자" 며 난공불락처럼 보였던 그가 극적으로 변하게 되는 순간은, 막내 윤형사(김시후)가 칼을 맞았다는 것을 알고 나서다. "도대체 누가 우리

막내한테 칼침 놨어!"라며 사건은 새로운 국면을 맞게 된다.

앞서 초반부에 서도철이 배기사(정웅인) 추락사건에 분노하게 된 결정적인 계기 중 하나도, 한 아이의 아버지인 그가 '배기사가 아들이 보는 앞에서 맞았다는 것'을 알게 된 순간이다. 총경과 서도철은 대단히 정의로운 사람도 아니고 적당히 유들유들 살아온 사람들이지만 적어도 마음속으로 그어둔 최소한 선을 지키며 살아온 베테랑들이다. 누군가 그 선을 넘어서게 될 때 이른바 '꼭지'가 도는 것이다.

그렇게 경찰이든 기자든 우리 모두 저마다의 선을 지키고 살았으면 좋겠다. "우리가 돈이 없지, 가오가 없나"라는 영화 속 대사는 류승완 감독의 말에 따르면, 강수연 전 부산국제영화제 공동집행위원장이 사석에서 종종하던 말에서 따왔다고 한다. "우리 영화인이 돈이 없지, 가오가 없어?"

그런데 디지털 시대에 영화인 말고 영화잡지인의 가오는 갈수록 영 시원찮다. 고집스레 매주 정해진 제작 일정에 맞춰 종이잡지를 20년째 발행해오고 있는 〈씨네21〉의 고독한 운명은, 모든 콘텐츠가 인터넷의 디지털파일로 유통되는 시대에 여전히 '필름'을 발굴하고 수집하고 보관하는 영상자료원의 운명과 어딘가 비슷하다. 그래서 몇 년 전, 〈씨네21〉과 한국영상자료원은 '〈씨네21〉 보유 영화 및 영화인 사진자료 기증 협약식'을 가졌다. 〈씨네21〉 창간호(1995년 5월)부터 500호(2005년 5월)까지 10년간 찍은 사진 약 30만 점을 영상자료원에 기증하기로 합의한 것이다. '파일'을 다루는 '클릭'의 시대에 '물질'의 촉감은 여전히 매혹적이며, 그 물질을 다루는 사람들끼리 연대해야 한다는 요구 때문이다.

어쩌다 보니 나 또한 앞서의 여러 변화들을 지켜보면서, 영화잡지 시장에 가장 오래 발을 담그고 있는 영화기자가 되었다. 2000년부터 월간지 〈키노〉에서 3년, 주간지 〈필름2.0〉에서 4년을 일했고, 여전히 버티고 있는 주간지 〈씨네21〉에서 10년 넘게 몸담고 있는 중이다. 앞서 근무했던 〈키노〉와 〈필름2.0〉은 이제 폐간된 잡지다. 그래서 오래전 〈씨네21〉에 들어왔을 때 한 감독은 "네가 〈씨네21〉만 망하게 하면 임무 완성"이라며 "폐간의 그랜드슬램을 달성하라"는 말도 안 되는 주문을 하기도 했다.

웃자고 한 얘기지만, 종이잡지의 거대한 쇠퇴의 중심부에서 겪은 일들은 이루 말할 수 없다. 연일 대책회의를 가졌고, 비상 테스크포스팀 운영에도 몸담아봤다. 하지만 거대한 물길을 거스를 수는 없었다. 월간지, 주간지 다 합쳐서 한때 7개의 영화잡지가 경쟁하던 때가 불과 몇 년 전의 일이다. 이제 영화 전문지라고 해서 딱히 인터뷰 시간을 더 주는 것도 아니고, 섭외가 손쉬운 것도 아니다. 그래도 영화를 영화로 다루는 영화 전문지가 끝까지 버텨줘야 한다는 마음 하나로 여기까지 온 것 같다.

부정하려 해도 종이잡지를 사서 읽는 사람들의 수는 갈수록 줄어들고 있다. 몇 년 전까지만 해도 "기하급수적으로 줄었다"고 표현했지만, 이제는 그런 표현이 가능할 정도로 사람들의 수 자체가 많지 않다. 50만 명이 넘는 팔로워와 '페친(페이스북친구)'은 유료 독자와 별개로 존재한다. 물론 그 수치 또한 대단하긴 한 것이다. 그나마 〈씨네21〉은 이른바 '충성 독자'라 불리는 고정 정기독자층이 탄탄한 편이지만, 사실상 잡지의 많은 글이 거의 마감과 동시에 여러 포털 사이트로 업데이트되는 상황이기에 그저 그들에게 감사할 따름이다. 인터넷으로 많은 기사를 무료로 보는 시대에 유료 독자로 남아준 것이기 때문이다.

게다가 이제는 '연예'면으로 완전히 흡수된 듯한 '영화'기사에 있어서도, 앞서 말한 것처럼 어뷰징기사의 폐해가 어제오늘의 일이 아니다. 분명히 〈씨네21〉과 같은 날 같은 장소에서 인터뷰한 감독이나 배우 기사임에도 황당하게 뽑아낸 그 제목들을 보자면, '우리가 인터뷰한 사람은 딴 사람인가?'라는 의문이 들 때가 한두 번이 아니다.

그처럼 겉으로 드러나는 포털 검색의 조회수 경쟁 속에 '실검(실시간 검색)'은 있지만 '진실'은 없다. 대중이 어떤 기사를 원해서 선택하기보다, 기사들을 무차별적으로 떠먹여주는 시대가 된 것이다. 그렇게 해서 배가 부르면 좋겠지만 늘 소화불량을 동반한다는 것이 불편한 진실이다. 핵심은 〈씨네21〉도 그 안에서 경쟁해야 한다는 냉정한 현실이다. 이른바 영화 전문지의 존재 근거라 할 수 있는 '덕후'와 '씨네필'도 만족시켜야 하고, 가십에 가까운 대중적인 최신 뉴스도 일목요연하게 담아내야 한다. 그러면서 언제나 변함없는 주된 관심사, '바로 지금의 한국영화'를 읽어낼 수 있어야 한다. 그런데 그것을 보는 이들이 이제는 유료 독자보다 인터넷이나 모바일(심지어 이제는 PC화면으로 기사를 보는 것도 낡은 행위로 치부되고 있다)로 접하는 경우가 더 많다는 것 또한 거부할 수 없는 현실이다.

그런데 영화 개봉 환경의 변화도 일어나고 있다. 가령 폴 토마스 앤

더슨의 〈인히어런트 바이스〉(2014)는 극장 개봉이 아니라 IPTV 서비스를 통해 먼저 공개되었다. 극장상영이라는 '형식'에서 오는 미학적 쾌감을 차단당한 것이다. 이런 현실을 두고 '극장 개봉이 힘든 영화를 공식적으로 볼 수 있어 다행'이라는 시각과 '극장 상영을 하지 않으니 개봉했다고 할 수 없다'는 시각이 팽팽하게 충돌하고 있다. 어쨌건 어느 순간부터 고유명사화된 이른바 'IPTV 개봉' 혹은 '넷플릭스 개봉'이라는 개념을 영화잡지로서 더이상 외면할 수는 없는 시대가 되었다.

순수한 씨네필과 영화기자를 꿈꾸는 사람, 혹은 미래의 영화인을 꿈꾸는 사람이라는 얼핏 이상한 교집합으로 묶인 이들과 함께 급변하는 미디어 환경의 변화 안에서 기묘한 운명공동체를 이루고 있다는 점만은 분명하다. 이들끼리 서로 격려하고 응원했으면 좋겠다. 온라인이건 오프라인이건 그들이 소극적인 독자로 남아있지 않아야 한다는 바람이다.

우리끼리는 농담처럼 "꺼진 '좋아요'도 다시 보자"고 말한다. 그렇게 애정고백을 해야 한다. 거창하게 말하자면, 그래야만 디지털시대 엔터테인먼트 카테고리의 뒤주에 갇혀버릴 운명에 처한 지금의 영화를 구할 수 있다.

한국 영화잡지의 역사 1

영화문화의 확산과 한국영화산업과의 공존, 2가지 화두를 부여안고 한국의 영화잡지는 성장해왔다.

그 많던 영화잡지는 모두 어디로 갔을까

지난 5년 여의 시간 동안 영화잡지는 〈씨네21〉과 〈매거진 M〉, 그리고 〈맥스무비〉까지 이렇게 2개의 주간지와 1개의 월간지가 공존하고 있다. 세계 어디서도 유례를 찾아보기 힘든 영화 '전문주간지'가 2개나 있었던 것이다.

하지만 따지고 보면 그 역시 거듭된 영화잡지 폐간의 종착지였다. 각각 1984년과 1989년에 창간된 월간지 〈스크린〉과 〈로드쇼〉가 역사의 뒤안길로 사라졌고, 1995년 〈씨네21〉과 비슷한 시기에 창간되어 마니아들의 열광적인 지지를 얻었던 월간지 〈키노〉와 〈프리미어〉가 생명을 다했으며, 지난 2008년 폐간한 주간지 〈필름2.0〉까지 더하면 1990년대 말과 2000년대 초에 이르기까지 무려 3개의 주간지와 4개의 월간지가 동시에 경쟁하기도 했었다. 그러니까 시사 주간지시장과 견주어도 이상하지 않을 영화잡지의 화려한 전성기가 있었다.

하지만 매체 환경의 변화, 광고시장의 침체와 맞물려 수익 구조의 불균형 속에 영화잡지들은 하나둘씩 사라져갔다. 특히 주간 단위의 와이드 릴리즈 방식(전국적으로 다수의 스크린을 통해 동시에 영화를 개봉하는 전략)의 극장문화가 안착한 상황에서 월간지는 그 속보성을 따라갈 수 없었다. 2개의 주간지가 그나마 꽤 오랜 기간 공존하며 수익성을 유지할 수 있었던 것은 바로 이 때문이다. 그런데 〈매거진 M〉의 전신이라 할 수 있는 〈무비위크〉 역시 571호를 끝으로 발행을 종료했다. 영화인들 사이에서 "영화 전문지들 중 가장 오래 살아남을 것"이라고 얘기될 정도로, 가장 '대중적'인 영화잡지로 평가받던 〈무비위크〉였기에 그 충격은 컸다.

물론 중앙일보사가 발행하는 영화잡지 〈매거진 M〉으로 옮겨간 것으로 볼 수 있기에, 폐간이라기보다는 '통합 재발행'으로 보는 것이 적절할 듯하다. 그렇다 해도 그 충격의 여파가 해소되는 것은 아니다. 수지타산을 맞추는 것 자체가 힘든 상황에서, 가장 상업적 형태로 존립을 유지하던 매체마저 '손질'이 불가피했다는 것이기 때문이다. 이것은 비단 경제적 요구로 인한 것만은 아닐 것이다. 영화잡지를 둘러싼 시장 여건도 바뀌었고, 이를 소화하는 대중들의 영화문화도 바뀌었다. 이유는 결코 따로 있지 않다. 한국의 영화잡지는 과연 어디로 가고 있는가?

한국에서 영화잡지가 생기기 이전, 영화를 소개하고 평하며 '공유' 하는 문화는 아마도 1980년대를 전후한 고 정영일 평론가로 거슬러 올라가야 할 것이다. 영화잡지가 영화평론지와 다른 결정적인 이유는 곧 개봉할 영화를 소개한다는 의미가 가장 중요하기 때문이다. 이것은 그 어떤 영화잡지도 피해갈 수 없는 운명이다. 정영일 평론가는 영화평론가이기도 했지만 무엇보다 미술관이나 박물관의 큐레이터 같은 존재였다.

물론 그전에도 신문에서 영화는 소개되고 있었고, 여러 다른 평론가들이 문학이 아닌 영화로 눈길을 돌리고 있었다. 그때까지 영화는 '가십'이나 '뉴스'였지 '리뷰'라는 개념이 희박할 때였다. 그런데 팬들 사이에서 특유의 굵은 검은색 뿔테 안경과 '마지막 로맨티스트'라는 별명으로 유명한 정영일은, 전문 방송인이 아닌 그만의 화법으로 〈KBS 명화극장〉을 방송했다. 지금의 시선으로 보자면 분량이 긴 것도 아니고, 학술적인 것도 아니었으나 마치 트레일러처럼 영화의 일부분을 짧게 소개해주며 영화에 '문화적' 향취를 불어넣었다. 〈하이눈〉(1952), 〈닥터 지바고〉(1965), 〈뻐꾸기 둥지 위로 날아간 새〉(1975), 〈록키〉(1976) 같은 영화들을 그의 해설로 들으면 감독과 배우가 궁금해졌다. 단지 극장에 손수건 들고 들어가 눈물을 훔치고, 액션과 호러 등 장르영화를 오락거리로 즐기던 것을 넘어 영화는 그의 소개를 따라 '더 알고 싶은 무엇'이 되었다. "놓치면 후회하실 겁니다!"라는 그 특유의 멘트는 바로 정영일 평론가를 대표하는 문장이 되었다.

당시 영화를 향한 갈증을 해소하는 방법은 바로 일본판 〈스크린〉과 〈로드쇼〉를 불법적 경로를 통해 구해 보는 일이었다. 국내에 개봉하지 않는 영화들은 물론 스타들의 화려한 사진과 기사가 가득한 '보물'이었지만, 불법이었기 때문에 구하기가 번거로웠다. 이 번거로움을 일시에 해소하게 된 사건이 바로 1984년 3월, 과거 〈한국일보〉 편집국장이었던 당시 조세형 국회의원이 주변의 도움으로 '창인사'를 설립해 〈스크린〉 1호를 낸 일이다. 〈스크린〉은 한국 최초의 영화잡지였고 그 표지 모델은 브룩 쉴즈였다. 제호와 구성, 표지모델 선정에서부터 어딘가 '외산' 잡지의 냄새가 가득 풍겼지만 그것은 당시 영화문화에 따른 것이다. 왜냐하면 한국영화 점유율이 지금과는 달리 굉장히 미미하던 시절이었기 때문이다. 말하자면 안성기, 박중훈, 강수연, 장미희, 이영하 정도 외에는 표지모델로 다룰 수 있는 한국배우 자체가 없었다.

하지만 일간지 외에 한국영화를 전문적으로 다루는 매체가 등장한 것만은 분명했다. 당시 〈스크린〉의 기자로 있었고 이후 〈키노〉의 편집장까지 지낸 이연호 평론가의 말에 따르면 "한국영화 촬영현장에 기자가 방문해 감독이나 배우 혹은 스태프들을 인터뷰하고 취재하는 일 자체가 무척 신선하고 혁명적인 일"이었다. 이처럼 "자신의 영화를 누군가가 '팔로우'하고 있다는 인식은 영화의 완성도 자체에 여러모로 영향을 미칠 수밖에 없다"고 할 수 있으니, 1990년대 중반 이후 찾아온 한국영화 전성기의 단서를 찾아 올라가자면 '영화잡지의 등장'을 결코 빼놓을 수 없다. 바야흐로 한 편의 영화가 제작발표회와 함께 지속적으로 대중과 소통하게 된 것이다.

그렇게 〈스크린〉이 즉각적으로 성공을 거두면서 '영화의 꿈'을 키웠던 수많은 젊은이가 우리말로 된 영화 이야기를 소화하기 시작했다. 〈스크린〉은 일종의 '독자기자' 제도를 뒀는데, 현재 명필름 심재명 대표와 이제는 고인이 된 박광정 배우 등이 독자기자로 활동하며 자신의 사진과 함께 일종의 영화기사를 기고했다. 말하자면 모두 영화잡지를 통해 함께 성장했다.

그로부터 5년 뒤에 창간한 〈로드쇼〉는 독주하던 〈스크린〉과는 다른 스타일로 도전장을 던졌다. 얼핏 〈씨네21〉과 〈키노〉가 경쟁하던 시기를 떠올리게 하지만 그 차원은 전혀 달랐다. 당시에는 홍콩영화의 전성기와 더불어 비디오시장과 광고시장이 기하급수적으로 성장했고, 경제적 생존 측면에서 굳이 경쟁하는 구도가 아니어도 존립할 수 있는 풍족한 여건이 마련되어 있었기 때문이다. 〈로드쇼〉는 '도시에(dossier)'라는 꼭지를 통해 보다 전문적 영화지식을 갈구했던 독자들의 열광적 반응을 이끌어냈다.

도시에는 불어를 차용한 꼭지명에서 보듯 당시 영화 마니아들 사이에서 회자되던 프랑스 영화잡지 〈까이에 뒤 씨네마(Cahiers du Cinema)〉 같은 '품격'을 담아내기에 충분했다. 감독이자 현재 영상원 교수인 김홍준 평론가가 미국 유학을 마치고 돌아와 '구회영'이라는 필명으로 도시에를 써나갔고, 그 내용은 『영화에 대하여 알고 싶은 두세가지 것들』이라는 책으로도 나와 베스트셀러 반열에 올랐다. 잘 다뤄지지 않던 제3세계영화나 아시아영화도 집중적으로 소개했고, '컬트(cult)'나 '뉴웨이브(new wave)' 혹은 '미장센(mise en scène)'이나 '씨네아스트

(cinéaste)'라는 표현이 오르내렸다. 도시에는 문학이나 음악 혹은 미술과 비교해 영화를 향유하는 사람들끼리의 집단의식을 구축하는 진지이기도 했다.

이 집단의식은 이후 〈키노〉로 이어졌으며 어쩌면 이를 통해 '영화문화' 혹은 '씨네필'이라는 표현이 자리잡게 되었는지도 모른다. 정성일 평론가가 말하는 "우리 잡지를 선택한 독자들과의 연대감"이 바로 영화잡지의 중요한 덕목 중 하나가 되었다.

중요한 것은 〈스크린〉과 〈로드쇼〉가 아니더라도 이때는 '잡지의 전성시대'였다. 엄밀하게 말하자면 영화잡지가 아니더라도 당시 〈하이틴〉이나 〈주니어〉 같은 잡지는 종종 리뷰보다 '스타'가 중심이 된 영화잡지의 성격을 띠기도 했다. 비슷한 시기 〈비디오 무비〉나 〈비디오 플라자〉 같은 백과사전식 가이드잡지도 있었다. 워낙 비디오시장이 성장한 탓에 신작 비디오 소개가 중심이었지만, 최신 영화계 소식과 발 빠른 취재도 잊지 않았다.

이후에는 비디오에서 DVD로 옮겨가 〈DVD2.0〉 〈DVD21〉 같은 DVD 전문 잡지도 여럿 공존했으니, '영화 전문지'라는 개념을 보다 확장하자면 사실 10개 이상의 잡지가 동시에 각자의 자리를 차지하고 있었다. 비록 단명하긴 했지만 타블로이드 형식의 〈영화저널〉과 격주간으로 발행된 〈씨네필〉도 〈씨네21〉과 〈키노〉가 등장하기 이전에 선명한 존재감을 남긴 영화잡지들이었다. 그렇게 '문화의 시대'라 불리는 1990년대가 찾아왔다.

1995년에는 주간지인 〈씨네21〉과 월간지인 〈키노〉와 〈프리미어〉

가 창간되었다. 기존에 존재하던 〈스크린〉 등이 더해져 '영화잡지 춘추전국시대'라는 표현도 어색하지 않게 사용되었다. 〈씨네21〉과 〈키노〉는 과거 〈스크린〉과 〈로드쇼〉의 경쟁구도를 떠오르게 했는데, 그 두 시대 사이에는 결정적인 차이점이 있다. 〈씨네21〉과 〈필름2.0〉의 창간 멤버이기도 한 김영진 평론가의 말에 따르면 바로 '한국 배우들을 표지 모델로 내세운 점'이다.

〈씨네21〉은 이병헌, 채시라, 김갑수, 이혜은을 비롯한 배우들과 여러 한국감독들까지 더해 마치 스탠딩파티를 하듯 한국 영화인들을 배치한 표지 사진을 찍었고, 〈키노〉는 한국영화의 상징적 존재라고 할 수 있는 강수연을 단독 표지모델로 내세웠다. 여전히 외국영화의 점유율이 높은 상황에서, 다른 신문도 아닌 〈한겨레〉가 모체였던 〈씨네21〉이 한국 영화인들을 표지 모델로 내세운 건 신선한 발상이지만 한편으로 무척이나 위험한 모험이었다. 이는 다른 문화잡지들에서 흔히 볼 수 있는 단순한 소개나 리뷰 혹은 사후 평론을 넘어 '한국영화산업과 함께 간다'는 동지의식이 깊게 자리한 것이다. 그것이 바로 당시 달라진 한국 영화잡지의 새로운 꼴이었다.

반면에 독자들과의 연대의식을 중시한 〈키노〉는 마니아층과의 적극적인 교류를 시도했다. '모니터기자' 제도를 통해 직접적인 소통에 나섰고, 그들이 만든 잡지를 부록처럼 제공하기도 했다. 또한 신입기자 채용공고에는 모 기자의 칸국제영화제 취재 사진을 첨부하며 '내년에는 이 자리에 당신을 모시고 싶습니다'라는 문구를 넣기도 했다. 말하자면 적극적이고 직접적인 소통이 가능하던 시대였다. 그렇게

〈씨네21〉과 〈키노〉는 승승장구했다. "〈씨네21〉이 한겨레를 먹여 살린다"는 말이나 "〈키노〉의 저패니메이션(japanimation, 일본과 애니메이션의 합성어로, 일본 애니메이션을 지칭하는 용어) 특집호가 10만 부나 팔렸다"는 식의 얘기도 공공연하게 돌았으니 그 파급력은 어마어마했다.

1998년 〈로드쇼〉가 문을 닫긴 했지만 같은 해에 최초의 영화 무가지인 〈네가〉가 창간했고, 이후 2000년에는 〈씨네버스〉와 〈필름2.0〉이 창간하며 영화잡지 시장은 더욱 커졌다. 직접적인 연관성을 증명할 자료는 없지만, 한국영화의 중흥기 역시 그렇게 찾아왔다. 하지만 그것이 마지막이었다.

인터넷 포털 사이트에 모든 것을 넘겨준 형국

2000년대 들어 영화잡지의 존립은 위태로워지게 되었다. 공교롭게도 〈쉬리〉(1999)와 〈공동경비구역 JSA〉(2000)가 한국영화 흥행기록을 새로이 써나가던 바로 그 시기였다. 월간지는 사라져갔고, 온라인 매체가 기하급수적으로 늘었다. 2003년 〈키노〉가 사라지고, 모기업은 같지만 그 자리를 전혀 성격이 다른 온라인 매체인 〈엔키노〉가 차지한 것이 그 상징적인 예다. 하지만 그 〈엔키노〉 역시 얼마 안가 자취를 감췄으니, 영화잡지 혹은 영화매체 자체가 이제는 인터넷 포털 사이트에 모든 것을 넘겨준 형국이라 보는 것이 정확할 것이다. 한국영화 점유율의 상승 곡선과 영화잡지의 생명력이 반비례하는 이 상황을 어떻게 이해해야 할까?

영화문화의 확산과 한국영화산업과의 공존, 2가지 화두를 부여안고 한국의 영화잡지는 성장해왔다. 영화잡지의 쇠퇴를 '광고시장의 침체' 혹은 '인쇄 매체의 몰락이라는 세계적 추세'라는 말로 정리하면 간단하지만, 한국의 영화잡지는 '전문 주간지'라는 독자적 생존방식에서 보듯 그 태생과 확산 자체가 여타의 나라들과는 사뭇 달랐다. 과거의 영화잡지 기자들을 '영화인'으로 바라보는 영화계의 태도가 그러할 것이다.

영화잡지 기자들이 이후 언론인으로 남지 않고 영화현장이나 영화제 등 이른바 '업계'로 흘러가게 된 비율이 한국만큼 큰 나라도 없다. 가장 아쉬움이 남는 대목이다. 가장 영화계와 가까웠지만 영화계의 성장과 가장 다른 길을 걷고 있는 것이다. 어쩌면 한국의 영화잡지는 지난 10여 년간 한국영화가 성장하는 데 전적으로 숭고한 희생을 한 것이다. 사라져간 이들을 향해 진심으로 고마움을 표현한다면, 바로 그 희생정신이었다고 말하고 싶다.

한국 영화잡지의 역사 2

애정이 넘치는 독자들의 항의에 사과글을 특별하게 연출해 독자와 소통했던 이례적인 일이 있었다. 이런 일들이 전혀 어색하지 않게 받아들여지던 문화의 시대였다.

기억해둬야 할 영화잡지들

스크린

1984년 3월 창간한 한국 영화잡지의 효시다. 대중영화 전반은 물론 한국영화계의 현안을 다루는 영화 전문지이자 스타들의 브로마이드 잡지로도 기능하며 젊은 층을 파고들었다. 〈로드쇼〉가 등장하기까지 '국내 유일의 영화잡지'라는 명성을 독점적으로 누렸다. '안성기가 인터뷰 끝난 취재기자를 직접 차를 몰아 집으로 데려다주고, 신인배우 김혜수가 사무실로 음식을 들고 찾아오는' 일도 있었던, 말하자면 영화기자들에게는 그야말로 '아름다운 시절'이었다. 평론가 시절의 박찬욱 감독이 고정적으로 B무비에 대한 글을 기고하기도 했고, 칸국제영화제를 방문해 쿠엔틴 타란티노와 인터뷰를 갖기도 했다. 2010년 마지막 호를 냈다.

로드쇼

1989년 4월 창간한 〈로드쇼〉는, 그때부터 지금까지 많은 영화 마니아들의 우상으로 추앙받는 감독 겸 평론가 정성일이라는 존재의 등장과 함께 설명해야 할 것이다. 그가 편집장으로 있던 시기, 김홍준 감독이 '구회영'이라는 필명으로 썼던 '도시에'는 당시 영화 마니아들의 갈증을 해소해주는 일종의 해방구 같은 꼭지였다. 정성일은 1992년 〈로드쇼〉를 나온 다음에도 시사월간지 〈말〉의 영화평, MBC FM의 〈정은임의 영화음악〉 게스트, 〈한겨레〉의 영화평 등을 통해 한국의 '씨네필'이라는 상상적 공동체의 리더가 되었다. 또한 〈로드쇼〉는 홍콩영화의 전성기와 함께했는데, 기자가 홍콩으로 직접 취재를 가서 왕가위 감독에게 '엿장수 가위'를 들고 사진을 찍게 한 전설의 일화도 있다. 창간과 동시에 '10년 뒤 창간호를 1억에 사겠습니다'라는 대대적인 홍보를 펼쳤지만 결국 10년을 채우지 못하고 문을 닫았다.

씨네21

1995년 4월 한겨레신문사가 창간한 최초의 주간 영화지다. 1대 편집장은 당시 〈한겨레〉 문화부 기자로 일하던 조선희가 맡았으며, 창간1호 특집부터 '누가 한국영화계를 움직이는가'라는 기사를 내세우는 등 이전 영화잡지들과 달리 한국영화를 그 중심에 놓았다. '한국영화파워 50' 등도 같은 맥락이며 업계 동향과 뉴스에 발 빠른 접근과 영향력 있는 평론으로, 단숨에 한국 영화잡지를 대표하는 이름이 되었다. 조선희, 허문영, 남동철, 문석 등 전임 편집장과 김영진, 김봉석, 이상용, 심영섭, 황진미, 백은하, 김도훈 등 〈씨네21〉이 배출한 기자와 평론가들이 각계에서 활동하고 있다. 2003년 8월 한겨레신문사로부터 분사해 (주)씨네21 법인을 꾸렸으며, 2018년 현재 창간 23주년을 통과하고 있는 중이다.

키노

〈로드쇼〉 편집장이었던 정성일, 〈스크린〉 편집장이었던 이연호를 주축으로 1995년 5월 '100년을 기다려온 그 잡지가 온다'는 도발적인 카피와 함께 창간되었다. 〈키노〉에 대해 정성일은 한 특집기사의 소개글을 통해 다음과 같이 묘사했다. "집단명사 키노. 1995년 5월에 창간되어 이제까지 (2번을 거르고) 67권의 책을 만들었다. 많은 전사자를 냈으며, 새로운 희생양들이 그 자리를 대신하고 있다. 매년 1월호에 편집부의 그 해 10 베스트 영화를 선정해 공식적인 견해를 밝히면서, 동지들이라는 이름으로 독자들의 베스트 10영화를 만들어 함께 소개한다. 언제나 인터뷰를 최상의 영화 소개라고 믿고 있으며, 우리들의 이데올로기는 우정이며 최고의 미학은 작가주의라고 믿는다." 2003년 99호를 마지막으로 더이상 발간되지 않았다.

프리미어

1995년 12월 국내 최초의 라이선스 영화잡지로 시작했다. 〈스크린〉 편집장 출신인 김홍숙 부장이 데스크를 맡아 세계적인 영화잡지 브랜드인 〈프리미어〉의 콘텐츠를 독점적으로 가져오며 좋은 반응을 얻었다. 당시로선 해외 감독과 배우들, 할리우드 업계 동향에 대한 최신 고급정보를 얻을 수 있는 중요한 창구였다. 이후 〈씨네21〉 출신의 최보은 편집장이 데스크를 맡으며 한국영화를 보다 비중 있게 다뤄 여러모로 체질 개선을 시도했다. 2006년 격주간으로 전환해 발행되다가 문을 닫았다.

필름2.0

'미디어 2.0'이라는 온라인 저널로 시작해 2000년 오프라인으로 확장하며 〈씨네21〉의 아성에 도전했다. YTN의 오동진, 〈씨네21〉의 김영진, 〈프리미어〉의 이현수, 〈네가〉의 이지훈 등이 참여해 구성과 디자인 면에서 보다 참신한 색깔을 더했다. 기자 개인의 톡톡 튀는 언어를 개성으로 잘 담아냈고, 다양한 문화를 아우르는 '생활의 발견' 등의 꼭지도 큰 인기를 끌었으며, '영화잡지들 중 사진과 디자인은 최고'라는 평을 듣기도 했다. 미디어2.0은 이후 〈DVD2.0〉과 〈스포츠2.0〉 등을 차례로 창간하며 야심적인 행보를 보였으나 지속적인 경영난을 겪었고 결국 2008년 문을 닫았다.

무비위크

2001년 11월 〈스크린〉을 만들던 '창인사'에서 주간지인 〈무비위크〉를 내놓았다. 1천 원이라는 파격적인 가격으로 신선한 반응을 얻었으며, 이후 〈필름2.0〉 또한 전격적인 가격 인하를 단행하는 등 영화잡지 저가 정책의 효시가 되었다. 3~4페이지 이상 긴 분량의 기획기사보다는 최신 개봉영화와 관련 인터뷰, 그리고 뮤지컬과 전시 관련 기사 등 보다 대중적인 접근으로 당시 폭넓은 지지층을 확보했다. 이후 〈중앙일보〉에 인수되었고 〈매거진 M〉이라는 새로운 이름으로 재발행에 나섰다.

역사 속
두 개의 사건

과거에 〈씨네21〉과 〈키노〉에서 있었던 두 개의 사건은 당시 영화잡지의 영향력과 파급력, 그리고 당대 영화문화의 지형도를 단적으로 일러준다.

'평론가와 감독의 대결'이라는 측면에서 가장 유명한 사건은, 1954년 〈카이에 뒤 씨네마〉에 프랑수아 트뤼포가 '프랑스영화의 어떤 경향'이라는 글을 기고한 다음이다. 20대 초반의 혈기왕성한 평론가 트뤼포는 줄리앙 뒤비비에르, 르네 클레망 등 당시 프랑스에서 존경받는 감독들의 영화를 평가절하하고 로베르 브레송, 장 콕토, 자크 타티 등 대중적 관심을 얻지 못한 감독들을 추앙했다. 이 평문은 이후에 '작가주의'라 불리며 〈카이에 뒤 씨네마〉의 공식입장이 되었다.

〈씨네21〉에서도 그와 비슷한 일이 있었다. 1996년 초 영화평론가 이정하는 〈씨네21〉에 기고한 〈런어웨이〉(1995) 비평문에서 "왜 영화감독은 자살하지 않는 것일까. 저렇게 가객들은 죽어가고 있는데"라고 썼고, 이에 〈런어웨이〉를 만든 김성수 감독과 절친한 사이인 이현승 감독이 "이제 막 데뷔한 신인감독을 만신창이로 만들었다"며 즉각적인 반박문을 기고했다. 이후 이정하의 절필선언으로 논박은 일단락되었지만 이정하는 이 사건 이후 지금까지도 일체의 영화글을 쓰고 있지 않다.

1997년 8월 변영주 감독의 〈낮은 목소리2〉가 개봉했을 때, 〈키노〉는 변영주 감독에 대한 심층적인 인터뷰와 기획기사를 실었다. 하지만 그 기사의 바로 앞 페이지에는 음란한 ARS 전화광고가 실려 있었다. 독자들의 항의전화와 투고는 빗발치듯 이어졌고, 바로 다음 호에 〈키노〉 편집부의 사과글이 게시되었다. 장문의 사과글과 함께 문제의 페이지에 '근조' 띠를 두른 사진이 찍어져 올려졌다. "광고부와 편집부의 방침이 다르다는 것으로 변명하고 싶지 않다"는 요지의 글은 '다시는 이런 일이 발생하지 않게 하겠다'는 내용이었다. 애정 넘치는 독자들의 항의에 단순한 '바로잡습니다'가 아니라, 그 사과글 또한 특별하게 '연출'해 독자와 소통했던 이례적인 일이었다. 그런 에피소드들이 전혀 어색하지 않게 받아들여지던 '문화의 시대'였다.

영화잡지와 함께한
비디오 데크와 PC통신

1990년대 영화잡지의 춘추전국시대는 '비디오'와 'PC통신'이 함께했다. 1980년대 이후 비디오 플레이어는 거의 모든 집에 보급되었고 말 그대로 '안방극장'의 시대였다. '다운로드'가 없던 시절, 최신 출시 신작 비디오를 차지하기 위한 경쟁은 그야말로 치열했다. 영화광이 프랑스문화원이나 동시상영관(영화광의 서로 다른 두 층위)에 가지 않고도 만족스런 영화문화를 누릴 수 있게 된 것이다. 은밀한 불법 'B자' 비디오도 더이상 심야의 만화대본소가 아닌 개인의 공간으로 들어왔다.

그렇게 비디오 대여 시대가 열리며 호기심에 〈원초적 본능〉(1992), 〈연인〉(1992), 〈무엇에 쓰는 물건인고〉(1993)를 숨죽이며 모여 보던 여성들은 조니 뎁과 니콜라스 케이지, 그리고 리버 피닉스를 발견하게 되었다. 영화잡지의 실구매층이 주로 여성 독자들이라는 것을 감안하면, '비디오 시대'와 '영화잡지 시대'는 결코 떨어져있지 않다.

그 세대는 고스란히 천리안과 하이텔, 나우누리라는 PC통신 동호회로 넘어갔다. '영퀴방(영화퀴즈방)' 등을 통해 모인 이들은 정보와 지식을 교환하고, 더 나아가 단편영화를 만들기 위한 스태프까지 구성하는 등 그것이 만드는 것이건, 평하는 것이건 '공동작업'의 형태를 띨 수밖에 없는 영화문화를 확장하는 데 결정적인 역할을 했다. 그러나 비디오와 PC통신과 영화잡지는 '인터넷' 혹은 '포털'이라는 거대한 괴물 앞에 그 자취를 감췄다.

영화기자의 일상은 어떠한가

영화평론가 혹은 영화칼럼니스트라 불리는 프리랜서들은 자기가 쓰고 싶은 것만 쓰면 된다. 하지만 영화기자는 매주 일정 분량의 원고를 써내야 한다.

영화기자의 낭만이란 없다

"너, 행복하냐? 그렇게 하고 싶은 음악하면서 사니까 행복하냐고. 우리 중에 자기 하고 싶은 일 하면서 사는 놈은 너밖에 없잖아." 〈와이키키 브라더스〉(2001)에서 오랜만에 고향을 찾은 주인공 성우(이얼)는 술자리에서 고교시절 함께 밴드를 했던 친구로부터 "행복하냐?"는 질문을 받는다.

세월이 흘러 친구들 모두 먹고 살기 위해 다른 일을 하고 있다. 하고 싶은 일을 하면서 살지 못한다고 후회하는 친구는 '여전히 노래 부르며 살고 있는' 성우에게 묻는다. 하지만 성우의 현실은 옛친구들보다

〈와이키키 브라더스〉

더 고단하고 황폐하다. 일단 경제적으로 힘들기에 우연히 만난 용달차 운전사에게 용달차 수입을 물어보기도 한다.

성우는 전혀 행복하지 않다. 영화기자의 삶에 대해 얘기하려고 하면서 불쑥 〈와이키키 브라더스〉를 꺼낸 건, 다른 이유에서가 아니다. 옛친구들은 성우가 '여전히 밴드 활동을 하고 있는 것' 자체를 부러워하고 있을지도 모르겠지만, 결정적으로 성우는 원하는 노래를 부르지 못하며 살고 있다. 가라오케에서 손님이 지정한 노래를 불러야 하고, 일정한 일자리가 없어서 지방 나이트클럽까지 전국을 떠돌며 생활한다. 성우는 오래전 한국의 비틀즈나 레드 제플린을 꿈꾸며 불렀던 로스 로보스의 〈La Bamba〉, 제이 가일스 밴드의 〈Come Back〉, 조안 제트 앤 블랙하츠의 〈I Love Rock & Roll〉, 송골매의 〈세상만사〉, 옥슨80의 〈불놀이야〉 같은 노래를 부를 일이 전혀 없다. 하고 싶은 일을 하고는 있지만, 자기가 부르고 싶은 노래를 부르지 못하며 살고 있는 것이다.

다소 거창하게 시작하긴 했지만, 영화평론가와 영화기자의 결정적인 차이가 바로 여기서 발생한다. 영화평론가 혹은 영화칼럼니스트라 불리는 프리랜서들은 자기가 쓰고 싶은 것만 쓰면 된다. 청탁이 들어와도 거절하면 된다. 하지만 영화기자는 매주 일정 분량의 원고를 써내야 한다. 괜찮은 영화가 개봉하지 않는다는 이유로 한 주를 거를 수는 없는 노릇이다. 마음에 들지 않는 영화라도 크게 흥행하는 영화라면 재차 관람하면서 관객들의 반응을 살펴야 하고, 프로듀서를 비롯한 스태프들을 만나 그 요인도 분석해야 한다. 도무지 납득하기 힘든 연기를 한 배우라도 연말에 연기상을 휩쓸었다면 직접 만나서 그 소회를 들어야 한다.

영화기자를 꿈꾸는 학생들이나 공채 면접으로 마주하는 지망생들이 공통적으로 지니고 있는, 영화기자라는 직업에 대한 가장 큰 환상은 '하고 싶은 일을 할 수 있는 직업'이라는 점이다. 심지어 '하고 싶은 일만' 할 수 있을 거라고 기대하는 사람이 꽤 많고, 실제로 '하고 싶은 일만' 하는 이기적인 동료들도 그간 숱하게 보아왔다. 특히 경력기자 공채시에 타 언론사 기자들이 응시하는 경우가 꽤 많은데, 그들은 하나같이 '영화 전문지에서는 쓰고 싶은 글을 마음껏 쓸 수 있을 것'이란 기대를 갖고 있는 경우가 많다. 물론 그 생각은 반은 맞고, 반은 틀리다.

『글쓰기 생각쓰기(On Writing Well)』의 윌리엄 진서(William Zinsser)는 「비평: 예술에 대한 글쓰기」 챕터에서 이렇게 말한다. "비평은 저널리스트가 가장 근사하게 폼을 잴 수 있는 무대이며, 위트에 대한 명성이 생겨나는 곳이기도 하다." 더불어 이런 말도 한다. "무능한 삼류 배우를 희생양으로 삼아 이름을 날리고 싶은 유혹은 성자가 아니고서는 이겨내기 힘들다."

윌리엄 진서의 글을 읽으면서 문득 떠오르는 영화는 바로 〈버드맨〉(2015)이다. 영화 속 연극비평가 타비타(린제이 던칸)는 리건(마이클 키튼)이 배우도 아니라며 혹평을 퍼붓는다. 그의 신랄한 비평은 한 연극의 흥행까지 좌우할 정도다.

많은 이가 타비타처럼 영화 전문지에서 그것이 가능하다고 믿는다. 타 매체에서는 지면의 한계나 형식으로 인해 자유로운 장문의 글을 쓸 기회가 별로 없었을 것이다. 특히 일간지라면 분량의 문제가 큰데, 아무리 박찬욱 감독이나 봉준호 감독이라도 한정된 지면으로 200자 원고지 최대 20매 이상의 인터뷰 원고를 쓰기는 힘들다. 다른 영화에 대한 비평적 기사 또한 마찬가지다. 그러다보니 일간지 특유의 정제되고 필요한 내용들 위주로 살릴 수밖에 없고, 결국 기자 자신의 개성이나 존재감을 드러내기 힘든 경우가 많다. 하지만 상대적으로 영화 전문지는 그 분량의 제약에서 자유롭다.

프리랜서가 아니라
영화기자여야 한다는 자부심

영화 전문지 기자라고 해서 마냥 자유롭지만은 않다. 전문지 고유의 영역이었던 영화 촬영현장 취재의 경우, 최근 많은 한국영화가 마케팅과 보안 등 여러 이유로 현장 공개를 꺼리는 경우가 많다.

처음 월간지 〈키노〉에서 영화기자 일을 시작했을 때 가장 처음 취재 출장을 갔던 영화현장이 바로 〈공동경비구역 JSA〉(2000)였다. 영화 속 '돌아오지 않는 다리' 오픈 세트장에 가서 밤새 현장을 지켜봤다. 워낙 추운 날씨였기에 매 신 촬영이 끝날 때마다 송강호, 이병헌, 신하균, 김태우 배우와 함께 모닥불에 빙 둘러앉아 이런저런 얘기도 나눴다. 당시 미국 프로야구 메이저리그에서 박찬호 선수가 맹활약할 때라 야구 얘기를 한참 나눴던 기억이 있다.

이후 적어도 한 달에 2번 이상 영화 촬영장을 방문해서 취재할 기회가 있었다. 특히 김기덕 감독과 홍상수 감독의 영화들을 담당하는 경우가 많았는데, 하필 그들은 해마다 2편 이상 왕성하게 영화를 만들던 감독들이라 지겹도록 현장 취재를 갔다.

요즘처럼 영화 개봉쯤에 감독이나 배우와 딱 1시간 정도로만 만나 필요한 얘기만 나누던 때가 아니었기에, 일단 스태프들과 함께 밤을 새는 경우가 많았다. 촬영이 종료될 때까지 현장에 있다가 야식이든 술이든 꼭 한자리에 마주 앉아 먹은 다음 해산했다. 그렇게 시간이 지나자 감독이나 배우와 인터뷰로는 전혀 나눌 수 없는 깊은 대화를 나

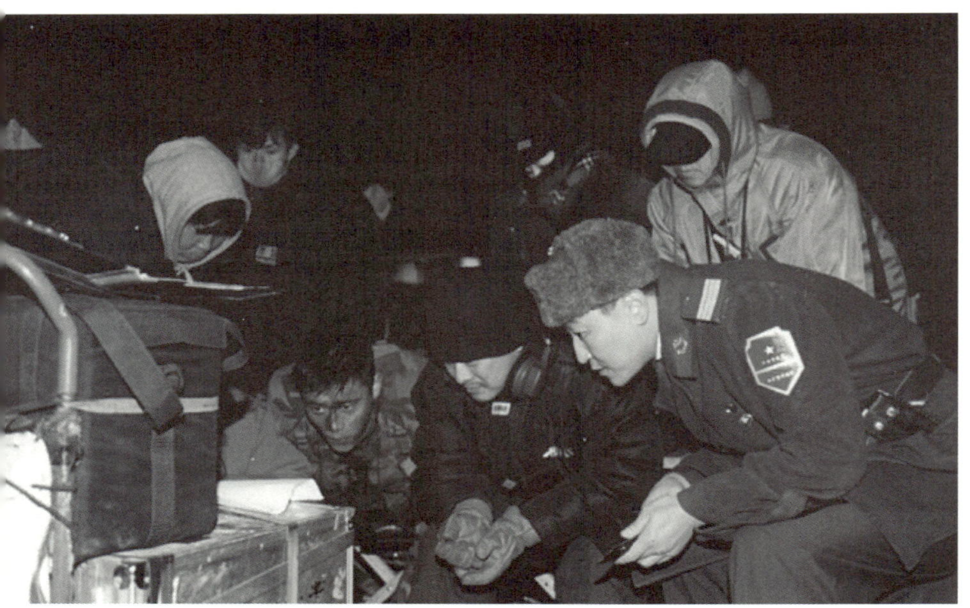

〈공동경비구역 JSA〉 촬영현장

줬다. 아마도 과거의 영화기자와 현재의 영화기자의 가장 큰 차이점이라면, 바로 그 현장에 대한 접근성일 것이다. 심지어 배우가 소속사라는 개념도 별로 없었던 1990년대와 그 이전 선배 영화기자들의 경험담은 그보다 더하다. 배우가 차로 집에 데려다주고, 또 야식을 싸들고 사무실로 찾아와 놀다 갔다니 말 다했다.

꼰대처럼 "왕년엔 그랬지" 하는 회고담을 늘어놓으려는 게 아니라 이 이야기의 핵심은 영화글이라고 하는 것이 단지 비평과 인터뷰로만 존재하지 않는다는 것이다. 현장의 여러 경험들을 통해서 다양한 기획 아이템을 시도할 수 있고, 한 영화에 밀착해 발전되는 과정을 옆에서 지켜봐온 만큼 보다 풍부한 글을 써낼 수 있다.

단지 영화가 극장에서 개봉할 때만 보고 그 영화를 다뤄야 한다면 사실 영화 전문지 사무실에는 편집장과 디자이너만 있어도 된다. 극장에서 영화를 보고, 정해진 장소에서 감독과 배우를 만나 인터뷰하고, 원고는 집에서 쓰면 되니까 굳이 '영화기자'라는 사람들이 국회나 경찰서를 '출입'하면서 취재하는 일간지 기자들처럼 사무실에 출근하는 '직장인'으로 존재할 필요가 없다. 바꿔 말하면 그들을 가령 '청와대 출입기자'라고 표현하는 것처럼 실제로 영화 전문지의 기자도 영화 제작사나 촬영현장을 수시로 드나드는 '영화출입기자'여야 그 존재 이유가 생긴다. 나 또한 후배기자들에게 요구하는 것도 그런 것이다. 오직 영화기자만이 할 수 있는 업무와 기사 아이템은 무엇인지, 영화계 내의 이슈와 현안에 대해 밀착해서 취재하는 기자가 되지 않으면 프리랜서에 지나지 않는다고 말이다.

가령 2018년도에 처음 작업한 〈씨네21〉 1138호는 2017년 말 개봉한 3편의 영화 〈강철비〉 〈신과 함께-죄와 벌〉 〈1987〉에 대한 평론가들의 긴급 비평대담을 가졌다. 제작비 100억 원 이상의 대작들이 맞붙어 관객의 선택을 받는 것은 그야말로 이례적인 현상이었기 때문이다. 이 때문에 2013년부터 2017년까지 5년 연속 극장 총관객 수는 2억 명을 돌파했다.

사실 위의 3편이 나란히 개봉하기 전까지만 해도 2017년 관객 수는 중대형급 흥행작의 부재와 20~30대 관객층의 감소로 인해 전년도에 다소 미치지 못할 것이라는 부정적 전망이 높았다. 하지만 영

〈강철비〉

〈신과 함께 – 죄와 벌〉

화진흥위원회 영화관입장권통합전산망에 따르면 2억 명 돌파시점이 2016년보다 사흘 늦긴 했어도 최종적으로는 전년도 대비 284만 명이 늘어나, 오히려 역대 최다인 2억 1987만 명을 기록했다. 또 다른 지표를 보자면, 한국영화로 한정할 때 한국영화 관객 수는 1억 1,390만 명으로 6년 연속 1억 명대를 유지했고, 한국영화 점유율로는 53%로 7년 연속 절반을 넘었다. 1년이 지나서도 2018년도 위 지표들이 6년, 7년, 8년 연속으로 기록될 수 있을지 지켜볼 일이다.

그래서 이때 기획회의를 한다면, 보다 밀착해서 아이템을 끄집어내야 한다. 그냥 3편의 성공요인에 대한 개별적 기사만 싣기보다 위의 경우처럼 당대의 현상에 관심이 많은 평론가들을 모아 대담을 하는 것도 의미있는 일이다. 가령 '〈강철비〉로 보는 정우성의 매력' '〈신과 함께-죄와 벌〉 속 화려한 멀티캐스팅' '〈1987〉에 대한 역사학자의 비평' 같은 아이템을 내는 것은 아주 나쁘다고는 할 수 없지만 누구나 생각할 수 있는 정도다. 영화 전문지라면 생생한 현장의 목소리와 보다 심화된 제작과정에 대한 이야기를 실어야 한다. 그래서 실제 타 매체에서 시도하지 않을 법한 3개의 대담을 구성했다.

〈강철비〉는 김태원 프로듀서와 군사자문을 맡은 '한국국방안보포럼' 양욱 수석연구위원, 〈신과 함께-죄와 벌〉은 특수효과를 책임졌던 진종현 총괄 VFX 슈퍼바이저와 최완호 R&D 슈퍼바이저, 〈1987〉은 이우정 제작자와 김경찬 작가의 대담을 진행했다. 주간 단위 마감을 진행하는 데 있어 이처럼 대담을 펼쳐놓는 것은 섭외의 문제도 있고, 성공 여부에 대한 불안도 있다. 그 불안이란 우리가 별다른 정보도 없이 섭외한 게스트가 과연 우리가 필요로 하는 흥미로운 이야기를 들려줄 것인지에 대한 것이다. 그래서 매번 불안하고 힘들지만 성공적으로 마무리되었을 때의 쾌감도 크다.

〈씨네21〉 기자의 일주일, 그리고 1년 365일

혹시라도 참고가 될까 싶어 영화 주간지 〈씨네21〉의 일주일과 1년을 묘사해보겠다.

월요일에는 기획회의를 가진다. 그 주에 만드는 잡지가 아니라 그 다음주에 만드는 잡지의 기획회의라고 할 수 있다. 영화 개봉일정은 거의 변동이 없으니 그에 맞춰 섭외나 청탁에 들어가야 하기 때문이다.

수요일에는 바로 그 이틀 전 회의했던 내용을 바탕으로 다음주 잡지에 들어갈 글과 인터뷰 등을 확정한다. 월간지라면 섭외나 청탁에 있어 "다시 한 번 부탁해봐"라고 기다릴 수 있겠지만, 주간지는 적당히 포기할 건 포기하고 바로 대안을 찾아야 한다.

최종 마감이 수요일 자정 혹은 목요일 새벽쯤 이뤄지기에 늦어도 마감하는 주의 화요일에는 인터뷰를 진행해야 글을 쓰고 정리할 시간이 있다. 어쩔 수 없이 수요일 오전에 인터뷰를 진행해야 한다면 그 스트레스는 이만저만이 아니다. 기획회의와 관련한 기본 스케줄과 별개로 시사회에 가서 영화를 보고 글을 써야 하고, 인터뷰를 진행해야 한다.

가장 바쁜 날은 화요일과 수요일이다. 특히 수요일은 완전히 마감이 끝날 때까지 변변하게 식사를 해본 기억이 없다. 또 육체가 단련되어서인지 수요일은 점심때가 되어도 전혀 배가 고프지 않다. 물론 그런 다음 찾아오는 수요일 밤의 야식과 회식은 당연히 폭식으로 이어진다. 특별히 바쁜 주 화요일과 수요일에 식음을 전폐했어도 수요일 밤에 만회가 되는 것이니 체중은 오히려 늘어만 간다.

만약 10년 전 수요일이었다면, 사무실이 담배연기로 자욱하고 기자들이 곳곳에서 컵라면과 김밥으로 끼니를 해결했을 것이다. 호랑이 담배피던 시절의 이야기다.

주말에는 특별한 일이 없으면 푹 쉴 수 있다. 월간지와 주간지 모두를 경험해본 입장에 따르면, 그래도 주간지가 훨씬 낫다. 월간지의 경우 마감 때문에 도저히 쉴 수 없는 주말이 2번 정도 있기 때문이다. 또 주간지의 지옥 같은 목요일 하루가 3~4일 이상 지속되는 일이 다반사다. 그나마 주간지에는 온통 날이 서있는 목요일을 보내고 마감과 함께 찾아오는 마약과도 같은 후련한 평온함이 있다.

하지만 나를 포함한 동료들 대부분이 주말에도 영화와 드라마를 본다. 가령 다음 주에 '스티븐 스필버그의 현재' '지브리 스튜디오의 세계' 같은 기사를 맡았다고 하면 누가 시키지 않아도 주말 내내 스필버그 영화와 지브리 애니메이션을 본다. 게다가 영화 보는 것이 일이다 보니, 계속 영화를 보고 있지 않으면 식은땀이 나고 손이 떨리는 금단 증상을 경험하기도 한다.

농담처럼 썼지만 결코 농담이 아니다. 앞서 얘기한 것처럼, 다음주에 쓸 기사 때문에 주말에 영화를 챙겨봐야 하는 경우가 압도적으로 많다. 심지어 영화를 보지 않아도 되는 주말이 오면 괜히 불안해진다. 그래서 미래에 쓰게 될 가능성이 높은 영화들을 미리 찾아보게 된다. 진정 농담이 아니다.

가령 한 달 뒤쯤 〈군함도〉(2017)의 류승완 감독을 인터뷰하기로 거의 확실하게 예정되어 있다면, 습관적으로 주말에 그의 전작들인 〈부당거래〉(2010), 〈베를린〉(2013), 〈베테랑〉을 찾아보고 음성해설까지 듣고 있는 자신을 보게 된다. 그러다 한 달 뒤, 사정상 류승완 감독의 인터뷰가 다른 기자에게 넘어가게 되면 나라를 빼앗긴 백성 같은 막막한 심정이 된다.

이제 1년의 시간을 보자. 현재 〈씨네21〉은 5월의 전주국제영화제, 7월의 부천국제판타스틱영화제, 10월의 부산국제영화제에서 보통 '데일리'라 부르는 '영화제 공식 일간지'를 발행하고 있다. 아마도 영화제를 찾은 관객들이라면 매일 아침 데일리를 통해 여러 상영작 정보와 인터뷰를 접했을 것이다. 그런데 그 업무는 영화제 기간에만 한정되지 않는다.

일단 영화제가 시작하면 매일 인터뷰 2~3개 진행, 마스터클래스와 각종 행사 취재 등으로 상영관에 영화를 보러갈 수가 없다. 영화제에서 일하는 사람들이 정작 영화제에서 영화를 볼 수 없는 것처럼 데일리 기자 또한 그렇다. 그래서 영화제가 시작하기 전에 각 영화제 사무국이 제공하는 '프리뷰 룸'에서 미리 5일 정도 출퇴근하며 영화를 본다. 하루에 4~5편, 재빨리 돌려보는 것까지 감안해 10편 이상 영화를 보기도 한다. 보통 9일 정도 열리는 한국의 국제영화제에서 상영되는 영화가 300편 안팎이라면 객원기자를 포함해 5명의 기자가 그 영화들을 나눠서 최대한 많이 챙겨봐야 하는 것이다(그래도 영화제 전체 상영작의 절반인 150편 안팎을 보게 되는 수준이다). 어떤 영화를 추천하며 써야 할지, 어떤 영화의 감독이나 배우를 인터뷰해야 할지, 영화들을 미리 봐둬야 이후 영화제 취재업무가 수월해진다.

4월에는 창간기념행사와 영화제, 그리고 별책부록을 만든다. 2017년의 경우 경기영상위원회, 경기콘텐츠진흥원, 사람엔터테인먼트, 명필름과 함께 이틀간 '웰컴 투 씨네리'라는 이름의 다양성 영화제를 열었다. 별책부록의 경우 2015년부터 해마다 송강호(2015년), 박찬욱

(2016년), 봉준호(2017년), 정우성(2018년) 등 특정 영화인을 주인공으로 해 거의 단행본에 가까운 책을 발간했다. 기본적으로는 20년 넘는 역사를 자랑하는 〈씨네21〉의 기존 콘텐츠를 활용한 것이지만 새로운 인터뷰와 리뷰, 그리고 재편집에 이르기까지 제작 주체는 기자라고 할 수 있다.

해외영화제로는 5월 칸국제영화제에 2명의 취재기자가 출장을 간다. 항공권과 숙소 예약은 직접 해야 한다. 가서는 매일 데일리 뉴스를 쓰고 요청을 넣어둔 감독 인터뷰(〈씨네21〉의 경우 요청을 넣은 인터뷰들이 거의 성사되는 편이다), 그리고 틈틈이 페이스북 라이브로 동영상 프리뷰까지 진행한다. 경쟁이든 비경쟁 부문이든 한국영화인들이 초청되었을 때는 현지에서 국내용 인터뷰를 진행해야 하기에 더 일이 많아진다.

이상 얘기한 많은 업무를 보면 '혼자 글 쓰는 일' 자체가 절대적이지 않다는 것을 알 수 있을 것이다. 영화평론가의 고독한 글쓰기와 달리 영화기자는 사실상 '기획'이나 '수행'이라 할 수 있는 업무의 비중이 상당하다. 매주 어떤 아이템으로 잡지를 채울 것인지 기획하고 섭외하며, 정기적으로 부여되는 업무를 거의 기계적으로 수행해야 하는 순간이 꼬박꼬박 찾아온다.

그럼에도 앞서 얘기한 '영화기자의 낭만성'에 가려 많은 지망생이 어쩔 수 없는 '직장인'으로서의 업무를 잊는, 혹은 외면하는 경우가 많다. 그런데 이런 우려는 유사한 다른 업종 종사자들도 공통적으로 겪는 일인 것 같다.

MBC 예능 프로그램 〈무한도전〉에서 유재석, 박명수, 조세호, 양세형 등 멤버들이 가상의 취업준비생이 되어 면접시험을 보러 다니는 '면접의 신'을 방송한 적이 있다. 당시 게임회사 면접 담당관이 다음과 같은 말을 무려 2번이나 강조해서 말했다. "게임회사라고 하면 한없이 자유분방할 것이라고 생각하는 입사지원자들이 많은데, 사실 게임개발이라는 과정 자체가 탄탄한 팀워크를 바탕으로 이뤄지는 협업이라 인성이나 친화력도 굉장히 중요하다." 내가 하고 싶었던 얘기도 바로 이것이다.

나는 이런 글을 써왔다: 한국영화에 대한 단상

한국영화에 대한 단상을 적은 그간의 기사들을 추려봤다. 배우, 감독, 그리고 영화에 대한 나름의 분석과 시각을 담은 11편의 글이 영화글을 쓰려는 이들에게 도움이 되었으면 한다.

〈검사외전〉의 흥행을 보면서

"하나의 캐릭터를 이루는 여러 요소를 고민하게 되었다." 2016년 초, 한국영상자료원에서 있었던 '씨네마테크KOFA가 주목한 2015년 한국영화' 기획전에서 〈베테랑〉 상영 후 관객과의 대화에 참석한 류승완 감독은 한 편의 글을 보면서 여러 가지 생각이 들었다고 했다. 연출자로서는 꽤 아픈 글일 수도 있는데 그는 관객들에게 일독을 권하기도 했다. 바로 한국영상자료원 KMDB '영화글'에 실린 홍지로 평론가의 '한국영화걸작선' 〈베테랑〉의 비평이었다.

풀어서 요약하자면 이렇다. "황정민이 연기하는 서도철 형사는 '사나이'와 '가오'를 입에 달고 사는 가부장이고, 영화 속 여러 설정들로 볼 때 성차별주의자에 인종차별주의자일 가능성이 농후하며, 필요 이상으로 공권력을 함부로 휘두르는 것에 거리낌이 없는 폭력경찰에 가까운데, 그런 인물이 악덕 재벌 2세와의 싸움에 나섰다고 해서 마냥 응원하고 그 승리를 선뜻 환영해도 괜찮은 것인가" 하는 우려였다.

이럴 때 떠오르는 니체의 유명한 이야기가 있다. "괴물과 싸우는 사람은 그 과정 속에서 스스로도 괴물이 되지 않도록 조심해야 한다. 우리가 괴물의 심연을 오랫동안 들여다 보고 있으면, 그 심연 또한 우리 안으로 들어와 우리를 들여다보게 될 것이다." 언제부턴가 악당을 처단하기 위해 악당이 되기를 주저하지 않는, 혹은 그 자신이 악당이 되어가고 있다는 것을 미처 깨닫지 못하는 주인공들이 한국영화에 넘쳐나기 시작했다.

천만 관객을 동원한 〈베테랑〉 이후 등장한 천만 관객에 육박하는 〈내부자들〉(2015)과 〈검사외전〉(2016)의 경우 사건전개를 위해 벌어지는 중심인물들의 잘잘못을 딱히 따져 묻지 않는 지경까지 나아간다. 구성의 허술함이 오히려 '폭로'와 '징벌'의 쾌감을 더욱 극대화하기 위한 의도적인 연출이 아닐까 여겨질 정도다. 물론 그래서 재밌지만 씁쓸하다. 이럴 때 또 떠오르는 말이 있다. "이쯤 되면 막가자는 거지요?"

영화에서 정치인과 재벌을 싸잡아 처벌하는 재미에 오히려 조폭은 정의로운 집단이 되었다. "〈내부자들〉에서 상구(이병헌)를 물심양면으로 돕는 동생 이실장(박진우), 역시나 〈검사외전〉에서 재욱(황정민)

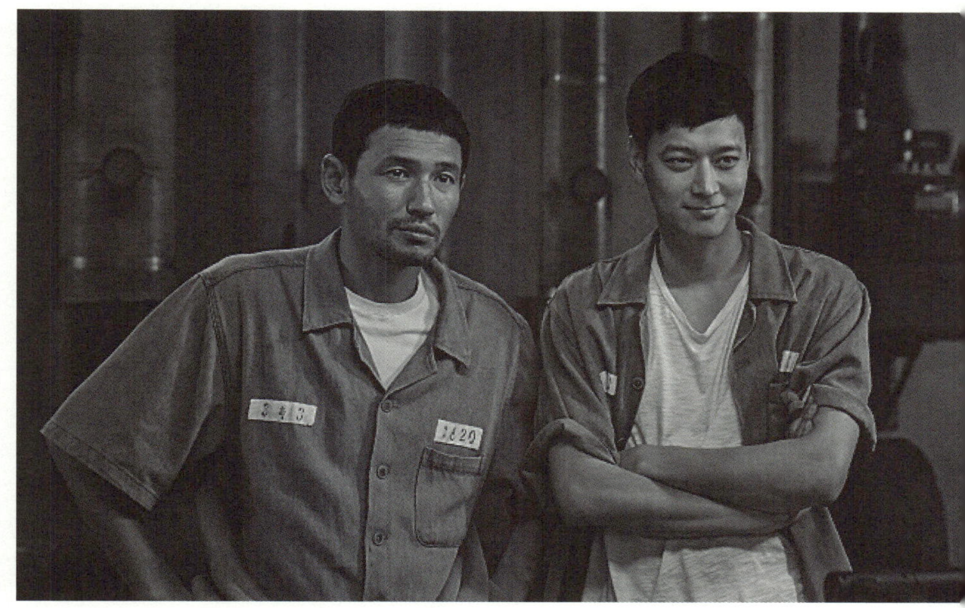

〈검사외전〉

에게 아낌없는 자금을 대는 박사장(김병옥)의 실체에 의문을 갖는 사람은 몇이나 될까?"라고 써보니 "글 쓰는 양반 진짜 갑갑하네"라는 소리만 들을 것 같다. 아무튼 요즘 한국사람들이 얼마나 사는 게 팍팍하면 이렇게 결과만 좋으면 끝이라는 조작된 판타지와 느닷없는 데우스 엑스마키나(deus ex machina, 결말을 짓거나 갈등을 풀기 위해 뜬금없는 사건을 일으키는 플롯장치)에 기꺼이 영화 값을 지불하게 된 걸까? 얼마나 세상에 못된 놈들이 많으면, 못된 놈들은 어쩔 수 없이 못되게 처리할 수밖에 없다고 생각하게 된 걸까?

그래서 〈검사외전〉의 그 유명한 장면, 사기꾼 치원(강동원)이 제시마타도르의 〈Bomba〉에 맞춰 춤을 추는 것처럼 다들 그냥 무아지경으로 춤을 추고 싶어할 뿐이라는 생각마저 들었다. 마치 그래야 지금이 '헬조선'의 시간을 견딜 수 있다는 것인 양 말이다.

다시 〈베테랑〉으로 돌아와, 홍지로 평론가는 글의 후반부에 이르러 "그럼에도 어쨌든 이 구제불능처럼 보였던 한 인간(서도철)이 오랜 고생 끝에 조금은 바뀔 조짐을 보였다. 이것이 〈베테랑〉에서 가장 존중할 만한 부분이자, 여전히 류승완의 다음 작품을 기다리게 되는 요인"이라고 썼다. 그래서 소망한다. 비록 괴물 같은 시대를 관통하고 있지만 조금씩 사람 같은 영화의 시간으로 되돌아가기를.

대기업 상업영화의
하한선은 어디까지

〈내부자들〉과 〈검사외전〉을 보며 소재의 선택과 서사의 개연성, 그리고 캐릭터를 다루는 방식이라는 측면에서 스스로 감당할 수 있는 한국상업영화의 마지노선이 위태롭다고 느낀 적이 있다. 고리타분하다 지적할 사람도 있겠지만, 정치적 올바름에 대한 최소한의 인식을 비롯해 인물들을 대하는 태도, 그리고 영화적 얼개에 있어 담보해야 할 최소한의 윤리에 대한 기준선이라고나 할까.

지난 몇 년간 그 기준선이 무너지는 경험을 수도 없이 했던 것 같다. 영화를 보며 본능적으로 웃고 있지만 지능적으로 소화할 수 없는 찜찜함이 종종 동반되었다. 탁월한 한국영화를 만나고 싶은 욕망보다 나를 시험에 들게 하는 영화들만 피해가고 싶다는 수세적인 바람만 더해갔다. 하지만 여전히 대기업에서 만들어지는 한국상업영화의 하한선이 보다 더 내려가고 있음을 느낀다. 그것은 재미를 위해 손쉽게 희생되는 영화적 윤리에 관한 얘기다. 최근에는 〈청년경찰〉(2017)을 보며 느꼈다.

가장 먼저 불쾌했던 것은 영화 속에서 범죄의 온상으로 지칭되는 '대림동'과 조선족을 묘사하는 방식이었다. 구체적으로 대림동을 지칭하는 것에서 더 나아가 택시기사가 "밤에 함부로 돌아다니다 칼 맞을 수도 있는 곳"이라는 말까지 건넨다. 백번 양보해 코믹하거나 장르적으로 묘사되는 것도 아니고 그냥 "거기는 원래 그렇다"는 식이다. 그런데 서울시 25개구를 대상으로 한 범죄율(폭행과 강간, 기타 폭력) 조사를 보면, 해마다 편차는 있겠지만 범죄율이 가장 높은 지역은 중구 1위, 종로구 2위, 서대문구 3위, 강남구 4위의 순이다. 대림동이 있는 영등포구는 그에 미치지 못한다. 게다가 연구결과를 분석해보면 어떤 사람들이 사느냐가 아니라(대림동이 있는 영등포구는 인구 1천 명당 외국인수가 100명 정도로, 외국인수가 가장 많은 지역구다), 술집이 많은 동네에서 범죄가 많이 일어난다는 것을 알 수 있다.

다음으로는 여성에 대한 묘사다. 맨 처음 두 주인공이 한 여자에게 '작업'을 걸기 위해 몰래 접근할 때 그들을 담는 카메라는 CCTV 구도의 샷이다. 보통 CCTV 구도의 장면은 흉악범죄를 보도하는 뉴스에서 익히 볼 수 있다. CCTV 구도 자체가 누군가에게는 공포스러운 구도가 될 수 있다는 것에 대해 영화는 개의치 않는다. 또한 주인공들이 사라진 여성을 구하기 위해 그들 나름의 정의를 행하려고 할 때, 여성의 인적사항을 알려주지 않는 이들을 그저 장난스럽게 서사의 걸림돌로 만들어버린다. 게다가 여성들의 상처 입은 신체를 반복해서 보여줄 때는 그저 눈을 감고만 싶었다.

동시에 떠오른 영화는 같은 해 부천국제판타스틱영화제 개막작이었던 〈7호실〉(2017)이다. 〈7호실〉은 망해가는 DVD방 7호실에서 사장 두식(신하균)과 학자금 대출 상환을 위해 DVD방에서 일하는 휴학생 태정(도경수)의 이야기다. 월세도 못 내는 자영업자와 임금이 체불된 노동자, 그 임금마저도 최저 임금으로 보장받지 못하는 조선족 노동자가 있고, 그들 위에는 월세를 올리는 건물주가 있다. 영화 속 조선족 한욱(김동영)은 DVD방에 활기를 불어넣는 정감 넘치는 인물로 그간 보아왔던 관습적 묘사를 깨끗이 씻어줬다. 이쯤에서 뭘 그렇게까지 따지고 비교하냐고 할지 모르겠지만, 웃자고 만든 영화에 죽자고 덤빈다는 말로만 무마하려 할 때 그러다 진짜 다 죽게 될지도 모른다.

괜한 기자정신, 〈베테랑〉과 〈양화대교〉의 아버지

지난 2015년 SBS 〈그것이 알고 싶다〉에서 방영한 '세모자 성폭행 사건의 진실: 누가 그들을 폭로자로 만드나?'편이 〈씨네21〉 기자들 사이에서도 화제였다. 이후 조작된 성폭행 사건임이 만천하에 드러났는데, 사건이 밝혀지기 전까지 그들은 거칠 것이 없었다. 세모자가 주장하는 것이 마치 이시이 테루오의 〈포르노 시대극 망팔무사도〉(1973)나 파졸리니의 〈살로 소돔의 120일〉(1975)을 연상시키는 사건 자체뿐만 아니라, 네티즌들이 마른하늘에 날벼락 같은 '참사'라 부른 영상 속 한 아저씨에게도 눈길이 갔다.

세모자가 이른바 '섹스촌'이라 명명한 한 마을에 제작진까지 동행했는데, 어머니 이 씨와 아들 허 모군은 지나가는 아저씨를 보자마자 다짜고짜 "안녕하세요, 우리 아들 강간하셨죠?" "아저씨가 저 성폭행 하셨잖아요?"라고 추궁하기 시작했다. 그 아저씨는 그들을 처음 보는 사람들이라며 황당해하다가 결국 경찰에 신고하기에 이르렀다. 말 그대로 지나가던 행인이 난생처음 만난 사람들 앞에서, 자신은 이들을 성폭행한 성범죄자가 아니라고 해명해야 하는 어처구니없는 상황이었다.

물론 진실은 알 수 없다. 프로그램을 본 시청자 대부분은 세모자의 '허언'과 '망상'처럼 보겠지만, 박찬욱 감독의 〈복수는 나의 것〉(2002)에서 자신이 혁명적 무정부주의동맹 소속임을 주장하던 영미(배두나), 장준환 감독의 〈지구를 지켜라!〉(2003)에서 강만식 사장(백윤식)이 외계인이라 믿던 병구(신하균), 봉준호 감독의 〈마더〉(2009)에서 아들 도준(원빈)이 누명을 쓴 것이라 항변하던 엄마(김혜자), 류승완 감독의 〈부당거래〉(2010)에서 졸지에 조작된 범죄자를 지칭하는 '배우'로 몰리게 된 봉고차 운전자(우정국)의 경우처럼, 말마따나 세상 모든 사건은 끝날 때까지 끝난 게 아니다. 영미가 진짜 조직원이라고, 또 강사장이 외계인이라고 감히 누가 상상이나 했을까. 이렇게 엮어 쓰고 보니 친한 한국감독들 사이에서 묘하게 발상의 우연성이 겹쳐지는 것도 흥미롭다.

아무튼 말하고 싶었던 것은 영문도 모른 채 알아서 먼저 해명해야 하는 세상에 대한 한탄이다. 오랜만에 방송으로 만나 반가웠던 종이접기 김영만 아저씨가 외제승용차를 타는 것에 대해 해명해야 했고, 기자가 '아니면 말고' 식으로 툭 던진 표절논란에 대해 혁오 또한 "표절한 적 없습니다"라고 말해야 했다.

단지 유명세를 치르는 통과의례라고 하기에는 그 트집 잡기 트렌드가 과해도 너무 과한 것 같다. 자세히 알아보지도 않고 일단 트집부터 잡는 것이다. 어쩌면 자이언티에게도 노래 〈양화대교〉를 언급하며 과거 아버지가 양화대교에서 전화를 받았을 때, 승객을 태운 채 운전 중에 받은 것인지 아니면 안전하게 핸즈프리를 이용해 통화한 것인지 해명하라고 할지도 모른다. 자이언티의 아버지도 이제 TV예능 프로그램 〈무한도전〉에 출연한 '공인'이니까.

처음에는 농담처럼 생각했다가 괜한 기자정신을 발휘해 더 찾아봤다. 자이언티가 1989년생이고 가사에 나오는 것처럼 별사탕과 라면땅을 좋아했던 것으로 보아 미취학 아동 혹은 초등학생일 때 전화했던 것으로 보이니, 운전 중 통화금지가 시행된 2001년 이전의 일이었을 가능성이 높다. 참 다행이다. 왜 이런 것까지 찾아봤는지 모르겠지만, 한편으로 뭔가 대단히 안심되는 이 이상한 기분은 뭘까. 닥치는 대로 사과를 요구하고 영문도 모른 채 해명해야 하는 세상이다 보니, 오히려 진짜 사과하고 용서를 구해야 할 인간들이 도드라져 보이지 않는 것 같다.

이는 〈베테랑〉의 '공공의 적' 조태오(유아인)를 보며 느낀 점이기도 하다. 또 〈베테랑〉에서 끝까지 자존감을 지키고 싶었던 트럭드라이버 아버지(정웅인)와 〈양화대교〉의 택시드라이버 아버지도 묘하게 겹쳐 보였다. 어쨌거나 〈베테랑〉의 아버지도 〈양화대교〉 가사처럼 아들에게 결국 같은 말을 하고 싶었을 것이다. 우리 제발 행복하자. 우리 아프지 말고 행복하자.

현역 한국감독들,
잘 지내고 계십니까

한 살을 더 먹으면서 문득 현역감독들의 나이가 궁금해졌다. 본의 아니게 공개적으로 출생년도를 써서 죄송한데, 40~50대 감독들이 여전히 왕성히 활동하며 시장의 주도권을 놓지 않고 있는 형국이 한국영화계에 있어 실로 오랜만이라는 걸 알게 되었다. 김기영, 신상옥, 유현목 감독으로 대표되는 한국영화의 전성기였던 1960년대 이후 사실상 처음 있는 일이지 싶다.

1961년생 김성수 감독도 그렇고 박찬욱 감독(1963년생), 김지운 감독(1964년생) 모두 어느덧 50대에 접어들었지만 여전히 스타급 배우와 대규모의 제작비, 그리고 나름의 창작의 자율성을 보장받는 감독들이다. 〈고산자, 대동여지도〉(2016) 이후 최근 〈투캅스 vs 공공의 적〉 프로젝트로 귀환한다는 소식이 들리는 강우석 감독(1960년생), 그리고 〈동주〉(2015)에 이어 〈박열〉(2016), 〈변산〉(2018)에 이르기까지 거의 해마다 한 편씩 발표하고 있는 이준익 감독(1959년생)도 마찬가지다.

사실 1980년대 이후로는 30대 감독들의 전성시대였다. 일부 예외적인 감독들에게는 죄송한 얘기지만, 보통 감독들의 작품세계가 만개한다는 40대에 전성기를 맞은 감독을 찾아보기 힘들고, 제대로 된 투자배급 과정을 거쳐 50대에 상업영화를 만드는 감독은 더더욱 찾기 힘들었다. 1945년생 이장호 감독과 1953년생 배창호 감독의 주목할 만한 작품들도 대부분 30대에 만들었다. 이후 1952년생 장선우 감독과 1955년생 박광수 감독도 그러했는데, 안타깝게도 그들 역시 40대 들어 각각 〈성냥팔이 소녀의 재림〉(2002)과 〈이재수의 난〉(1999)을 만들며 사실상 냉혹한 상업영화시장과 작별했다.

더 이전으로 거슬러 올라가면 1931년생 이만희 감독이 눈에 띈다. 향년 43세의 나이로 세상을 떴으니 그 유명한 〈만추〉(1966), 〈귀로〉(1967), 〈휴일〉(1968) 등은 모두 30대에 만든 작품들이다. 그래서 〈길소뜸〉(1986), 〈아제 아제 바라아제〉(1989) 등을 만들며 50대에 이르러 작품세계가 보다 만개했던 1936년생 임권택 감독의 존재는 그야말로 독보적이다.

언제나 한국감독들의 조로 현상에 대해 얘기해왔었는데 이제 우리도 리들리 스콧(1937년생)이나 클린트 이스트우드(1930년생), 그리고 우디 앨런(1935년생)처럼 꾸준히 활동하는 감독들을 볼 수 있는 시기로 접어든 것 같다. 더 찾아보니 1923년생 장철 감독이 출세작 〈의리의 사나이 외팔이〉(1967)를 만든 게 40대 초반이었고, 1946년생 오우삼 감독이 〈영웅본색〉(1986)으로 성공가도를 달리기 시작한 나이가 바로 마흔이었다. 1910년생 구로사와 아키라 감독이 〈라쇼몽〉(1950)을 만든 나이 또한 마흔이고, 개인적으로 좋아하는 그의 다른 작품들 〈요짐보〉(1961), 〈천국과 지옥〉(1963), 〈붉은 수염〉(1965) 모두 50대에 만든 작품들이다. 물론 1919년생 김기영 감독도 빼놓을 수 없다. 마흔에 만든 〈하녀〉(1960)를 시작으로 박찬욱 감독이 가장 좋아한다는 그의 영화 〈화녀 '82〉(1982)는 환갑이 지나 만든 영화다.

"한국영화계가 침체기다" 하는 접근법을 떠나 이런 관점으로 보자면 모처럼 '경쟁력 있는 50대 감독'들이 꽤 많은 특별한 시대인 것만은 확실하다. 앞으로 이들이 어떻게 자신의 작품세계를 더욱 새롭게 펼쳐나갈지 지켜보는 것도 흥미로운 일이다.

표절 사태,
하늘 아래 새로운 것을 찾아

지난 2015년 한국대중문화계를 뒤집어놓은 사건은 바로 신경숙 작가 표절사태였다. 이로 인해 한국영화계를 한번 돌아볼 필요가 있겠다 싫었다. 충무로에서 '표절'이라는 단어가 언론에 오르내리기 시작한 것은 강우석 감독의 〈투캅스〉(1993) 때부터였던 것으로 기억한다(물론 '범죄'라는 자의식도 없이 대중문화 개봉 전의 일본 텍스트를 마구잡이로 베껴대던 오래 전의 '흑역사'는 논외로 한다). 〈투캅스〉가 사소한 비리가 일상화된 두 경찰의 블랙코미디라는 점에서 끌로드 지디 감독의 프랑스 영화 〈마이 뉴 파트너〉(1984)를 떠올리게 한다는 지적이었다. 물론 '한국적 변형'과 '창조적 모방'이라는 아슬아슬한 창작의 경계 위에서, 그래도 〈투캅스〉는 자신만의 고유한 지분을 획득한 경우라고 생각한다.

이반 라이트만의 〈데이브〉(1993)와 비교되며 표절논란에 휩싸였던 〈광해, 왕이 된 남자〉(2012)의 경우도, 추창민 감독이 메가폰을 잡기 이전의 최초 감독으로 내정되었던 이가 바로 강우석 감독이었다. 감독도 제목도 주연배우도 바뀌기 전 '나는 조선의 왕이다'라는 제목을 갖고 있었던 당시 인터뷰를 찾아보면, 그는 수차례 공개적으로 〈데이브〉를 언급하기도 했다. 표절하려는 이가 처음부터 원전을 들먹이지는 않으리라.

당시 〈씨네21〉에서도 표절 사태와 관련한 특집을 준비했다. 당시 특집 내용 중 안시환 평론가의 말대로 영화는 표절과 오마주의 경계가 무척 모호하다. 표절이건 오마주건 그 '인용'이 풍부하고 정확할수록 "감독이 공부 많이 했네!" 혹은 "정말 포스트모던하군"이라고 보는 시선이 함께 존재하는 것이다. 그리고 표절문제가 끊이지 않는 음악계와 비교해, 시청각 매체인 영화의 표절여부를 판단하는 기준은 너무 애매하다.

음악처럼 이른바 2소절, 즉 4마디의 유사성으로 판단하는 구체적인 기준(물론 이 또한 법적 절차에 따라 암묵적으로 합의된 내용이지 절대적인 기준은 아니다)을 세우기가 사실상 어렵다. 스토리 진행과 소재, 그리고 화면 구성의 유사성 정도가 언급될 뿐 구체적인 대사나 장면의 지적이 성립된 적이 없다. 이어지는 이주현 기자의 글에서 보듯, 그로 인해 법정 공방에까지 이르더라도 소송에서 이기는 경우는 드물다. "표절이다. 그런데 저작권침해가 아니다"라는 부조리한 말이 법원에선 종종 성립된다고도 덧붙였다. 그것은 국내나 해외나 별반 다르지 않다.

당시 특집을 준비하며 취재팀 내부에서 공유된 의견은 어떤 '윤리'의 문제였다. 딱 "표절이다"라고 말할 만한 사례는 드물지만 혐의가 짙은 작품들은 많아도 너무 많다는 것이다. 오히려 어떤 영화와 닮았다고 말하는 것이 마케팅 포인트가 되기도 하는 시대다. "하늘 아래 새로운 것은 없다"라고들 얘기하지만, 한국영화계가 바로 그 윤리라는 측면에서 점점 더 무뎌지고 있다는 점은 사실이다. 끊임없이 오리지널리티(originality)에 대한 갈증을 품고 사는 것이 예술가의 자존심이라면 갈수록 그런 예술가를 찾기가 힘들어진다. 그것이 가장 걱정스런 일이다.

〈시〉와 〈동주〉의 시(詩),
우리 영혼의 가압장

“난 시들고 멍한 느낌으로 영화구경을 가고 양복점에 들른다. 독선과 주장의 틈바구니에서 시달리고 있는 덩치만 큰 백조처럼 이발소에서 담배를 피며 피투성이 살인을 외친다. 인간으로 살기도 힘들다.” 〈일 포스티노〉(1994)에서 평소 문학에 아무런 관심도 없던 우편배달부(마시모 트로이시)는 바로 그 마을로 망명생활을 오게 된, 그리하여 우편물을 갖다주러 매일 얼굴을 마주하게 된 대시인 파브로 네루다(필립 느와레)의 시(詩)를 우연히 읽고는 완전히 그에 빠져든다.

설명을 부탁하는 그에게 네루다는 “시는 설명하면 진부해져. 나는 내가 쓴 것 이상으로 내 작품을 더 설명할 수는 없어”라고 답한다. 여자들이 좋아하니까 시인이 되고 싶다는 그에게 이렇게도 덧붙인다. “그냥 우편배달부 일을 해. 많이 걸으니 살도 안찌고 얼마나 좋아. 시인들은 나처럼 다 뚱뚱해.”

물론 시를 쓰고 싶다는 그를 완전히 모른 체한 것은 아니다. 어떻게 하면 시를 잘 쓸 수 있냐는 물음에 “해변을 따라 걸으면서 주위를 천천히 살펴보게”라며 집요하게 주변을 ‘관찰’할 것을 주문한다. 이창동 감독의 〈시〉(2010)에서도 비슷한 장면을 볼 수 있었다. 시를 가르치는 작품 속 김용탁(김용택) 시인은 시를 쓰기 위해서는 “잘 봐야 한다”고 되풀이해 말한다. 그래서 양미자(윤정희)는 식탁에 앉아 사과를 들어 유심히 쳐다본다. 눈에 들어와서 보이는 것이 아니라, 진짜 관심을 기울여 집중해서 보려 한다. 하지만 이내 "사과는 역시 보는 것보다 깎아먹는 거야"라며 우두커니 앉아 사과를 깎아먹는다.

도무지 시상이 떠오르지 않아 그냥 사과를 깎아먹은 양미자의 답답한 마음처럼 시는 참 어렵다. 〈일 포스티노〉의 우편배달부도 자신에게 문학적 재능이 없음을 깨닫고는, 마을을 떠난 네루다에게 편지가 아니라 그가 그리워할 법한 마을 해변의 파도소리, 성당의 종소리 등을 녹음해 테이프에 담아 보낸다. 한편으로 스승에게 시인으로서 발전 없는 자신의 현재를 보여주기 싫었던 마음일지도 모른다.

〈씨네21〉에서는 종종 문학이나 음악 등 대중문화 전반에 걸쳐 특집 기사를 싣기도 한다. 가령 지난 2016년에는 황인찬, 유희경, 오은, 안희연, 송승언, 서효인, 박준, 김승일 등 8명의 젊은 시인들과 만났다. 지난 2015년에는 젊은 소설가들과 만났던 것처럼 영화의 친구들과의 만남이라고나 할까. 당시 주변에서 다시 시를 찾아 읽는 사람들이 늘었음을 느끼던 차에 그런 특집을 준비했었다.

8명의 시인의 인터뷰를 보면서 느낀 건, 윤동주 시인이 〈쉽게 씌여진 시〉에서 "인생(人生)은 살기 어렵다는데 시(詩)가 이렇게 쉽게 씌여지는 것은 부끄러운 일이다"라고 얘기했던 것처럼, 하나같이 당시 현실에 대한 안타까움을 토로했다는 점이다. 황인찬 시인은 "첫 시집이 나온 시점에 박근혜 정권이 탄생했다"며 "'잠깐 멈추고 바라보기가 이 시대에 유용한 방법이 아니구나'라는 게 첫 시집에 대한 가장 큰 불만이고 반성이었다. 첫 시집의 시들이 왠지 무력해보였다"고 했고, 유희경 시인은 "요즘 같은 시대에 어떤 희망이 있겠나. 반항보다는 한없이 비애에 젖어 슬퍼하는 태도지만 적어도 비겁해지지는 않으려 노력한다"고 했다.

어쩌면 그렇기에 시의 은은한 파장력이 우리 마음 깊숙이 더 들어왔던 것일지도 모르겠다. 그래서일까, 문득 서울 종로구 청운공원에 있는 오래된 수도가압장과 물탱크를 개조해 만든 '윤동주 문학관'의 소개글이 떠올랐고, 일주일 내내 머릿속을 맴돌았다. "가압장은 느려지는 물살에 압력을 가해 다시 힘차게 흐르도록 도와주는 곳이다. 세상사에 지쳐 타협하면서 비겁해지는 우리 영혼에 윤동주의 시는 아름다운 자극을 준다. 그리하여 윤동주의 시는 영혼의 물길을 정비해 새롭게 흐르도록 만든다. 윤동주 문학관은 우리 영혼의 가압장이다."

한국영화를 부러워하는 일본감독들

2016년 제20회 부천국제판타스틱영화제에 참여했을 때의 일이다. 당시 〈씨네21〉 부천국제판타스틱영화제 공식 데일리를 통해 만난 감독들 중 나카시마 데츠야와 고이즈미 노리히로 감독의 인터뷰가 기억에 남는다. 얘기를 하기에 앞서, 몇 해 전 어떤 해외 비평가가 "한국감독들은 왜 그렇게 오리지널 시나리오에 집착하는지" 물어본 적이 있었다. 생각해보니 정말 그랬다.

2016년을 기준으로 1위 〈명량〉(2014)과 2위 〈국제시장〉(2014)으로 시작해 9위 〈베테랑〉과 10위 〈괴물〉(2006)에 이르기까지, 역대 한국 영화 박스오피스 10위권 안에 원작이 있는 영화가 단 한 편도 없었다. 물론 〈명량〉의 원작은 이순신의 『난중일기』라 할 수도 있겠지만 또 원작이라 하기에는 좀 애매한 경우라 할 수 있다. 2016년 이후에는 주호민 작가의 웹툰을 원작으로 한 〈신과 함께-죄와 벌〉(2017)이 무려 1,400만 관객을 돌파하며 새로이 10위권 안에 진입했다. 그런데 이를 제외하고 2016년 이후의 천만 영화들인 〈부산행〉(2016)과 〈택시운전사〉(2017)도 원작이 없는 영화다. 아마도 현재 세계영화계 전체를 놓고 봐도 이례적인 일일 것이다.

비록 천만 영화는 아니지만, 같은 해 비평적으로 큰 환대를 받았던 나홍진 감독의 〈곡성〉(2016)과 이경미 감독의 〈비밀은 없다〉(2016)도 그렇다. 그래서 '한국감독들은 도대체 어떤 결핍과 오기가 있기에 기어이 직접 시나리오를 쓰려고 하는 걸까' 하고 생각해본 적이 있다.

반면 앞서 언급한 것처럼, 〈치하야후루 파트1〉과 〈치하야후루 파트2〉를 만든 코이즈미 노리히로 감독은 "대체로 일본 관객들은 오리지널 시나리오로 만든 영화에 흥미가 없다"며 "거의 오리지널 시나리오로 영화를 만드는 한국감독들이 부럽다"고 했다. 일본 관객들은 영화 자체에 관심이 있다기보다 자신이 좋아하는 만화나 소설이 어떤 배우의 얼굴을 빌어, 어떻게 영화로 만들었는지 더 궁금해한다는 얘기였다.

특별전과 마스터 클래스로 부천을 찾은 나카시마 데츠야 감독도 마스터 클래스에서 오리지널 시나리오를 쓰지 않는 이유에 대한 질문을 받았는데, 그는 농담반 진담반으로 "현재 일본에서 영화를 만들고 싶으면 원작이 있는 걸 영화화할 수밖에 없다"고까지 말했다. 인기 원작을 놔두고 굳이 '자기 얘기'를 하려는 감독에게 투자자가 별 관심을 보이지 않는다는 얘기였다. 굳이 그런 고민과 맞닿아 있는 것은 아니겠으나, 이름을 이시이 가쿠류로 바꾸고 새로운 출발을 하고 싶다는 이시이 소고 감독의 말도 퍽 의미심장했다.

다시 한국영화로 돌아가, 일본감독들은 오리지널 시나리오로 영화를 만드는 한국감독을 부러워했으나 정작 빤한 기획 상업영화가 판치는 이 기이한 모순은 무엇인지 걱정이 들었다. 거칠게 말해 그들은 일견 '원작 없는 영화'가 '개성적 영화'일 가능성이 높다고 본 것 같은데 실상은 정반대인 것이다. 어쨌거나 한때 이시이 소고의 〈역분사 가족〉(1984)과 〈꿈의 미로〉(1997)를 보며 열광했던 사람으로서 세월의 무상함을 느꼈다. 또 앞서 얘기한 그 해외비평가는 오리지널 시나리오에 대한 질문 외에 하나 더 호기심 어린 질문을 던졌다. 자기가 만나본 다수의 한국감독이 놀랍게도 서로서로 다 친한 것 같다는 것이다. 영화학교가 하나뿐인 것도 아닐 테고 한국은 인구가 꽤 많은 큰 나라인데 어떻게 그게 가능하냐는 것이다.

그 이야기를 듣고 곰곰이 생각해보니 정말 그랬다. 한국영화잡지의 특징 중 하나가 여러 감독을 모아 대담하는 것인데, 특별한 경우가 아니면 섭외가 딱히 힘든 것이 아니다. 감독들 서로서로 시나리오를 모니터해주고 이래저래 만날 일도 많은 것 같다. 한국영화계의 현역 영화감독들이 각자 한 편씩 단편영화를 만들어 소개하는 JTBC 예능 프로그램 〈전체관람가〉에 출연하는 많은 감독도 이미 서로 다 친분이 있어보였다. 해외영화계를 속속들이 아는 것은 아니지만, 이것이 한국영화계의 특징 중 하나는 아닐까 하는 생각이 들었다.

이런 일도 있었다. 〈씨네21〉에서 각기 다른 이유로 방한했던, 그러니까 〈바닷마을 다이어리〉(2015) 홍보차 방한했던 고레에다 히로카즈 감독과 영화제 초청으로 방한했던 이와이 슌지 감독의 대담을 서울에서 진행한 적이 있었다. 함께 서울에 있다는 것이 신기해서 각 영화와 영화제 홍보를 맡은 관계자들도 적극 협조해줬던 것이다. 그런데 놀라운 것은 동시대 동년배 일본 현역 감독임에도 최근에야 서로 처음 만난 사이라고 했다. 솔직히 '아니, 왜 만날 일이 없지?' 하는 생각에 충격적이었다. 앞서 비평가의 2개의 질문과 이런 에피소드들이 겹쳐져, 역동적인 한편으로 어딘가 천편일률적인 지금의 한국영화계를 설명할 수 있는 중요한 단서를 얻은 것 같았다.

먼저 첫 번째 질문으로부터, 한국감독들은 진정 '내가 쓴 것만이 진짜 내 이야기'라는 강박을 가지고 있는 것인지, 아니면 풀어야 할 자신의 응어리가 많은 것인지, 자신의 창작 시나리오로 영화를 만드는 경우가 압도적으로 많다. 그리고 두 번째 질문으로부터, 친한 감독들끼리 긴밀하게 서로 교류하는 가운데 종종 예상치 못한 상승작용을 빚어낸다. 전자를 두고서는 지나치게 자기 세계를 고집하는 감독의 불통을 꼬집을 수도 있고, 후자를 두고서는 서로 엇비슷하게 닮아간다고 지적할 수 있을 것이다. 어쨌건 나는 궁극적으로 그것이야말로 지금 한국감독들의 뭔가 설명할 수 없는, 장점과 단점이 어지럽게 교차하는 이상한 힘이라고 생각한다.

아역배우 트로이카,
10년 뒤에 다시 모실게요

"박찬욱, 김기덕, 홍상수 감독은 너무 해외영화제를 겨냥한 영화를 만드는 것 같아요"라고 한 아역배우가 말한 적이 있다. 오래전 가졌던 인터뷰에서 했던 말인데, 실명을 밝힐 수는 없고 지금은 사실상 활동을 접은 당시 10대 초반의 배우라고만 얘기해두겠다.

발언의 진위 여부를 떠나 몇 편을 제외하고는 그들 감독의 영화를 보지 못했을 것이 빤한 이 어린 배우가 무슨 의도로 그런 말을 꺼냈는지 궁금했다. 어쨌건 무척 진지했다. 그리고 좋아하는 감독에 대해 물었을 때, 자신은 영화보다 뮤지컬이나 소설을 즐겨 읽는다며 분명 '괴테'의 『호두까기 인형(The Nutcracker)』을 좋아한다고 했다. 차이코프스키의 음악 〈호두까기 인형〉을 말하려고 했던 것 같은데(아니면 에른스트 호프만의 저서 『호두까기 인형』을 말한 것일 수도 있다), 어쨌거나 자신은 다양한 예술을 즐긴다며 진지했다.

아무튼 얘기할 때 틀린 정보들이 많았지만 배우로서 시종일관 진지하게 보이려 했던 그 배우의 패기가 전혀 고깝게 보이지 않았다. 오히려 너무 귀여웠고 진심으로 그의 미래가 궁금했다.

〈씨네21〉에서 지난 2016년 〈곡성〉의 김환희, 〈아가씨〉의 조은형, 〈부산행〉의 김수안, 이렇게 배우 세 사람을 함께 표지로 촬영한 적이 있다. 보통 영화잡지의 표지는 특정 영화의 개봉에 맞춰 그 영화의 주인공이나 배우들, 혹은 주인공과 감독이 촬영하게 되는데 간혹 '콘셉트'를 잡고 촬영할 때가 있다.

먼저 표지제목으로 뽑은 '트로이카'라는 표현에 대해 짚고 넘어가야 할 것 같다. 트로이카(troika)라는 말은 원래 말 3필이 나란히 달리며 끄는 탈것의 총칭으로 보통 '삼두마차' 혹은 '삼인조' 같은 뜻으로 쓰인다. 그런데 이상하게도 한국으로 넘어오자 꼭 '여배우 트로이카'라는 이름으로 불려왔다. 할리우드에서는 이렇게 묶어 뽑지 않았을 것 같은 그레이스 켈리, 마릴린 먼로, 오드리 헵번을 묶어 1950~1960년대 전설의 여배우 트로이카로 뽑기도 했다.

그리고 1960년대는 남정임, 윤정희, 문희, 1970년대는 유지인, 정윤희, 장미희, 1980년대는 원미경, 이미숙, 이보희, 1990년대는 전도연, 심은하, 고소영이다(여기까지는 거의 공론화된 사실처럼 언론에 오르내리고 있다). 이 이후부터는 다소 이견이 있지만 2000년대는 손예진, 임수정, 이나영, 2010년대는 김새론, 김유정, 김소현이 일부 기사에서 언급된 바 있다. 해묵은 '여배우 기근'을 언급하지 않을 수 없겠으나 유독 한국영화계에서 여배우 트로이카라고 호명하는 데는 마치 '농어촌 특별전형'처럼 여배우들을 대한다는 생각에 언제나 개운치 않은 기분이었다. 표지를 장식한 세 배우는 굳이 아역 여배우라서 만남을 청한 것이 아니다. 지금 우리가 가장 주목하는 그냥 배우들이다.

그 특집 대담을 읽으면서 너무나도 식상한 '초심'이라는 단어가 떠올랐다. 아마도 기성 배우들이 이 어린 배우들의 대화를 읽으면 더 초심의 느낌을 갖게 될 것 같다. 그들이 감독에게 '맞춰 잡는' 방식, 감정에 몰입하기 위한 방편들, 시나리오와 적절한 거리를 두려는 태도를 말하는데 그렇게 어른스러워 보일 수 없었다. 흥미롭게도 세 사람 모두 연출을 꿈꾸고 있었다. 어떤 스마트폰 어플을 쓰면 좋은지 정보도 주고받는 모습이었다. 특히 "영화감독이 되면 내가 시나리오를 써서 내가 하고 싶은 배역을 맡아 연기하면 되지 않나"라는 김수안 배우의 말이 유독 꽂혔다.

그러고 보니 〈민며느리〉(1965)에서 감독 겸 주연을 맡았던 최은희 선생을 제외하면 한국영화사에 감독과 주연이 같은 경우가 진정 드물었다는 것을 새삼 깨닫게 되었다. 배우 출신 방은진 감독도 직접 출연을 겸한 경우가 없고, 최근 배우 문소리가 연출 데뷔작 〈여배우는 오늘도〉(2017)를 내놓았다. 그래서 다음에 꼭 다시 3명의 친구와 만남을 청하고 싶다. 어떻게 생각이 달라졌고 그 꿈을 위해 어떤 시간을 보냈는지.

우리의 살길은 우리의 힘으로

〈씨네21〉이 한 지상파 뉴스에 소개된 일이 있었다. 보통 '모 잡지'라고 등장하거나 제호를 가리는 것이 일반적인데, 아예 〈씨네21〉이라는 제호와 표지 인물까지 클로즈업으로 담고 있었다. 한 멀티플렉스에 취재를 나간 뉴스 기자가 〈인천상륙작전〉(2016)에 대한 관객과 평론가의 별점(〈씨네21〉의 별점평)이 '정반대'라며 영화에 호평만 늘어놓는 두 시민의 인터뷰를 소개한 뒤, 스스로를 '독립영화감독'이라고 소개하지만 정작 어떤 영화를 연출했는지는 아무도 모르는 한 독립영화감독의 멘트도 덧붙였다. 〈씨네21〉에서 〈인천상륙작전〉에 낮은 별점을 준 기자와 평론가들을 "이념에 빠진 영화평론가"라고 돌려말하며 "반공영화라는 자체를 놓고 역사적으로 쭉 뒤져보면 반공영화는 나쁜 영화가 아니에요"라고 마무리했다.

당연한 얘기였다. 역사적으로 쭉 뒤져보면 반공영화가 나쁜 영화라고 하면 끌려가거나 심각한 불이익을 당했을테니. 그런데 정작 몇 년 전 그가 쓴 책에 보면 자신의 위치를 부정하는 것 같은 '한국에 독립영화는 없다!'라는 챕터와 이른바 '국뽕 영화'를 겨냥한 것 같은 '한국을 버리면 세계가 보인다'라는 챕터가 눈에 띈다. 책을 사볼까 하는 생각도 들었지만, '이제 창녀가 되자!'라는 챕터도 있기에 구매를 포기하고 인터넷으로 제목만 살펴봤다. 혹시나 앞서 언급한 챕터 제목들이 반어적으로 쓴 것이라면 미리 사과말씀을 드려야겠다. 아무리 그렇다 해도 마지막으로 언급한 챕터 제목은 좀….

지난 2016년 한 주 차이로 개봉한 〈인천상륙작전〉(7월 27일 개봉)과 〈부산행〉(7월 20일 개봉)의 최종 흥행결과는 천만 관객을 동원한 〈부산행〉의 압승이었다. 어쩌면 지금 이 시대의 대중들이 '영웅'보다 '좀비'에 더 열광하고 있다고 말해도 이상하지 않을 것이다. 그러니 관객과 평론가의 견해가 '정반대'라는 검증되지 않은 말을 주장하기 전에 '극장가에서 왜 이런 일이 벌어진 걸까' 궁금해하는 것이 제대로 된 순서일 것이다.

그런데 흥미로운 것은 〈부산행〉이나 〈인천상륙작전〉은 물론이고, 그즈음에 개봉한 〈덕혜옹주〉(8월 3일 개봉)나 김성훈 감독의 〈터널〉(8월 10일 개봉)까지 제각각 전혀 다른 종류의 영화들처럼 보이지만, 기실 공통적으로 껍데기뿐인 국가 혹은 무능하고 빗나간 공권력에 대한 환멸을 담고 있다고 생각한다. 이 4편의 영화가 다루는 사건은 모두 국가가 국민을 지키지 못한 데서 비롯된다. 특히 몇몇 영화에 대해 반복적으로 세월호의 기억이 떠오르는 것은 결코 쉽게 넘겨버릴 일이 아니다.

그런 생각으로 마음이 무겁던 차에 다른 일로 이두용 감독의 반공영화 〈지옥의 49일〉(1979)을 보면서 그 오랜 해원(解寃)에 대한 답을 찾을 수 있었다. 1950년 6월 어느 날, 군사요충지인 한 섬에 북한군 일개 중대가 찾아와 점령하고 그들의 폭압을 견디다 못한 섬 주민들이 결사항쟁에 나서는, 그야말로 "나 반공영화요" 하고 외치는 영화다. 북한군은 조폭처럼 행패를 부리고 마을사람들은 낫과 돌멩이를 들고 게릴라처럼 49일 동안 싸운다. 하지만 마을사람들이 하나둘 죽어나가는 동안 '국군'은 코빼기도 비추지 않는다. 마을사람들이 북한군을 다 제압한 뒤에야 말쑥하게 차려입은 국군을 태운 배가 저 멀리 나타나는데, 딱히 섬에 와도 할 일은 없을 것이다. 그때 이두용 감독은 마지막으로 다음과 같은 자막을 깔아버린다. "누가 뭐래도 우리의 살길은 우리의 힘으로 지키는 길밖에 없다." 거의 40년 전 '반공영화'의 '클래스'가 그러했다.

저는 〈곡성〉을
아주 잘 봤습니다

"〈곡성〉은 시나리오가 돌아다닐 때부터 영화인들의 깊은 관심을 받았다. 1차 편집본을 본 임필성 감독은 무서워서 잠을 못 잤다고 하고, 봉준호 감독은 급체를 했다고 했다." 박찬욱, 김지운, 최동훈, 류승완, 나홍진 감독과 지난 2016년 〈씨네21〉 신년 특집 표지와 인터뷰를 진행했을 때 류승완 감독이 했던 말이다. 다른 감독들의 반응도 비슷했다. 최동훈 감독은 "다들 2016년은 〈곡성〉의 해가 될 것이라 믿고 있다"고 했고 김지운 감독도 "시나리오를 봤을 때부터 '이건 진짜 미친 이야기'라 생각했다"고 말했다.

기사가 나가자마자 '봉준호 감독이 급체한 영화 〈곡성〉'이라는 제목으로 삽시간에 수십 개의 어뷰징기사가 만들어졌다. 〈곡성〉 개봉 이후 네티즌들의 반응도 그와 별반 다르지 않았다. 무려 2시간 36분의 상영시간 동안 '탁월한 과잉'으로 좋게 본 사람들이나 '공허한 과욕'으로 나쁘게 본 사람들이나 공통적으로 봉준호 감독이 겪은 소화불량을 호소하고 있다.

데뷔작 〈추격자〉(2008)와 〈황해〉(2010)에 이은 나홍진 감독의 세 번째 장편 〈곡성〉은 일단 의미있는 성과를 거둔 것으로 보인다. 무엇보다 이번에도 칸국제영화제의 초청을 받았다. 〈추격자〉가 칸국제영화제 공식 섹션 중 하나인 '미드나잇 스크리닝', 〈황해〉가 칸국제영화제 '주목할 만한 시선' 부문에 초청된 것에 이어 〈곡성〉 또한 2016년

〈곡성〉

칸국제영화제 '비경쟁부문'에 초청되었다.

칸국제영화제의 공식 섹션은 같은 해 박찬욱 감독의 〈아가씨〉가 초청된 경쟁부문 외에 비경쟁부문이 있고, 비경쟁부문은 심야상영인 미드나잇 스크리닝, 주목할 만한 시선, 특별상영 등으로 나뉘는데 이 중에서 경쟁부문과 비경쟁부문 초청작만이 칸을 상징하는 뤼미에르 극장에서 레드카펫 행사와 함께 상영된다. 보통 이런 경우, 나홍진 감독이 다음에 만드는 영화가 경쟁부문에 초청될 것이라 예상한다.

놀라운 것은 흥행성적 또한 상당히 좋다는 것이다. 그의 영화가 지닌 복잡하고 독특한 장르성, 그리고 해피엔딩과는 거리가 먼 무거운 분위기를 감안하면 실로 예상 밖이다. 더구나 〈곡성〉은 이전 작품들보다 어두운 면이 더 강화되었을 뿐더러 상영시간도 가장 길다. 전작들에서 똑같이 주연을 맡았던 하정우와 김윤석을 떠올려 보면 〈곡성〉의 곽도원, 황정민, 천우희가 두 배우보다 티켓파워를 더 지닌 배우들이라 말하기도 어렵다. 그러나 〈곡성〉의 최종 스코어는 680만 관객으로, 〈추격자〉(504만)와 〈황해〉(226만)를 넘어 그의 최고 흥행작이 되었다.

개인적으로는 2가지 면에서 〈곡성〉을 환영한다. 먼저 나홍진 감독이라는 걸출한 국제적 감독의 등장 때문이다. 그동안 임권택, 홍상수, 이창동, 김기덕 감독이 해외영화제에서의 성취와 별개로 국내에서는 그다지 성공하지 못했다면 칸국제영화제 심사위원대상을 수상한 박찬욱 감독의 〈올드보이〉(2003)는 모든 것을 일거에 바꿔놓았다. 관객과의 접점이 높은 이른바 한국상업영화들이 북미 지역의 영화애호가들을 중심으로 확산되기 시작한 것이다.

이어 역시 칸국제영화제에 초청된 〈괴물〉, 〈마더〉의 봉준호 감독이 그뒤를 이었다. 틸다 스윈튼, 크리스 에반스 등이 출연한 〈설국열차〉(2013)에 이어 〈옥자〉(2017)에는 틸다 스윈턴 외에 제이크 질렌할, 폴 다노, 릴리 콜린스 등도 출연한다. 촬영감독은 무려 데이빗 핀처와의 오랜 작업으로 유명한 다리우스 콘지다. 그동안 한국을 찾은 많은 해외영화인이 기자회견에서 "박찬욱, 봉준호와 함께 일해보고 싶다"는 말을 지겹도록 한 것에 대해 굳이 그 명단을 덧붙이지 않아도 될 것이다. 또 할리우드에 진출해 아놀드 슈왈제네거 주연 〈라스트 스탠드〉

(2013)를 만든 김지운 감독도 빼놓을 수 없다.

그처럼 박찬욱, 봉준호, 김지운 감독이 지난 10년 넘게 한국영화를 대표해온 인물들이었으나 그 '이후'가 없다는 갈증에 시달려온 것도 사실이다. 최동훈, 류승완, 김한민, 원신연, 윤종빈 감독 같은 이들이 할리우드 메이저 스튜디오의 관심을 받고 있다는 '소문'이 돌기는 했으나 구체적인 사례를 낳지는 못했다. 간단히 말해 한국영화계 전체에 "언제까지 박찬욱, 봉준호인가"라는 우려 섞인 전망마저 나오기 시작한 것이다. 그런 타이밍에 맞닥뜨린 영화가 바로 〈곡성〉이다.

많은 관객이 〈곡성〉을 보면서 놀란 것 중 하나는 할리우드 이십세기폭스사 로고가 뜬 일이었다. 〈추격자〉를 눈여겨본 이십세기폭스는 이미 〈황해〉 때 제작비 20% 정도를 직접 투자했는데, 당시 한국영화에 처음으로 투자한 일이었다. 그리고 〈곡성〉은 제작비 전체를 투자했을 뿐만 아니라 나홍진 감독에게 영화 제작에 관한 전권을 부여해서 큰 화제가 되기도 했다. 이는 나홍진이 박찬욱, 김지운, 봉준호를 잇는 한국영화의 새로운 이름이 되었다는 것을 증명한다.

두 번째로 환영하고 싶은 것은 토론할만한 가치가 있는 한국영화가 오랜만에 등장했다는 사실이다. 홍상수, 김기덕 감독의 영화가 꾸준한 작품 활동에도 불구하고 일반관객들로부터 점점 더 고립되어 가고 있다는 것은 주지의 사실이고(심지어 김기덕 감독은 고집스레 국내매체와 인터뷰 자체를 하지 않은지 수년이 되어간다), 임권택 감독 또한 모처럼 〈화장〉(2014)을 내놓았으나 역시 극장가의 외면을 받고 말았으며, 여전히 폭넓은 계층의 관심을 받고 있는 이창동 감독은 칸국제영화제

각본상을 수상한 〈시〉(2010) 이후 〈버닝〉(2018)을 만들기까지 휴식기가 지나치게 길었다.

오히려 주목할 만한 한국영화는 수년간 독립영화 진영에서 더 많이 발견되었다고 해도 과언이 아니다. 그만큼 대기업 위주의 제작관행이 굳어진 현재 한국상업영화들은 전반적으로 하향 평준화되고 있다. 속된 말로 '안전빵' 위주의 적당한 스타 캐스팅에 새로울 것 없는 빤한 이야기가 한국 메이저 투자배급사 영화 라인업을 장악했다. 말하자면 관객 입장에서 장문의 영화비평을 읽고 싶은 한국영화가 실종된 것이다. 최근 〈씨네21〉에 〈곡성〉 영화비평을 기고한 허지웅 평론가는 "무언가 같은 영화를 보고 그것의 이상하고 불온하며 무시무시한 지점에 관해 갑론을박하고 왁자지껄하게 떠드는 즐거움을 우리는 너무 오래 잊고 살았다"고 썼다.

마지막으로 〈곡성〉과 나홍진 감독 그 자체에 대해 이야기해야 할 것 같다. 평소 나홍진 감독을 볼 때마다 '죽기 살기로 영화 만드는' 사람이라고 느꼈다. 한국영화계에 이른바 '회사원' 같은 감독들이 늘어나는 요즘, 마치 유작을 만드는 것처럼 작품에 매달리는 그를 보면서 진정 '예술가'라고 느낄 때가 한두 번이 아니었다. 오래전 〈황해〉를 준비하며 중국 연변 지역으로 떠난다는 그를 만났을 때 "그냥 간다"고 했다. 한동안 글 쓰고 생활하면서 그쪽 동네의 기운을 느껴보고 돌아오는 것이 목적이라고 했다. 그의 특유의 '취재'방식이라 할 것이다. 〈곡성〉을 준비하면서도 한국의 토속신앙을 연구하기 위해 어느 산속 암자에 한두 달 가까이 틀어박혀서 무당들과 지냈다고 한다.

이제는 나홍진 같은 감독을 찾아보기 힘들다. 요즘 같은 시대에 그런 식의 작품 준비과정을 권장한다는 것이 아니라, 어쨌건 그런 태도가 자신의 영화가 변화하고 발전하는 데 굉장히 정직하게 반영되고 있다는 점이다. 그러니까, 그는 그렇게 살아야 하는 감독이다.

흥미로운 것은 그의 영화가 계속 진화하고 있다는 사실이다. 〈곡성〉은 오컬트적 세계 안에서 주인공 개인이 가진 '믿음'의 문제를 집요하게 파헤친다. 종교적 요소는 전작들에서도 줄곧 그 모습을 드러내왔다. 〈추격자〉에서 연쇄살인마 영민(하정우)을 쫓으며 꼬박 밤을 새운 중호(김윤석)와 〈황해〉에서 전국 방방곡곡을 맨몸으로 누비는 조선족 구남(하정우)의 고통은 거의 종교적 고행자의 그것과 맞먹는다. 그런 가운데 두 작품 모두 결과적으로는 하정우와 김윤석이라는 두 배우의 장르적 대립 구도에 방점이 찍혀 있었다면, 〈곡성〉은 종구(곽도원)를 아예 단독 주인공으로 내세워 외지인(쿠니무라 준)과 의문의 동네 여자(천우희) 사이에서 끝없이 갈등하고 번민하게 만든다. 이전과 달리 주인공은 범죄와 싸운다기보다 개인들 저마다의 내면의 악(惡)과 싸우는 느낌이다.

영화 속 '카메라를 든 악마'라는 이미지는 지난 몇 년간 마주했던 그 어떤 영화 속 캐릭터보다 압도적이다. 나홍진, 그가 바로 보이지 않는 실체로서의 악과 마주하기 위해 그만한 시간을 들였다는 생각이 들었다. 〈추격자〉와 〈황해〉 모두 지극히 현실로부터 비롯된 이야기였다면, 〈곡성〉은 그와 차원을 달리 하는 초현실의 무대 위에 서있다. 단순히 '환상'이라고만 생각했던 이미지들이 무속을 거쳐 현실에 모습을 드러낼 때, 앞서 시나리오를 읽은 김지운 감독이 감탄했던 것처럼 '이건 진짜 미친 이야기'라는 감상에 전적으로 동의할 수밖에 없었다.

지난 몇 년 동안 같은 질문을 지겹도록 던져온 한 해외 비평가가 다시금 내게 "박찬욱과 봉준호 다음은 누구인가?"라는 질문을 던진다면, 확신에 찬 어조로 나홍진이라 말할 수 있을 것 같다.

류승완의 〈군함도〉, 결국 영화를 지킨다는 것

한 편의 영화를 둘러싸고 벌어지는 수많은 일, 결과적으로 영화는 돈이 너무 많이 들어가는 예술이라는 데서 발생하는 것 같다. 또한 촬영에 들어가면 최소 3~4개월 이상, 후반작업까지 감안하면 거의 1년 가까이 작업 기간도 필요하다. 문학이나 음악처럼 순간의 영감으로 하룻밤에 완성하는 일은 일어날 수 없고, 혼자 고독과 싸워가며 만들어내는 개인적인 작업도 아니다. 배우의 스케줄을 조정해야 하고, 이런저런 장비를 대여해야 하며, 교통과 날씨 등 고려해야 할 변수도 너무 많다. 또한 모든 작업들은 '촬영현장'을 통해 스태프 모두에게 노출되는 것이나 마찬가지다.

노트북이나 작업실을 공개하지 않으면 전혀 노출되지 않는 여타 예술의 작업과정과 달리 영화는 그 제작과정을 감독 외의 많은 이와 아낌없이 공유한다. 그러니 영화가 완성되기도 전에 스태프들이 제작과

정의 기록을 무턱대고 SNS에 올려버리기도 한다. 이렇게 업로드된 스태프의 별것 아닌 SNS에서의 불평도 '모 영화현장의 불합리한 처우'로 둔갑해버리는 세상이다.

수개월의 촬영기간 동안, 혹은 촬영이 끝난 다음 홍보기간에도 영화는 살얼음판을 걷게 된다. 그러니까 감독에게 요구되는 가장 절실한 덕목은 예술적 비전의 추구와 버금가게 불확실성과의 싸움, 그리고 예측하지 못한 위기에 대처하는 태도일지도 모른다.

그런데 2017년 여름 〈군함도〉를 둘러싸고 벌어진 일들을 보고 있으면, 그것이 순전히 개인적인 태도의 문제가 아님을 새삼 깨닫게 된다. 나 또한 이번 일을 겪으면서 박찬욱 감독의 말처럼(당시 박찬욱, 봉준호 감독, 오달수 배우 등이 '지금, 〈군함도〉 논란을 다시 돌아봐야 하는 이유'라는 기획기사에 긴 인터뷰를 해주었다), 영화를 보고 난 다음 자유롭게 영화에 대한 얘기를 주고받기도 전에 어떤 '선동'의 조짐이 있었다고 느꼈다.

비슷한 시기에 개봉한 〈택시운전사〉 영화비평에서 김영진 평론가가 지적한 것처럼, 어떤 영화(〈택시운전사〉)의 역사적 허구는 대중에게 동조되는 반면 또 다른 영화(〈군함도〉)의 역사적 허구는 왜 동조되지 않는 것일까? 그렇게 "영화를 보려고 했던 사람까지 보지 못하게 하고, 보지 않고도 욕하게 만들면서" 한 영화를 몰락시킨 것이다. 같은 기사에 함께 첨부된 한국영화감독조합의 불공정 상영 반대 성명서의 내용도 더해져 문제의 핵심은 몰상식한 여론몰이와 불합리한 한국영화산업 구조에 있음을 역시 새삼 깨닫게 되었다.

몇 년 전, 천만 관객을 돌파한 〈광해, 왕이 된 남자〉의 최초 감독으로 내정된 이는 바로 강우석이었다. 하지만 이견 조율에 실패했고, 당시 언론들은 '강우석, CJ에게 졌다'라는 단정적인 제목의 기사까지 내보냈다. 사실 크랭크인 전에 감독이 교체되는 일이야 흔하고 흔하지만, 한때 시네마서비스의 수장으로서 〈씨네21〉의 '한국영화 파워맨' 순위에서 거의 독보적인 1위를 차지했던 강우석이었기에, 그것은 마치 '인스턴트 감독' 시대의 '개인'과 '회사'의 대결에서 개인의 패배라는 상징적 사건처럼 여겨졌다.

더 큰 문제는 〈군함도〉를 둘러싸고 벌어진 일도 그렇고 그 패배의 기억이 창작자의 의욕을 갉아먹는 일일 것이다. 작년 겨울, 〈Z〉(1969)와 〈의문의 실종〉(1982) 등 대표작들이 복원되며 여러 인터뷰를 가졌던, '감독의 고뇌와 고초'라는 점에서 세상 그 누구보다 험한 길을 걸었던 거장 코스타 가브라스는 "이런저런 어려움을 겪으며 어떤 식으로든 창작자의 재능과 의지가 꺾이는 순간이 찾아오겠지만, 그럴 때 가장 위험한 것은 자기검열"이라고 했다. 하나의 사건이 어떻게든 창작자에게 생채기를 내겠지만, 결국 자신의 길을 벗어나지 않고 가는 것이 중요하다는 얘기일 것이다. 영화로 저항한다는 것, 영화를 지킨다는 것, 결국 다 같은 말이다.

반복해서 쓰는 것만큼 좋은 글쓰기 훈련은 없다. 혼자 꾸준히 습작을 하는 것만으로도 자기만의 체계를 세울 수 있다. 그러나 그냥 쓰지만 말고 이미 기자가 된 것처럼 '시간'과 '분량'에 맞게 써내는 실질적인 훈련을 해야 한다. 또 글을 쓰는 훈련만큼이나 이미 쓴 글을 줄이는 훈련이 필요하다. 다이어트가 건강에 도움이 되듯, 글의 군더더기를 빼는 것도 마찬가지다.

Part 02

글을 쓰기 전에

모든 것에 의문을 품어라

영화란 결국 미완성이다. 하지만 모두가 완성을 향해 끊임없이 고독하게 도전한다. 때문에 우리는 영화의 모든 장면에 의문을 가지는 태도를 가져야 한다.

영화는
불완전한 예술이다

미학은 결국 기술의 지배를 받는다. 『옥스포드 세계영화사(The Oxford History of World Cinema)』의 책임 편집을 맡은 제프리 노웰 스미스(Geoffrey Nowell Smith)는 '영화의 발전사'가 곧 '기술의 발전사'라고 말한다. 영화가 변해온 만큼이나 영화를 논하는 개념에도 많은 변화가 있었는데, 이전까지의 영화사가 주로 감독과 배우 혹은 스튜디오의 역사로 논의되어 왔다면 '영화가 오직 감독의 것'이라는 사고방식의 외연을 보다 확장해야 한다는 요구에 직면했다는 얘기다. "영화는 결국 기술의 발전이 이룬 산업적·환경적 안정성의 바탕 위에서 예술을 위한 매체로서의 발판을 다지게 되었다"는 것이다. 역사적으로 그에 맞춰 영화의 존재근거가 기술의 발전에 발을 디디고 선 것이라면, 영화의 예술적 가치에 대한 총체적인 재평가와 새로운 접근법이 필요하다는 얘기다.

감독이나 작가가 쓴 시나리오는 그 자체로만 봤을 때 영화도 아니고, 문학도 아니다. 결국 그것을 1초에 24프레임이 지나가는 한 편의 움직이는 영화로 만드는 것은 촬영·조명·사운드·특수효과 등 숙련된 기술 스태프들의 역할이다. 그들은 감독의 창의력을 스크린으로 옮기는 사람들이며, 그들이 없다면 영화적 상상력이란 결국 무용지물이다. 더구나 그들의 역량에 의해 영화의 완성도와 작품성이 결정되기도 한다. 영화가 여타의 예술과 근본적으로 다른 점은 바로 감독의 손과 발과 귀가 되는 또 다른 사람이 존재한다는 것이며, 그들이 때로는 감독보다 더 탁월한 창의성을 발휘하기도 한다는 것이다. 영화가 '시청각예술'이자 '종합예술'이라는 얘기는 결국 '협업'이라는 속성 때문이다.

그동안 여러 권의 책을 썼는데, 개인적으로 가장 큰 공부가 되었다고 생각하는 책은 바로 명필름, 열화당과 함께 냈던 인터뷰집 『우리시대 영화장인』이다. 이 책은 영화 안의 또 다른 여러 '감독'들을 만나고자 했던 기획이다. 촬영 김우형, 조명 임재영, 편집 김상범, 사운드 김석원, 특수효과 정도안, 특수분장 신재호, 무술 정두홍, 특수시각효과 장성호, 이렇게 8명의 장인은 지난 10년 넘게 한국영화계가 걸어온 발전의 궤적의 중심에 선 사람들이다.

1990년대 중반 이후 한국영화가 국제적으로 주목받기 시작하고, 관객들의 폭넓은 사랑을 받는 대중영화로서 한국영화의 관객점유율이 해마다 늘어가기 시작했다. 관객점유율이 늘어난 핵심적인 요인에는 여러 감독들이 이룬 미학적 성취가 있겠지만 그 외에도 기술적 역량의 제고를 언급하지 않을 수 없다.

가령 1999년과 2000년도 당시 한국영화사상 최다 관객동원 기록을 연달아 경신한 〈쉬리〉와 〈공동경비구역 JSA〉, 칸국제영화제 그랑프리를 수상하며 해외시장에서 한국영화의 인지도를 급속도로 끌어올린 계기가 된 〈올드보이〉 등의 작품 엔딩 크레딧에서 이 8명의 이름을 쉽게 발견할 수 있다.

그 오랜 시간 동안 '한국영화가 달라졌다'는 상투적인 표현 아래에는 바로 이들의 '등장'이 숨어 있다. 이들은 아날로그 영화기술과 디지털 영화기술 사이의 과도기적인 환경변화 속에서 각자의 성공모델을 만들었고, 그 과정을 통해 영화 제작시스템 전반에도 큰 영향을 미쳤다.

말 그대로 임재영, 정도안, 신재호, 정두홍처럼 밑바닥에서부터 시작해 화려한 성공을 이룬 사람들부터 김석원, 장성호처럼 다른 업계의 실력자가 영화로 눈길을 돌려 산업의 혁신을 이룬 사람들, 그리고 김우형과 김상범처럼 감독을 꿈꿨던 사람들도 있다.

이들을 만나며 흥미로웠던 것은 촬영현장의 역학관계 속에서 서로 다른 역할을 해야 하는 촬영과 조명, 아날로그와 디지털 사이에서 서로 처한 상황이 다른 특수효과와 특수시각효과 등에서 서로 진술의 성격과 내용이 다르게 해석될 때였다. 말하자면 이 8명은 종종 서로 대립하기도 하면서 타협과 양보를 통해 최선의 결과물을 만들어나가는 사람들이다. 그것을 흥미롭게 지켜보는 것 또한 영화라는 예술의 근본적인 매혹 중 하나다.

당시 인터뷰집을 준비한 1년 여의 시간은, 10년 넘게 영화기자로 일하며 '언론인'이기보다 '영화인'이라는 느낌으로 살아온 나에게도 소중한 배움의 시간들이었다. 남양주 종합촬영소부터 파주, 일산, 성남 등으로 그들을 만나기 위해 때로 기나긴 여행을 하면서도 그들의 오랜 경험과 집요한 열정을 듣다 보면 그저 시간 가는 줄 몰랐다. 그들의 얘기를 옮기며 『우리시대 영화장인』 책이 한국영화사의 빈자리를 스태프의 이름으로 메우고 서술하는 논쟁적인 재해석이 되길 바랐다. 그리고 유년기의 사소한 기억부터 업계에 입문해 현재의 모습을 이루기까지, 개인적 삶의 미시적 기록이 한국영화계 전반의 거시적 변천사로 놓이길 바랐다.

책을 냈을 당시 내 역량 부족으로 놓친 내용도 많고 애초의 의도를 잘 살려내지 못한 아쉬움도 있지만, 그 책이 단순한 만남의 기록이기보다 이들처럼 각 기술 분야의 장인을 꿈꾸는 젊은 친구들에게 지금의 한국영화를 어떻게 바라보고 규정해야 하는지에 대한 안내서가 되길 바랐다.

영화는 미완성인 채로 완성된다

아마도 영화만큼 강렬한 매체는 없을 것이다. 시청각적 체험이야말로 순식간에 온갖 정보를 전달해 우리의 인식체계를 송두리째 흔들어놓는다. 극장에서 영화를 볼 때, 일상의 경험으로부터 유리되어 일종의 해리상태까지 느끼는 것도 그런 이유다. 그런데 영화를 감상하는 데 있어 가장 큰 난제는 바로 영화가 '시간의 예술'이라는 점이다. 동영상 이미지는 우리의 눈에 명쾌하고 강제적으로 들어오는 대신 1초에 24프레임이 훌쩍 지나가버린다. 우리의 인식체계로 강하게 침투하지만 오히려 적게 남기고 떠나가는 것이다.

우리는 남겨진 '기억'을 필사적으로 재생해 남에게 이야기하고 써야 한다. 영화를 보면서 느낀 감흥을 당장 남에게 말하고 싶고 이것저것 쓰고 싶지만, 정작 상대방 또는 노트북 앞에서 멍하게 앉아있었던 경험은 누구나 있을 것이다. 영화감상이란 바로 자신의 부족한 기억력과의 처절한 싸움이다. 그래서 영화가 쉽고도 어려운 이유는, 직접적인 수용구조 탓에 감상이 끝난 다음 즉각적으로 말하고 쓰고 싶은 강렬한 욕구에 휩싸이지만 사실상 조리 있게 정리하기가 쉽지 않기 때문이다. 그러니까 쉽게 생각하라. 내가 어려운 만큼 남도 어렵다.

미술전시회와 영화제의 차이도 바로 거기서 발생한다. 미술전시회는 자신이 시간만 넉넉하다면 모든 작품을 다 보는 것이 가능하지만, 영화제는 아무리 시간표를 영리하게 짜도 영화제 기간 동안 모든 영화를 다 보는 것이 애초에 불가능하다. 게다가 문학이나 미술은 시간의 제약 없이 감상할 수 있다. 한 편의 소설을 하루 만에 읽든지 일주일 걸려 읽든지 자기 마음이고, 특정 미술 작품 또한 1시간 동안 뚫어지게 쳐다보거나 그냥 스치듯 지나가도 상관없다. 하지만 영화는 누구나 평등하게 한 곳을 바라보는 가운데 정해진 90분 정도의 러닝타임만 허용한다.

잡생각을 하느라 대사를 놓쳤건, 화장실에 가느라 장면을 놓쳤건 간에 한 번 지나간 장면은 영영 다시 돌아오지 않는다. 하지만 그 상태로 무언가를 얘기해야 하고 리뷰를 써야 한다. 그래서 영화에 대해 이야기하고 쓰는 것은 애초에 불완전할 수밖에 없다. 영화감상이 쉽고도 어려운 이유의 핵심은 바로 여기 있다.

게다가 무한대의 기억력을 발휘한다고 해도 '이미지'라는 것에는 필연적으로 인간의 상상력이 끼어든다. 영화용어 중 '봉합(suture)'이라는 것이 있다. 필름을 자르거나 편집할 때 생기는 영화의 공백을 관객들이 상상력의 바느질로 메우는 것을 말한다. 말하자면 영화 관람은 결코 수동적인 행위가 아니다. 롤랑 바르트(Roland Barthes)가 『카메라 루시다(Chambre Claire: Note sur la Photographie)』에서 말한 '푼크툼(punctum)'이란 개념도 있다. 그것은 사회적으로 널리 공유되는 '일반적 해석의 틀에 따라 읽어내는 의미'인 '스투디움(studium)'과 달리, 특정한 이미지가 나에게 쏘아져 날아오는 화살과 같은 것이다.

우리가 사진이나 미술의 특정한 이미지 혹은 영화를 봤을 때 이유 없이 끌리고 이론으로는 설명되지 않는 계시가 느껴질 때, 그 날카로운 감정을 푼크툼이라 부른다. 영화를 보고 오직 보는 이 혼자만이 느끼는 절대적이고 개별적인 효과를 푼크툼이라 할 수 있다. 한 영화에 대해 저마다 좋아하는 장면이 다르고, 별점이 0개부터 10개까지 다 다르게 주어질 수 있는 것처럼, 요즘 식으로 말하자면 사람들이 특정 영화에 대해 느끼는 '필(feel)'은 천차만별이다.

제작 과정의 측면에서 보자면 아무리 '1인 미디어'나 '스마트폰 영화'가 가능한 시대라고는 하지만, 영화는 여전히 극장이라는 공간에서 배급과 상영이라는 형식을 거쳐 수많은 사람 앞에 공개되는 형태를 유지하고 있다. 더불어 영화에는 막대한 자본과 노동력이 투여된다. 이중섭 화백이 담배갑의 은박지 위에 드로잉한 그림이나, 소설가가 골방에 틀어박혀 혼자 써낸 작품은 충분히 예술로 인정받을 수 있지만 영화는 그렇지 않다. 영화화되지 않은 시나리오는 그저 휴지에 불과할 뿐이며, 여전히 1인 작업의 가능성은 자기위안에 그칠 뿐이다. 그래서 '종합예술'로서의 영화란 철저히 공동작업의 산물임을 인지하고 이해해야 한다.

감독의 창의력과 스태프의 기술력이 더해질 때 영화는 비로소 생명을 얻는다. 현장에서 그들이 일사분란하게 움직여 최고의 장면을 만들어내는 순간은 쉽게 찾아오지 않는다. 현장의 날씨, 감독의 집중력, 배우의 기분, 스태프의 숙련도 등 이 모든 미완성인 것들이 모여 마치 완벽한 것인 양 관객을 유혹하는 것이다. 그러니까 우리는 적극적으로 그 빈틈을 찾아서 채워야 한다. 관객은 한 편의 영화를 완성하는 마지막 스태프다.

영화란 결국 미완성이다. 촬영·조명·특수효과·무술 등 모든 분야가 일사분란하게 움직여 최고의 숏(shot)을 만들어내는 순간의 희열은 뜻하지 않은 환경의 변화나 공동작업이라는 근본적 한계로 인해 쉽게 찾아오지 않는다. 하지만 미완성 속에서 모두가 완성을 향해 끊임없이 고독하게 도전하는 예술이 바로 영화다. 그래서 우리가 가져야 할 태도는 영화의 모든 장면에 의문을 갖는 것이다. 우리가 보는 영화가 90분이라면 사실상 촬영하고서 버려지는 분량은 그것의 10배에 달한다.

열 손가락 깨물어 안 아픈 손가락이 없는 것처럼 감독은 자신이 촬영한 모든 장면이 명장면으로 느껴질 테지만, 제작자 혹은 관계자들의 모니터링을 통해 정말 어렵고 힘들게 덜어내고 또 덜어내어 한 편을 완성한다. 말하자면 당신이 본 영화에서 쓸데없이 들어간 장면은 단 하나도 없다. 하지만 정작 영화를 본 당신의 생각은 다를 것이다. 불필요한 인물도 있고, 잉여로 느껴지는 사건도 있을 것이다. 그때부터 당신과 감독의 진짜 대결이 시작된다. 감독이 미완성인 채로 꼭꼭 숨겨둔 그 허점을 기어이 찾아내라.

쓰기 전에 전체 크레딧을 확인하라

영화가 여타의 예술과 근본적으로 다른 점은, 바로 감독의 손과 발과 귀가 되는 또 다른 사람이 존재한다는 것이다.

〈버드맨〉의 롱테이크 촬영과 엠마누엘 루베즈키 촬영감독

글을 어떻게 써나가야 할지 고민일 때, 혹은 색다르게 글을 전개하고 싶을 때, 감독과 배우를 지나 해당 영화의 엔딩 크레딧을 꼼꼼하게 살펴볼 필요가 있다. 참여한 스태프들의 명단을 확인하면 뜻밖의 실마리를 찾을 수 있기 때문이다.

영화가 단지 감독과 배우만의 것이 아니기에 그런 것이기도 하지만, 엔딩 크레딧을 통해 자신의 글에 전문성을 더할 수 있다. 또한 궁극적으로 창작의 비밀을 파헤치는 필수적인 과정이기도 하다. 그래서 공부하는 학생의 마음으로 해당 영화의 전체 크레딧을 무조건 살펴보고 글을 쓰기 시작할 필요가 있다.

가령 〈그래비티〉(2013), 〈버드맨〉(2014), 〈레버넌트: 죽음에서 돌아온 자〉(2015)를 통해 아카데미시상식에서 3년 연속 촬영상을 수상한 엠마누엘 루베즈키는 글을 쓸 때 절대 빼놓을 수 없는 이름이다. 지난 10년간 알레한드로 곤잘레스 이냐리투 감독(〈버드맨〉〈레버넌트: 죽음에서 돌아온 자〉)과 알폰소 쿠아론 감독(〈칠드런 오브 맨〉(2006), 〈그래비티〉)의 필모그래피 안에서 그가 차지하는 미학적 존재감은 절대적이다.

전체가 롱테이크(long take)로 완성된, 정확하게 말하자면 전체가 롱테이크처럼 보이도록 교묘한 눈속임으로 가득 찬 〈버드맨〉의 경우 그 촬영방식에 대해 쓰는 것만으로도 영화 전체의 테마까지 읽어낼 수 있다.

현실과 픽션의 경계 위에서 예술가가 처한 위기를 '그래도 삶은 계속된다'는 내용과 '극단적인 롱테이크'라는 형식의 일치를 통해 보여주는 것이다. 지옥과 희극 사이를 오가는 사람들의 기이하고도 진실한 초상, 소통 불가능한 세계를 살아가는 현대인들의 치유 불가능한 마음과 건조한 일상의 풍경 등 그가 말하고자 하는 모든 것이 롱테이크라는 방식을 통해 드러난다.

〈버드맨〉에서 리건 톰슨(마이클 키튼)은 저명한 소설가 레이먼드 카버(Raymond Carver)의 『사랑을 말할 때 우리가 이야기하는 것(What we talk when we talk about love)』을 원작으로 한 연극을 제작하고, 그 자신이 주연을 맡아 다시금 대중의 주목을 받길 원하지만 상황은

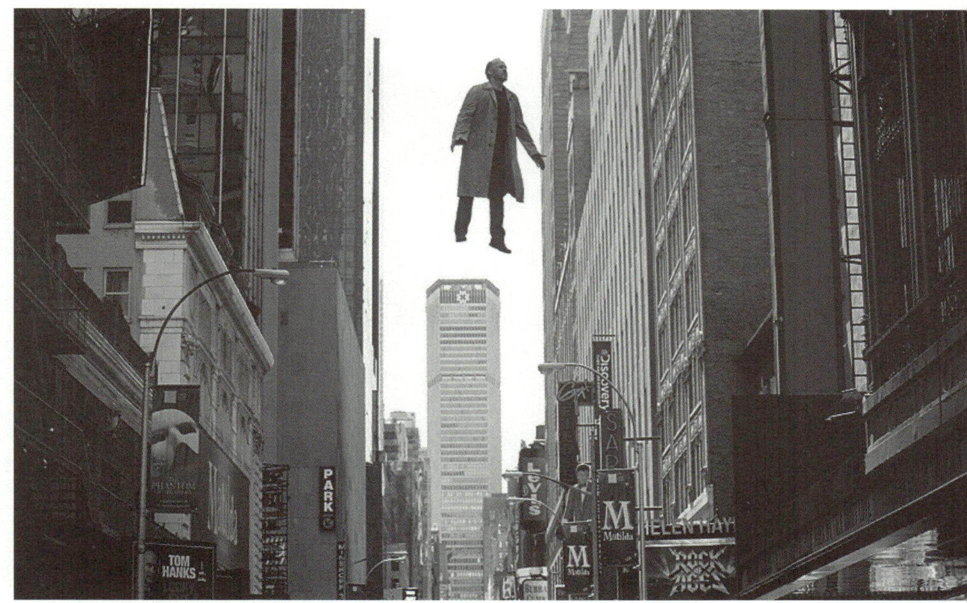

〈버드맨〉

자꾸 그가 원하지 않는 방향으로 흘러간다. 평소 자신과 사이가 좋지 않았던 연극 비평가마저 그의 연극에 대해 잔뜩 독기를 품은 상태다. 하지만 우여곡절 끝에 리건의 연극은 결국 대성공을 거두게 되고, 연극 비평가는 "리건 톰슨은 '슈퍼 리얼리즘'이라는 새로운 장르를 창시했다"라고 극찬한다. 아마도 그 말은 알레한드로 곤잘레스 이냐리투 감독이 〈버드맨〉의 극단적인 롱테이크 스타일에 대해 가장 듣고 싶은 평가일 것이다.

에미 와다 의상감독을 만났던 기억

"조용한 방과 연필, 그리고 일본쌀만 있으면 돼요." 어느덧 팔순이 된 에미 와다 의상감독(1937년생)은 구로사와 아키라 감독의 〈란〉(1985)으로 아카데미 의상상을 수상했다. 일본영화가 아카데미 외국어영화상을 수상한 경우는 간혹 있었다. 하지만 감독이 아닌 사람이 상을 받는 일은 말론 브란도가 주연한 〈사요나라〉(1957)의 우메키 미요시가 여우주연상을 받은 이래 영화 스태프로는 처음 있는 일이었다. 이후 그는 구로사와 아키라 감독의 〈꿈〉(1990), 피터 그리너웨이 감독의 〈프로스페로의 서재〉(1991)와 〈8과 1/2 우먼〉(1999)을 비롯해 홍콩영화 〈백발마녀전〉(1993), 중국영화 〈영웅: 천하의 시작〉(2002) 등을 작업하며 세계적인 의상감독으로 활약했다.

최근 진가상 감독의 〈풍운대전〉(2017)의 의상을 맡는 등 팔순의 나이에도 여전히 왕성하게 작업하고 있다. 에미 와다의 의상 또한 그녀가 참여한 작품에 대해 완벽하게 이해하려면 반드시 거쳐야만 하는 독립적인 소우주다. 그녀의 경우 조동오 감독의 〈중천〉(2006) 의상감독을 맡으며 방한했을 때 인터뷰를 진행한 적이 있다. 맵고 기름진 음식을 먹지 못해 중국과 한국에서 작업할 때 힘들었다며, 일본쌀로 지은 밥과 한국 김으로만 식사를 해결했다고 했다. 아마도 음식을 가리지 않았다면 더 많은 해외작업에 나섰을 것이다. 아시아 최고의 의상감독이라 해도 과언이 아닌 그에게 인생 최고의 순간을 묻자 아카데미 의상상을 수상할 때라고 답했다. "그때 시상자가 오드리 헵번이었어요. 아니, 세상에 오드리 헵번이 내 이름을 부르다니요. 꿈인지 생시인지 한참을 멍하게 있었죠."

아카데미 시상식에서 특수분장상은 1982년에 생겼다. 가장 많이 수상한 사람은 무려 11번 후보에 올라 〈너티 프로페서〉(1996), 〈맨 인 블랙〉(1997) 등으로 6개의 트로피를 가져간 릭 베이커다. 만약 오래전부터 특수분장상이 있었다면 최다 수상자는 1940년대부터 활동하며 〈대부〉 시리즈와 〈택시 드라이버〉(1976)는 물론 〈엑소시스트〉(1973)의 악령 들린 소녀의 기괴한 얼굴을 만들었던 딕 스미스가 되었을지도 모른다.

딕 스미스는 〈아마데우스〉(1984)의 나이든 살리에리 분장으로 딱 한 번 수상한 경력이 있으며, 2012년에는 평생공로상을 수상했다. 〈에이리언2〉(1986), 〈터미네이터2: 심판의 날〉(1991), 〈쥬라기 공원〉(1993)로 3차례 수상한 스탠 윈스턴도 빼놓을 수 없다. 〈쥬라기 공원〉의 수많은 공룡은 물론 애니메트로닉스(animatronics, 기계적 뼈대나 전자회로를 가지고 제작한 실물과 흡사한 캐릭터를 원격조정을 통해 움직이게 하는 기술)로 터미네이터의 움직임까지 만들어낸 그의 작업은 특수분장을 넘어 시각효과 전체를 아울렀다. 그럼에도 유난히 기억에 남는 그의 작업은 바로 〈배트맨2〉(1992) 펭귄맨 메이크업이다.

영화는 감독의 것이지만 스태프들의 것이기도 하다. 어떨 때는 그 영화의 촬영감독이 누구인지, 혹은 의상이나 특수분장을 누가 맡았는지에 따라 접근하는 방법이 달라질 수 있다. 종종 '촬영이 전부인 영

〈배트맨2〉

화' 혹은 '그 영화에서 볼 건 의상 밖에 없음'이라는 판단을 내리게 되는 순간 글쓰기의 초점을 바꿔야 하는 것이다. 그러니 써야 할 영화의 '스태프'를 확인하는 것은 필수다.

실제로 한국영화계도 2000년대 이후 그 스태프들의 존재감을 글에 녹여내는 것이 전혀 이상하지 않은 일이 되었다. 한국영화의 이른바 '때깔'이 달라졌다는 상투적인 표현 아래에는 바로 그들의 존재감이 숨어 있다. 감독이나 작가가 쓴 시나리오를 영화로 만드는 것은 바로 숙련된 기술 스태프들의 역할이다. 그들은 감독의 창의력을 스크린으로 옮기는 사람들이며, 그들이 없다면 영화적 상상력이란 결국 무용지물이다. 더구나 어떤 경우에는 순전히 그들의 역량만으로 감독의 연출력과 무관하게 영화의 완성도와 작품성이 결정되기도 한다. 영화가 여타의 예술과 근본적으로 다른 점이 바로 거기 있다. 감독의 손과 발과 귀가 되는 또 다른 사람이 존재한다는 것이다.

〈아가씨〉 류성희 미술감독, 칸국제영화제 벌컨상을 수상하다

2016년 칸국제영화제에서 벌컨상을 수상한 류성희 미술감독에 대한 얘기를 해보자. 미국 AFI(American Film Institute, 미국 영화 연구소)에 유학중이던 류성희 미술감독을 한국으로 돌아오게 만든 것은 바로 왕가위 감독이다.

무슨 말인가 하니, 류성희 미술감독은 유학을 끝내고 한국으로 돌아올 생각이 없었다는 것이다. 현실과 환경이 너무 다르니 충무로로 가지 말라고 충고하는 사람도 많았다. 그러다 만난 영화가 바로 왕가위의 〈동사서독〉(1994)이었다. "임청하가 아무 말 없이 칼을 차아아악 가르는 순간, 갑자기 눈물이 뚝뚝 흘렀다." 그때 류성희는 누군가의 부탁으로 한 웨스턴 영화의 바를 작업하던 중이었다. 건맨들이 뒤엉키는 웨스턴 바를 만들고 있던 때에 봤던 한 편의 아시아 무협영화가 그녀의 마음을 뒤흔든 것이다.

심지어 류성희 미술감독은 친구들을 집으로 초대해 〈동사서독〉 상영회를 열었다. 다시 한 번 감정에 북받쳐 눈물을 보였던 그와 달리 외국인 친구들은 '이게 뭐지?' 하는 표정으로 지루해했다. "서양 애들한테 지지 않으려고 밤새 연구해서 웨스턴 바를 멋지게 만들었지만 사실 그건 다 공부해서 하는 거고, 어느 순간 '내가 여기서 뭐하는 거지' 하는 생각이 들었다." 호리병을 들고서 1인 2역을 하며 어딘가 미친 것 같은 임청하의 행동도 심금을 울렸고, 그저 기억을 희미하게 없애준다는 취생몽사라는 술도 마셔보고 싶었다. "그래, 저거다 저거! 저게 영화지."

이후 한국으로 돌아오게 된 류성희 미술감독이 〈꽃섬〉(2001), 〈피도 눈물도 없이〉(2002), 〈살인의 추억〉(2003), 〈올드보이〉(2003)를 거치며 어떻게 성장해왔는지는 누구나 다 알 것이다. 2000년대 들어 박찬욱, 김지운, 봉준호, 류승완 감독 등 새로운 기운을 머금은 한국영화들을 일컬어 일부 해외 비평가들의 견해를 따라 '코리안 뉴 시네마'라고 묶는다면, 바로 류성희라고 하는 단 하나의 교집합이 있다.

〈동사서독〉의 미술감독이자 사실상 의상까지 책임지면서 왕가위 감독의 영혼의 파트너라고 할 수 있는 장숙평은, 역시 왕가위 감독의 〈화양연화〉(2000)로 칸국제영화제 기술상을 수상했다(아이처럼 펑펑 울던 양조위의 남우주연상 수상도 잊지 말자).

탁월한 기술적 성취를 이룬 작품에게 수여하는 벌칸상은 2003년에 만들어지긴 했으나, 그 이전에도 '기술상(Technical Grand Prize)'이라는 이름으로 그 업적을 선정해왔다. 과거로 거슬러 올라가자면 아시아 최초로 호금전 감독의 〈협녀〉(1969), 켄 러셀 감독의 〈말러〉(1974),

롤랑 조페 감독의 〈미션〉(1986), 장이머우의 〈트라이어드〉(1995)가 기술상을 받았다. 그만큼 대단한 상이다. 게다가 참여한 스태프에게 수상하는 경우도 그리 흔하지 않다. 감독에게 주거나 공동 수상하는 경우도 많다. 장숙평도 크리스토퍼 도일, 마크 리핑빈 촬영감독과 공동으로 수상했다. 그래서 류성희 감독이 더 대단해보인다.

그런데 당시 장숙평은 턱시도를 차려입은 채 왕가위 감독과 함께 레드카펫을 걸었다. 류성희 미술감독도 그랬으면 어땠을까 싶다. 기술 스태프가 감독, 배우, 제작자와 함께 어깨를 나란히 하며 칸의 레드카펫을 걷는 그 모습은 생각만 해도 근사하다.

당대 한국 장르영화의 인프라,
정두홍 무술감독

류성희 미술감독뿐만 아니라 현재 거의 모든 한국영화의 시나리오들이 몰리는 조상경의 의상 스튜디오 '곰곰'과 곽태용, 황효균이 이끄는 특수분장업체 테크니컬 아트 스튜디오 '셀'도 주목해야 한다. 이들은 현재 거의 모든 한국영화를 '독점'하고 있다 해도 과언이 아니다. 이들의 작업이 영화의 미학적 성패를 가늠하기도 하기에 눈여겨봐야 한다. 더불어 이제는 '무술'도 빼놓을 수 없다.

할리우드 얘기로 시작해보자. 1966년 아카데미 시상식에서 특별공헌상을 받은 인물은 바로 전설의 스턴트맨인 야키마 카너트였다.

〈벤허〉

존 포드 감독의 〈역마차〉(1939)에서 주인공 존 웨인을 대신해 마차를 끄는 여러 마리의 말들을 차례로 옮겨 타는 장면을 촬영했던 그는 이후 〈바람과 함께 사라지다〉(1939), 〈리오 브라보〉(1959), 〈스팔타커스〉(1960) 등에 참여하며 할리우드 최고의 스턴트맨으로 높은 명성을 누렸음은 물론, 자신의 능력과 경험을 바탕으로 액션 신에 관한 장면을 직접 설계하는 스턴트 코디네이터로 맹활약했다. 〈대열차강도〉(1903)에서 말을 타고 숲속 추격전을 벌이며 주인공 대신 말에서 떨어지던 기병대 출신의 프랭크 하나웨이가 영화사상 최초의 스턴트맨이었다면, 야키마 카너트는 그 뒤를 이은 최초의 무술감독이라 할 수 있다.

야키마 카너트에 대한 얘기로 시작한 이유는, 리메이크된 티무르 베크맘베토프 감독의 〈벤허〉(2016)를 보면서다. 윌리엄 와일러 감독의 오리지널 〈벤허〉(1959)에서 그 유명한 전차경주 장면을 설계한 이도 바로 야키마 카너트다(그의 아들인 야키마 카너트 주니어도 1959년작 〈벤허〉에 스턴트맨으로 참여하며 화제가 되었다). 그는 사실상 조감독으로 참여했다. 그래서 한때 "전차경주 장면이 전부나 다름없는 〈벤허〉에서 윌리엄 와일러가 한 일이 무엇이냐, 숨은 진짜 감독은 야키마 카너트다!"라고 부르짖던 이도 있었다. 대규모 액션 신이 상영시간의 상당부분을 차지하는 〈벤허〉는 '영화에서 서사보다 기술을 담당한 영화인들이 더 큰 지분을 갖는다'는 중요한 인식의 전환을 가져온 작품이기도 하다.

액션 신 자체가 영화 상영시간의 절반 이상을 차지하는 과거 홍콩 무협영화에서 원화평, 정소동 같은 무술감독이 누렸던 지위도 비슷하다. 그처럼 영화의 완성도에 있어 스턴트의 중요성과 스턴트맨들의 공로, 그리고 스턴트 코디네이터의 입지를 확고하게 인지하기 시작한 것이다.

한국영화계에서는 정두홍 무술감독이 이끄는 서울액션스쿨의 존재감을 빼놓을 수 없다. 앞서 한국영화 스턴트의 역사는 1960~1970년대 한국장르영화의 전성기로 거슬러 올라간다. 홍콩과의 합작으로 만들어진 무술영화와 암흑가를 무대로 한 범죄영화들을 중심으로 무수히 많은 액션영화가 만들어졌다. 하지만 주로 '사범'이라 불리는 무술 유단자들을 데려와 결정적인 순간에 대역으로 쓰거나 정창화, 임권택 감독 등 액션에 조예가 깊은 감독들이 스스로 액션설계를 도맡아했다.

정창화 감독의 경우 '쇼 브라더스' 사의 초청으로 홍콩으로 건너가 공전의 히트를 기록한 〈죽음의 다섯 손가락〉(1972) 등 여러 편의 액션영화를 만들기도 했다. 이후 기나긴 침체를 겪던 한국액션영화는 1970년대 후반 들어 태권도를 소재로 한 이두용 감독의 액션영화들과 여러 아동용 오락영화들을 중심으로 그 저변이 넓어지기 시작했고, 몇몇 배우들은 홍콩으로 스카우트되어 건너가기도 했다. 하지만 액션영화들을 '으악새 영화(배우들이 무조건 '으악' 하는 소리와 함께 쓰러진다며 낮춰 부르는 의미)'라고 부르는 풍토 속에서 다시 찾아온 그 전성기는 그리 오래가지 않았다.

침체일로(沈滯一路)의 한국액션영화가 완전히 탈바꿈하게 된 계기는 바로 임권택 감독의 〈장군의 아들〉(1990)의 성공이며, 이 영화를 통해 스턴트맨으로서 자신의 존재를 각인시킨 정두홍의 등장이었다. 이후 액션영화 제작 편수가 늘어나면서 스턴트맨들이 활동할 수 있는 무대가 넓어졌고, 다른 영화들과 차별화를 위해 보다 전문성을 요구하게 되었다. 그 중 정두홍의 실력은 단연 압도적이었다. 장현수 감독의 〈게임의 법칙〉(1994), 김영빈 감독의 〈테러리스트〉(1995), 김성수 감독의 〈런어웨이〉(1995) 등 거의 '독점'이라 해도 좋을 만큼 여러 굵직한 액션영화들에 스턴트 겸 무술감독으로 참여하며 확고한 기반을 다져가기 시작했다. 이후 〈비트〉(1997)와 〈쉬리〉, 그리고 〈무사〉(2001), 이 3편을 통해 그는 누구도 넘볼 수 없을 정도로 한국액션영화를 대표하는 이름이 되었다. 사실 이제는 해외영화에도 적잖은 영향을 끼치고 있다.

장이머우 감독은 〈영웅〉(2002)을 만들면서 〈무사〉의 여솔(정우성) 캐릭터를 참조했다고 말한 바 있으며, 〈알렉산더〉(2004)를 만든 올리버 스톤 감독 역시 〈무사〉에서 많은 장면을 참조했다고 말한 바 있다. 이후 〈올드보이〉, 〈달콤한 인생〉(2005), 〈짝패〉(2006), 〈좋은 놈, 나쁜 놈, 이상한 놈〉(2008), 〈베를린〉(2012) 등 그가 걸어온 길이 바로 한국액션영화가 걸어온 길이며, 한국액션영화가 해외시장에서 주목받아온 과정이다.

그처럼 정두홍 무술감독이 참여한 영화에 대해 쓸 때, 그와 서울액션스쿨이 얻어낸 성취를 읽어내야 하는 것은 빼놓을 수 없는 비평적 단계이기도 하다. 그 또한 이제는 여러 후배들을 거쳐 제각각 서로 다른 개성으로 분화되고 있다. 허명행 무술감독은 MBC 예능 프로그램 〈무한도전〉에 정두홍 무술감독과 함께 출연한 '애제자'로 유명하고, 정병길 감독의 〈우린 액션배우다〉(2008)에서 자동차에 부딪혔다 훌훌 털고 일어나는 엄청난 장면을 선보였던 권귀덕 무술감독 또한 업계에서는 '카 스턴트'에 관해 충무로 최고수로 인정받고 있다. 〈신의 한 수〉(2014)를 통해 무술감독으로 데뷔했던 최봉록 무술감독도 실제 복서였는데 〈주먹이 운다〉(2005)로 영화계와 인연을 맺으며 정두홍 무술감독이 직접 '스카우트'한 경우다.

그처럼 한국장르영화를 둘러싼 무술감독들의 계보는 보다 분화되어가고 있다. 이것은 단지 '무술' 크레딧에 한정된 것일 뿐이지만, 언제나 한 영화에 대해 쓰기 전에 거의 본능적으로 전체 크레딧을 먼저 챙겨 봐야 하는 이유이기도 하다. 감독에게는 정말 미안한 얘기지만, 가끔 어떤 영화들은 기술 스태프들의 성취를 평가하는 것 자체가 비평의 목적이 될 수도 있기 때문이다. 물론 그렇다 할지라도 한 편의 영화가 서사와 기술의 끊임없는 대화 속에서 존재한다는 점을 결코 잊지 말아야 할 것이다.

끊임없이 습작하라

습작을 할 때 일어나는 멋진 일 중의 하나는, 습작을 통해 작가나 기자로서의 자기 자신을 알아가는 데 도움을 준다는 것이다.

'글쓰기 근육'을 키워야 한다

정말 지겨운 얘기겠지만, 반복해서 쓰는 것만큼 좋은 글쓰기 훈련은 없다. 사실 여러 글쓰기 책을 보면서 태도를 배우고 기술을 익히는 것과 별개로, 혼자서 꾸준히 습작을 하는 것만으로도 자기만의 체계를 세울 수 있다. 『유혹하는 글쓰기』에서 스티븐 킹은 "많이 읽고 많이 써야 한다"며 "이 2가지를 슬쩍 피해갈 수 있는 방법은 없다. 지름길도 없다"고 단언한다. 그러면서 자신의 경우 1년에 70~80권의 책을 읽고, 하루에 10페이지씩(200자 원고지 기준 10매) 쓴다고 했다(이렇게 3개월 동안 쓰면 책 한 권이 나온다). 이에 대해 얼마나 많은 사람이 "많이 써야 한다"고 말하는지 지금부터 차근차근 예를 들어보겠다.

먼저 『유시민의 글쓰기 특강』에서 유시민 작가는 '글쓰기 근육'이라는 표현을 쓰면서 "글쓰기 근육을 만들고 싶으면 일단 많이 써야 한다. 그게 기본이다. 언제 어디서든 글을 쓸 수 있다면 무조건 쓰는 게 답이다. 진부한 처방이지만 어쩔 수 없다"고까지 말한다. 꼭 완성된 문장으로 쓰지 않아도 상관없다. 떠오른 생각의 자투리를 메모하는 것도 상관없다. 거기에 살을 붙여 완성해가는 것이다. 텅 빈 노트를 써도 되고, 텅 빈 파일이나 폴더여도 상관없다.

글쓰기 근육을 기르는 방법은 연필로 쓰고 타자기를 썼던 과거나 컴퓨터를 이용하는 지금이나 같다. 손끝으로 자신의 생각을 전달하는 우리의 머리는 그대로이기 때문이다. 작가와 기자는 쓰는 사람이지 생각하는 사람이 아니다. 당신의 머릿속에 아무리 뛰어난 생각이 있어도, 그리고 그것을 당장 깔끔하게 정리할 수 없다 해도 일단 무엇이라도 써라. 그렇지 않으면 금세 날아가버린다.

습작은 글쓰기 기술을 발전시키기 위한 반복적인 행동이다. 『하버드 글쓰기 강의(How to Be a Writer)』를 쓴 바버라 베이그(Barbara Baig)는 아예 책의 첫 번째 장 제목을 '습작'으로 정해, "운동선수와 음악가가 필요한 기술을 익히고 훈련을 통해 그 기술을 끊임없이 연마한다는 것은 누구나 아는 사실인데 당신은 왜 글쓰기 연습을 하지 않는가?"라고 반문한다. 습작을 하지 않는 것은 아무런 훈련이나 준비도 없이 실전 야구경기에 나가는 선수, 또는 콘서트의 음악가와 똑같다는 것이다.

나 또한 글쓰기 강좌를 여러 번 진행했지만, 학생들 대부분 수업을 성실히 듣기만 하는 것으로, 또 영화를 많이 챙겨보고 지식을 많이 쌓아두면 글은 중요한 순간에 저절로 써지는 것으로 착각하는 경우가 많다. 하지만 프로야구에서 투수가 등판하기 전에 워밍업을 하고, 본격적으로 리그가 시작되기 전에 시범경기를 하는 마음으로 쓰고 또 써야 한다. 심지어 바바라 베이그는 '프리 라이팅(free writing)' 훈련을 하라며 '한 번에 10분씩, 일주일에 3회를 몇 주간 반복하라'는 구체적 방법까지 써놓았다. 수시로 자신의 머리를 글쓰기 행위에 대해 활성화시키라는 의미일 것이다.

한국인들의 경우에 직접적인 글쓰기 훈련, 이른바 '글짓기'라 부르는 행위 자체는 초등학교를 졸업하며 사실상 끝났다고 할 수 있다. 진정한 의미의 '프리 라이팅'이라 할 수 있는 일기가 대표적이라고나 할까. 말하자면 많은 사람이 고등학교를 졸업하고 대학교를 거쳐 직장생활에 이르기까지 (남에게 보여주기 위한 정보를 채워놓는 목적이 최우선인) '리포트'와는 다른 의미의 '글짓기' 두뇌를 가동하지 않는 것이 현실이다.

『힘 있는 글쓰기(Writing with Power)』를 쓴 피터 엘보(Peter Elbow)는 글쓰기에 있어 "탁월함은 어떻게 끌어내는가"라는 질문에 대해 "엄청나게 많이 쓰지 않고서 탁월한 글을 써낼 가망은 거의 없다"고 단정지어 말한다. 그리고 "글쓰기에서 어떤 즐거움을 느끼지 못한다면 많이 쓸 수 없고, 나쁜 표현이 나올 때마다 움찔해서 쓰기를 멈춘다면 즐거움을 맛볼 수 없다"고 덧붙인다.

날마다 SNS에 사유의 일기를 남겨라

마냥 '쓰는' 것 자체가 능사는 아니다. 글을 많이 쓰는 것이 중요한 게 아니라 스스로 '글쓰기의 기술을 발전시킨다'는 느낌으로 써야 한다. 『하버드 글쓰기 강의』의 저자 바버라 베이그는 "습작을 할 때는 어떤 방식으로든 두뇌를 단련하고 연마하게 된다. 운동선수가 근육을 단련하는 것과 같다. 이렇게 해서 실제로 글을 써야 할 상황에 부딪히게 되면 필요한 기술에 의존할 수 있는 것"이라며 "그런 과정을 통해서 전체적인 내용을 구상하는 것에서부터 말하고자 하는 것을 전달하는 데 필요한 어휘의 발견에 이르기까지 광범위한 기술을 발달시킬 수 있다"고 말한다. 습작을 할 때 일어나는 멋진 일 중의 하나는, 이를 통해 작가나 기자로서의 자기 자신을 알아가는 데 도움을 준다는 것이다.

하지만 많은 사람이 부족하거나 만족스럽지 못한 글을 써내는 것을 창피하다고 생각한 나머지, 머릿속에서 완전히 정립되기 전까지 쓸 엄두를 내지 못하는 경우를 많이 봤다. 즉 한 편의 글을 써내기까지 지나치게 오랜 시간이 걸리는 것이다. 그런데 당신이 직업적으로 글을 쓰는 사람이라면 머릿속에서 완전히 정립되기 전에 어쩔 수 없이 마감을 해야 하는 순간도 찾아온다. 마감 때문에 어쩔 수 없이 함량 미달의 원고를 제출할 수밖에 없는 상황 말이다. 물론 나중에 자신의 글을 보고 부끄럽고 후회스런 기분이 들 수도 있겠으나 그 또한 어쩔 수 없는 일이다.

이쯤에서 일기를 쓰라는 건지, 에세이를 쓰라는 건지, 영화평을 쓰라는 건지, 도대체 무슨 글쓰기를 말하는 건지 궁금할 것이다. 내 경험에 비춰 말하자면, 대중문화에 관한 그 어떤 글이라도 상관없다. 단, 인터넷으로 자료를 찾지 않고, 순수하게 지금 내 생각과 상상대로 자유롭게 쓰는 대중문화 단평이나 에세이라고 할 수 있다.

주제는 알아서 정하면 된다. 최근 본 영화에 대해 500~600자 정도의 단평을 쓰거나, 최근 벌어지고 있는 여러 문화예술계의 이슈들에 대한 생각 같은 것들을 한 번 써보는 것이다. 물론 페이스북이나 트위터 같은 SNS에 써도 좋다. '남들이 읽는다'는 최소한의 인식이 어떤 긴장감을 줄 것이다.

중요한 점은 남들이 읽는다는 것에서 더 나아가 '내 생각을 써서 남긴다'는 마음가짐으로 꾸준히 쓰는 것이다. 짧은 칼럼을 공들여 쓴다는 느낌으로 매일 쓰겠다고 결심하는 것도 좋은 일이다. 언젠가 그와 비슷한 영화 혹은 주제로 글을 쓰게 될 때 그 바탕을 이루는 중요한 '사유의 편린'으로 남을 것이다.

목표한 결론에 다다르지 못한 함량 미달의 글을 남길 수도 있다. 그래도 안심하라. 매일 습작을 하면서 원하는 대로 글을 쓰는 사람은 몇 명 되지 않을 것이다. 자신의 모든 글에 매일 만족하는 사람이 과연 몇이나 될까? 매일 써서 글쓰기 근육을 끊임없이 단련하는 것이 중요하다.

못 썼다고 좌절할 이유가 전혀 없다. 나중에 읽었을 때, 내가 그때 당시 영화와 이슈에 대해 어떤 생각을 하고 있었다는 것을 알게 되는 것만으로도 아주 훌륭한 공부가 된다. 여전히 생각이 같다면 같은 대로, 생각이 달라졌다면 달라진 대로 배우고 성장하게 된다. 자기 자신을 파악하는 데 진정 큰 도움이 된다. 사진이 자신의 외양을 남기는 것처럼 글은 자신의 내양을 남기는 일이며, 그것은 앞서 얘기한 대로 작가나 기자로서의 자기 자신을 아는 데 도움을 준다. 단단하고 진실한 글은 바로 거기서 출발한다.

습작이라도
분량을 지켜라

『글쓰기 생각쓰기(On Writing Well)』의 저자 윌리엄 진서(William Zinsser)는 오랫동안 기자 생활을 했으며 많은 매체에 글을 기고해왔다. 이 책에서 그는 글쓰기 강좌에 나가서 질의응답 시간을 가졌던 기억을 떠올렸다. 그때 다른 강연자도 있었는데 "글이 잘 안 써질 때는 어떻게 하시나요?"라는 청중의 질문에 다른 강연자가 "그럴 때는 당장 글쓰기를 멈추고 잘 써질 때까지 하루쯤 손을 대지 않는다"고 답한 반면, 윌리엄 진서는 "글쓰기가 직업인 사람들은 매일 쓰는 양을 정해놓고 엄격히 지켜야 한다. 글쓰기는 기능이지 예술이 아니다"라고 답했다. "영감이 모자란다는 이유로 기능을 연마하는 일에서 손을 떼는 사람은 어리석은 사람이며 빈털터리가 되고 말 것"이라는 말도 덧붙였다고 한다.

이 일화를 소개하면서 그가 제시하는 '글쓰기를 배우는 유일한 방법'은 바로 '강제로 일정한 양을 정기적으로 쓰는 것'이다. 사실 '글쓰기'라는 표현에 답이 있다. 끊임없이 '쓰기'라는 행위를 반복해야 한다. 다른 무슨 방법이 있겠나. 결국 세상 모든 문제는 부딪혀야 해결된다.

그러나 글쓰기를 반복하기만 한다고 해서 원하는 만큼 좋은 글을 쓰게 되는 것은 아니다. 문장력과 어휘구사력이 늘어난다고까지 말할 수는 없지만, 적어도 글쓰기를 반복하는 과정에서 논지를 전개하는 힘과 자신감이 생기고, 자신의 문제에 대해 빨리 파악할 수 있다. 그래서 나는 벼락치기로라도 일단 한 편의 글을 완성해보라고 한다. 한 편의 영화에 대해 평을 쓰되, 청탁을 받아서 어딘가에 제출하는 느낌을 상기하면서 규격대로 완성하는 것이다.

방법은 간단하다. 지금 당장 〈1987〉(2017) 영화평을 200자 원고지 7매 분량으로 저녁 식사 후에 시작해 취침 전까지 써보기로 결심하고 실행에 옮기는 것이다. 이처럼 '작정하고 쓰는', 달리 말해 '의무적인 글쓰기'를 하는 것은 굉장히 큰 도움이 된다.

첫째로 장차 영화기자가 되었을 때, 분량에 맞는 글을 마감에 맞춰 쓰는 훈련을 미리 할 수 있다. 영화기자가 되겠다고 해서 영화만 공부해서는 안 된다. 시간과 분량에 맞게 '써내는' 실질적인 훈련을 해야 한다. 신입기자든 경력기자든 '준비된' 사람을 뽑는 것은 당연한 이치다.

둘째로 이런 의무적인 반복 글쓰기는 큰 자신감을 준다. 글들이 다 마음에 드는 것은 아니겠지만 무언가를 '시간을 지켜 완성했다'는 느낌이 자신에게 특별한 용기를 준다. 시간을 맞추는 것이 중요하지만 분량에 맞게 쓰는 것도 무척 중요하다. 분량에 맞춰 쓰는 것도 글쓰기 실력을 향상시키는 데 절대적인 영향을 미친다. 분량을 맞추는 행위는 자신의 생각을 보다 정교하게 가다듬는 과정이다.

모방하라

모방은 예술이나 기술을 배우는 사람이라면 누구나 거치게 되는 창조적 과정의 일부라고 할 수 있다.

모방은 자신의 껍데기를 벗어던지는 일이다

『유혹하는 글쓰기』에서 소설가 스티븐 킹은 '모방'의 긍정론을 설파했다. "한 번쯤 남의 글을 읽고 매료되지 못한 작가는 자기 글로 남들을 매료시킬 수도 없다." 누군가에게 완전히 압도당해 본 경험은 글쓰기 실력을 키우는 데 있어 필수적이라는 얘기다. 그러면서 "특별히 멋있어 보이는 문체를 모방하게 될 수도 있는데, 그것은 전혀 잘못이 아니다"라고 말한다. 스티븐 킹은 어렸을 때 레이 브래드버리(Ray Bradbury)처럼 글을 썼고, 제임스 케인(James M. Cain)의 책을 읽으면서는 그 특유의 '뚝뚝 끊어지면서 건조하고 삭막한 문장'을 쓰게 되었으며, 하워드

필립스 러브크래프트(Howard Philips Lovecraft)에게 빠져 있을 때는 '화려하고 복잡한 문장'으로 변해갔다. 오히려 주저 없이 따라하면서 자기만의 문체를 개발했다는 것이다.

『글쓰기 생각쓰기』에서 윌리엄 진서는 문체나 어휘 구사력을 넘어 글쓰기의 '감각'마저 연구해서 배울 수 있다고 말한다. "감각이란 결국 분석을 넘어서는 복합적인 것이다. 그것은 절뚝거리는 문장과 경쾌한 문장의 차이를 들을 줄 아는 귀이며, 가볍고 일상적인 표현이 격식 있는 문장에 끼어들어도 괜찮을 뿐 아니라 불가피해 보이는 경우를 아는 직관"이라며, 감각이란 배워서 얻을 수 있는 것인지 질문한다. 답은 그렇기도 하고, 아니기도 하다. 완벽한 감각은 완벽한 음감처럼 천부적으로 타고나는 것이라고 믿는 사람들이 많고, 우리 또한 오래도록 그렇게 세뇌당했기 때문이다. 하지만 감각도 어느 정도는 '배워서 습득' 가능하다는 것이 윌리엄 진서의 생각인데, 그 비결은 "감각을 가진 작가를 연구하는 것"이라고 말한다. 누군가를 꾸준히 따라하다 보면 그의 스타일뿐만 아니라 감각마저 배울 수 있는 경지까지 다다른다는 것이다.

이어서 그는 "바흐도 피카소도 처음부터 바흐나 피카소인 채로 솟아난 것은 아니다. 다른 작가를 모방하기를 주저하지 말자"고 외친다. 하지만 '다른 것을 그대로 본떠서 만들거나 옮겨놓음'을 뜻하는 모방(模倣)은 어딘가 부정적으로 다가오는 단어 중 하나다. 그러나 세상 모든 대가도 누군가를 '본보기'나 '롤모델'로 삼았던 시기를 피해갈 수는 없었을 것이다.

세상사람 누구나 체형이나 신체구조 심지어 호흡법까지 서로 다르기 때문에, 누군가를 완벽하게 똑같이 따라하고 싶어도 자연스레 자신만의 모양새가 만들어진다. 모방이 아닌 '복제'를 하고 싶어도 근본적으로 불가능하다는 말이다.

심지어 윌리엄 진서는 '모방 때문에 자신의 목소리와 정체성을 잃어버리면 어떡하나'라고 전혀 걱정할 필요가 없다는 얘기도 덧붙인다. 모방은 지금의 내가 아닌 다른 내가 되는 과정이기 때문에 모방은 오히려 껍데기를 벗는 과정이라는 것이다.

모방이라는 단어 자체를 꺼내는 것이 머쓱한가? 하지만 일단 시작해보면 깨닫게 될 것이다. 모방은 예술이나 기술을 배우는 사람이라면 누구나 거치게 되는 창조적 과정의 일부라고 할 수 있다.

좋아하는 글을
소리 내어 읽어보라

구체적으로 어떤 방법으로 모방의 기술을 익혀야 할까? 윌리엄 진서는 가장 좋은 방법으로 "자신이 가장 좋아하는 비평가를 골라 그의 글을 큰 소리로 읽어보라"고 말한다. 그들의 표현과 감각을 '입으로 내뱉었다가 다시 귀로 받아들이는' 과정이 가장 빠른 습득의 과정이라는 것이다.

『하버드 글쓰기 강의』에서 바버라 베이그는 자신이 좋아하는 작가나 비평가의 글을 읽는 것에서 더 나아가 좀더 의식적으로, 좀더 계획적인 방식을 제안한다. 막연히 좋다는 감상 이상으로 '내가 왜 이 글을 좋아하는지, 왜 이 비평가를 좋아하는지, 나를 사로잡는 것이 구체적으로 무엇인지'에 대해 얘기할 수 있어야 한다는 것이다. 말하자면 "당신은 왜 A라는 비평가를 좋아하는가?"라는 질문과 마주했을 때 "글의 주제는 무엇이고, 어휘 선택이나 글의 특색이 이러저러하며, 글의 전개방식이 이러저러해서 좋아한다"라는 말을 분명하고 조리 있게 정리할 수 있어야 한다.

흥미로운 대목은 바바라 베이그 역시 "마음에 드는 구절을 몇 차례 반복해서 읽어본다. 또 큰 소리로도 읽어본다"라며 소리 내어 읽는 것의 중요성을 얘기하고 있다. 심지어 다음과 같이 단정 지어 말하기도 한다. "반복해서 읽다 보면 언젠가는 보답 받기 마련이다."

하지만 '소리 내어 읽는' 행위는 굉장히 귀찮은 일이다. '굳이 그렇게까지 해야 하나' 생각할 수도 있고, 누가 시키지도 않았는데 혼자 읽고 있으면 '내가 왜 이러고 있나' 하는 자괴감마저 들 수 있다. 그런데 여기서 '누군가 시킨 것처럼' 하는 것이 굉장히 중요하다.

1930년대를 대표하는 시인 중 한 명인 위스턴 오든(Wystan Hugh Auden)는 '오든세대' 혹은 '오든그룹'이라는 말을 낳을 정도로 시인들에게 많은 영향을 끼친 인물이다. 핍박받는 빈민의 비참함과 사회의 구조적 문제에 대해 비판적이었던 그는 대표적인 좌파 참여시인이기도 했다. 그는 글쓰기를 배우기 위해 소리 내어 읽으며 누군가를 따라 하는 그 행위를 '혼자 힘으로 도제과정을 거치는 일'이라고 표현했다.

‘도제(徒弟, apprenticing)’란 특별한 기술을 배우기 위해 다른 사람이나 스승의 보호와 지도 아래 있는 것을 말하는데, 인류사에 있어 전통적으로 오랜 기간에 걸쳐 기술을 배우는 유일한 길은 도제가 되는 것이었다. 자격을 갖춘 한 장인의 도제가 되어 하찮은 일부터 시작해서 하나씩 배워나가는 것이다.

지금은 그런 의미가 많이 퇴색되었지만 한때 영화계에서도 도제라는 개념이 중요했다. 실력 있는 감독이나 촬영감독 밑에서 최소 10년 정도는 연출부나 촬영부로 일해야 비로소 ‘입봉’할 수 있었던 것이다. 그래서 오든 시인은 혼자서로도 마치 스승이 시켜서 하는 것처럼 꾸준히 소리 내어 읽으며 자신을 단련하는 그 행위를 ‘셀프 도제’라고 생각했던 것은 아닐까 싶다.

요약하라

있어도 괜찮을 말을 두는 너그러움보다, 없어도 좋을 말을 기어이 찾아내어 없애는 신경질이 글쓰기에선 미덕이 된다.

글쓰기가 아닌 글 빼기 훈련의 중요성

『유시민의 글쓰기 특강』에서는 '모방'과 비슷한 방법으로 '발췌 요약에서 출발하자'라는 챕터가 눈길을 끌었다. 모방을 통한 배움의 한 형태로, 그 실력을 훔치고 싶은 텍스트의 핵심을 추려 논리적으로 압축하는 '요약' 훈련을 제시한 것이다.

그래서 텍스트 요약 훈련을 할 때는 기왕이면 자신이 좋아하는 영화 평론가나 기자의 글, 혹은 유명한 영화서적을 선택하는 것이 좋다. 유시민 작가가 생각하기에 독해력과 문장 구사력, 그리고 요약 능력은 삼위일체를 이뤄 서로를 북돋운다고 본다. 단지 좋아하는 글을 반복해서 읽으며 줄여 쓰는 훈련을 한 것일 뿐이지만 "요약을 열심히 하면 저절로 문장 구사 능력이 발전한다"는 것이 그의 주장이다.

이것은 당장 적용해볼 만한, 굉장히 중요한 훈련이다. 내가 좋아하는 200자 원고지 20매 분량의 비평문을 15매로, 다시 10매로 줄여 보는 것이다.

이 훈련이 중요한 이유는 따로 있다. 완벽하게 꽉 차 보였던, 버릴 문장이 없다고 느껴졌던 글에서 기어이 매의 눈으로 덜어낼 문장을 찾는 가운데 전체적인 글의 맥락을 조망하는 눈을 갖게 된다. 글을 요약할 때 최우선으로 누구나 그 문맥을 손상시키지 않으려 안간힘을 쓰기 때문이다.

20매를 15매로 줄일 때 글을 전체적으로 5번 읽어야 했다면, 그 이상 줄여나갈 때는 10번, 20번 읽어야 재요약이 가능해진다. 바꿔 말해 20매를 15매로 줄일 때 몇 개의 문장 전체를 덜어내는 것으로 요약이 가능했다면, 그 이상 줄여나갈 때는 문장뿐만 아니라 사소한 접속사나 수식어, 그리고 짤막한 단어 하나까지도 집어내야 재요약이 가능해진다. 그래서 유용한 훈련이 된다.

요약은 기자가 되었을 때, 지면에 맞게끔 분량을 딱 맞춰야 하기 때문에 거의 매일 자의반 타의반으로 행하는 훈련이자 작업이기도 하다. 이제 정리하자. 요약은 훈련이자 일이다. 그래서 더 중요하게 생각해야 한다.

버릇처럼 쓰는 말들과 작별하라

이태준 작가의 『문장강화』에서도 퇴고의 실제적인 방법 중 하나로 '될 수 있는 대로 줄이자'는 부분이 있다. "있어도 괜찮을 말을 두는 너그러움보다, 없어도 좋을 말을 기어이 찾아내어 없애는 신경질이 글쓰기에선 미덕이 된다"고 말한다.

나 또한 '글쓰기'보다 '글빼기'가 글쓰기 훈련에 큰 도움이 된다고 생각한다. 어딘가 산만하고 두서없어 보이는 내 글에 행하는 '디스크 조각모음'이라고 생각하면 어딘가 묵은 체증이 빠지는 느낌이 들 것이다. 잡초를 제거하듯 '없으면 좋을' 말들을 먼저 빼고, 다음으로 '없어도 상관없는' 말들을 빼는 단계로 나아간다.

『글쓰기 생각쓰기』에서도 윌리엄 진서는 "모든 비평가의 화살통 속에 쓸데없이 많은 공간을 차지하고 있는 '넋을 빼놓는' '눈이 번쩍 뜨이는' 같은 황홀한 수식어를 피하는 것"을 권했다. 그럼, 그 다음은 뭘까? 바로 '아무 문제없는' 말도 빼야 한다. 자신이 쓴 여러 글들 가운데 마치 '없어서는 안 될' 말인 양 자기도 모르게 매번 반복해서 쓰는 말을 강제로 쓰지 않는 것이다.

나 또한 시간을 들여 그동안 썼던 글들을 쭉 읽어본 적이 있다. 역시나 버릇처럼 쓰는 말들이 있었다. 가령 '말하자면'이나 '그런 가운데'처럼 빼도 상관없는 말들을 굉장히 많이 썼고, '굉장히' 또한 굉장히 많이 쓰고 있음을 알 수 있었다. 여기서 '굉장히'는 앞서 말한 것처럼

'아무 문제없는' 말이라 할 수 있다. 내 글에 관심 있는 사람이 아니고서야 전혀 눈치챌 수조차 없는 말이기도 하다. 하지만 이렇게 습관이 된 말들마저 털어내길 권한다.

조지 오웰(George Orwell)의 『나는 왜 쓰는가(Why I Write)』에는 글쓰기 그 자체에 대한 챕터가 얼마 되지 않는데, 「정치와 영어」라는 챕터에서는 글쓰기에 대한 얘기를 많이 풀어놓는다. 조지 오웰은 글쓰기 습관을 바꿔야 한다는 의도로 "진부하고 무용한 관용구를 본래 자리인 쓰레기통으로 보내야 한다"고 말한다. 심지어 그런 습관적인 반복을 방치하는 것에 대해 "단어에 굴복하는 일"이라는 표현까지 썼다. 글을 쓸 때 익숙하고 자연스럽게 떠오르는 빤한 단어들에 이끌려가지 말고 의식적인 노력을 기울여야 한다는 얘기다.

그래서 그는 다음과 같은 구체적인 6가지 원칙까지 제시했다. 물론 소설가로서의 원칙이지만 기자나 비평가의 글에 그대로 적용해도 좋은 것이라 생각한다.

첫째, 익히 봐왔던 비유는 절대 사용하지 않는다.

둘째, 짧은 단어를 쓸 수 있을 때는 절대 긴 단어를 쓰지 않는다.

셋째, 빼도 지장이 없는 단어가 있을 경우에는 반드시 뺀다.

넷째, 능동태를 쓸 수 있는데도 수동태를 쓰는 경우는 절대 없도록 한다.

다섯째, 외래어나 과학용어, 전문용어는 그에 대응하는 일상어가 있다면 절대 쓰지 않는다.

여섯째, 너무 황당한 표현을 하게 되느니 이상의 원칙을 깬다.

하지만 간결하게 쓰는 것이 기능적으로 빨리 쓰는 것을 의미하는 것은 아니다. 아니 에르노(Annie Ernaux)는 『칼 같은 글쓰기(L'Ecriture Comme un Couteau)』에서 "간결한 문장을 쓰기 위해 더없이 느리게 글을 쓴다"고 했고, 『유시민의 글쓰기 특강』에서 유시민은 "글은 길게 쓰는 것보다 '짧게 잘 쓰기'가 어렵다"고 했다. 군더더기 없이 간결할수록 가독성이 높아지는 것과 동시에 눈에 더 잘 띄고, 선명한 만큼 간결한 글을 읽는 것이 사물을 돋보기로 보는 것과 비슷한 상태가 되기 때문이다.

물론 맞춤법이 틀린 것도 아니고 전체 맥락을 흐트러뜨리는 말도 아니기 때문에 '빼는' 것이 글쓰기 훈련에 필수적인 방법이라 느끼지 않을 수도 있다. 단지 스스로 반복하고 있는 식상한 말들을 어느 시점에서 되돌아보라는 얘기다.

내 경험에 비춰보자면, 빼야 될 것들을 빼는 것과 별개로 빼도 상관없는 것까지 빼다보니 저절로 글 쓰는 스타일이 바뀌는 느낌이었다. 프로야구선수로 치자면 스스로 실력이 향상되지 않는다고 느낄 때, 강제적으로 투구폼이나 타격폼을 바꿔보는 시도를 하는 것 또는 요리를 할 때, 재료나 조리방법은 그대로인 가운데 양념이나 조미료를 살짝 바꾸는 것과 비교해볼 수도 있을 것이다.

나의 경우에는 상당히 유용한 방법이었다. 습관적으로 쓰는 단어나 수식어들(스스로는 전혀 느끼지 못하지만 남이 볼 때는 '군더더기'라고 느낄 만한 것들)을 의식적으로 쓰지 않기로 결심하면서 그를 대체할 만한 다른 단어나 수식어들을 찾으면서 글쓰기 자체에 대한 고민까지

할 수 있었기 때문이다.

자, 당신의 글에 심각한 문제가 있다고 지적하려는 것이 아니다. 스스로 뭔가 더 나아지지 않는다는 느낌이 들 때, 강제적으로 그 방법을 바꿔보란 얘기다. 가끔은 일부러 새로운 길을 찾아야 한다.

나는 이런 글을 써왔다: 인물들의 추억

영화기자로 10년 넘게 일하면서 감독, 배우, 스태프 등 다양한 영화인들을 만났다. 그동안 우리 시대의 영화인들을 추억한 15편의 글을 모아봤다.

임권택과 박근형,
노장의 인연

2015년 봄에 만들었던 〈씨네21〉 1998호에는 '중간'이 없었다. 표지를 장식한 〈장수상회〉(2014)의 박근형, 윤여정 선생을 비롯해 탄생 101주년을 맞은 찰리 채플린과 그즈음 102번째 영화 〈화장〉(2014)을 만든 임권택 감독과의 대담 등을 다루거나, 만난 인물들의 평균연령이 가히 역대급이었다. 반면 그들의 역대급 연륜에 비해 2015 한국대중음악상 2관왕(올해의 신인상과 최우수 포크 음반상)을 수상한 '김사월×김해원', 독립영화감독 및 배우들을 지원하는 회사 '무브먼트'를 이제 막 설립했던 진명현 대표, 그리고 드라마작가 유보라는 미

〈불의 딸〉

지의 젊은 피다.

다시 '선생님들' 얘기로 돌아오면, 〈장수상회〉의 박근형과 윤여정은 거의 50여 년 전 〈장희빈〉(1971)에서 각각 숙종과 장희빈으로 출연하며 처음 호흡을 맞춘 인연이 있다. 젊었을 적 궁중에서 만났던 그들이 〈장수상회〉에서 '마지막 사랑'을 꿈꾸며 마트에서 만나니 세월이 참 무상하다. 〈화장〉의 임권택 감독(1936년생)과 박근형(1940년생)의 인연도 특별하다. 그런데 두 영화는 같은 날 개봉하며 경쟁을 피할 수 없게 되었다.

〈장수상회〉로 인터뷰를 갖기 3년 전 〈씨네21〉(869호)에서 만난 박근형은 임권택 감독과 〈왜 그랬던가〉(1975)로 처음 조우한 기억을 떠올리면서 임권택 감독에 대해 "대단한 노력파였고, 이전까지와는 다른 새로운 작품을 고민하며, 막다른 골목을 뚫고 가려 했다"고 말했다. 물론 박근형이 당시 임권택 감독의 영화에서 도드라지는 '원톱'을 연기한 기억은 없지만 꽤 자주 인상적인 순간을 남겼다. 특히 배우 방희의 매력으로 가득한 〈불의 딸〉(1983)에서 날마다 악몽에 시달리던 해준(박근형)은 자신의 고향인 남해로 내려가 어머니와 관련된 출생의 비밀을 알게 되는데, 결국 어머니의 피를 이어받아 신내림을 받고는 박수무당이 된다. 영화 속 기독교와 무속 사이에서 고뇌하는 그의 모습이 무척 인상적이었다. 임권택 감독이 그 외 〈아내〉(1976), 〈맨발의 눈길〉(1976), 〈길소뜸〉(1986), 〈티켓〉(1986) 등에서 보여준 모습도 비슷했다.

말하자면 임권택 감독의 또 다른 영화 〈신궁〉(1979), 〈짝코〉(1980)에서 배우 김희라의 에너지 넘치는 모습과는 전혀 다른 이미지였다. 그래서 당시 임권택 감독의 영화는 (다소 거창하게 의미 부여를 하자면) 박근형이라는 냉정과 김희라라는 열정 사이에서 바로 그 '막다른 골목을 뚫고 가려는' 몸부림을 보여주지 않았나 싶다. 어쨌거나 임원식 감독의 〈박수무당〉(1974)과 이두용 감독의 〈초분〉(1977)에 각각 박수무당으로 출연한 하명중, 윤일봉 등 당시 박수무당이란 역할은 잘난 남자배우들의 전유물이었다. 〈박수건달〉(2013)의 박신양 정도랄까? 그렇게 같은 날 개봉하는 두 영화의 노장의 과거를 떠올려보았다.

기쁜 우리 젊은 날이여,
다시 한 번

윤성호 감독의 '두근두근' 시리즈 중에서 단편 〈두근두근 배창호〉(2008)를 가장 좋아한다. 배창호 감독의 〈기쁜 우리 젊은 날〉(1987) 팬이어서 좋아하지 않을 도리가 없다. 윤성호 감독은 〈두근두근 배창호〉에서 〈기쁜 우리 젊은 날〉의 대사를 직접 패러디해 윤성호 감독 특유의 범람하는 말의 홍수로 8분여의 러닝타임(running time)을 꽉 채운다. 영화 속 카페 사장으로 직접 출연한 배창호 감독은 옛날 자기 영화에 대해 인물들이 나누는 대화에 우물쭈물 '사랑'에 대한 얘기를 덧붙인다. 감독님도 귀엽고, 영화도 귀엽다.

지금 충무로의 젊은 영화감독들 중에서 〈기쁜 우리 젊은 날〉을 '내 인생의 영화'로 꼽는 이들을 최소 10명 이상은 알고 있다. 그만큼 배창호 감독은 젊은 감독들에게 적지 않은 영향을 끼친 감독이다. 심지어 전혀 다른 작품 성향에도 불구하고, 1990년대 초반까지 그는 '한국의 스필버그'라는 별명으로도 불렀다. 바로 그 영향력과 인지도 때문이었을 것이다. 당시로선 뉴스에도 나오고 광고에도 나오는 몇 안 되는 영화감독이었으니까.

지난 2015년 '배창호 감독 투신'이라는 헤드라인의 뉴스 때문에 가슴이 덜컥 내려앉았던 적 있다. 심지어 지하철 승강장에서 철로에 추락했다는 소식과 함께 투신자살 의혹까지 제기되었다. 이내 병원을 찾은 이장호 감독에 의해 '스트레스와 불면증으로 인한 단순 실족'으로 정정된 뉴스가 보도되었다. 투신자살을 시도한 것으로 오인했던 가족들도 큰 충격을 받았지만, 이후 차분하게 안정을 취하면서 무사히 퇴원하셨다고 한다. 그리고 지금은 울주세계산악영화제의 집행위원장이 되어 왕성하게 활동하고 있다.

그 일을 겪으면서 영화감독이라는 예술가의 천형(天刑)을 떠올렸다. 영화라는 불완전한, 혹은 고가(高價)의 공동작업으로서의 예술을 업으로 삼으면서 숙명적으로 짊어지게 된 모진 삶 말이다. 힘겹게 시나리오를 완성하는 것만으로도 창작력이나 체력의 고갈을 느낄 텐데, 감독의 고통은 사실상 그때부터 시작이다. 거칠게 말하자면 미술이나 소설, 음악은 외딴 골방에서 혹은 눈앞의 노트북과 씨름하는 것만으로도 최종적인 결과물을 얻어낼 수 있지만 영화는 필요 이상으로 수많은 사람과 관계를 맺어야 하고 그로 인해 발생하는 예상 밖의 스트레스까지 감내해야 한다. 그래서 다른 일과 병행하는 것도 고되다. 배창호 감독 또한 〈길〉(2004) 이후 건국대학교 연극영화과 교수직도 그만두고 영화 창작에만 열의를 쏟아왔다.

이장호 감독의 얘기에 따르면, 배창호 감독은 당시 시나리오 작업 때문에 스트레스와 불면증에 시달렸고, 몽롱한 상태에서 지하철을 타러 갔다가 발을 헛디뎌 철로로 떨어졌다 한다. 참으로 안타까운 일이다. 그가 '한국의 스필버그'라 불리던 시기와 지금의 한국영화계는 완전히 달라졌다. 혹여 그 시나리오를 투자배급사의 요구에 맞춰 고쳐 쓰는 단계였다면, 그 스트레스가 이만저만 아니었을 것이다. 당시 내 마음대로 그런저런 상상을 하면서 마음이 아팠다.

웨스 크레이븐을 추모하며

〈허핑턴포스트코리아(Huffington Post Korea)〉의 김도훈 편집장과 대학시절 같은 영화동아리였다. '영화탄생 100주년'이라는 표현이 뭔가 거대한 역사의 중심에 선 것처럼 울컥하게 만들었던 90년대. 노래 가사처럼 마음이 울적한 날엔 거리를 걸어보고 향기로운 칵테일에 취해도 보고, 한 편의 시가 있는 전시회장도 가고 밤새도록 그리움에 편질 쓰고 팠던 때였다. 그렇게 한손에는 시티폰, 허리에는 삐삐를 차고, 옆구리에는 굳이 〈키노〉와 〈씨네21〉을 쌍으로 끼우고 다니며 디아스포라(diaspora)와 시뮬라크르(simulacre)에 밑줄을 좍 긋기도 했다.

당시 '구본승 머리'를 고수했던, 하지만 9등신도 8등신도 아니기에 어림잡아 육본승이라 불렸던 동아리의 브레인 김도훈은 공강에 종종 비디오를 빌려와 작은 감상회를 열었다. 하지만 동아리방 벽에 〈레옹〉(1994)과 〈라이온 킹〉(1994), 그리고 〈시계태엽 오렌지〉(1971) 포스터 등을 붙였다는 이유로 일부 선배들로부터 '미제의 앞잡이' 취급을 받던 그였기에 그 선정작들 또한 하나같이 '미제'들이 많았다. 그가 애정해 마지않는 웨스 크레이븐의 〈영혼의 목걸이〉(1989) 또한 빼놓을 수 없는 작품이다.

문제는 제목이었다. 〈영혼의 목걸이〉의 원제는 'The Shoker'로, 악마와 계약한 살인범 '핑기'가 전기의자의 충격으로 오히려 초자연적인 존재가 되어 남의 몸을 들락거리면서 살인행각을 일삼는 과정을 그린다. 〈사랑과 영혼〉(1990)을 의식한 한국 비디오업자가 마음대로 갖다 붙인 제목만 듣고서, 〈영혼의 목걸이〉가 가슴 찡한 멜로드라마라 생각하고 산속 깊숙한 동아리방까지 힘든 걸음을 했던 학우들의 불만이 터져 나왔다. 핑기가 나카타 히데오의 〈링〉(1998)처럼 TV에서 나올 때(그렇다, 〈링〉의 사다코보다 핑기가 한참 먼저다!) 드디어 학우들의 분노는 폭발했다. 물론 나는 그때 이미 숙면중이었기에 자세한 경과는 더 알지 못한다.

웨스 크레이븐은 안타깝게도 지난 2015년 세상을 떴다. 당시 〈씨네21〉에 추모기사를 쓴 조원희 감독의 글에 따르면, 데뷔작 〈왼편 마지막 집〉(1972)이 잉그마르 베르히만의 〈처녀의 샘〉(1960)을 자기 스타일대로 각색한 것에서 알 수 있듯 웨스 크레이븐의 영화적 뿌리는 바로 유럽예술영화들이었다. 어쩌면 데뷔작을 통해 자신의 길이 거의 정해진 것이나 마찬가지지만, 알게 모르게 그도 어떤 갈증을 느끼며 살았을지도 모른다. '미국의 미켈란젤로 안토니오니' 같은 감독이 되는 것이 꿈이었던 프란시스 포드 코폴라도 원했던 작품이 아닌 〈대부〉(1972) 프로젝트를 받아들였을 때, "내가 어쩌다 마피아영화를 만들게 되었을까요"라고 탄식하며 아버지 앞에서 눈물을 훔치지 않았던가.

거기에 더해 옴니버스영화 〈사랑해, 파리〉(2006)에 포함된 그의 단편 '페레 라셰즈 공동묘지' 또한 새로운 면모를 느끼게 해준 작품이었다. 여기서 오스카 와일드의 묘를 찾은 아내(에밀리 모티머)와 그를 전혀 이해하지 못하는 남편(루퍼스 스웰)의 냉랭한 관계를 풀어준 것이 바로, 남편이 근사한 화술을 구사하게끔 도와준 오스카 와일드의 유령이었다. '웨스 크레이븐이 묘지에서 찍은 단편'이라는 사전 정보가 무색한, 전혀 예상치 못한 근사한 작품이었다.

잉그마르 베르히만과 오스카 와일드 사이의 웨스 크레이븐을 떠올리며 뒤늦게 여러 상념이 교차한다. 예술가로서 그는 과연 어떤 갈증을 품고 살다 갔을까.

영화음악가 신해철을 그리며

"거울에 비친 내 얼굴이 일그러져 보이는 것은 내 마음 때문일까, 거울 때문일까. 네온사인 빛나는 거기 걱정 없어 보이는 사람들, 나는 왜 그들 중의 하나가 아닐까. 내일로 가는 문을 찾아 헤매다 지쳐 잠들어 다시 눈뜨면 변한 게 없는 오늘, 오늘 다시 오늘. 이렇다 말할 만한 추억도 없이 이대로 흘러가고 있는 내 청춘, 안타까워도 내겐 선택이 없구나. 느끼지 않는 법을 배운 후엔 눈물이야 말라 버렸지만, 웃는 법조차 함께 잊었다네."

무려 15년 전 신해철이 영화음악을 맡은 송능한 감독의 〈세기말〉(1999) OST 중 〈내일로 가는 문 part1-소령의 테마〉다. 아마도 신해철의 팬들이라면 가사에서부터 그의 인장이 단단하게 찍혀 있음을 알 수 있기에, 이제 고인이 된 그의 영역을 새삼 영화음악으로까지 확장해보게 된다. 〈세기말〉 OST는 거의 대부분의 곡을 신해철이 작곡했고, 당시 그가 새로이 꾸렸던 밴드 '비트겐슈타인'의 멤버였던 임형빈의 곡 또한 일부 수록되었다.

느슨한 옴니버스 구성을 취하고 있는 〈세기말〉의 두 번째 에피소드에서, 아버지가 식물인간인 가난한 여대생 소령(이재은)은 무식하고 천박한 졸부 천(이호재)과 원조교제 관계로 지내고 있다. 언제나처럼 대낮의 모텔에서 관계를 가진 뒤, 천은 10만원권 수표 4장을 내려놓고 그저 말없이 떠난다. 표정 없는 얼굴로 그것을 챙겨 지갑에 넣은 소령은 비디오방에서 공포영화의 끔찍한 이미지들을 보면서 천과의 기억을 씻으려 한다. 그런 다음 정육점에서 고기를 사고 수표를 낸 소령은 고기 봉지를 들고서, 대부분의 주민이 떠나버린 하월곡동 철거지역에 남은 집으로 터덜터덜 걸어 올라간다. 그때 들려오는 노래는 〈세상은 요지경〉을 색다르게 편곡한 〈The Magic Glass Part1-세상은 요지경〉이다.

당시 송능한 감독은 월간 영화잡지 〈키노〉와의 인터뷰(1999년 12월호)에서 소령에 대해 "부르주아와 원조교제를 하며 가족을 부양하는 꼬방 동네소녀, 옛날로 치면 호스티스 멜로드라마의 세기말 업그레이드"라며 〈세기말〉을 만들게 된 동력에 대해 "그 근원을 찾아간다면 〈넘버3〉(1997)와 마찬가지로 세상에 대한 분노"라고 말했다. 더불어 "영화 속에서 별달리 말이 없는 소령의 경우에는 그 심상을 음악을 통해 표현하고 싶었다"며 신해철의 테마음악에 대해 큰 만족감을 표했다.

당시 신해철은 거의 혼자서 작곡·작사·프로듀싱에 믹싱까지 소화하는 열의를 보였다. 특히 테크노음악에 큰 관심을 보였던 신해철 개인의 변화의 궤적 또한 〈세기말〉 OST에 녹아있다고 할 수 있다. 신해철의 전체 필모그래피와 그 성과를 논할 때 영화음악감독으로서의 흔적을 결코 간과할 수 없는 이유다.

신해철은 강정수 감독의 〈하얀 비요일〉(1991)에 작곡가 서영진의 노래 〈하얀 비요일〉과 〈그대의 품에 다시 안기어〉를 부르는 것으로 첫 OST 작업을 하게 된다. 이후 '넥스트'를 결성하고서는 작곡과 프로듀서를 맡아 유하 감독의 〈바람부는 날이면 압구정동에 가야 한다〉(1992)를 통해 본격적인 음악감독 신고식을 치른다. 〈하얀 비요일〉이 가수로서의 인기에 기댄 특별 참여 형식이었다면, 〈바람부는 날이면 압구정동에 가야 한다〉는 음악의 설계자로서 상영시간 전체를 조율하고 관장한 첫 번째 음악감독 데뷔작이라 부를만하다. 인상적인 타이틀곡 〈코메리칸 블루스〉는 넥스트 3집에서 리메이크되었고, 엄정화가 부른 〈눈동자〉는 그녀를 가수로서 스타 반열에 오르게 했다.

이후 김홍준 감독의 〈정글 스토리〉(1996), 13부작 국산 TV 애니메이션 〈영혼기병 라젠카〉(1997)와 〈세기말〉, 그리고 박정우 감독의 〈쏜다〉(2007)까지 TV와 영화를 오가며 '음악감독'으로 총 5편을 작업했다. 한때의 아이돌가수이자 넥스트로 대표되는 밴드의 리더이며, 언제나 음악계의 중심에서 매체를 넘나드는 다채롭고 실험적인 음악 작업을 선보였던 그였기에, 과작(寡作)이나마 총 5편의 필모그래피를 남긴 것은 꽤 의미심장하다. 긴 시간 애정을 갖고 영화음악감독으로서의 포지션에 열과 성을 다한 결과라고 말할 수 있을 것이다.

〈정글 스토리〉

실제로 8년 만에 영화음악을 맡았던 〈쏜다〉 개봉 당시 직접 인터뷰했을 때(영화잡지 〈필름2.0〉 326호 신해철 인터뷰, '나는 성실하고 욕심 많은 영화음악가, 마왕 신해철'), 그는 "오스카상을 수상하기도 했던 리처드 도너 감독의 〈오멘〉(1976) 영화음악을 맡은 제리 골드스미스를 너무 좋아한다. 영화음악감독은 음악가로서 한번 경험해보고 싶은 타이틀이 아니라, 기회만 된다면 언제든 본격적으로 작업해보고 싶은 욕심나는 영역이다"라고 말했었다. 또한 "과거 영화진흥공사에서 영상과 음악을 맞추기 위해, 손으로 밀어 필름프레임을 맞추던 기사님들이 '영화는 역시 손맛이야'라고 했던 기억이 난다.(웃음) 그렇게 고

된 후반작업이 끝나면 그 어르신들이랑 밤새 술을 마셨다"라며 자신이 오래전부터 한국영화와 함께한 사람이었다는 얘기를 강조해 말하기도 했다.

그 말이 허투루 들리지 않았던 이유는, 감독들에게 미안한 얘기지만 〈바람부는 날이면 압구정동에 가야 한다〉를 포함해 그 다음 작품인 김홍준 감독의 〈정글 스토리〉까지 이른바 영화보다 OST가 더 기억나는 경우였기 때문이다. 단언컨대 신해철의 '명반' 대열에서도 앞머리를 장식해야 마땅할 〈정글 스토리〉 OST는 당시 그가 링겔 투혼을 하면서까지 심혈을 기울인 음반이었다. 넥스트 멤버들인 기타 김세황과 드럼 이수용 외에도 피아노와 현악 편곡을 맡은 김동률까지(신해철은 김동률·서동욱의 '전람회' 1집의 프로듀서이기도 했다), 이른바 '신해철 사단'이 총출동했다.

팬들 사이에서 이제 구하기 힘든 '레어 아이템'으로 분류되는 〈정글 스토리〉는 OST가 무려 50만 장 이상 팔리면서 영화개봉으로 인한 적자를 메웠다는 얘기가 돌 정도였다(극장에서 이 영화를 본 사람은 1만 명도 안 되는데 OST는 50만 장 이상 팔린 진기한 기록이다). 특히 〈정글 스토리〉 OST는 실제로 고등학교 시절부터 '각시탈'이라는 밴드를 꾸렸던 신해철 자신의 오랜 경험과 한국음악계라는 '정글'에서 분투해온 자신의 청춘이 아로새겨졌다. 군 제대 후 음악을 하고 싶다는 열의로 무작정 상경해 악전고투하는 영화 속 도현(윤도현)은 당시 풋풋한 신인이었던 윤도현의 분신이나 다름없다(실제로 '베이스' 박태희, '드럼' 김진원 등 '윤도현 밴드' 멤버들도 그대로 출연했다). 물론 같은 경험을 한 것은 아니라 할지라도 입버릇처럼 "밴드가 유일한 꿈"이라고 말해왔던 신해철 그 자신의 젊은 날도 투영되어 있을 것이다.

더불어 도현을 발견하고 음반제작을 제안하는 한물간 프로듀서 '지우'를 연기하는 '산울림'의 김창완까지 더하면, 픽션과 현실이 뒤섞인 영화 안에서 OST가 갖는 의미가, 과거로서의 윤도현과 미래로서의 김창완 사이에서 세대를 넘어 더욱 확장된다. 김창완은 윤도현과 달리 지우라는 전혀 다른 이름으로 출연하지만, 산울림의 〈내 마음은 황무지〉를 편곡한 2번 트랙을 통해 배우로 출연한 그에게 존경을 바치고 있다.

그 외에도 넥스트 스타일의 정통 록음악인 〈절망에 관해〉, 김동률의 피아노 연주가 돋보이는 〈Main Theme From Jungle Story-Part2〉도 깊은 인상을 남긴다. "해는 이제 곧 저물 테고 꽃다발 가득한 세상의 환상도 오래전 버렸으니, 또 가끔씩은 굴러 떨어지기도 하겠지만 중요한 건 난 아직 이렇게 걷고 있어"라고 노래한 〈그저 걷고 있는 거지〉라는 노래도 팬들 사이에서 널리 회자되었다.

하지만 그 중에서도 역시 백미는 당시 실제 박정희 대통령의 죽음을 알리는 정부의 공식 브리핑 멘트로 시작해 전두환의 대통령 후보 수락연설로 끝나는, 아래에 일부 인용한 〈70년대에 바침〉이다. 제목에서 드러나는 것처럼 암울했던 그 시기를 관통했던 사람들에 대한 연대가이며, 밝고 희망찬 80년대를 맞이할 것이라는 기대감에 대한 배신의 전주곡이다.

"70년대는 그렇게 막을 내렸지. 수많은 사연과 할 말을 남긴 채. 남겨진 사람들은 수많은 가슴마다에 하나씩 꿈을 꾸었지. 숨겨왔던 오랜 꿈을. 무엇이 그들을 기다리고 있었던가. 하늘이 그리도 어두웠었기에 더 절실했던 낭만. 지금 와선 촌스럽다 해도 그땐 모든 게 그랬지. 그때를 기억하는지, 그 시절 70년대를. 무엇이 옳았었고 틀렸었는지 이제는 확실히 말할 수 있을까. 모두 지난 후에는 말하기 쉽지만 그때는 그렇게 쉽지는 않았지."

넥스트를 해체한 뒤(이후 재결성) 만든 〈세기말〉 OST는 이듬해 나온 〈모노크롬〉 앨범과 함께 시장에서는 실패했지만, 2년 뒤 2001년 말 발매한 〈비트겐슈타인〉과 함께 신해철의 변함없는 실험정신을 보여준 작품이다. 당시 음악평론가 강헌은 당시 그의 작업들에 대해 "오직 신해철만이 수행할 수 있는 앨범 콘셉트의 파노라마적인 전개는 만개 직전에 도달해 있다"고 썼다. 시장에서의 평가와 별개로 그의 음악적 역량이 새로운 방향으로 무르익었다는 말이다.

특히 〈세기말〉의 경우 소령이 흐느적대는 모습 위에 겹쳐지는 트립합(trip hop) 음악처럼 이른바 '컷과 음악이 딱 맞아떨어지는' 장면들이 인상적이었다. 당시만 해도 지금과 같은 디지털작업이 가능하지 않던 시기였기에, 화면을 캡처해 컴퓨터에 넣고 프레임 단위로 맞춘 것이었다. 당시 뉴욕에 있던 신해철은 〈세기말〉의 러시 필름을 받아보며 수고스럽게 작업할 정도로 큰 열의를 보였다.

당시 한국 영화음악 시장은 장윤현 감독의 〈접속〉(1997)에 실린 벨벳 언더그라운드의 〈Pale Blue Eyes〉와 사라 본의 〈A Lover's Concerto〉가 큰 인기를 끌면서 익숙한 팝음악을 선곡하는 방식의

OST가 대세를 이뤘기에, "카페에서 대화하는 장면에 쓰인 음악도 전부 창작"이라 말하는 그의 고집은 대담하고 대단했다. 하지만 놀랄 만한 데뷔작 〈넘버3〉 이후 송능한 감독의 두 번째 영화, 그리고 진화와 실험을 거듭하는 신해철의 '첨단'을 보여줄 것이라는 대중의 기대는 절반의 성공에 그치고 말았다. 〈정글 스토리〉에 실린 주옥같은 '신해철 노래'를 기대했던 사람들에게, 〈세기말〉의 마지막 장면이 "그래도 희망은 너와 내가 손잡은 사람에게 걸 수밖에"라고 노래한 한영애 3집의 〈말도 안돼〉로 마무리된 것도 깊은 아쉬움을 남겼다.

신해철의 마지막 음악감독 작품인 〈쏜다〉는 박정우 감독으로부터 대략적인 줄거리만 듣고 합류한 작품이다. 미디어를 통해 사회를 향한 거침없는 비판과 성역 없는 독설을 쏟아내던 그에게 〈쏜다〉는 무척 어울리는 작품처럼 느껴졌고, 그 또한 촬영현장까지 방문할 정도로 열의를 보였다. "가슴이 뻥 뚫리는 시원한 록음악을 선보이겠다"는 것이 그의 목표였다. 특히 익숙한 '국민체조' 곡을 왈츠와 포크 버전은 물론 화끈한 메탈로 다양하게 변주하는 등 팔딱거리는 활력을 뿜어냈다. 도그 테이블의 〈Shoot the world〉를 비롯해 스키조의 〈Head up〉, 마이크로 키드의 〈Plastic head〉, 뷰티풀 데이즈의 〈질주〉 등 국내 인디 밴드들을 대거 참여시킨 것도 의미 있는 작업이었다.

당시 〈필름2.0〉과의 같은 인터뷰에서 그는 "1960~1970년대 미국 영화의 에너지를 좋아한다. 바로 그 활력을 스크린에 투사하고 싶었다"고 했다. 하지만 〈쏜다〉 역시 만족스런 흥행 성적을 거두지 못하면서, 신해철의 8년만의 영화음악 작업은 깊은 아쉬움을 남긴 채 마무리되었다.

당시 직접 만나본 신해철은 더 많은 작품을 하고 있지 못한 것에 대한 아쉬움을 내내 토로할 정도로, 영화음악에 대한 갈증이 큰 사람이었다. 특히 "정말 내 마음대로 밀어붙였다"고 말한 〈영혼기병 라젠카〉의 경우처럼 실사 SF나 판타지물에 대한 집착이 컸다. 오죽하면 심형래 감독의 〈디 워〉(2007) 헌정앨범에도 참여했을까. 영화에 대한 평가와 별개로 영화음반에 실린 넥스트의 〈The virgin flight〉는 이무기의 전설을 신해철 특유의 웅장한 사운드와 김세황의 화려한 연주로 표현한 멋진 테마곡이었다.

그와 더불어 〈바람 부는 날이면 압구정동에 가야 한다〉와 〈정글 스토리〉, 그리고 〈세기말〉과 〈쏜다〉가 각기 다른 음악 콘셉트의 영화들이었음을 떠올려보면 그의 새로운 영화가 어떨지 개인적으로 큰 기대를 가질 수밖에 없었다. 물론 그것이 SF 장르든 아니든 상관없이 그의 여섯 번째 작품을 끝내 보지 못한 것은, 남은 우리들의 깊은 슬픔이다. 지금도 침 튀기며 〈스타워즈〉 예찬론을 펼치던 그의 당시 모습이 생생하다.

"나는 〈스타워즈〉의 모선에서 수천 대의 비행정들이 떼거지로 나올 때, 판타지 속 전설의 용이 입에서 불을 뿜을 때 미쳐버리는 사람이다. 언젠가 그런 장르의 영화음악을 맡으면서 오케스트레이션부터 모든 장르가 총동원되는 음악을 해보고 싶다. 외계인, UFO, 레이저 광선이라는 삼박자만 갖춰지면 무조건 작업 오케이다.(웃음)"

키아로스타미와
치미노

"1959년에 장 뤽 고다르의 〈네 멋대로 해라〉가 있었다면 2002년에는 압바스 키아로스타미의 〈텐〉이 있었다고 먼 훗날 얘기하게 될지도 모른다." 2007년 제1회 시네마디지털서울 영화제(CINDI)를 시작하며 〈텐〉을 초청했던 당시 정성일 집행위원장의 얘기였다. 그는 2002년 칸국제영화제에서 〈텐〉을 보고난 뒤 "이전 영화들을 모두 잊게 만들 만큼 키아로스타미의 최고 걸작이라는 생각이 들었다. '그가 여기서 정말 다시 시작하는구나' 하고 느꼈다"고 했다. 그리고 키아로스타미가 세상을 뜬 날 정성일은 트위터에 다음과 같은 글을 남겼다. "RIP_ 압바스 키아로스타미가 문득 우리 곁을 떠났다. 아아, 지금 막 영화에서 하나의 세계가 사라졌다. 1940~2016."

압바스 키아로스타미 감독은 2005년에 제10회 부산국제영화제 뉴커런츠 부문 심사위원장 자격으로 부산을 찾아, '마이 라이프 마이 시네마'라는 제목으로 〈키아로스타미의 길〉(2005) 상영 후 마스터클래스를 갖기도 했다. 그가 수십 년간 찍어온 '길'에 관한 사진들을 모아 32분으로 구성한 흑백 디지털영화였다. 그날 "어떻게 하면 당신 같은 거장이 될 수 있냐"는 한 학생의 질문에 "나는 거장이 아니다. 영화감독은 죽을 때까지 배우는 학생이지 '마스터'가 될 수 없다. 제발 나를 그렇게 부르지 말아달라. 내가 언제까지나 젊게 살아갈 수 있도록 내버려달라"며 웃었다. 그렇게 그는 영원히 '학생'으로 남고 싶어했다.

2016년 7월 4일 세상을 뜬 키아로스타미보다 이틀 먼저 7월 2일 세상을 뜬 마이클 치미노 감독의 별세 소식도 큰 충격이었다. 한동안 잊고 있었던 마이클 치미노에 대한 기사들을 검색해보니, 예전의 당당했던 모습은 전혀 찾아볼 수 없었다. 〈디어 헌터〉(1978)가 개봉하고 〈천국의 문〉(1980)을 계약하던 무렵, 그러니까 원래 1977년 4월 개봉이었던 〈지옥의 묵시록〉(1979)이 편집과 재편집을 거듭하는 사이 〈디어 헌터〉가 먼저 개봉했던 때, 피터 비스킨드(Peter Biskind)가 쓴 『헐리웃 문화혁명(Easy Riders, Raging Bulls)』은 치미노 감독의 외양을 이렇게 묘사하고 있다. "치미노는 키가 작고 뚱뚱했다. 극적인 검은 머리칼이 둘러싼 그의 커다란 머리가 멜론처럼 어깨 위에 얹혀 있었다." 그랬던 그가 진짜 천국의 문으로 향한 것이다.

제이슨 본과 제임스 본드

"본드 안에 본 있다"라는 말이 딱히 낯설진 않다. 첩보액션영화의 과거와 현재를 대표하는 '007 시리즈'의 제임스 본드와 '본 시리즈'의 제이슨 본이 너무 닮아있기 때문이다. 여기에는 이유가 있다. 바로 최근 두 시리즈의 전반적인 액션 설계를 책임진 스턴트 코디네이터 혹은 세컨 유닛 디렉터가 바로 댄 브래들리라는 같은 사람이기 때문이다(두 역할을 모두 맡거나 하나의 역할만 할 때도 있지만, 기본적으로 액션

〈007 퀀텀 오브 솔러스〉

설계에 관해서는 그가 가장 큰 실권자라 보면 된다). 마크 포스터의 〈007 퀀텀 오브 솔러스〉(2008)와 폴 그린그래스의 〈본 얼티메이텀〉(2007)을 비교하면 보다 확실해진다.

〈007 퀀텀 오브 솔러스〉 초반부는 이탈리아에서의 추격신인 카 체이스가 시작되고 스파이를 쫓아 옥상까지 추격이 이어지다가 마지막으로 낡은 고성당의 천장유리를 뚫고 떨어져 외줄에 의지한 채 고공격투신을 벌이는 장면이다. 한 해 앞서 만든 〈본 얼티메이텀〉의 모로코 탕헤르 추격신을 업그레이드한 것처럼 거의 유사한 동선과 구도로 완성되었다. 말하자면 댄 브래들리는 2000년대 들어 매번 앞서 만든 영화의 액션을 다음 만드는 영화에서 업그레이드하는 방식으로 2개의 시리즈를 사이좋게 오갔다. 두 시리즈 사이의 흥미로운 밀월 관계랄까.

재미있는 것은 최고의 주가를 올리던 댄 브래들리가 〈스파이더맨2〉(2004)와 〈스파이더맨3〉(2007)는 물론 돌아온 〈인디아나 존스: 크리스탈 해골의 왕국〉(2008)과 〈미션 임파서블: 고스트 프로토콜〉(2011)에도 참여했다는 사실이다. 인디아나 존스의 때늦은 귀환이 불안했던 스티븐 스필버그가 가장 먼저 찾았던 사람이 바로 댄 브래들리였다.

여기에는 과거 1997년 〈데블스 오운〉을 함께했던 해리슨 포드의 강력 추천이 있었다(참고로 댄 브래들리가 꼽는 '지금껏 가르쳐본 배우 중 가장 액션 잘 하는 두 배우'가 바로 해리슨 포드와 맷 데이먼이다). 또 〈본 슈프리머시〉(2004)로 폴 그린그래스와 댄 브래들리가 처음 만나면서 두 사람이 의기투합했던 것은 바로 '〈미션 임파서블〉을 뛰어넘는 것'이었다. 이처럼 단 한 사람의 존재로 인해, 제임스 본드와 제이슨 본은 물론 스파이더맨과 인디아나 존스, 이산 헌트까지 적어도 특정 시점에서는 서로 엇비슷해 보인다.

그런데 댄 브래들리는 이제 본 시리즈를 떠났다. 아쉽긴 하지만 〈본 얼티메이텀〉과 〈007 퀀텀 오브 솔라스〉에도 참여했던 사이먼 크레인과 게리 파웰이 각각 세컨 유닛 디렉터와 스턴트 코디네이터로 힘을 합쳤다. 특히 댄 브래들리가 '007 시리즈'를 떠난 이후 샘 멘데스의 총애를 받으며 〈007 스카이폴〉(2012)과 〈007 스펙터〉(2015)의 스턴트 코디네이터를 맡았던 게리 파웰이 있기에 '본드 안의 본'은 여전히 변함없을 것으로 보인다.

흥미롭게도 게리 파웰 집안은 오래도록 '007 시리즈'를 위해 헌신해온 스턴트맨 집안이다. 게리 파웰은 피어스 브로스넌의 본드 대역 스턴트를 맡았었고, 큰 형 그렉 파웰은 그보다 앞선 제임스 본드였던 로저 무어와 티모시 달튼의 대역이었다. 심지어 아버지 노셔 파웰과 삼촌 디니 파웰은 그보다 전에 숀 코너리의 대역이었다. 우리가 볼 때 다 다르게 생긴 제임스 본드라고 느끼지만, 같은 유전자의 남자들이 대를 이어 본드 대역을 맡아온 것이다. 아무튼 그래서 두 시리즈의 밀월 관계는 언제까지 계속될지 무척 궁금하다.

Ground control to David Bowie,
데이비드 보위를 추모하며

지난 2016년 1월10일, 데이비드 보위가 향년 69세의 나이로 세상을 떴다. 〈씨네21〉에서는 대중문화 전반에 관한 것들을 다루다 보니, 데이비드 보위의 부고를 쉬이 지나칠 수 없었다. 게다가 그는 개성 넘치는 영화인이었다.

데이비드 보위가 세상을 떠나기 몇 년 전부터 그를 종종 떠올리게 된 계기는, 그가 직접 작곡하고 불러 1969년에 싱글로 발매된 〈Space Oddity〉 때문이었다. 노래는 우주로 발사된 탐사선에 문제가 생기고

톰소령(Major Tom)이 우주 미아가 되어 사라져버린다는 내용이다. 고장 난 우주선에서 아무 것도 하지 못한 채 사랑하는 아내에게 자신의 마음을 교신으로 전한다.

〈월터의 상상은 현실이 된다〉(2013)에서 가장 인상적인 순간이 바로 아이슬란드의 한 낡은 바에서 〈Space Oddity〉가 흐를 때였다. 도전을 망설이는 월터(벤 스틸러)에게 환상으로 나타난 셰릴(크리스틴 위그)이 이 노래를 불러준다.

프룻 챈의 홍콩영화 〈미드나잇 애프터〉(2014)에서도 〈Space Oddity〉를 들을 수 있었다. 운전기사(임설)를 필두로 팻(임달화), 잉(혜영홍), 치(황우남) 등을 태운 버스가 구룡반도와 신계 지역의 경계인 사자산의 터널을 지나면서 기상천외한 일을 겪는다. 마치 4차원의 세계에 당도한 것처럼 그들을 제외한 세상 모든 사람이 사라져버린 것이다. 본토 반환 이후 정체성의 혼란을 겪는 홍콩을 조그만 버스에 비유한 셈인데, 다른 세상과의 교신에 실패하고 외롭게 식당에 모인 그들 위로 흐르는 노래가 바로 〈Space Oddity〉다.

최근 〈그래비티〉(2013)와 〈마션〉(2015)이 담고자 한 '우주로부터의 사색'을 보면서 자동적으로 흥얼거린 내면의 OST 또한 〈Space Oddity〉였다. 2014년에는 국제우주정거장의 우주비행사 크리스 햇필드가 실제로 우주에서 이 노래를 부르는 영상이 화제가 된 일도 있었다. 물론 그는 음울한 내용의 마지막 가사를, 무사히 지구로 돌아가는 내용으로 바꾸었다. 어쨌거나 우리는 이제 지구를 떠난 데이비드 보위를 그리워하며 살게 될 것이다.

비슷한 시기, 언급해야 할 또 다른 중요한 이름이 있다. 지난 2016년 1월 1일에는 〈미지와의 조우〉(1977)로 아카데미 촬영상을 수상했던, 현대 미국영화의 중요한 축을 이루었던 또 다른 위대한 촬영감독 빌모스 지그몬드(1930년생)도 단편, 장편, 다큐멘터리, TV시리즈를 합해서 딱 100편의 작품을 남기고 세상을 떴다. 마이클 치미노의 〈디어헌터〉, 〈천국의 문〉, 브라이언 드 팔마의 〈필사의 추적〉(1981), 〈허영의 불꽃〉(1990) 등이 그가 촬영한 작품들이다.

한편으로 당시 김은정 〈씨네21〉 로마 통신원이 기고한 현지 소식에 따르면, 〈헤이트풀8〉(2015)에 참여해 놀라움을 안겨줬던, 무려 90세를 바라보고 있는 엔니오 모리꼬네(1928년생)가 〈시네마 천국〉(1988)의 쥬세페 토르나토레와 다시 한 번 호흡을 맞출 것이라 정보를 전했다(이 영화는 2017년에 〈시크릿 레터〉라는 제목으로 개봉되었다). 다시 한 번 필름시대의 위대한 장인들에게 경의를 바친다.

전국 사투리가 가능했던,
사실주의 연기의 대가 김지영

〈마파도2〉(2007) 개봉 당시 배우 김지영을 인터뷰한 적이 있다. 멋진 한복을 차려입고 오신 이유를 물었더니 "정말 오랜만에 인터뷰라는 걸 하게 되었는데, 가만있을 수 있나"라며 웃었다. 인터뷰 내내 한참 어린 기자에게 정중한 높임말로 정성스레 답변하던 그 모습이 지금도 선하다. 아마도 지금의 젊은 관객들에게 김지영은 주로 감초 캐릭터 같은 '엄마'로 기억할 것이다. 〈라이터를 켜라〉(2002)의 봉구(김승우) 엄마, 〈나의 결혼 원정기〉(2005)의 만택(정재영) 엄마, 〈아들〉(2007)의 강식(차승원) 엄마, 〈해운대〉(2009)의 만식(설경구) 엄마, 〈도가니〉(2011)의 인호(공유) 엄마, 〈서부전선〉(2015)의 영광(여진구) 엄마가 바로 그다.

오래도록 화려한 주연으로서의 삶을 살아온 것은 아니지만, 그 이전 1970~1990년대에 이르기까지 주로 임권택, 김수용 감독의 작품들에서 사실감 넘치는 연기를 선보이며 인상적인 조역으로 작품을 빛냈다. 요즘 배우로 예를 들자면, 거침없고 개성 넘치는 그 당시의 라미란 배우 같은 느낌이랄까. 거의 모든 영화가 후시녹음으로 만들어지던 당시 환경으로 보자면, '대사'가 아닌 '말'을 하는 보기 드문 사실주의 스타일의 배우였다.

1938년생인 김지영은 초등학교 2학년 때 광복을 맞았고, 그때 고향인 함경도를 떠나 서울로 왔다. 원래 가족이 다 서울사람인데 그녀를 포함한 세 자매만 함경도에서 태어났다. 아버지가 일제에 못 이겨 북으로 피난을 가 있다가 내려왔기 때문이다. 어렸을 때는 할아버지가 "넌 성격도 곧고 거짓말도 못 하니까 법조인이 되어야 한다"고 해서 꼭 법관이 되겠다고 생각했다. 그런데 6·25전쟁이 터지면서 다 무산되었다. 어쨌건 어려서부터 유랑극단과 영화는 본 적도 없고, 이른바 '딴따라' 세상과는 완전히 담을 쌓고 살았다.

그런데 아버지가 옛날 그 유명한 배우 김승호와 형님, 동생하던 사이였다. 그러던 중 6·25전쟁이 끝나고 고등학교 졸업반이 되니 집에서는 시집보낼 생각만 했다. "그게 너무 싫은데 가만있으면 시집가게 생겼더라.(웃음) 그래서 피신할 요량으로 김승호 아저씨한테 쫓아가서 일을 시켜달라고 했다. 그래서 작은 역할이나마 연기생활을 시작하게 되었다."

김지영 배우의 말에 따르면 "결혼하기 싫어서 시작한 일"이 바로 배우였다. 그렇게 주연 김승호 외에 신성일, 엄앵란도 출연했던 김수용 감독의 〈상속자〉(1965)로 데뷔하게 된다. 특별한 배역도 없이 그저 대사 몇 마디 있는 친지의 역할이었다. 하지만 김수용 감독은 "대사를 참 잘 한다"며 그녀를 눈여겨봤다. 그때부터 김수용 감독의 이른바 '문예영화'에 거의 대부분 출연하게 되었고, 주변에서 칭찬을 많이 하니까 '내 속에 그런 끼가 있었던 건가?' 하고 본격적으로 배우라는 직업에 호기심을 갖게 되었다. 물론 '배우로 살면서 앞으로 굶어죽을 걱정은 안 해도 되겠구나'라는 생각 정도만 있었다고 한다.

이후 스스로 "거의 '전속'으로 한 작품도 빠지지 않고 출연했다"고 말할 정도로 임권택 감독과 많은 작품을 함께했다. "배우로서도 인정받고, 나 스스로도 처음 그 자부심을 갖게 해준 임권택 감독님의 영화들이 기억에 많이 남는다. 조연, 단역 가리지 않고 다 시켜주셨고 배우로서 노력하고 성취할 수 있는 기회를 주셨던 분"이라는 것이 그녀의 회고다. 임권택 감독 또한 "대부분 후시녹음으로 촬영하던 시절에 (김)지영씨처럼 대사를 맛깔나고 실감나게 구사하는 배우는 드물었다. 그래서 대사를 많이 줬다"고 회고했다.

이후 최하원 감독의 〈초대받은 사람들〉(1981)로 대종상시상식에서 특별연기상을 받으며 배우로서 첫 번째 결실을 맺게 된다. 하지만 거기에는 남다른 사연이 있다. "천주교 조선교구 설정 150주년을 기념해 만들어진 영화인데, 천주교 신자로서 자식들 죽어가는 모습을 보면서 하나님을 배교할거냐 말거냐 하는 극한 상황에 놓인 인물이었다. 매 맞아서 얼굴 깨지고, 입술 부르튼 분장도 나 혼자 다 했다. 또 눈이 충혈되어야 하는 장면이 있어서 미친 척하고 호랑이기름을 구해다 발랐다가 정말 눈알 빠지는 줄 알았다. 해외에는 눈 충혈 되게 하는 안약이 있다는데 그때만 해도 우리나라에 그런 게 있었나 뭐.(웃음)"

이 작품으로 많은 사람이 처음에는 '대종상 여우조연상감'이라고 추켜세웠지만, 그때만 해도 외화쿼터를 비롯해 수상결과에 이런저런 '비리'가 있던 때였다. "당시 많은 사람이 만장일치로 나를 대종상 여우조연상감이라고 했다. 그런데 어떤 미친 사람이 그걸 뺏어서 자기 작품에 줬다. 〈초대받은 사람들〉에 함께 출연했던 원미경과 내가 그렇게 나란히 주연상, 조연상을 놓친 거다. 오죽하면 심사위원들이 너무 아깝다고, 말도 안 되는 일이라고 합의를 해서 특별연기상을 줬다. 그 상이 아마 그때 처음 생긴 걸로 알고 있다."

연기 인생에서 기억에 남는 작품들을 물었더니 한 치의 망설임도 없이 〈길소뜸〉(1986)이라고 했다. 〈신궁〉(1979), 〈짝코〉(1980), 〈안개마을〉(1982) 등 당시 임권택 감독의 거의 모든 영화에 출연하던 때였는데 "비중이 작았던 다른 작품들에 비하면 캐릭터도 뚜렷했고 만족도도 높았다. 임권택 감독 영화는 무조건 출연했다"는 게 그녀의 회고다. 그리고 다시 〈길소뜸〉으로 대종상 여우조연상 후보로 올랐지만, 역시나 앞서와 비슷한 경우로 '뺏겨' 버렸다. 두 번 연달아 상을 뺏겼다고 생각하니 너무 분해서 임권택 감독을 찾아가 "다른 감독님 작품 말고 정말 임권택 감독님 작품으로 연기상 한 번 받아보고 싶다"고 하소연을 했고, 임권택 감독은 〈아다다〉(1987)의 시어머니라는 제법 큰 역할을 맡겼다.

뛰어난 연기를 선보였지만 같은 해에 한 감독의 작품 2개가 나란히 후보로 오를 수 없다는(임권택 감독은 같은 해 〈연산일기〉도 연출했고, 김지영 역시 두 작품 모두 출연했다) 규정 때문에 여우조연상 후보로도 오르지 못했다. 그 기억을 떠올리며 "유독 그해에만 그런 규정을 들먹여 상을 못 받게 한 사람이 전에 내 상을 빼앗아간 사람이기도 했다. 그래서 그 사람 집에 불 지르려고 휘발유통 들고 찾아가기도 했다"고 농담 섞어 말할 때는 배우로서의 단단한 자부심이 느껴졌다.

배우 김지영의 탁월한 사실적 연기 스타일의 바탕은 사투리였다. 영화나 드라마에서 경상도, 전라도 사투리는 물론 각 지방 욕까지 찰지게 구사했다. 연기자로서 살아남기 위한 방편으로 사투리를 '배운' 것이나 마찬가지였다. "지방 촬영 가서 시간이 남으면 논이든 밭이든 시장이든 찾아가서 사투리를 익혔다. 내 머리 속에 녹음테이프가 있다면 아마 수천 통은 될 거다. 그렇게 세상일이란 게 공짜가 없다. 나중에 주변 사람들이 내 고향이 어딘가를 두고 내기도 하더라. 사투리 하나로 극의 사실성이 확 살기도 하고 떨어지기도 한다."

그를 바탕으로 이후 배창호의 〈꼬방동네 사람들〉(1982), 〈황진이〉

〈불륜〉

(1986), 이장호의 〈무릎과 무릎사이〉(1984), 조민희의 〈이장호의 외인구단2〉(1988), 박광수의 〈칠수와 만수〉(1988), 강우석의 〈달콤한 신부들〉(1988), 곽재용의 〈비오는 날의 수채화〉(1989), 장선우의 〈우묵배미의 사랑〉(1990), 정지영의 〈남부군〉(1990) 등 당대 젊은 감독들의 작품에 비중 따질 것 없이 꾸준히 출연하며 관록을 뽐냈다. 그리고 이런 부지런함에는 사연이 있다. 두 아이의 엄마였고 남편이 간경화로 오래도록 병원 신세를 지면서 "배운 게 도둑질이라 당장 먹고 살아야 해서 다시 연기를 해야 했기 때문"이었다. 아이러니하게도 결혼하라는 말이 듣기 싫어서 배우를 시작했던 그녀가 그것 때문에 다시

카메라 앞에 선 것이나 마찬가지였다.

최근까지도 꾸준히 작품 활동을 해왔지만, 특별히 기억에 남는 작품은 제17회 부산국제영화제에 초청된 단편 〈불륜〉(2012)이다. 거동이 불편한 두 노인, 이 여사(김지영)와 김 노인(신구)이 서로 사랑하며 살아간다. 김 노인은 전동휠체어에 이 여사를 태운 채 천천히 손잡이를 잡고 산책을 나선다. '불륜'은 역설적 제목으로, 불합리한 부양의무자 기준으로 인해 두 노인은 위장이혼을 한 채 몰래 살아간다. 당시 기준으로는 수급희망자가 부양의무자의 능력이 없거나, 부양받지 못한다는 사실을 입증해야만 지원을 받을 수 있기 때문이다. 영화의 취지에 공감하는 김지영은 선뜻 단편 출연에 응했다고 한다. 신구와 김지영이 보여준 연기는 그 무엇으로도 흉내 낼 수 없는 연륜의 깊이였다. 그리고 2017년 2월 19일, 또 한 명의 멋진 배우가 우리 곁을 떠나갔다.

스즈키 세이준의 명복을 빕니다

"남자 캐릭터로는 더 할 얘기가 없어 여성 주인공을 내세웠다." "영화를 보는 동안 지루할까봐 그런 음악을 쓰는 것일 뿐이다." "영화감독에게는 무엇보다 체력이 가장 중요하다." 등 B무비의 거장 스즈키 세이준은 남다른 상상력과 특유의 '쿨'한 태도로 영화계의 기인(奇人)으로 통한다. 자신의 영화 〈살인의 낙인〉(1967)을 리메이크한 〈피스톨 오페라〉(2001)로 베니스국제영화제에 초청되었을 때 받은 원작과 달리 여성 주인공을 내세운 이유, 록음악과 일본 전통음악을 흥미롭게 뒤섞은 사운드트랙의 배경, 오랜 영화계 생활을 해오면서 영화감독이 지녀야 할 덕목에 대한 질문에 저렇게 답했다.

뿐만 아니라 알베르토 바르베라 집행위원장으로부터 〈피스톨 오페라〉 상영 전에 감사패를 받고는 '손이 풀려' 감사패를 떨어트리는 해프닝을 연출했는데, 심지어 영화 상영 도중 그 트로피를 가슴에 꼭 안은 채 숙면을 취하기도 했다. 세계적인 거장이 자기 영화 상영 때 졸았으니 이 얼마나 기괴한 풍경인가.

김지영 배우의 추모기사를 쓰고 얼마 있지 않아, 2017년 2월 13일 스즈키 세이준 감독이 향년 93세로 별세했다는 소식을 접했다. 20년 가까이 영화기자 생활을 하면서 스즈키 세이준을 직접 만난 것은 개인적으로 설레고 뿌듯했던 기억 중 하나다. 스즈키 세이준은 2002년에 문화학교 서울 주최로 열린 〈폭력의 엘레지, 스즈키 세이준 회고전〉으로 방한했었고, 당시 내가 일했던 영화 월간지 〈키노〉의 주선으로 박찬욱, 김지운, 류승완 감독과 대담을 가졌었다.

세 한국감독은 장르영화의 만신전에 오른 그를 만나기 위해 한달음에 달려왔다. 감독들은 차례대로 각각 〈복수는 나의 것〉, 옴니버스 영화 〈쓰리〉 중 〈메모리즈〉, 〈피도 눈물도 없이〉(2002) 후반작업과 개봉 준비로 바쁠 때였고, 스즈키 세이준은 "힘들 때는 한 번쯤 영화사로부터 해고당하는 것도 괜찮은 경험"이라며 한참 어린 한국감독들에게 격려 아닌 격려를 해주기도 했다.

실제로 스즈키 세이준은 〈살인의 낙인〉을 만들면서 니카츠 영화사로부터 쫓겨났다. 괴이한 인물들이 등장하고, 정신없는 장르의 잡종 교배인 이 작품을 본 니카츠의 사장 호리 큐사쿠가 기겁했던 것이다. 이 사건을 계기로 영화인들을 중심으로 한 '스즈키 세이준 사건 공동투쟁위원회'가 결성되어 긴 법정 소송 끝에 승소하게 된다. 프랑스 평론가 막스 테시에는 이를 '일본판 앙리 랑글루와 사건'이라 표현했다.

1968년에 벌어진 이 문제적 사건은 앞서 벌어진 〈일본해방전선: 산리츠카의 여름〉(1968)을 촬영 중이던 오가와 신스케 프로덕션 스태프들이 체포되는 사건과 함께 당시 일본사회의 우경화 경향을 상징적으로 보여준 일이었다. 어떻게 보면 부산국제영화제 이용관 전 집행위원장에 대한 납득하기 힘든 유죄선고와 문화예술계 블랙리스트 사건을 떠올리게 한다.

당시 인터뷰에서 그는 어디서 들은 얘기라며 '영혼의 다섯 단계'를 말했다. "첫 번째 단계는 은색, 마지막 단계는 빨간색이다. 은색 영혼은 전생에 착한 일을 많이 했기 때문에 현생에 편안히 쉬기만 하면 되는데, 붉은 영혼은 계속 일을 해야 한다고 하더라. 빨간색을 많이 사용하는 사람은 고통 받는 사람이 되는데, 내가 그걸 미리 알았더라면 영화에서 분명 은색을 많이 썼을 것이다.(웃음)" 그는 영화에서 인상적으로 빨간색을 많이 쓰는 감독 중 하나였는데, 역시나 빨간색을 많이 썼던 장쯔이, 오다기리 조 주연의 〈오페레타 너구리 저택〉(2005)을 끝으로 왕성하게 일만 하다가 세상을 떴다. 그렇게 자기만의 '우주'를 보여주었던 또 한 명의 거장이 우리 곁을 떠났다.

배우 김영애 선생님의 명복을 빕니다

"난 쓰레기랑 결혼할 줄 알았어." 배우 김영애를 〈변호인〉(2013) 개봉 당시 인터뷰를 한 적이 있다. 지금은 천만 영화로 기억되는 〈변호인〉이 막 600만 관객을 돌파한 시점이었다. 마침 드라마 〈응답하라 1994〉가 큰 인기를 끌던 때였는데, 김영애 배우가 거의 매회 빠지지 않고 본다고 해 놀란 기억이 있다. '응사'를 보려고 IPTV 유료결제 방법도 배웠다고 했다. 드라마에서 나정(고아라)이 칠봉(유연석)이 아닌 쓰레기(정우)와 잘될 줄 알았다고, "나는 쓰레기와 칠봉이를 반반씩 섞어놓은 남자가 좋아요"라는 말도 잊지 않으셨다.

응사뿐만 아니라 당시 코미디 프로그램 〈개그콘서트〉의 최고 유행어였던 개그맨 김준호의 "자나~ 자나~"도 흉내 냈던 기억이 있다. 소속사에서 관리를 잘 해주냐고 여쭤봤더니 "잘 케어해주자나", 인터뷰가 길어져서 힘드시진 않냐고 했더니 "괜찮자나, 끄덕없자나" 이런 식이셨다. 평소 좋아하던 배우를 직접 만났을 때, 환상이 깨지는 것이 오히려 더 큰 호감으로 변하게 되는 몇 안 되는 인터뷰 중 하나였다.

2017년, 〈씨네21〉 창간22주년 기념 1100호 '한국영화사상 최고의 여성 캐릭터' 설문에서 흥미로운 소수의견이 많았는데, 그 중에서 무릎을 탁 쳤던 리스트는 바로 공포영화 〈깊은 밤 갑자기〉(1981)에 출연한 김영애 선생을 포함시켰던 허지웅 평론가의 설문답변이었다. 나 또한 그 영화에서 김영애가 장식하는 마지막 장면은 많이 과장을 보태서 니콜라스 로에그의 〈지금 보면 안돼〉(1973) 마지막 장면을 보는 것 같은 충격을 받기도 했다.

하지만 1970년대 들어 〈왕십리〉(1976), 〈설국〉(1977), 〈깃발 없는 기수〉(1980) 등에 출연하면서 장미희, 정윤희, 유지인 트로이카를 위협하는 배우로 성장할 것 같았던 그녀는 "20대의 나는 너무 외골수에 내성적이라 당시 거친 '영화판'과 잘 맞지 않았던 것 같다"며 영화계를 떠난다. 그러다 "임권택 감독님 영화에 출연하던 시절 연출부였던 곽지균 감독이 방송국에 무려 3번이나 찾아와 어쩔 수 없이 출연했다"는 〈겨울 나그네〉(1986)에서 기존 이미지와 사뭇 다른 클럽 포주 역할로 강한 인상을 남겼다. 그 이야기를 하면서도 "영화판에 곽지균처럼 점잖고 괜찮은 남자들만 많았어도 얼마나 좋았을까"라며 그의 이른 죽음에 안타까운 눈물을 보이기도 했다. 그렇게 영화와 TV드라마로 오가던 중 최근에는 〈카트〉(2014), 〈특별수사: 사형수의 편지〉(2015), 〈판도라〉(2016) 등 활발하게 극장가를 누볐다.

인터뷰 당시 쓰지 못한 내용 중에는 "한국의 메릴 스트립이 되는 모습을 그려본다"는 내 얘기에 대한 답이었다. 실제 메릴 스트립(1949년생)보다 두 살 어린 1951년생으로 연배도 비슷할 뿐더러, TV드라마 〈로열 패밀리〉(2011)의 그룹 회장 공순호나 〈메디컬 탑팀〉(2013)의 카리스마 넘치는 병원 부원장 신혜수를 연기할 때 〈악마는 프라다를 입는다〉(2006)의 메릴 스트립을 많이 떠올리셨다고 했다.

사실 그런 얘기를 몇몇 인터뷰에서 말했지만, 하필 그때가 〈변호인〉에 출연하며 처음 '악플'이라는 것을 겪은 뒤라 "그런 (메릴 스트립과

〈특별수사: 사형수의 편지〉

의) 비교가 나갔다간 큰일 날 것 같다"며 "다음에 작품이 더 좋게 많이 쌓였을 때 꼭 그렇게 써달라"고 신신당부했다. 그로부터 2년 뒤 〈어바웃 리키〉(2015)의 메릴 스트립을 봤을 때의 기분이란.

결국 쓰지 못한 말을 곱씹으며, (인터넷에서 찾아볼 수 있는) 서울국제초단편영화제 개막작이자, 가수 최백호의 '낭만에 대하여'를 멋지게 불렀던 10분짜리 단편 〈실연의 달콤함〉(2013)을 찾아보길 권한다. 배우 김지영 선생님의 부고 기사를 쓴 지 얼마 지나지 않아 2017년 4월 9일에 접한 안타까운 소식, 다시 한 번 고인의 명복을 빈다.

원탁의 대통령,
그리고 원탁의 프로그래머 김지석

"지금 저더러 여기 앉으라는 얘기인가요?" 안톤 후쿠아의 〈킹 아더〉(2004)에서 아서 왕(클라이브 오웬)과 원탁의 기사들을 찾아온 로마제국의 대사는 짐짓 놀란다. 그들 사마시아족에 비하면 신적인 존재나 다름없는 대로마제국에서 온 자신이 그들과 함께 원탁에 빙 둘러 앉는 것이 영 못마땅한 것이다. 하지만 아서 왕은 "신의 아들이란 없습니다. 우리 모두는 태어날 때부터 자유인이죠"라며 언제나 원탁에 앉아 얘기한다고 말한다.

그로부터 10년 전에 만들어진 제리 주커의 또 다른 '아서 왕', 영화 〈카멜롯의 전설〉(1995)에서도 아서 왕(숀 코네리)은 탁월한 검술 실력을 지닌 랜슬롯(리차드 기어)을 원탁의 기사로 끌어들이기 위해 다음과 같이 말한다. "서로를 섬기면서 우리는 자유를 얻죠. 이 원탁은 위아래가 없는 평등한 곳이자, 바로 카멜롯의 정신"이라고.

문재인 대통령이 청와대에서 원탁을 꺼낼 때, 김무성 전 대표의 '노룩 패스' 신공이 화제였다. 마침 가이 리치의 〈킹 아서: 제왕의 검〉(2017)도 개봉했기에 바로 아서 왕과 원탁의 기사들이 떠올랐다. 또 비슷한 시기 〈노무현입니다〉(2017)의 이창재 감독과 『대통령의 글쓰기』를 쓴 강원국 작가의 대담을 보면서, 노무현 전 대통령도 떠올랐다. 하지만 과거 얘기만 할 수는 없는 법. '대선후보' 문재인을 인터뷰했던 김성훈 기자가 중심이 되어 〈씨네21〉에서는 '문재인 대통령 시대의 문화정책'에 대한 특집을 꾸리기도 했다. 시급한 문화 부문 개혁을 비롯해 일자리 창출, 독립영화 지원 사업, 대기업의 투자·상영 분리 등의 현안에 대해 꼼꼼히 짚어봤다. 이 또한 영화잡지의 임무라 생각했다.

기사를 위해 '부산국제영화제를 지키는 시민문화연대' 공동대표이자 전 부산영상위원장, 그리고 현재 영화진흥위원회 오석근 위원장과 인터뷰를 가졌었다. 더구나 그는 지난 2017년 5월 칸국제영화제 출장 중 안타깝게 세상을 뜬 부산국제영화제 김지석 부집행위원장의 40년 절친이기도 하다. 그의 부고는 2017년의 가장 슬픈 소식 중 하나였다.

김지석 부집행위원장의 한참 아래 대학 영화동아리 후배였던 나는 그에 대한 여러 전설과도 같은 얘기를 전해들을 수 있었는데, 내 눈으로 직접 확인한 것은 바로 그가 만든 영화교과서였다. 변변한 영화개론서 하나 없고 개인용 컴퓨터도 보기 힘들었던 1980년대였기에, 몽타주(montage)니 미장센이니 하는 영화용어와 개념들을 직접 손으로 써서 정리한 프린트물을 제작해 영화수업 교재로 썼던 것이다.

주변 사람들을 위해 온화한 얼굴 뒤로 뜨거운 열정을 숨기고 살던 사람, 국내 모든 영화제를 통틀어 가장 오랫동안 공백 없이 프로그래머로 일한 사람, 한참 후배이기에 편하게 말씀 놓으시라는 부탁에도 끝까지 사람 좋은 얼굴로 존대하던 사람, 또 한 명의 원탁의 프로그래머가 바로 그였다. 다시 한 번 고인의 명복을 빈다.

이명세,
영화 없이는 못살아

"여러분, 안녕하십니까. 언제나 여러분의 사랑 속에서 쑥쑥 자라나는 여러분의 귀염둥이, 늘 종달새처럼 지저귀는 종세, 이종세 인사드립니다." 이명세 감독의 데뷔작 〈개그맨〉(1989)에서 스스로 천재라는 환상 속에서 살아가는 삼류 카바레 개그맨 이종세(안성기)는 언제나 이렇게 인사를 시작한다. 이후 영화배우를 꿈꾸는 변두리 이발소 주인 문도석(배창호)과 가수를 꿈꾸는 오선영(황신혜)과 만난 그는 함께 영화를 만드려고 한다. 탈영병에게서 우연히 진짜 총을 얻은 종세 일행은 제작비 마련을 위해 은행을 털고, 도피행각 끝에 자신들을 알아보는 자동차 수리공을 총으로 쏘게 된다. 1974년 M1 카빈 소총을 탈취해 여러 건의 강도·살인을 저지르고 비극적인 최후를 맞았던 '이종대·문도석 사건'에서 모티브를 얻은 〈개그맨〉에서 안성기는 이종대와 이명세가 결합한 이종세를 연기했다.

물론 이 사건은 당대 다른 작품들에도 영향을 끼쳤다. 최인호 작가는 장편소설 『지구인』을 썼고, 이장호 감독은 〈그들은 태양을 쏘았다〉(1982)를 만들었다. TV드라마 〈수사반장〉에서도 이 사건이 영상화되어 배우 박근형이 이종대를 연기했고, 〈강남 1970〉(2015)에서 이민호가 연기한 김종대도 이종대로부터 온 이름이다.

아무튼 이명세 감독은 언젠가 걸작을 만들고야 말리라는 주인공에게 이제 막 데뷔작을 만드는 자신의 이름을 겹쳐 놓고, 안성기에게 찰

〈개그맨〉

리 채플린 분장을 시켜서는 이종세라는 주인공을 탄생시킨 것이다. 이후 〈나의 사랑 나의 신부〉(1990), 〈남자는 괴로워〉(1995), 〈인정사정 볼 것 없다〉(1999), 〈M〉(2007) 등을 만들며 그는 당대 최고의 표현주의 감독이라 해도 과언이 아닌 독보적인 필모그래피를 이어갔다.

여러 감독들이 출연해 저마다 한 편씩의 단편영화를 연출해 선보이는 JTBC 예능 프로그램 〈전체관람가〉에서 가장 선배인 이명세 감독의 작품 〈그대 없이는 못살아〉(2017)와 메이킹 필름이 공개되었다. 한때 한국영화계를 주름잡던 그였지만 2017년 〈미스터 K〉를 연출하다가 도중하차했던(이후 2013년 이승준 감독이 〈스파이〉라는 제목으로 최종 완성해 개봉했다) 기억은 '중견감독과 대기업의 대결' 구도 안에서 감독이 힘을 쓸 수 없었던 상징적인 사건으로 남아있다.

그렇게 그는 꽤 긴 시간을 공백으로 보냈다. 그리고 공개된 메이킹 필름에서 거의 온몸을 내던져 현장을 지휘하는 그의 모습에 후배 감독들은 눈물을 훔쳤다. 한참 어린 콘티 작가나 스태프들에게 온갖 의성어를 써가며 스토리텔링만큼이나 중요하게 이미지 메이킹을 시도하는 그 모습에 나 또한 깊은 감동을 받았다. 그에 대해 "영화다운 영화를 만들던 감독님"이라는 또 다른 출연자 이경미 감독의 평가에 적극 공감할 수밖에 없었다.

그의 작품들 중 가장 좋아하는 〈인정사정 볼 것 없다〉에서 우형사(박중훈)와 짱구(박상면)가 옥상에서 탱고 리듬에 맞춰 전혀 싸움 같지 않은, 오직 그들의 그림자로 싸우던 옥상 액션 신이 지금도 기억난다. 〈그대 없이는 못살아〉에서도 그림자 액션이 등장했다. 역시 또 다른 출연자인 양익준 감독의 말처럼 '말이 되는 이야기만을 따지는' 당대 한국영화계에서 그는 얼마나 현장이 그리웠을까.

〈인정사정 볼 것 없다〉가 개봉할 당시 이명세 감독은 중국 5세대니 6세대니 하는 비평적 잣대에 빗대어, 국경을 초월해 이미지와 스토리 등 영화를 둘러싼 그 모든 것들을 하나로 아우르는 '통합영화 1세대' 감독이 되고 싶다고 했다. 이종세의 꿈처럼 이명세의 꿈도 아직 끝나지 않았다.

마동석과 버드 스펜서,
그리고 1987 신해철

"이런 애비 없는 놈들!"이라는 산적들의 욕에 동생이 화를 내자, 형이 잠자코 타이른다. "사실이잖아, 참아." 그리고 "왜 그동안 편지를 안 했니?"라는 엄마의 야단에 심드렁하게 대답한다. "엄마, 글자 못 읽잖아요." 일대일 총싸움을 앞둔 상대방의 말을 "총을 맞았을 때 술기운이 있으면 덜 아프죠"라며 여유롭게 되받아친다. "그럼 일단 한 잔 할까요?" "수도사가 애를 봐주고 있는데, 아이가 방귀를 계속 껴서 정말 미안해요"라고 고해성사하는 부모님을 안심시키기 위해 신부로 위장해서는 온화하게 다독여준다. "괜찮습니다. 천사들도 방귀를 뀝니다."

이상 스파게티 웨스턴 장르의 최고 흥행 시리즈라 할 수 있는 〈내 이름은 튜니티〉(1971) 시리즈에서 못 말리는 형제 튜니티(테렌스 힐)와 밤비노(버드 스펜서)의 '아무말' 대화 중 일부다. 그들은 매사에 까칠하고 장난처럼 서로에게 총구를 겨누기도 하는데, 특히 건달보다 더 건달 같은 괴력의 보안관이자 거구의 형인 밤비노를 연기한 버드 스펜서의 매력에 흠뻑 빠졌었다. 베니스 출신의 테렌스 힐과 나폴리 출신의 버드 스펜서, 게다가 외모도 전혀 닮지 않았는데 언제나 형제로 나왔던 둘은 〈튜니티〉 시리즈를 10편 넘게 성공시켰다. 1980년대까지는 이탈리아 최다 관객 동원 영화로 기록된, 이탈리아 영화 역사상 가장 성공한 시리즈였다.

뜬금없이 버드 스펜서 얘기를 꺼낸 이유는 배우 마동석을 봤을 때

〈챔피언〉

즉각적으로 그가 떠올랐기 때문이다. 마동석은 지난 2017년 말 이런저런 영화상에서 수상의 영예를 안지는 못했지만, 사실 〈범죄도시〉 등을 통해 인기상이나 특별상을 수상하고도 남을 인기를 누렸다.

명백히 〈베테랑〉(2015)의 '아트박스 사장'으로부터 이어지는 구수하고도 능청스런 언변과 영화 속에서 팔꿈치에 연고도 바르지 못할 정도로 팔다리 두꺼운 몸집의 매력은 앞서 등장한 이런저런 감초 배우들과는 달리 전혀 새로운 스타가 탄생했음을 알렸다. 특히 솥뚜껑만한 손바닥으로 싸대기를 후려치며 범죄자들을 요리하는 그 모습은, 〈튜니티〉 시리즈에서 버드 스펜서가 바위 같은 큰 주먹으로 "맞은데 또 맞으면 제정신으로 돌아온다"는 말도 안 되는 소리와 함께 악당들의 머리를 언제나 쾅쾅 내려치던 장면을 떠올리게 했다.

마동석은 버드 스펜서뿐만 아니라 과거 한국배우들 중 장동휘를 떠올리게도 한다. 자신에게 달려드는 놈들을 언제나 '한주먹'으로 요리했던 그는 특별히 잘생기지도 않았고, 오히려 묵직하고 둔해보였지만 믿음직한 큰형 이미지로 오래도록 사랑받아왔다. 특히 장동휘와 마동석은 어딘가 깔끔하지 않지만, 그래서 묘하게 선해 보이는 그 눈매와 눈빛이 너무나도 닮았다.

문득 〈튜니티〉 시리즈에 대해 무한한 애정을 고백하고, 6월 민주항쟁을 침튀기며 얘기했던 1987학번 신해철과의 인터뷰가 괜히 생각나, 당시 인터뷰 내용을 살짝 인용하며 마칠까 한다.

"난 웨스턴 장르를 좋아했지만 클린트 이스트우드가 아니라 〈내 이름은 튜니티〉 쪽이었다. 6연발 총을 쏘아대던 테렌스 힐과 악당들 머리를 쾅쾅 내려치던 버드 스펜서, 하하하 정말 골 때리는 영화였다. 그러니 어느 모로 보나 나는 깊이가 없는 세대였다. 그런데 또 그런 뎁스(depth) 없는 세대가 대학교에서는 가장 격렬한 운동권이기도 했다. 87학번이라 386으로 치면 '꼴번'인데, 어울리지 않게 발레하던 친구들도 돌 던지고, 막 제대한 복학생들이 개구리 교련복 입고 와서 수류탄 투척자세를 가르쳐주던 세대였다. 그렇게 세상은 큼지막하게 변해가고 있었다."

이용관 부산국제영화제 전 집행위원장의 복권을 바라며

1999년 제4회 부산국제영화제 최고의 화제작은 장선우 감독의 〈거짓말〉이었다. 영상물등급위원회로부터 등급보류 판정을 받은 관계로, 개봉관에서는 못 볼지도 모르는 무삭제 상영이라는 것이 관객들을 불러 모은 주요한 요인이었을 것이다. 3회 이상 개최된 영화제에 한해서는 영상물등급위원회로부터 등급을 부여받지 않은 작품도 상영이 가능하도록 규정하고 있는 현행 관련 법령에 따른 것이었다.

아예 등급부여 심의 자체를 거부해온 인권영화제를 제외하면, 국내 영화제가 등급보류 조치로 인해 일반 상영관에서 상영불허된 작품을 상영한 것은 처음 있는 일이었다. 물론 모든 관객이 관람할 수 있는 것은 아니었고, 영화제 측의 자체 연령제한 규정에 따라 18세 이상의 관객에게만 관람이 허용되었다.

당시 폐막을 이틀 앞둔 〈씨네21〉 부산국제영화제 공식데일리 8호(10월 21일자)를 보면 "18세 이상 관객만 입장시키기 위해 일일이 신분증을 확인하고, 미처 입장권을 발급받지 못한 100여 명의 게스트를 들여보내는 데 시간이 걸려 예정시간보다 30분가량 늦게 상영을 시작했다"고 한다. "〈거짓말〉을 상영한 665석 짜리 대영극장 3관은 좌석사이의 통로까지 발 디딜 틈이 없이 관객들이 들어서 영화를 봤는데, 입장객은 약 900여 명으로 추산된다." 당시 〈거짓말〉이 예매 시작 20분 만에 매진된 관계로 나 또한 용케 티켓을 구한 친구를 밖에서 기다리며 그저 남포동을 떠돌던 학생 중 하나였다.

비록 상영관에 들어가진 못했지만 친구를 통해 그날의 '소동'에 대해서도 들을 수 있었다. 입장권을 가진 사람들이 모두 입장한 후에도 길게 줄을 늘어서 입장을 요구하는 게스트들과 자원봉사자들 사이에 실랑이가 벌어졌고, 상영 후 GV 때도 관객과의 대화가 원활하게 이뤄지지 못할 만큼 수많은 취재진으로 인해 대혼잡이 빚어졌다. 당시 GV를 진행하던 이용관 프로그래머는 정의감에 불탄 나머지 장선우 감독과 주연배우인 김태연, 이상현과 관객 사이에서 거의 시야를 가로막고 있던 취재진들을 제지하던 중 그만 '충돌'을 빚고 말았다. 취재보다 현장 관객들과의 대화가 더 중요하다고 믿었기 때문일 것이다.

그리고 그 다음 날, 데일리에는 "촬영 중이던 취재진들을 제지하던 상황에서, 장내 진행요원들에게 전달했던 발언이 본의와 다르게 카메라 기자들에게 전달된 점에 대해 진심으로 사과드립니다"라는 요지의 부산국제영화제 조직위원회의 사과문이 실렸다.

〈씨네21〉에서 부산국제영화제와 함께 진행했던 '부산국제영화제를 지켜주세요' 캠페인에 원고를 보내줬던 조영각 서울독립영화제 집행위원장에 따르면, 오래전 독립영화인들의 '와이드앵글 파티'의 뒤에서도 이용관 프로그래머는 든든한 지원군이 되었다 한다. "산전수전 다 겪었다"는 말은 진짜 이럴 때 쓰는 거다. 그런데 오랜 시간 그의 이름을 찾아보기 힘들었다.

부산국제영화제의 심각한 위기를 불러온 주범이나 다름없는 부산시의, 명백한 이용관 전 위원장에 대한 '정치적 살인'이라 불러도 이상하지 않을 일이다. 끝날 때까지는 끝난 게 아니다. 그리고 다행스럽게도 긴 진통을 겪고 난 뒤인 2018년 1월31일, 부산국제영화제 이사회가 부산시 영화의전당에서 임시총회를 열고 이용관 전 집행위원장을 이사장으로 선출했다. 정말 다행이다. 부산국제영화제의 역사는 계속된다.

〈씨네21〉 창간 23주년,
죽어야 사는 남자 정우성 별책에 부쳐

정우성은 영화 속에서 거의 죽었다. 〈비트〉에서도 죽고 〈본 투 킬〉(1996)에서도 죽고 〈유령〉(1999)에서도 죽고 〈무사〉에서도 죽고 〈중천〉에서도 죽고 〈새드 무비〉(2005)에서도 죽고 〈마담 뺑덕〉(2014)에서도 죽고 〈아수라〉(2016)에서도 죽고 〈강철비〉에서도 죽었다.

〈씨네21〉 창간 23주년 기념2호인 1151호를 제작하며 한국영화계 영원한 청춘의 초상 정우성을 특별 인터뷰했다. 인터뷰에 그와 인연이 깊은 영화인들 김성수, 임필성, 양우석 감독, 한재덕 대표를 대담자로 모셨는데 공교롭게도 모두 정우성을 죽인 감독들이다. 물론 언제나 그를 죽였던 김성수 감독이 〈태양은 없다〉(1999)에서만큼은 유일하게 그를 살려주었지만, 영화 속 링 위에서 복싱선수인 그를 거의 죽기 직전까지 얻어터지게 만들었다.

정우성처럼 죽음으로써 자신의 배우로서의 아우라를 드러냈던 '죽어야 사는 남자'는 세계영화계를 봐도 극히 드물다.

〈천장지구〉(1990)에서도 죽고 〈지존무상〉(1989)에서도 죽고 〈복수의 만가〉(1989)에서도 죽고 〈천여지〉(1994)에서도 죽고 〈결전〉(2000)에서도 죽고 〈삼국지: 용의 부활〉(2008)에서도 죽고 〈무간도〉(2003) 마지막 편에서도 죽었던 홍콩영화계의 유덕화 정도가 그와 비슷할 것이다.

정우성이 죽는 장면을 하나하나 곱씹어보면, 〈중천〉의 소화(김태희)는 "네 모습 영원히 기억할게"라며 눈 감는 이곽(정우성)을 가만히 지켜봤고, 〈새드 무비〉에서는 소방관인 이진우(정우성)가 불길 속에서 죽어가는 모습을 오래도록 보여주었으며, 〈유령〉에서는 이미 죽어버려 바다 속에 잠긴 그가 "나는 지금 하늘이 보고 싶다"라는 내레이션을 한다. 〈씨네21〉 창간 이전인 1994년 〈구미호〉로 데뷔한 그의 지난 25년의 필모그래피에 어떤 의미를 부여한다면, 정우성은 영화 속에서 언제나 우리 대신 죽었던 안티히어로였다. 그렇게 정우성은 죽음으로써 한국영화와 함께 해왔다.

그런 점에서 〈비트〉의 김성수 감독이 정우성과 다시 만난, '〈비트〉로부터 20년 뒤' 〈아수라〉는 무척 상징적이다. 〈비트〉에서 "나에겐 꿈이 없었다"고 말했던 그가 〈아수라〉에서는 오프닝 장면부터 "저는 인간이 싫어요"라고 절망적으로 얘기한다. 비록 꿈이 없어도 열심히 살아보려 했던 20년 전의 그가 이제 더 깊은 환멸에 빠져든 것이다. 대한민국 청춘들의 초상이 바로 여기 있다.

게다가 나는 기본적으로 한 배우가 전혀 다른 사람이 되는 경우는

〈아수라〉(위)
〈강철비〉(아래)

사실상 불가능하다고 생각한다. 치밀하게 계산되어 결국 몸에 배어버린 궁극의 메소드 연기라 할지라도, 어떻게든 배우가 아닌 개인으로서 자신만의 고유성이 담기기 마련이다. 배우 정우성의 현재 능력과 가치를 어떻게 평가할 수 있을까 생각해보면, 이렇다 저렇다 말하기 전에 바로 그 고유성을 초월해 전혀 다른 사람이 되었다는 것만은 분명하다.

〈아수라〉 〈강철비〉 〈인랑〉(2018) 등 그의 최근작들을 보면, 그동안 우리가 알던 정우성이 아니라고 생각한다. 빛나는 청춘으로서의 '스타' 이미지를 벗어나 어느덧 삶의 희노애락이 깊이 배어든 '인간' 정우성을 느낄 수 있다. 심지어 '국회로 보내고 싶은' 배우가 되었다고도 느낀다.

JTBC 〈뉴스룸〉과 KBS 〈뉴스집중〉에 나가 소신 발언을 하고, 세월호 사건을 다룬 다큐멘터리 〈그날, 바다〉(2018) 내레이션을 맡은 모습 또한 그렇다. 어쩌면 인간 정우성이 지닌 인성과 품격, 그리고 배우 정우성의 부단한 노력과 오랜 경험이 결합해 지금의 모습을 만들었을 것이다. 어쩌면 그것이 가장 놀랍다. 이제 정우성은 이전과 다른 사람이 되었다. 바로 지금의 정우성을 주목하고 기대하는 이유다.

끊임없이 메모하고, 검색하고, 최대한 빨리 써라. 한 영화에 대해 쓴다는 것은, 바로 그 감독에 대해 쓰는 것이다. 영화를 만든 감독이 된 것처럼 영화 속으로 들어가야 한다. 나는 내가 쓰는 영화의 매 순간의 관찰자이자 절대자이며 최후의 증인이다. 스크린과 객석의 경계를 넘어, 내가 지금 본 영화는 바로 내가 2시간 동안 감독과 함께 만든 영화다.

Part 03 글을 쓸 때

메모하라

별것 아닌 내용이라도 최대한 많이 메모해두면 나중에 큰 도움이 된다. 적어도 글을 훨씬 '쉽게' 쓰리라는 것은 장담할 수 있다.

기억하는 만큼 쓸 수 있다

"죽이기 아까운 눈빛을 하고 있구나." 〈봉이 김선달〉(2016)에서 사기꾼 김선달(유승호) 대신 견이(시우민)가 죽게 되는데, 그를 죽이는 절대 권력자 성대련(조재현)이 견이의 얼굴을 보고 말한 대사다. 아이돌 그룹 '엑소' 시우민의 영화 데뷔작인데다, 그 대사가 실제 시우민의 눈빛을 예리하게 묘사하는 것이기도 해서 다음에 시우민에 대해 쓰게 되면 써먹어야겠다는 생각에 그 대사를 메모해뒀다.

오래전 〈우리에게 내일은 없다〉(2006)의 유아인을 보면서도 '언젠가 꼭 글을 쓰게 될 신인'이라는 생각에, 영화 속 그가 꼬마로부터 받아든 질문 "훌륭한 소년이 될 거예요?"라는 대사를 메모해뒀다. 그 대사를 인용할 일이 없던 차에 〈서양골동양과자점 앤티크〉(2008)에서 우연히 케이크숍의 주방보조 겸 견습생으로 출연한 유아인을 보게 되었다. 주방보조로 들어오기 전에 최연소 동양웰터급 챔피언이기도 했던 양기범(유아인)은 링 위에서 상대 선수에게 더없이 가혹해 '냉혈 꽃사슴'이라 불렸다. 이 별칭이 그의 이미지와 묘하게 어울린다는 생각에 메모해뒀다. 그리고 몇 년 뒤 그에 대해 쓰게 될 일이 생겼을 때 아주 잘 써먹었다.

물론 활동이 뜸한 배우들의 영화를 보면서도 메모를 한다. 가령 거의 모든 한국영화에 모습을 드러내는 김의성 배우만 해도 몇 년 전엔 그렇지 않았다. 어느 날 〈빅매치〉(2014)에서 꽤 비중 있게 나온 그를 보고, 언젠가 글을 쓰게 될 일이 있을 거란 생각에 또 메모를 해뒀다. 언제나 뒷북만 치고 다니는 도형사(김의성)에게 도청(이정재)의 형수(라미란)가 "생긴 건 얼빠진 자라같이 생겨가지고"라고 말하는 장면이 있다. 그 장면에서만큼은 비유가 정말 절묘했다. 역시 다음에 써먹으려고 수첩에 '라미란이 김의성 보고 얼빠진 자라 같은 얼굴'이라고 메모해뒀는데, 이 글에 써먹게 되었다.

이처럼 기억과 메모에 대한 고민을 하던 중에, tvN 예능 프로그램 〈알아두면 쓸데없는 신비한 잡학사전〉(이하 〈알쓸신잡〉)을 보며 순천 편이 무척 흥미롭게 다가왔다. 유시민이 과거에 자신이 직접 썼던 항소이유서에 얽힌 비화를 공개한 것이다. 1980년대 그는 서울대 총학생회 간부로 활동했는데, 민간인을 프락치로 몰아 감금 및 고문했던

1985년 '서울대 프락치 사건'의 주모자로 구속되었다. 유시민은 '폭력행위 등 처벌에 관한 법률'을 위반한 혐의로 1심에서 징역형을 선고받았고, 이에 대해 항소심 재판부인 서울형사지방법원 항소 제5부에 항소이유서를 제출했다. 이 항소이유서를 계기로 세상에 이름을 널리 알리게 되었는데, 최종적으로 무죄 판결이 났다.

유시민이 〈알쓸신잡〉에서 200자 원고지 100매 분량의 이 항소이유서에 대해 "보름 정도 쓸 시간이 있었다. 첫 문장부터 초고를 다 쓸 때까지 순수하게 쓴 시간은 14시간 정도다. 한 번에 써야 해서 퇴고는 안 했다"라고 말해 출연자 모두 깜짝 놀랐다. 감옥에 누워 첫 문장부터 마지막 문장까지 머릿속에서 다 구상했고, 한자도 오자가 나지 않게 미리 연습해 일필휘지로 쓸 수 있었다고 했다. 초고와 수정까지 이미 머릿속에서 작업을 끝냈던 것이다.

하지만 일행 중 김영하 작가만이 별로 놀라지 않았다. 컴퓨터가 상용화되기 전까지는 그것이 '글쓰기'의 일반적인 방식이었다는 것이다. 펜과 종이가 비싸서 '썼다 지우는' 일 자체가 큰 마음 먹고 하는 일이었던 시절, 작가들에게는 실수 없이 '단 한 번'에 글을 써내려갈 수 있는 능력이 중요한 덕목이었다. 그러나 문명의 발달로 인간의 기억력은 전과 달라졌다. 정재승 교수는 이에 대해 인간의 뇌가 퇴화했다기보다 기억력 외의 다른 능력을 더 많이 활용하면서 "인간이 뇌를 사용하는 방식이 달라졌다"고 말했다.

김영하 작가가 얘기한 그 기억력의 문제는 영화에도 적용할 수 있을 것이다. DVD도 비디오도 없던 시절, 영화는 극장에서 사라지고 나면 다시 볼 기회가 없었다. 2003년 부천국제판타스틱영화제에서 쇼브라더스 회고전이 열렸을 때, 정성일 평론가는 〈씨네21〉에 기고한 '장철의 무협영화에 바치는 피 끓는 10대 소년의 막무가내 고백담'이라는 글에서 이렇게 말했다. "나는 〈심야의 결투〉(1968)를 영원히 나의 것으로 만들고 싶었다. 그때는 아직 비디오가 없었다. 〈심야의 결투〉(1968)를 영원히 나의 것으로 만들 수 있는 유일한 방법은 오직 하나뿐이었다. 영화를 몽땅 기억하는 것이다. 그래서 나는 월요일부터 학교만 끝나면 미아리극장으로 달려갔다. 그리고 마지막 회차까지 내내 보았다." 심지어 스케치북에다가 그림을 그렸다고도 했다. 영화잡지도 인터넷도 없던 시절, 극장 간판과 영화 포스터가 아니면 그 영화에 대해 남겨진 '이미지'조차 없던 시절이었기 때문이리라.

돌이켜보면, 그 '기억력'을 둘러싼 모든 변화가 지난 20~30년 전의 일이다. 내가 영화기자 일을 처음 시작할 때도 '인터넷 검색'이란 것을 할 수 없었다. 변변한 보도자료란 것도 없어서, 줄거리며 영화에 대한 정보를 순수하게 나의 기억과 지식에만 의존해서 써야 했다. 이 글을 쓰면서 생각해보니 그때는 영화의 작품연도를 암기과목 공부하듯 외고 있었던 것 같다. 그런데 인터넷 검색이 기사 작성과 동반되면서 자동적으로 잊어버리게 된 것들, 굳이 미리 기억해두고 있지 않아도 되는 것들이 꽤 많아졌다. 특정 정보에 대해 '내가 원래 알고 있던' 것처럼 쓰는 것도 가능해졌다. 그렇다면 정재승 교수가 말한 것처럼 영화기자와 평론가들 모두 영화 글쓰기에 관한 한 '뇌를 사용하는 방식'을 근본적으로 바꿔야 할 터인데, 그게 여간해서 쉬운 일이 아니다.

메모가 글쓰기의 스트레스를 줄여준다

지금 나의 글을 확 바꿀 수 있는 '단 하나의 해법'이 있다. 앞으로 얘기할 다른 많은 해법을 제쳐두고 "어떻게 내 글을 한 번에 바꿀 수 있을까"라는 물음에 족집게 선생님처럼 해결책을 제시할 수 있다는 말이다. 간단하다. 영화를 보면서 메모하면 된다. 혹은 영화를 한 번 더 보면 된다. 글을 다음에 쓰지 말고 영화를 보고나온 그날 바로 쓰면 된다. 영화글은 기억력과의 싸움이기 때문이다.

영화와 다른 예술과의 가장 큰 차이점에 대해 '영화는 책갈피를 꽂아둘 수 없는 예술'이라고 말하곤 한다. 영화는 강물처럼 1초에 24프레임이 흘러가버리는 예술이기에 써야 할 장면이 기억나지 않으면 사실상 거기서 끝이다. '아는 만큼 쓸 수 있다'는 말을 바꿔서 영화글은 자기가 '기억하는 만큼' 쓸 수 있다.

또한 영화는 자기 마음대로 감상을 중단할 수 없다. 영화관에서 최신 개봉영화를 본다는 가정하에, 내가 졸더라도 영화는 흘러간다. 감상 이후 비평의 시간이 왔을 때도 마찬가지다.

문학 비평을 할 때 써야 할 대목과 장면이 떠오르지 않으면, 책을 다시 보면 된다. 책갈피를 꽂아놓아도 된다. 음악 비평을 할 때도 글감으로 삼고 싶은 악기 구성이나 멜로디가 기억나지 않으면, 역시 반복해서 그 곡을 들어보면 된다. 미술의 경우는 영화와 달리 단 하나의 프레임만 뚫어지게 쳐다보면 된다. 하지만 이제 막 개봉한 영화에 대해 쓴다고 가정한다면, 영화 비평을 할 때는 앞서 말한 방법들이 근본적으로 불가능하다.

물론 한 번 더 보면 되니까 아예 불가능한 것은 아니지만, 특정 대사나 장면이 떠오르지 않는다고 해서 다시 돈을 지불하고 극장에 가서 영화를 볼 사람이 과연 몇이나 될까. 게다가 그럴 생각이 있다 하더라도, 글 쓰는 시각이 새벽 3시라면 어떡할 텐가. 물론 시 낭송회나 미술 전시회, 음악 콘서트의 경우도 있지만 영화는 온전하게 그 텍스트 자체를 영화관이라는 '집 밖에서' 누려야 하는 예술이기도 하다.

개인적으로는 류승완 감독의 〈베테랑〉에 대해 써야 해서 새벽 1시 30분에 하는 영화를 두 번째로 보러 간 적이 있다. 다시 보러 간 이유는, 영화 속에 잠깐 등장한 서도철(황정민)의 퇴근 장면이 잘 기억나지 않았기 때문이다. 아파트에 도착해 집에 들어가는데 주차장이 잘 기억나지 않았다. 주차한 것은 기억이 나는데 그게 지상주차장인지 지하주차장인지 도통 기억이 나지 않았다. 주차장에 관심이 있었던 이유가 있다. 보통 영화 속 인물이 퇴근하면 집 문을 열고 들어가든지, 혹은 밥을 먹든지 TV를 보든지 그냥 집 안에 들어가 있는 모습을 바로 보여주면 된다. 공간이 바뀌었다는 것을 누구나 알기 때문이다. 주차장 장면을 류승완 영화의 주인공들이 하나같이 보여주는 '워커홀릭' 성향과 연결 지어 쓰고 싶었다.

다시 영화를 보니 지하주차장이 없는 오래된 아파트라 이중삼중 평행주차를 해놓은 것까지 카메라가 담고 있었다. 만약 잠복근무를 밥 먹듯 하는 광역수사대 경찰이 밤늦게 퇴근한다면, 주차할 곳을 찾아

한참을 헤매거나 겨우 발견한 자리에 차를 대기 위해 사이드 브레이크를 풀고 이미 자리를 차지한 여러 대의 차를 마치 테트리스 게임하듯 땀을 뻘뻘 흘리며 밀어서 자리를 만들어야 한다.

서도철은 매일 그렇게 생활하고 있다. 말하자면 언제나 고단한 일상을 살아가는, 현실감 넘치는 류승완 식의 워커홀릭 캐릭터를 보여주기 위해서는 단지 1초에 불과할지라도 아파트 외경을 보여주는 것이 절대적으로 필요한 것이다. 그것도 올려다보는 고급 아파트가 아니라 주차상황을 알 수 있게끔 내려다보는 컷이다. 또한 그 컷이 중요한 이유는 나중에 "우리가 돈이 없지, 가오가 없냐"는 서도철이 조태오(유아인)가 일하는 빌딩을 올려다보며(서도철을 부감쇼트로 촬영했다) 수사 의지를 다지는 장면과 이어진다고도 할 수 있기 때문이다.

그런데 영화를 한 번 더 보면서 얻어낸 것들이 많다. 아침에 출근해 홍삼즙을 들이키며 통화하는 오팀장(오달수)의 피곤한 얼굴을 다시 보게 되었다. 아마도 메모를 하면서 영화를 봤다면 분명히 써뒀을 장면인데, 영화를 다시 보면서 새삼 기억하게 된 것이다.

이것도 앞서 말한 류승완 감독 영화의 특징적인 디테일 중 하나인데, 〈베테랑〉 이전에 만든 〈부당거래〉(2010)에서는 경찰청장(이춘연)이 역시 아침에 자신의 업무실에서 위장약을 이빨로 뜯으며 업무보고를 받는 장면이 있다. 짜서 마시던 위장약이 묻어 입가가 하얗게 된 채로 그는 "매일 아침마다 청와대에 직접 보고를 올려야 하는 중대 살인사건에 대한 수습책을 빨리 내놓으라"고 다그친다. 그렇게 이른바 '한 핏줄 영화'로 전작들과의 연장선에 놓인 〈베테랑〉을 이야기할 때 필요한 장면들을 '캐치'한 것이다.

전혀 기억나지 않았던 장면을 다시 본 것도 있다. 바로 서도철에게 도움을 요청하던 배기사(정웅인)가 자신의 트럭 안에서 운전대에 바나나 우유를 끼워놓고 빨대로 먹는 장면이다. 매일 쉬지 않고 수백 킬로미터를 달려야 하는 트럭 운전기사 입장에서는 차안에서 식사를 해결해야 하는 일이 많을 테니, 한 손으로는 운전대를 잡고 또 다른 한 손으로는 빵을 잡은 채로 우유는 운전대에 끼워놓고 마시는 것이다. 그 또한 직접 트럭 운전기사를 만나서 취재를 해야 알 수 있는 디테일이 아닐까 싶다.

그런 디테일 위에서, 서도철과 오팀장은 물론 광역수사대 총경(천호진)까지 가세해 서로 자기가 힘들게 형사 생활했다며 왕년의 부상 부위를 경쟁하듯 드러내며 다투는 광경은 다시 봐도 백미였다. 배꼽 잡게 만드는 유머임과 동시에 〈베테랑〉이라는 제목의 의미까지 함축한 명장면이다. 이처럼 선명한 장르적 색채 위로 현실적 디테일까지 조화롭게 녹여내는 것은 류승완 감독 특유의 장기이자 재미라 할 수 있다.

이처럼 영화를 한 번 더 보면 얻어낼 수 있는 것들이 많다. 나의 영화적 지식이나 글솜씨에 변화가 없다고 가정할 때, 글을 잘 쓸 수 있는 단 하나의 확실한 해법은 바로 '다시 보기'다. 하지만 그것이 여의치 않기에 메모를 하는 것이다.

가령 〈러브 레터〉(1995)에 나온 프루스트(Marcel Proust)의 『잃어버린 시간을 찾아서(À la recherche du temps perdu)』, 〈컨스피러시〉(1997)에 등장해 음모론과 관련된 중요한 단서를 남기는 J. D. 샐린저

(Jerome David Salinger)의 『호밀밭의 파수꾼(The Catcher in the Rye)』, 〈세렌디피티〉(2001)에서 사라(케이트 베킨세일)가 자신의 이름과 연락처를 적어 헌책방에 파는 마르케스(Gabriel García Márquez)의 『콜레라 시대의 사랑(El amor en los tiempos del cólera)』 등 영화를 보고 난 다음 기억 속에서 순식간에 휘발될지도 모를 영화 속 사소한 단서 하나가 그 영화를 '해석'하는 중요한 키워드가 될 수도 있다.

그런데 메모하는 것이 귀찮거나 여의치 않은 상황이면, 적어도 영화관을 나온 다음 스마트폰 메모장에다가 재빨리 적어두기라도 해야 한다. 아무래도 영화를 보면서 메모하는 것이 감상에 방해를 줄 때도 있어서, 내가 쓰는 방법이기도 하다. 하지만 200자 원고지 30매 이상의 장문의 기사를 써야 할 때는 영락없이 영화를 보면서 메모해야 할 수밖에 없다.

아무튼 기억이 다 사라져버리기 전에 자신이 '쓰게 될 가능성이 높은 내용'들 위주로 메모해두는 것은 반드시 필요하다. 별것 아닌 내용이라도 최대한 많이 메모해두면 나중에 큰 도움이 된다. 글을 '잘' 쓰게 될지는 몰라도 적어도 훨씬 '쉽게' 쓰리라는 것은 장담할 수 있다.

생각해보라. 우리가 영화글을 쓸 때 가장 스트레스가 큰 순간은, 무엇보다 써야 할 대사나 장면에 대해 기억이 잘 나지 않을 때다. 기억이 나지 않으면 구체적으로 쓰지 못하고 두루뭉술하게 쓸 수밖에 없다. 그러니 메모하는 습관은 글을 쓸 때 스트레스를 덜 받는, 더 나아가 즐겁게 쓸 수 있는 방법이기도 하다.

검색하라

어떤 영화든 글을 쓰기 전에 최소한의 자료조사가 바탕이 되어야 한다. 또한 그것이 글 쓰는 이에게 즐거운 과정이 되어야 한다.

취재와 자료조사의 중요성

성의있게 쓴 글 모두가 잘 쓴 글이 되는 것은 아니지만, 잘 쓴 글은 모두 성의 있게 쓴 글이다. 성의 있는 글은 당연히 취재를 많이 한 글이고, 자료를 꼼꼼하게 뒤져서 쓴 글이다. 기자라면 누구나 그러는 것 아니냐고 반문하겠지만, 실상은 그렇지 않다. 특히 영화글이 그렇다.

많은 이가 자료를 조사하는 것보다 자신의 '감상'을 풀어내는 것이 먼저라고 생각한다. 하지만 사실은 그 반대라고 할 수 있다. 그 영화에 대한 입장 정리나 호불호는 충분히 자료를 살펴본 다음에 내려도 늦지 않다. 영화를 보고 난 뒤에 즉석에서의 감상을 주변에 '말'로 풀어내는 것은 개인의 자유지만, 그것을 정리된 '글'로 쓰는 것은 다른 문제다.

언젠가 한 학생이 처음 영화기자 일을 시작하던 때와 지금을 비교하면 무엇이 가장 달라졌냐고 물었다. 나는 주저 없이 '검색'이라고 답했다. 이렇게 얘기하면 대부분 기사 쓸 때 누구나 인터넷을 검색해서 참고하는 것 아니냐고 반문한다. 2000년경 영화잡지 〈키노〉에서 영화기자 일을 막 시작하던 때에는 인터넷 환경이 원활하지 않았다. 말하자면 하얀 워드프로세서 화면만 뚫어지게 쳐다보며 씨름해야 했다. 인터넷은 사내의 일부 컴퓨터에서만 할 수 있었기 때문에 검색을 해야 할 일이 있으면 메모를 해뒀다가, 그 컴퓨터를 사용할 시간을 기다려 잽싸게 검색을 하고 자리를 비켜줘야 했다. 원고를 작성하면 정성스레 프린트를 해 당시 정성일 편집장님의 책상에 올려두고 빨간펜을 기다렸다. 알파고가 인간 바둑기사를 농락하는 이 시대에, 그야말로 호랑이 담배 피던 시절 이야기 같다.

몇 해 전 〈씨네21〉의 기자와 평론가들이 한 포털에서 기획한 '세계영화작품사전'에 참여해 수백 편의 영화평을 쓴 적이 있다. 사회적 배경과 영화사적 의미는 물론 명장면과 명대사까지 그 영화에 대한 모든 것을 망라해서 썼다. 그 영화에 대해 다른 자료는 검색하지 않아도 될 만큼(아마도 기획의도가 그러했던 듯) 길게 썼다. 그래서인지 거기 달려 있는 많은 댓글이 다음과 같았다. '이걸로 오늘 리포트는 끝!' 이런 괜한 얘기까지 꺼낸 이유는, 과거에는 인터넷 검색으로 건질 수 있는 정보량의 퀄리티라는 것도 미흡했기 때문이다.

그래서 그때는 한 편의 영화 리뷰를 완성하기 위해, 혹은 사소한 사실관계 확인을 위해 얼굴도 모르는 전문가에게 전화를 걸거나 도서관에 가서 책을 빌리는 일이 흔했다. 쉽게 말해 스티브 맥퀸의 〈노예 12년〉(2013)에 대해 쓰려면 이 영화가 시대배경으로 삼은 1840년대 당시 미국의 노예무역의 상황과 그 역사와 관련된 책을 사거나 빌려야 했다.

그런데 요즘은 홍보사에서 제공하는 보도자료가 거의 책 수준이고, 인터넷에서는 특정 영화가 다루는 역사나 인물에 대한 자료를 부족함 없이 찾을 수 있다. 때문에 찾아놓은 방대한 자료를 정해진 원고량에 맞게 줄여서 편집하는 수준일 때가 많다. 그래서 이제는 '저널리스트'가 아니라 '에디터'라 불러야 정확할지도 모른다.

『하버드 글쓰기 강의』를 쓴 바버라 베이그는 자료 수집의 중요성을 얘기하면서 그것을 '내부 모으기'와 '외부 모으기'로 분류하기도 했다. 전자는 자기 마음속에 있는 재료를 모으는 것으로 에세이에 가까운 글을 쓸 때 필요하다. 주인공이 처한 상황이 자신과 비슷하다는 생각이 들 때, 혹은 그와 관련된 다른 사적인 이야기를 꺼내는 것이 적절하다고 생각할 때 적극적으로 기억의 저장고를 뒤적일 필요가 있다. 반면에 후자는 주변에서 불러 모으는 것이다.

무조건 해야 하는 것은 홍보사에서 제공하는 보도자료를 전체적으로 읽어보는 것이고, 원작이 있는 영화라면 그 원작을 찾아 읽는 것이다. 원작을 읽을 시간이 부족하다면 그와 관련된 자료라도 꼭 읽어야 한다. 이처럼 관련 있어 보이는 책과 영화를 찾아보고, 영화가 다루는

〈노예12년〉

사건에 대한 뉴스나 자료도 찾아 읽을 필요가 있다. 어쩌면 이 과정이 글의 퀄리티를 결정짓는 중요한 단계가 될 수 있다.

그런데 나는 이 후자의 과정이 가장 즐겁다. 영화기자로서의 행복감을 느낄 때도 바로 이 순간이다. 자료조사를 위해 근무시간에 원작소설이나 관련된 전문서적을 읽고 있어도 질책하는 사람 없고, 단지 써야 할 영화와 '한 핏줄 영화'라는 이유로 다른 영화를 보고 있어도 되기 때문이다. 가령 앞서 얘기한 〈노예12년〉에 관한 장문의 기획기사를 준비하면서 평소 관심 있던 미국 내 흑인사회 문제를 공부하게 된 계기가 되었다. 미국의 역사학자이자 흑인운동 지도자이면서 흑인 최초로 하버드대학에서 박사학위를 받았던 듀보이스(W. E. B. Du Bois)의 『니그로(The Negro)』를 그때 샀다.

〈노예12년〉의 주인공 솔로몬 노섭(치에텔 에지오포) 납치사건이 벌어진 1841년은 공교롭게도 노예 수입도 금지되고 뉴욕주에서 노예제도도 폐지된 뒤다. 이른바 자유인인 솔로몬 노섭이 자신의 신분을 갈취당한 채 쥐도 새도 모르게 남부의 노예로 팔려간 것이다.

영화 초반부에 그가 글도 알고 바이올린도 연주한다는 사실을 기억해두고, 최소한 영화가 다루는 시점이 어떤 시대인지 파악해야 본격적인 글을 써나갈 수 있다. 어떤 영화든 글을 쓰기 전에 최소한의 자료 조사가 바탕이 되어야 한다. 또한 그것이 글 쓰는 이에게 즐거운 과정이 되어야 한다. 말하자면 한 편의 영화글을 완성하는 것이 여행을 떠나는 것이라고 할 때, 여행을 떠나기 전에 여행가이드 서적과 이런저런 여행 관련 블로그들을 보면서 여행일정을 짜는 시간이 더 즐거운 것과 같다.

2016년 아카데미 시상식에서 〈스포트라이트〉(2015)로 각본상을 수상한 조쉬 싱어는 자신의 작업방식에 대해 "캐릭터의 심정을 함부로 상상하지 않고 주변 정황을 최대한 꼼꼼히 조사하고 묘사하는 탐사 및 자료조사"가 글쓰기의 원칙이라고 했다. 물론 앞서 쭉 얘기한 기자나 비평가의 글과 스토리텔링을 갖춘 작가의 글은 성질이 다르지만, 그 근본은 '취재'라는 것을 보여준다. 〈노예12년〉에서 솔로몬 노섭이라는 캐릭터의 심정은 그가 보여주는 행동이나 영화의 분위기만으로 상상할 수도 있겠지만, 사건이 벌어진 시점이 어떤 시대인지 파악하고 있어야 캐릭터에게 보다 정확하게 접근할 수 있다.

종종 후배 기자들에게 제발 '그냥' 쓰지 말라고 잔소리를 한다. "어떻게 써야할지 모르겠으면 관련 자료라도 왕창 찾아서 읽어라. 우리 때는 인터넷도 없었어!"라며 아재 인증을 빼놓지 않는다. 취재하고 자료를 찾은 만큼 기자의 시각도 정교해지고 풍부해진다. 결국 팩트가 중요하다. 침대가 과학이듯이 팩트가 곧 감정이다.

보도자료를 읽어라

과거 한 영화평론가의 외부원고를 받아보고는 깜짝 놀란 적이 있다. 영국 빅토리아 시대를 배경으로 한 영화였는데 '이 분의 역사지식이 이렇게 풍부했나?'라는 생각에 놀랐다가, 알고 보니 그가 쓴 영화 속 배경 설명들이 모두 보도자료에 있는 내용이었다는 사실에 한 번 더 놀랐다. 물론 '대놓고 카피' 수준은 아니었기에 '이렇게 잘 편집하는 것도 능력이라면 능력'이라고 생각했었다.

이를 보며 어느 순간 보도자료가 제공하는 정보와 지식들이 저널리스트와 비평가, 그리고 관객까지 모두가 누리는 공공재가 되었다는 생각이 들었다. 보도자료에 있는 내용을 자신의 글에 인용했을 때 표절이라고 말하기는 힘들기 때문이다. 그러나 기자로서는 그 보도자료 이상의 정보를 찾아야 한다. "보도자료를 읽어라"라고 말하는 이유는 그와 다른 길을 걷기 위함이다.

업계 사람들에게는 너무나 익숙한 것이지만, 일반 관객들 사이에서 가장 낯선 것이 바로 '보도자료'다. 보도자료란 영화 개봉을 앞두고 홍보마케팅사에서 그 영화에 대한 상세한 정보를 담아 제공하는 작은 책자를 말한다. 보통 언론시사회 때 기자들에게 입장 티켓을 나눠주며 함께 준다. 오래전에는 마케터가 언론사를 돌며 일일이 나눠주기도 했다. 직접 기자 얼굴을 보며 언론시사회 전에 보도자료를 나눠줘야 그 영화에 대한 신뢰가 생긴다나 뭐라나.

그렇게 부지런하게 언론사를 돌아다니며 인사하는 것이 한때 마케터의 필수적인 자질이기도 했다. 내가 영화기자 일을 시작한 2000년 이전의 관행이었다고 하는데, 씁쓸하게도 보통 그 만남이 촌지를 건네주는 방법이었다고 말하는 선배들도 있다. 아무튼 인터넷이 대중화되기 이전에는 그 보도자료가 해당 영화에 대한 정보를 얻을 수 있는 첫 번째 공식 자료였다.

물론 지금도 보도자료는 배포된다. 현재의 보도자료는 영화 개봉 이전에 영화사가 언론사에 뿌리는 메일에 첨부되어 있는데, 그 보도자료메일은 사소한 소식 하나도 다 뉴스로 가공해 보내기 때문에 지겹도록 받아보게 된다. 가령 〈공조〉(2017)의 경우 "〈공조〉 개봉 5일째 100만 관객 돌파! 거침없는 흥행 쌍끌이!" "〈공조〉 세계적인 스타 탕웨이도 응원합니다! 탕웨이 응원 영상 공개!" "〈공조〉 설날엔 공조하세요! 설맞이 인사영상&깜짝 인증샷 공개!" 등의 제목을 달고 하루에도 보도메일이 한 번 이상 발송된다.

이걸 비판하겠다는 얘기가 아니라 지금의 분위기와 현실을 말하는 것이다. 지금 우리가 보고 있는 포털 메인의 영화뉴스 기사 상당수가 그렇게 '받아쓰기' 하는 뉴스들이다. 메일을 받는 인터넷 언론사들이 많으니 그야말로 정보 홍수의 시대, 아니 누군가는 '정보 혐오'라고 말할지도 모를 시대에 살고 있다. 엄밀하게 말해 '뉴스'도 '리뷰'도 아닌, 그렇다고 '비평'은 더더욱 아닌 기사들만 포털 '영화뉴스' 란에 넘쳐난다.

다시 본론으로 돌아와 보도자료에는 감독, 각본, 촬영, 조명, 음악, 출연, 상영시간, 제작연도, 제작국가 같은 기본 정보 외에 감독이나 배우 인터뷰, 제작 노트 등이 실려 있다. 과거에는 10여 페이지에 불과했지만 지금은 30페이지에 육박하는, 거의 단행본 같은 느낌의 보도자료를 받을 때도 많다.

〈노예12년〉 보도자료라면 노예무역의 역사에 대한 방대한 자료에 대해, 〈명량〉 보도자료라면 조선시대 이순신의 해전의 역사에 대해 상세하게 기술하고 있다. 전자는 남북전쟁과 노예해방에 대한 시기부터 영화글을 쓰기 위해 필요한 자료들이, 후자는 비격진천뢰를 비롯해 수군을 둘러싼 무기의 발전사까지 담겨 있다. 기자들이 해당 영화를 본 다음 필요한 관련 자료를 찾아보는 수고스러움을 덜어주기 위해 마케터가 친절하게 미리 공부하고 자료를 찾아 '정보'를 상납해 주는 것이나 다름없다.

실제로 많은 기자가 언론시사회를 보러 가기 전에 이런 보도자료를 가지고 대강의 영화리뷰를 써둔다. 보도자료에 있는 줄거리와 사

〈명량〉

전 정보만으로도 사실상 영화리뷰의 70% 정도를 쓸 수 있다. 너무 티 나지 않게 몇몇 단어만 적당히 바꿔 쓰고는 그냥 그대로 베껴 쓰면 되기 때문이다. 하지만 언론시사회가 끝남과 동시에 최초로 인터넷에 업데이트하고 싶은 '용자'들은 거의 90%까지 작성하고 극장 안으로 들어갈 것이다.

가령 〈명량〉을 예로 들어보자. "최민식의 깊고 강단 있는 눈빛은 생애 최대의 위기에 직면한 이순신의 황폐한 내면을 표현하기에 더없이 어울린다"라든가, "전작 〈최종병기 활〉(2011)을 통해 쫓고 쫓기는 탁월한 사극 액션을 선보였던 김한민 감독이 〈명량〉을 통해서는 고독하게 배 위에 섰다"라는 식으로 '영화를 보지 않고' 쓸 수 있다. 영화를 보지 않고도 그 영화에 대해 상당히 긴 분량을 쓸 수 있는 것이다. 이처럼 영화 리뷰의 90%까지 작성한 채로 영화를 보기 시작한다. 그래도 직접 눈으로 확인해야 쓸 수 있는 문장들이 있기 때문이다. 그런 다음 각자의 시선으로 나머지 10%를 아래처럼 서로 다른 3개의 단락으로 확신에 찬 채 글을 마무리할 것이다.

"후반부 해상전투신은 단연 압권이다. 컴퓨터 그래픽으로 완성된 전체적인 해상전투신의 풍경과 각각의 배 위에서 펼쳐지는 백병전은 멋진 조화를 이루고 있다. 김한민 감독은 다시 한 번 자신을 향해 쏟아졌던 우려를 단숨에 걷어냈다."

"최민식은 마지막에 이르러 자신이 왜 그토록 이순신이라는 캐릭터를 열망했는지 온몸으로 보여준다. '나이 든 이순신'으로서 보여주는 처절한 액션 장면 또한 무리 없이 소화해냈다. 관객들은 이번에도 '최민식은 역시!'라며 극장문을 나설 것이다."

"김한민 감독의 '이순신 도전기'는 많은 의문점을 남긴다. 최민식이 연기하는 이순신은 강렬하지만 관객들이 감정을 이입할 만한 여지를 남겨두지 않고, 공들여 완성한 해상전투신 역시 그동안 봐왔던 TV 사극 드라마의 임진왜란으로부터 살짝 업그레이드된 수준으로 보인다. 뭐랄까, 모든 것이 낯설게 느껴진다. 그처럼 삶을 향한 의지를 잃고 살았던, 특정 시기의 이순신을 보여준다는 야심찬 시도는 득보다 실이 더 많았던 것 같다."

글을 어떻게 시작할까

자신의 관점에 따라 전체 제목을 정하고, 첫 문장과 마지막 문장을 고심해서 결정한 다음에 비로소 글을 쓰기 시작하라.

대사·장면·인물·사건으로 첫 문장을 시작하라

어릴 적 초등학교에서는 '글쓰기'가 아니라 '글짓기' 대회라고 했었다. 글을 쓰는 것이 아니라 마치 집을 짓는 것처럼 글짓기라고 한 것이다. 이 표현만 이해해도 글쓰기의 기본을 이해할 수 있다.

집을 짓기 위해서는 꼼꼼하게 바닥을 다져야 하고, 단단하게 기둥을 세워야 하며, 흔들리지 않을 지붕을 얹어야 한다. 세련되고 화려한 내부 인테리어는 그 다음의 일이다. 그런데 많은 사람이 글쓰기의 관건을 내부 인테리어라고만 생각하고, 거기에만 열중한다. 튼튼한 기둥이나 지붕 없이 내부로 들어가 해결되지 않을 고민만 하고 있는 것이다. 하지만 가장 중요한 것은 인테리어 이전에 '구조'를 만드는 바로 그 '과정'에 있다.

TV 예능 프로그램 〈미운 우리 새끼〉에서 허지웅 작가가 첫 문장을 떠올리지 못해(아마도 〈씨네21〉에 연재하고 있는 '허지웅의 경사기도권' 원고였으리라 생각된다) 혼자 거의 몇 시간을 이 방 저 방 돌아다니며 고심하는 장면을 본 적이 있다. 역시 가장 중요한 것은 첫 문장이다. 첫 문장을 쓰는 것은 글짓기의 바닥을 다지는 행위라 할 수 있다.

『글쓰기 생각쓰기』에서 윌리엄 진서는 "글에서 가장 중요한 문장은 맨 처음 문장"이라며 "첫 문장이 독자를 둘째 문장으로 끌고 가지 못하면 그 글은 죽은 것"이라고까지 말한다. 그런데 지겹게 들어온 것은 물론이고, 중요하게 생각하는 것과 별개로 여간해선 쉽지 않은 게 바로 첫 문장이다.

나의 경우 첫 문장은 대사·장면·인물·사건 중에서 하나로 시작한다. 무슨 대단한 규칙이라기보다 첫 문장을 고민하는 경우의 수를 최대한 줄여보기 위해서다. 그리고 이왕이면 앞의 2가지 '대사'나 '장면'으로 시작하길 권한다. 요즘 매체에 실리는 영화 리뷰는 200자 원고지 최대 10매를 넘지 않는다. 때문에 영화 속 인상적인 대사나 장면 묘사로 시작하면 이야기를 풀어가기가 한결 편해진다. 바로 본론부터 시작하라는 의미다.

〈건축학개론〉(2012) 리뷰는 다음과 같은 대사로 시작한다. "집이 지겨운 게 어딨어, 집은 그냥 집이지." 영화 속에서 "이 집이 지겹지도 않아?"라는 승민(이제훈)의 물음에 대한 어머니의 답이다. 첫사랑에 대한 아련함이든, 가족에 대한 애틋함이든, 세월의 흐름 속에서도 결코 변하지 않는 무언가에 대해 어머니가 그저 스치듯 얘기했던 그 대사는 〈건축학개론〉이 얘기하고자 하는 주제를 심드렁하면서도 적나라하게 드러낸다.

또 〈관상〉(2013)의 리뷰는 "〈관상〉은 아마도 송강호가 영화 속에서 가장 많은 눈물을 흘린 영화로 기억될 것이다"라며 장면이나 이미지에 대한 묘사로 시작한다. 실제 〈관상〉은 이후 〈사도〉, 〈택시운전사〉로 이어지는 '아버지 송강호'의 이미지를 잘 매만져준 영화다. 〈푸른 소금〉(2011)과 〈하울링〉(2012)의 실패 이후 〈관상〉은 송강호가 다시금 관객과 접촉하려는 안간힘의 영화였기에, 그 눈물은 〈관상〉에서 가장 중요한 요소다. 〈관상〉이 사극으로서 보여주는 전형성과 역발상, 모두 송강호의 눈물에서 시작하고 끝을 맺는다.

이처럼 대사·장면·인물·사건 중에서도 이왕이면 대사나 장면으로 시작하는 것이 좋다. 이 2가지가 글을 시작할 때 읽는 이의 주의를 환기시키는 효과가 크기 때문이다. 무얼 얘기하고자 하는지 바로 '투척'하는 것이다. 만약 대사나 장면으로 시작하는 것이 힘들 때는 억지로라도 대사나 장면을 떠올리라고 말하지만, 글을 쓰다 보면 어쩔 수 없이 인물이나 사건으로 넘어갈 수밖에 없는 경우가 있다. 가령 〈명량〉과 〈1987〉을 인물이나 사건으로 시작하는 첫 문장을 써보자.

"〈명량〉은 임진왜란 6년인 1597년, 누명을 쓰고 파면 당했던 이순신 장군(최민식)이 삼도수군통제사로 재임명되면서 시작한다."

"〈1987〉은 1987년 1월 14일, 남영동 대공분실에서 조사받던 스물

두 살 대학생 박종철이 고문으로 사망하고, 그 죽음을 접했던 모두의 뜨거운 용기가 만들어낸 1987년을 그려낸다."

정보를 전달하며 시작한다는 점에서 나쁠 건 없지만 다소 심심한 것은 사실이다. 그래서 두 영화의 첫 문장을 대사와 장면으로 다시 한번 시작해보자. 먼저 〈명량〉에 대해 쓰면서 첫 문장으로 떠올렸던 후보들은 다음과 같다.

"나는 인간에 대한 모든 연민을 버리기로 했다." 이순신 장군에 대한 소설인 『칼의 노래』를 쓴 김훈 작가는 2001년 초판 '책머리에'에 이렇게 썼다. 왠지 영화 속 이순신과도 맞닿아 있는 이야기여서 첫 문장의 후보로 올렸던 것이다.

다음으로는 "아버님은 억울하지도 않으십니까? 아버님은 왜 싸우시는 겁니까?" 아들 이회(권율)의 대사인데, '삶과 전쟁 사이에서 극도의 피로감에 휩싸인 이순신 장군이 왜 기어이 12척의 배를 끌고 바다로 향했을까' 하는 궁금증을 아들의 입장에 감정이입해 써보고 싶었다. 아니면 첫 문장부터 결론을 던져버린다는 느낌으로 다음과 같이 써보기도 했다. "〈명량〉에서 '명장 이순신'과 '인간 이순신'은 따로 있지 않다."

〈1987〉의 경우 "그깟 보도지침이 대수야, 들이받아!"라는 영화 속 일간지 사회부장(고창석)의 대사를 첫 문장으로 써보고 싶었다. 딱히 비중이 큰 인물은 아니지만, 영화를 채운 다양한 캐릭터들 중에서 기자의 입장이 되어 글을 전개해보고 싶었기 때문이다. 당시 언론사 기자들은 정부의 보도지침에 따라야 했는데, 윤기자(이희준) 등 현장에서 뛰는 기자들은 진실을 있는 그대로 알리지 못하는 상황에 점점 반감을 가지게 되었다. 그런 상황에서 사회부장은 박종철 대학생 고문치사사건 보도를 위해 특별반을 꾸리라고 지시한다. 아무래도 직업적 글쓰기를 하는 사람들이라면 가장 가슴이 뜨거워지는 이 영화의 장면 중 하나였을 것이다.

다음으로는 "1987년 당시 연세대 시위 현장에서 이한열 열사의 운동화는 한 쪽만이 발견되었다"는 첫 문장을 떠올렸다. 영화는 실제로 행방을 알 수 없는 운동화 한 짝을 가공의 캐릭터 연희(김태리)와의 만남에서 얻게 된 것으로 그려내고 있다. '이한열기념관'은 2015년에 낡고 심하게 훼손된 이 운동화를 '김겸 미술품보존연구소'에 의뢰해 보존처리 작업을 하고 원상태로 복원했는데, 이 운동화 복원 과정은 소설가 김숨에 의해 『L의 운동화』라는 책으로 출간되었다. 그리고 "그런다고 세상이 바뀌나요"라는 연희의 대사도 떠올려봤다.

한편으로 1980년대의 민주화운동을 그려낸 영화라는 점에서 개인적으로는 같은 해에 봤던 〈택시운전사〉에 대한 아쉬움이, 후속편이라 할 수 있는 〈1987〉로 해소되는 느낌이 있었기에 다음과 같은 문장으로 시작해서 쭉 비교해 써나가면 어떨까 하는 생각도 했다. "〈1987〉에서 이한열이 한 어둑컴컴한 교실에서 연희를 포함한 학생들을 모아 보여주는 '광주 비디오'는 아마도 〈택시운전사〉의 위르겐 힌츠페터가 촬영한 영상일 것이다."

첫 문장과 마지막 문장을 함께 써놓고 시작하라

첫 문장에 대한 고민은 당연히 다음 문장으로 이어져야 한다. 마찬가지로 둘째 문장이 독자를 셋째 문장으로 끌고 가야 하고, 그 다음도 마찬가지다. 그렇게 독자가 완전히 걸려들 때까지 한 문장 한 문장 공들여 써야 하는 것이 바로 '도입부'다. 여기서 더 나아가 나는 글 전체의 마지막 문장까지 써놓고 글을 시작하는 경우가 많다.

이것을 터미널에서 티켓을 사는 행위로 비유할 수 있다. 첫 문장이 출발점이라면, 마지막 문장은 도착점이다. 내가 어딘가로 여행을 간다고 할 때, 어디서 출발해 어디로 가는지 알고 있어야 버스나 기차에 몸을 실을 수 있는 것 아닌가. 목적지를 정해두면 가다가 길을 잃더라도 반드시 원래의 궤도로 돌아오게 되어 있다. 이렇게 시작하면 글을 써나가다가 길을 잃지 않아 좋다. 첫 번째 문장에 대한 답이 마지막 문장이고, 첫 번째 문장의 외침에 대한 메아리가 바로 마지막 문장이다.

다시 글의 구조로 돌아와, 한 편의 영화리뷰를 쓴다고 할 때 보통 4개 혹은 5개의 문단을 쓴다는 개념으로 접근하면 편하다. 첫 번째 문단이 도입부이고, 두 번째 문단이 주로 줄거리라면, 세 번째 문단은 결론으로 나아가기 위한 필수적인 정보와 가벼운 논지 전개에 할애한다. 그런 다음 네 번째 문단으로 확실하게 마무리를 하거나, 더 할 얘기가 이어진다면 다섯 번째 문단으로 나아간다.

여기서 가벼우면서도 꼭 해야 할 얘기는 세 번째 문단에 작성하는

데, 나는 이것을 지하철에 있는 '약냉방칸'이라고 부른다. 세 번째 문단에서는 매 단락의 첫 문장과 마지막 문장 또한 특별히 공을 들여야 한다. 기차의 열차칸을 이어준다는 느낌으로 그 연결고리를 단단하게 만들어야 한다.

그래서 내가 쓰는 방법은 다음과 같다. 전체 글의 첫 문장과 마지막 문장을 일단 써두고, 최종적으로 채택될지 어떨지 모를 글 전체의 제목을 일단 정하고 쓰기 시작하는 것이다. 보통 나중에 정하게 될 것들을 미리 정하고 시작하란 얘기다. 처음부터 너무 머리 아픈 일이라고 고민할 필요가 전혀 없다. 사실상 많은 사람이 글을 쓰면서 이미 그렇게 하고 있지만 머릿속으로만 하고 있을 뿐이다.

가령 〈스파이 브릿지〉(2015)에 대해 쓰면서 '스티븐 스필버그, 범접할 수 없는 대가의 경지'라고 제목을 정하고 "걱정한다고 달라질 게 있소?" 또는 "난 아일랜드계이고 넌 독일계인데, 우리가 미국인인 이유는 뭐냐. 바로 규정과 헌법을 준수하기 때문이다"라는 영화 속 대사로 첫 문장을 시작하고는 "〈스파이 브릿지〉란 제목은 결국 스파이 교환이 이뤄진 역사적 현장의 단단하고 준엄한 다리처럼, 자신의 직분에 충실히 굳은 신념을 지녔던 주인공 도노반 그 자체일 것이다"라는 마지막 문장으로 끝내야겠다고 생각했다. 영화 속에서 도노반(톰 행크스)은 보수주의자에 가까운 사람이다. 하지만 "스파이나 반역자라도 변론의 기회는 누구나 가지고 있어야 한다"며 그것이 바로 미국이 추구하는 민주주의라고 믿는 그는 좌와 우를 초월해 세상의 상식을 따르는 인물이다. 그러한 정치와 외교의 대가가 바로 '영화의 대가'인 스

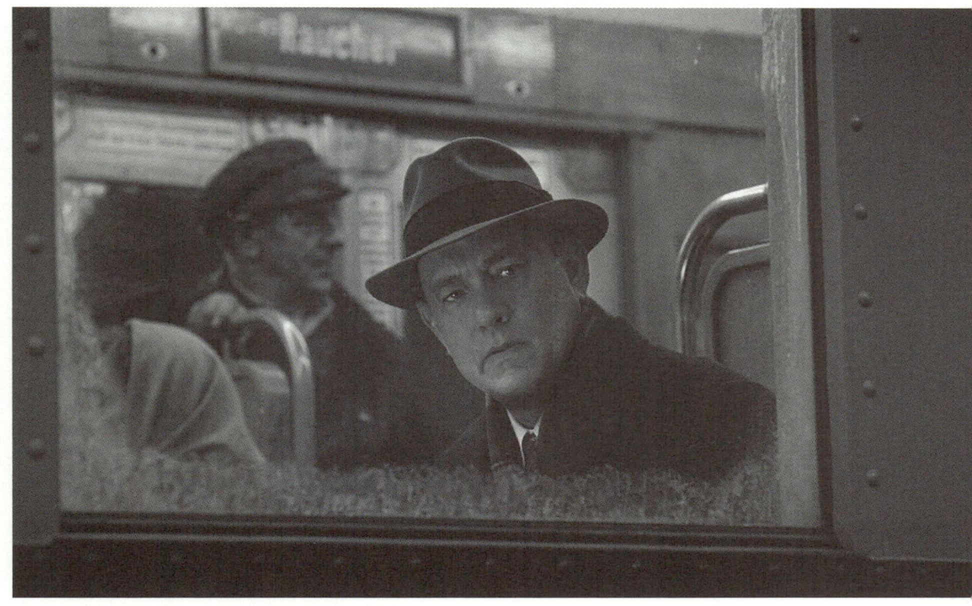

〈스파이 브릿지〉

필버그의 관심을 끌었을 것이다.

"영화의 장점에 집중해서 쓰는 게 나을까요, 단점에 집중해서 쓰는 게 나을까요?" "감독의 스타일에 초점을 두는 게 좋을까요, 배우의 연기에 초점을 두는 게 좋을까요?" "장면 묘사를 많이 하는 게 좋을까요, 대사 인용을 많이 하는 게 좋을까요?" 얼핏 들으면 중요한 문제인 것 같기도 하고 한편으론 그게 그리 중요한 문제인가, 싶기도 한 질문들이다. 중요한 건 여러 글쓰기 강좌를 진행하면서 꼭 듣는 질문들이라는 점이다. 자, 그럴 때 위의 방법대로 해보길 바란다. 자신의 관점에 따라 전체 제목을 정하고, 첫 문장과 마지막 문장을 고심해서 결정한다. 그런 다음에 쓰기 시작한다. 제목, 첫 문장, 마지막 문장을 정하는 과정에서 위의 질문들은 대부분 해소될 것이다.

이 과정을 고기 굽는 것과 비유하자면 일단 고기는 한쪽 면만 일정 시간 동안 지긋이 굽기 시작해야 한다. 빨리 뒤집고 싶고, 원하는 모양대로 자르고 싶지만 일단 지루하게 기다리는 시간이 꼭 필요하다. 그것은 결국 글쓰기에 있어 '결정 장애'에 시달리는 이들을 위한 처방전이기도 하다.

30개의 질문을 만들어라

글을 어떻게 시작해야 할지를 해결한 사람은 이제 글을 어떻게 풀어가야 할지 새로운 고민에 휩싸일 것이다. 유명한 원작이나 실화가 있는 영화, 혹은 역사 속 인물을 다룬 영화라면 상대적으로 이런 고민이 덜하다. 글을 쓰기 위해 관련된 자료를 찾다 보면 글의 방향을 잡을 수 있기 때문이다.

그런데 크리스토퍼 놀란의 〈인셉션〉(2010) 같은 영화가 좀 난감하다. 기댈 수 있는 원작, 실화, 인물이 딱히 없는데다가 구조 또한 복잡하다. 영화글을 쓰기 위해 과학서적을 뒤져야 할 것 같기도 하다. 더구나 크리스토퍼 놀란을 좋아해왔다고 해서 그 마음에 기대어 쓰고 싶어도, 그의 다른 영화들과 어딘가 달라 보인다. 그야말로 선뜻 손대고 싶지 않은 영화다. 잡지 주간회의를 할 때도 그렇다. "〈인셉션〉으로 써볼 사람?" 하고 물었을 때 다들 편집장과 눈을 마주치지 않으려고 애써 시선을 돌린다.

이처럼 써야 할 영화에 대해 아무런 영감도 떠오르지 않을 때, 질문지를 만들어보라고 말한다. 내일 오전 10시에 감독과의 단독 인터뷰 스케줄이 잡혔다고 가정하고, 그 영화에 대해 무엇을 물어볼지 30개의 질문을 준비해보라는 것이다. 질문을 뽑아내는 과정을 통해 그 영화에 대한 생각을 정리하는, 가장 중요한 작업이 될 수 있다.

실제로 〈키노〉에서 처음 일했던 시절, 개봉영화 감독과의 첫 번째 인터뷰가 잡혔을 때 선배가 내준 과제가 바로 질문지를 뽑는 일이었다. 내가 공들여 30~50개의 질문을 작성해가면 선배가 이른바 '질문지 검수'를 해줬다. 어떤 질문들을 준비했는가만 확인해도 선배는 '얘를 인터뷰에 내보내도 상관없겠군' 하며 안심하는 과정이기도 했을 것이다. 영화가 나와 함께 본 영화일 경우, 추가로 무엇을 더 질문하라고 조언해주었다. 하루 종일 고민하며 50개의 질문을 만드는 과정이 무척 힘들었지만, 지금 와서 돌이켜보면 가장 공부가 되는 시간이었다.

자, 그런데 처음에는 30개의 질문을 만들라고 했다가 옛 기억을 떠올리면서는 50개의 질문을 준비했다고 하니, 도대체 어떻게 하라는 얘기인지 물어보고 싶을 것이다. 다시 〈인셉션〉으로 돌아와 생각해보자. 감독에게 던질 처음 10개 정도의 질문을 생각하는 것은 정말 쉽다. 솔직히 영화를 보지 않고도 만들 수 있다.

〈인셉션〉

첫 번째로 "〈다크 나이트〉(2008)와 〈다크 나이트 라이즈〉(2012) 등 쭉 '배트맨' 시리즈를 만들어오던 흐름에서 마치 번외편 같은 느낌으로 〈인셉션〉을 만든 이유는 무엇인가?"라고 질문할 수 있다. 이어서 이렇게 질문할 수도 있다. "영화 속 '킥'의 동기화 신호 OST로, 프랑스의 국민가수라 불리는 에디트 피아프의 노래 〈Non, Je Ne Regrette Rien(아니, 난 아무것도 후회하지 않아요)〉를 쓴 이유는? 게다가 〈인셉션〉의 마리옹 꼬띠아르는 〈라 비 앙 로즈〉(2007)에서 에디트 피아프를 연기한 배우이기도 하다. 때문에 다른 영화를 떠올리게 해서 관객의 몰입을 방해할 가능성도 있지 않을까?"

이처럼 영화를 보지 않은 사람도 간략한 정보만으로 10개 정도의 질문을 떠올릴 수 있다. 이마저도 어렵다면 '〈인셉션〉의 주제는 무엇인가? 마리옹 꼬띠아르를 캐스팅한 이유는 무엇인가? 〈인셉션〉이라는 제목의 뜻은 무엇인가?'처럼 닥치는 대로 떠올리는 것도 잘못된 과정은 아니다. 내가 감독을 인터뷰한다는 가상의 상황을 진지하게 받아들여야 한다. 감독에게 물어볼 게 없는 영화라면, 그 영화에 대해 쓸 말도 없어야 정상이다.

그런데 가상의 인터뷰에 들뜬 나머지 거침없이 질문지를 써나간다고 해도, 20개 이상 질문을 만드는 것은 결코 쉽지 않다. 여기서도 기억력의 문제가 대두되는데, 질문이 떠오르지 않는 이유는 궁금한 게 없어서가 아니라 기억이 잘 나지 않기 때문이다. 생각해보라. 감독을 인터뷰하기 시작해 30분 정도 지난 뒤 "그게 무슨 장면이죠? 그 왜… 두 주인공이 만나기 전이었나, 뒤였나?" "주인공이 그때 뭐라고 했었죠? 그 말을 들은 상대가 뭐라고 했는데, 그게 뭐였더라?"라는 식으로 영화를 만든 사람, 혹은 영화에 출연한 사람을 앞에 두고 무턱대로 질문할 수는 없는 노릇이다. 질문은 구체적으로 어떤 장면, 어떤 대사를 들며 정확하게 해야 한다. 물론 감독은 자신의 영화를 편집과정까지 거치며 100번 이상 봤을 테니 질문자가 헤매도 바로잡아줄 수 있겠지만, 그 순간 인터뷰어에 대한 신뢰는 바닥으로 떨어질 것이다.

우리가 흔히 상징적으로 '스무고개'라고 하는 것처럼, 질문 20개의 고비를 넘어 30개까지 짜야 하는 이유는 바로 해당 영화를 샅샅이 스캔해야 하기 때문이다. 그렇게 30~40개의 질문까지 나아가며 감독의 무의식까지 들어가야 한다. 50개까지 질문을 만들어보는 것은 그야말로 그 영화의 뼈까지 발라내는 작업이다. 질문을 쥐어짜느라 괴상한 질문을 할지도 모른다는 두려움은 버려야 한다. 괴상한 질문이라도 정확한 질문이라면 감독으로서는 대환영이다.

여기서 '괴상한 질문'의 의미는 '확대해석의 질문'이라고 해두자. 솔직히 감독이라면 영화에 대해 틀린 정보를 이야기하며 멋진 질문을 해도 좋아하고, 영화에 대해 맞는 정보를 이야기하며 괴상한 질문을 해도 좋아한다. 전자의 경우 웃으면서 바로잡아 줄 것이고, 후자의 경우 "아니, 내 영화를 그렇게까지 봐주다니"라며 기꺼이 질문 내용의 민망함이나 부끄러움을 자기 몫으로 가져갈 것이다.

가령 "〈뚝방전설〉(2006)에 등장하는 카리스마 넘치는 '노타치파'의 리더이자 마지막에 가서야 공허한 실체를 드러내며 몰락하고 마는 영화 속 권력자인 박정권(박건형)이라는 이름이, '박정희 정권'의 준말로서 그를 통해 한국 근현대사에 대해 말하고자 한 것 아니냐"고 질문했을 때, 영화를 만든 조범구 감독은 "이름을 만들 때 전혀 생각한 적도 없고, 그를 통해 어떤 의도를 드러낼 생각도 전혀 없었다"고 말했지만, "그렇게 해석해줘서 고맙다"고 했다. 감독 입장에서는 자신이 만든 영화에 대해 비판적인 내용이 아니라면 예상치 못한 질문, 생각해보지 않은 것에 대한 질문을 받을 때 더없이 즐겁다. 영화를 만든 사람에게 "질문할 게 많은 영화"라는 말보다 더한 칭찬은 없을 것이다.

정리하자면, 질문을 30개 혹은 50개까지 써내려가는 것은 영화의 모든 장면을 남김없이 떠올리고, 모든 대사를 복기하지 않는 한 힘든 일이다. 그야말로 그 영화에 대한 사소한 기억의 한 토막까지 쥐어짜야 가능한 일이다. 앞서 얘기한 것처럼 사소한 것에 집착하며 확대해석도 해야 하고, 별것 아닌 소품과 대사에도 눈과 귀를 열어야 한다. 이러한 과정을 거치면서 영화에 대한 최초의 생각이 바뀔 수도 있다. 말하자면 이것이 영화에 대해 스스로 1심, 2심, 3심까지 진행하며 최종 판결을 결정하는 과정이다. 그리고 그 결과는 영화를 대하는 자신의 태도와 직결된다.

영화글이 잘 써지지 않는다고 고민을 토로했던 많은 사람에게 반문하고 싶다. 글감 혹은 영감을 얻기 위해 얼마나 그 영화를 꼼꼼히 뜯어봤는지, 영화관을 나서는 순간 그 영화에 대한 생각을 멈춘 것은 아닌지 말이다. 그러니 글을 어떻게 써야 할지 막막하다면 일단 감독을 만나 인터뷰한다고 생각하며 질문지를 만들기 시작하라. 질문을 많이 떠올릴수록 글은 쓰기 쉬워진다.

내가 감독이다

'내가 감독이다'라는 발상이 중요한 이유는, 결국 어떤 영화에 대해 쓴다는 것은 바꿔 말해 '그 감독에 대해 쓰는 것'이기 때문이다.

감독의 이전 작품을 찾아보고, '한핏줄 영화'도 찾아보라

한 영화에 대해 잘 쓸 수 있는 가장 손쉬운 방법이 하나 있다. 바로 그 작품을 만든 감독의 이전 작품을 보는 것이다. 만약 감독의 이전 작품을 찾아보는 방법이 당연하다고 생각한다면, 여기서 더 나아가 포털 사이트에서 검색하면 나오는, 해당 작품과 유사한 내용과 스타일의 영화인 이른바 '한핏줄 영화'를 찾아본다. '가장 좋은 분석은 비교'라는 말처럼 그 감독의 이전 작품과 비교하고, 비슷한 계열의 또 다른 유명작품을 보고 어떻게 다른지 분석하는 것만으로도 비평에 대한 고민의 상당 부분이 해결된다.

세상의 모든 영화는 모델로 삼을 만한 영화가 있으며, 보통 감독 인터뷰에서 해당 작품의 '레퍼런스'가 된 영화를 고백하는 순간도 있다. '내가 감독이라면?'이라는 생각으로 참고했을 법한 목록을 뒤적여보는 것이다. 마음에 드는 요소에 오마주를 바치건, 혹은 일부러 피해가건 그로부터 영향을 받지 않기란 힘든 일이다. 때문에 글을 쓰기 시작하면서 바로 그 감독의 입장이 되어보는 것이다.

가령 봉준호 감독의 〈설국열차〉는 그의 이전 영화들과 비교해보는 것과 더불어 '기차 영화'라는 점에서 접근해볼 필요가 있다. 딱히 기차 영화라는 장르가 있는 것은 아니지만 〈설국열차〉는 모든 사건이 기차 안에서만 벌어진다. 한핏줄 영화로서 기존의 다른 기차 영화들을 참고하지 않을 수 없을 것이다.

심지어 봉준호 감독은 크랭크인 전에 가졌던 인터뷰에서 "기차 영화는 남자들의 로망"이라고 말한 적도 있다. 에드윈 S. 포터의 〈대열차 강도〉(1903)나 클라이드 브러크먼·버스터 키튼의 〈제너럴〉(1926)까지 거슬러 올라가는 것은 다소 오버이겠지만, 안드레이 콘찰로프스키의 〈폭주 기관차〉(1985)나 로버트 알드리치의 〈북극의 제왕〉(1973), 토니 스콧의 〈언스토퍼블〉(2010) 같은 영화들은 그의 레퍼런스 목록에 당연히 포함되어 있을 것이다.

특히 봉준호 같은 영화광 감독이라면 〈북극의 제왕〉은 그가 가장 좋아하는 영화이기도 할 것이다. 무임승차의 달인인 넘버 원(리 마빈)과 악명 높은 샤크 차장(어네스트 보그나인)의 대결을 그린 〈북극의 제왕〉도 거의 모든 사건이 기차에서 펼쳐지는 박진감 만점의 영화다. 특히

〈설국열차〉

무임승차자를 기차에서 떨어뜨리기 위해 차장이 만든 각종 도구들은 혀를 내두르게 만든다. 때문에 〈북극의 제왕〉은 기차를 소재로 한 '액션' 영화를 만드는 감독 입장에서 절대 피해갈 수 없는 영화다. 실제로 봉준호 감독은 인터뷰에서 "기차 영화만의 독특한 컨벤션과 순도 높은 마초들의 대결을 보여주는 굉장히 파워풀하고 대단한 영화다. 하지만 〈설국열차〉는 그렇게 아저씨 2명만 나오는 영화가 아니다. 그리고 그를 능가하는 각종 역동적인 테크닉이 등장할 것"이라며 자부심을 드러낸 바 있다.

또 전작과 비교한다면, 〈설국열차〉에서 가장 마지막에 마주하게 되는 윌포드(에드 해리스)의 경우 봉준호의 이전 영화들에서 전혀 보지 못한 절대 악당 캐릭터이기에, 그에 대한 언급이나 분석을 하는 것도 흥미롭다. 가령 열차 안에서 꼬리칸의 원로 지도자 길리엄(존 허트)의 모습은 주인공 커티스(크리스 에반스)의 입장에서 〈살인의 추억〉의 신 반장(송재호)이나 〈괴물〉의 아버지(변희봉)를 떠올리게 하는데, 절대자 윌포드는 봉준호가 여태껏 다뤄보지 않은 장르적 캐릭터라 할 수 있다.

말하자면 영화의 라스트에서 맞닥트리는 카리스마 넘치는 악당이라 할 수 있는데, 그의 이전 영화에서 그런 (어떻게 보면 지극히 관습적이라 할 수 있는) 캐릭터가 없었다는 것도 꽤 의미심장한 '봉준호 영화'의 독해 지점이다. 진범인지 아닌지 도저히 알 수 없는 〈살인의 추억〉의 박현규(박해일), 악당이다 아니다 딱히 규정하기 힘든 〈괴물〉의 괴물이 그렇고, 〈마더〉의 엄마(김혜자)의 경우 아예 그런 접근법 자체가 무의미할 정도로 선과 악을 한몸에 거두고 있다.

그나마 〈옥자〉의 CEO 루시 미란도(틸다 스윈튼)가 윌포드에 가까워 보이는 악당이지만 1인 2역 설정을 가져오면서 역시 손쉬운 예상을 비껴간다. 이쯤이면 봉준호의 영화는 강박적이라 할 정도로 장르성을 지향하면서도 그 장르성을 안간힘을 써서 비껴가려는 작용과 반작용의 충돌이 끊임없이 일어나는 영화라 할 것이다.

원작과의 비교,
어떤 질문에도 스스로 답하라

"질문에 답이 있네요." 인터뷰하면서 종종 듣는 말이다. 나뿐만 아니라 다른 기자들도 마찬가지일 것이다. 인터뷰 때 던지는 질문들 중에는 뜻밖의 사실을 알아내는 것만큼이나 감독의 입으로 확인받고 싶은 것들이 오히려 더 많을 때도 있다.

가령 〈공동경비구역 JSA〉 개봉 당시 박찬욱 감독을 인터뷰하며 나는 다음과 같은 질문을 던졌다. "영화 속 소피(이영애)는 중립국 감독위원회에서 파견된 최초의 여군이라고 나온다. 소피는 등장인물들 중 자신의 정체성에 대해 고민하는 유일한 인물이기도 하다. 그런데 원작소설인 박상연의 『DMZ』에서는 원래 남자로 설정된 역할이다. 원작과 달리 소피라는 여성을 등장시킨 이유는 남자들의 세계에서 철저한 이방인으로 만들기 위해서였나?"

이 질문의 마지막 문장은 "원작과 달리 중립국 감독위원회에서 파견한 군인을 남성이 아닌 여성으로 설정한 이유는 무엇인가?"라고 바꿔 물어도 무방하다. 다만 보다 정교한 답변을 원할 때는 그렇게 쑥 질문을 '찔러 넣을' 때가 있다. 그렇지 않다면 감독은 원작과 관련된 보다 긴 이야기를 들려줄 수도 있기에 '내 의견이 맞다면 그것에 대한 얘기만 들려달라'는 것이다.

혹시나 당시 박찬욱 감독의 답변이 궁금하다면 다음과 같다. "남북대치의 현장에 엉뚱하게 떨어진 스위스인, 그것도 한국인들이 그토록 경계하는 혼혈아, 게다가 남자들만의 사회에 나타난 여성, 아마도 할 수만 있었다면 동성애자, 장애우, 흑인과의 혼혈아로 만들었을 것이다. 영화에서 소피는 모두가 미워하는 사람, 내 편이라고는 하나도 없는 고독한 관찰자가 될 수 있다. 남부 깡촌에서 레드넥들에게 둘러싸인 뉴욕 출신 탐정처럼 말이다."

인터뷰의 기술과 관련된 보다 깊은 이야기는 다른 장(4장 인터뷰의 기술)에서 다루기로 하고, 여기서 말하고자 하는 요지는 바로 '내가 감독이다'라고 생각하는 태도가 중요하다는 것이다. 영화에 대해 접근하는 방식을 '사이코메트리(psychometry)'하듯 접근하면 어떨까 싶다.

수많은 영화나 만화로 다뤄진 초능력의 일종인 사이코메트리는 '투시' 그 이상으로 물품이나 육체를 만지거나 보거나 듣는 것만으로 감정을 느끼면서 상징적인 이미지가 떠오르고 그 인물의 과거, 현재, 미래의 정보까지 얻어내기도 한다. 여기서 더 나아가 사이코메트리로 영화에 접근한다면 영혼이 옮겨 붙는 수준으로 영화를 만들던 당시의 감독에게로 빙의(憑依)하는 것이다.

거꾸로 생각하자면, 완전히 황당한 질문이 아닌 한 감독은 자신의 영화에 대한 그 어떤 질문에도 답할 수 있다. 나 또한 감독의 입장이 되어 답을 할 수 있어야 한다. 그렇게 내가 영화를 만든 감독인 것처럼 글을 써나가는 것이다.

감독에
빙의하라

자, 그럼 다시 '30개의 질문을 만들라'라는 앞의 챕터로 돌아가서 해야 할 일은, 자신이 힘겹게 완성한 그 질문들의 답을 감독에 빙의해 스스로 작성하는 것이다. 즉 자기가 묻고 자기가 답하라는 얘기다.

가령 김한민 감독의 〈명량〉에 대해 써야 하는 상황이라고 가정해보자. 영화를 즐겼거나, 혹은 그 반대이거나 어쨌건 이순신은 워낙 익숙한 소재이기에 오히려 어떻게 써야 할지, 무엇을 써야 할지 난감한 영화라고도 할 수 있다. 그렇기 때문에 "이순신의 혁혁한 전투들 중에서 명량해전을 영화화하고자 한 이유는 무엇인가?"라는 질문을 던져놓고는, 마치 모범답안을 작성하듯이 자료도 찾아보면서 답변을 작성해보도록 하자.

"명량해전은 다른 해전에 비해 이순신이 쓴 『난중일기』에 유독 덜 기록되어 있다. 반면 '소인에게는 아직 12척의 배가 있사옵니다'라는 대사를 누구나 기억할 정도로, 12척 대 330척의 대결이라는 절대 열세를 극복한 해전이라는 것은 워낙 유명하다. 가장 '덜' 알려졌지만 또한 가장 '잘' 알려진 해전이기도 하다. 그런 점에서 명량해전은 나(감독)의 상상력이 발휘될 여지가 많았고, 또한 이순신이라는 인물의 본질적인 모습에 가장 가까이 다가갈 수 있을 것 같았다."

여기 길게 쓴 답변은 실제로 감독이 한 얘기가 아니라, 이런저런 자료를 찾던 중 '『난중일기』에 명량해전 부분이 다른 해전에 비해 내용이 적다'는 사실을 알아내고는 마치 내가 감독이 된 것처럼 답변해본 것이다.

이렇게 30개의 질문에 30개의 답변을 작성해보자. 물론 꽤 시간이 드는 과정이기에 꼼꼼하게 모든 질문에 답변을 작성하라는 것이 아니다. 그 답변을 떠올리는 과정에서 '아, 이렇게 쓰면 되겠구나!'라는 아이디어를 제공해주는 5~10개 정도의 질문이 있기 마련이다. 또한 이러한 과정을 통해서 자료 검색의 아이디어도 얻을 수 있다. 질문에 답하기 위한 자료들만 찾으면 된다. '어떤 자료를 찾아야 할지 모르겠다'며 글을 써나가기 이전부터 머리를 싸매는 사람들이 많기 때문이다.

더 나아가 '내가 감독이다'라는 발상이 중요한 이유는, 결국 어떤 영화에 대해 쓴다는 것이 바꿔 말해 '그 감독에 대해 쓰는 것'이기 때문이다. 생각해보라, 〈군함도〉에 대해 쓰는 것은 류승완 감독에 대해 쓰는 것이고, 〈일대종사〉(2013)에 대해 쓰는 것은 왕가위 감독에 대해 쓰는 것과 같다. 그들은 매번 다른 얼굴로 우리 앞에 나타나지만 결국 같은 이야기를 변주해 들려줄 때가 많다. 그것이 바로 작가주의이고 감독의 세계다.

그렇다면 스스로 묻고 답하는 과정에서 '내 해석이 잘못된 것은 아닐까' 하는 걱정이 들 수도 있다. 하지만 단언컨대 그런 걱정은 접어두는 것이 좋다. '왜 질문을 5개밖에 뽑아내지 못할까' 같은 것을 걱정해야 한다. 내 해석은 내 글 안에서 그 누구도 간섭할 수 없는, 이 영화를 재구성해 생동하게 만드는 절대적인 그 무엇이다. 곰곰이 생각해보자. 초보자들의 영화글이 별로일 때, 단어 선택이나 문장력의 부족이라기보다 자신의 견해에 자신감이 없어서일 때가 많다. 선뜻 무언가 주장하기가 두려워 정보들만 나열하거나 에둘러 변죽만 울리다 마는 것이 대부분이다.

그래서 자신이 생각한 대로, 질문에 답변하는 대로 확신을 갖고 밀어붙이는 것이 중요하다. 왜냐하면 그 순간만큼은 〈군함도〉나 〈일대종사〉가 바로 '내 영화'이기 때문이다. 아니 에르노는 『칼 같은 글쓰기』에 "난 존재들과 사물들을 대변하는 배우이자, 그것들이 존재하는 장소이며 그것들의 증인이기도 했다"라고 말했다. 그러한 태도야말로 그 영화를 구원하는 것이고 또한 그 영화에 대해 쓰는 나를 구원하는 것이다. 또한 『역사란 무엇인가?(What is History)』에서 E. H. 카(Edward Hallett Carr)가 "역사란 과거와 현재의 끊임없는 대화"라고 했던 것처럼 영화 또한 나와 감독의 끊임없는 대화다. 풀리지 않을 때 스스로 질문하고 답하라고 하는 얘기는, 영화평이란 것이 영화를 본 나의 일기가 아니라 감독과의 대화이기 때문이다.

영화평은 그렇게 써나가야 한다. 글쓰기는 마주한 텍스트와 내가 한 몸이 되어가는 과정이다. 다시 아니 에르노가 했던 얘기로 돌아가자면, 나는 내가 쓰는 영화의 매 순간의 관찰자이자 절대자이며 최후의 증인이다. 내 증언이 바로 이 영화에 대한 최고의 비평인 것이다. 내가 지금 본 영화는 바로 내가 2시간 동안 감독과 함께 만든 영화다.

빨리 써라

오늘 써야 할 글을 내일로 미루지 말자. 내일로 미루는 순간 영화에 대한 기억력과 감각, 그리고 판단까지 몽땅 사라진다.

빨리 쓰나 늦게 쓰나 큰 차이가 있을까

"강한 놈이 오래 가는 게 아니라, 오래 가는 놈이 강한 거더라." 류승완 감독의 〈짝패〉(2006)에 나오는 명대사다. 그걸 글쓰기로 바꿔, 이런 말로 해보고 싶다. "잘 쓰는 놈이 빨리 쓰는 게 아니라, 빨리 쓰는 놈이 잘 쓰더라."

이제는 없어진 영화주간지 〈필름2.0〉에 몸담고 있던 시절, 고 이지훈 편집장은 이런 명언을 남겼다. "오늘 쓰나 내일 쓰나 어차피 못 쓴 글일 테니, 그냥 오늘 마감해라." 촌각을 다투는 주간지 마감체제에서, 편집장인 자신이 원고를 지적하고 수정할 시간이라도 확보해주는 것이 더 현명한 선택이라는 얘기였다. "지금 여기서 몇 시간 더 쓴다고 글이 나아질 것이라 믿는가? 그냥 빨리 마감하자." 나 또한 후배기자들에게 가장 닦달하고 있는 말 중 하나다.

『이야기하기 위해 살다(Vivir para contarla)』에서 가브리엘 가르시아 마르케스(Gabriel Garcia Marquez)는 (시를 예로 들어) 글 쓰는 것에 대해 "격렬한 애정이자 존재의 다른 방식이며, 아무 곳으로나 흘러내리는 촛농 같은 것"이라고 말했다. 글을 잘 쓰고자 하는 많은 사람이 대부분 그처럼 (불현듯 영감이나 아이디어가 떠올라 일필휘지하듯) '아무 곳으로나 흘러내리는' 때가 오기까지 하염없이 시간을 보내는 경우가 많다. 하지만 대부분 그저 딴짓하며 시간을 보내는 것일 뿐이다.

〈의뢰인〉(1994)과 〈뷰티풀 마인드〉(2001) 등을 쓴 시나리오 작가 아키바 골즈먼은 "당신이 아침 9시부터 오후 5시까지 일하는 평범한 직업을 갖고 있다면, 기분에 상관없이 그냥 일을 할 것이다. 나 역시 아침에 글을 쓰기 시작해서 하루 종일 글을 쓴다. 천재가 아닌 이상, 글 쓰는 흥이 날 때까지 기다리지 않는다"고 했다. 소설가 김연수 또한 "쓴다. 토가 나와도 계속 쓴다"고 했다.

부끄러운 고백이지만, 나 또한 막내기자 시절부터 글 못 쓴다는 지적을 참으로 많이 받았다. 그럴 때마다 빨리 쓰는 훈련만 했다. 무조건 시간을 정해두고 작성을 완료하는 것이다. 글이 현재 상태에서 더 나아질 가능성이 없어 보이는데, 늦게 마감하면 더 꾸지람을 들으니 그저 빨리 써야겠다는 생각뿐이었다. 빨리 쓰기 위해 200자 원고지 10매 정도의 리뷰를 일부러 마감시간 1시간 전부터 쓰기 시작하는 식으로 훈련했다. 마치 운동선수가 무거운 모래주머니를 차고 달리기를 하고, 야구선수가 속구 대처능력을 키우기 위해 정상 위치보다 더 가까이 피칭머신을 설치해 체감 속도 160km로 타격 훈련을 하는 것과 같은 것으로 생각했다. 나름 절실했다. "그렇게 수련을 거듭한 결과, 지금 이런 책까지 쓰게 되었다"고 마무리하고 싶은데, 아무튼 부끄러움은 독자 여러분의 몫이다.

다시 같은 책에서, 마르케스는 "모든 것을 닥치는 대로 파괴하면서 시간이 되면 스스로 소멸해버리는, 증오스럽지만 아주 존재감 있는 단어"인 그 '조바심'이야말로 죽지 않기 위해 글을 써야 하는 자신의 중요한 영감 중의 하나라고 했다. 나의 경우 '있는 힘껏 짜내는' 빨리 쓰기 훈련이야말로 스스로 가장 유효한 방법이었던 것 같다.

오늘 쓸 글을
내일로 미루지 말자

그렇다면 우리는 얼마나 빨리 한 편의 영화리뷰를 쓸 수 있을까? 한 번 200자 원고지 10매, 그러니까 대략 A4 1장 정도로 누군가 〈올드보이〉에 대해 이미 썼던 영화리뷰를 그대로 옮겨 타이핑해보자. 영화리뷰를 옮기는 데 30분 정도가 걸렸다고 한다면, 우리는 〈올드보이〉 리뷰를 쓰는 데 물리적으로는 똑같이 A4 1장 분량으로 30분만에 쓸 수 있다. 물론 이는 〈올드보이〉에 대한 생각이 먼저 잘 정리되어 있어야 가능하다. 지나치게 극단적인 얘기이긴 하지만, 특별히 자료조사를 더 할 필요가 없거나 써야 할 내용들이 스스로 잘 정리되어 있다면 그만큼 빨리 쓸 수 있다는 얘기다.

요즘 영화 전문지든 일간지든 영화리뷰 한 편 분량은 200자 원고지로 6~7매 정도다. 특별한 구성의 기획기사나 본격적인 영화비평으로 다루지 않는 한 최대 8매를 넘기는 경우는 잘 없다. 내게 영화리뷰 한 편을 쓰는 데 시간이 얼마 정도 걸리느냐고 묻는다면, 딱 그 영화 러닝타임 정도 걸린다고 얘기한다. 물론 어느 정도의 자료를 찾은 다음, 쓰기 시작해서 마무리하기까지 걸리는 시간이다. 즉 러닝타임 2시간 정도의 〈설국열차〉 리뷰를 쓰는 데 2시간 정도 든다는 얘기다.

어디서 이렇게 얘기하면 보통 엄청나게 빨리 쓴다는 반응이 대부분이다. 하지만 글을 쓰기 전에 관련된 자료나 인터뷰를 찾아 검토하고 체크하는 데 꽤 시간을 들인다. 얘기의 핵심은, 준비가 끝난 다음 단숨에 써나가는 게 중요하다는 것이다. 이는 기억력을 바탕으로 한 사고의 연속성 때문이다. 업무상 써나가는 속도 자체도 빨라야 하거니와, 영화를 감상한 시점으로부터 뜸들이지 말고 최대한 빨리 쓰기 시작하라는 말이다.

상징적으로 러닝타임 정도의 시간을 들여 글을 마무리한다고 얘기한 것은, 자료를 꼼꼼히 챙긴 다음 첫 장면부터 마치 영화를 다시 재생하는 느낌으로 영화리뷰를 써나가기 시작해 그 마침표를 찍어야 한다고 믿기 때문이다. 2시간짜리 영화를 볼 때 절대 영화관 밖으로 나갈 수 없는 것처럼 2시간 동안 오로지 그 영화만 떠올리며 글을 쓰라는 것이다. 이런저런 이유로 중간에 그 영화에 대한 사고를 중단하는 순간, 글을 쓰기 위해 머릿속에서 활발하게 재생되던 영화 또한 거기서 멈춰버린다. '빨리 써라'라는 주문은 집중력 있게 한 호흡으로, 생각을 멈추지 말고 글을 쓰라는 얘기다. 그러다보면 당연히 빨리 쓰게 된다. 쉽게 말해 서울에서 부산까지 가겠다고 자동차 시동을 걸었으면 고속도로 휴게소에 들르지 말고 그냥 한 번에 가는 느낌이랄까. 『유혹하는 글쓰기』에서 스티븐 킹도 '영감'이라는 것은 금세 날아가 버릴 정도로 휘발성이 강하기에 "도저히 손댈 수 없을 만큼 뜨겁고 싱싱할 때 얼른 써버린다"고 했을 정도다.

하지만 한 호흡에 글을 쓰기란 결코 쉽지 않은 일이다. 당연히 휴게소에 들를 수밖에 없을 것이고, 역시 이런저런 이유로 한 호흡에 글을 마무리 짓지 못하는 일도 생길 것이다. 그래도 30매 이상 장문의 영화글이 아니라면, 최소한 오늘 써야 할 글을 내일로 미루지 말자. 내일로 미루는 순간 영화에 대한 기억력과 감각, 그리고 판단까지 몽땅 사라진다. 감상과 분석을 써나가기 위해 디테일한 대사와 장면으로부터 시작해 공든 사고(思考)의 탑을 쌓아올리다가, 그것을 멈추었다가 다시 쓰는 순간 새로이 쌓아올려야 했던 경험이 누구나 있을 것이다.

오래 묵혀서 숙성시키는 것보다 빨리 회를 뜨거나 데쳐서 신선하게 내놓는 것이 나을 때도 있다. 아주 긴 글이 아니라면 후자가 더 어울린다. 그러니 영화를 보고 난 시점으로부터 최대한 빨리, 그리고 기억력이 달아나지 않게끔 빨리 써라.

아는 척하라

직업적 글쓰기를 꿈꾸는 기자 혹은 비평가가 된다는 것은, 보다 세련되고 지식이 풍부한 독자들을 이제부터 염두에 두어야 한다는 얘기다.

무조건 알아야 할 것들을
왜 외면하는가

조지 오웰은 『나는 왜 쓰는가』에서, 작가 경력 말년에 이르러 "내가 근년에는 기발하게 쓰기보다는 정확하게 쓰려고 노력해왔다"고 말한 적 있다. 조지 오웰의 본심은 다른 데 있겠지만, 나는 저 글을 처음 접했을 때 문체나 필력, 더 나아가 이른바 '글솜씨'라는 마력의 한계를 지적한 글이라고 느꼈다. 영화기자의 글은 결국 풍부하고 정확한 지식을 담고 있어야 한다.

가령 "SF영화의 기대주 크리스토퍼 놀란 감독의 신작 〈덩케르크〉(2017)"라거나, "홍콩영화의 신예 두기봉 감독의 신작 〈삼인행: 생존

게임〉(2016)"이라고 글을 시작하는 순간, 기자에 대한 신뢰는 완전히 무너진다. 너무 지나친 예를 든 것 아니냐고 물을지도 모르겠지만, 거짓말이 아니고 실제 다른 매체의 기자 리뷰에 작성된 소개 문구다.

전자는 크리스토퍼 놀란 감독의 전작 〈인터스텔라〉(2014)를 인상적으로 봤던 기자가 〈덩케르크〉가 특정 지명이라는 것을 모르고 그냥 SF영화이겠거니 넘겨짚은 것이고, 후자는 이미 환갑이 지난 홍콩의 두기봉 감독이 누군지도 전혀 모르는 기자가 그저 낯선 영화에 대해 쓰면서 감독을 신인급으로 둔갑시켜버린 것이다. 글을 저렇게 시작한다면 다음 문장에 아무리 멋진 문장력과 상상력을 발휘한다 하더라도 첫 문장에 대한 만회가 감히 되겠느냐는 말이다.

다시 한 번 너무 지나친 예를 든 것 아니냐고 물을지도 모르겠지만, 자신이 잘 모르는 장르나 지역의 영화에 대해 쓸 때 사실 굉장히 흔하게 일어나는 일이다. 이럴 때 보통 기자들은 '실수'라고 변명하지만 굳이 분석해서 분류하자면 전자는 멍청해서, 후자는 게을러서 발생한 일이다.

창작이 요구하는 '재능'과 비평이 요구하는 '학습' 사이의 관계는 별개일 수 있다. 하지만 비평과 학습 사이의 관계는 무척 긴밀하다. 학습되지 않은 재능으로 창작을 할 수는 있지만, 학습된 것이 없이 비평을 할 수는 없다. 전자의 경우에서 뜻밖의 작품이 탄생하는 경우는 봤어도, 후자의 경우는 필연적으로 재앙만 낳을 뿐이다.

그래서 영화기자나 영화평론가가 되기 위해 얼마나 많은 공부를 해야 하는지 해맑게 물어보는 학생들에게 "학습량보다는 타고난 감각이 중요하다” “풍부한 지식보다는 기발한 글솜씨가 더 필요하다”라고 얘기하고 싶지만, 다 거짓말일 수밖에 없다. 못 쓴 글의 대부분은 글솜씨의 기술보다는 지식 부족에서 발생하는 경우가 더 많기 때문이다. 내가 가진 정보와 지식을 독자들에게 아무런 대가없이 넘겨주겠다고 마음을 굳힌 다음, ‘기술’이 들어가야 한다.

그래서 종종 영화기자나 영화평론가를 꿈꾸는 학생들이 어디까지 영화공부를 해야 하는지 물어오는 경우가 있다. 나는 그럴 때마다 꼰대처럼 들릴 수도 있겠지만, 굉장히 간단하게 되묻는다. 대략 다음과 같은 3가지 질문으로 추려볼 수 있다.

(1) “세계영화사 100편의 걸작 리스트에서 몇 편 정도 보셨나요?”

(2) “네오 리얼리즘이나 누벨 바그, 그리고 아메리칸 뉴 시네마라는 사조와 영화사적 의미에 대해서 간략하게 설명하실 수 있나요?”

(3) “크리스토퍼 놀란과 드니 빌뇌브, 그리고 박찬욱과 봉준호 감독의 영화는 다 보셨나요?”

일단 영화기자나 영화평론가를 꿈꾸는 사람이라면 기본적으로 어디에서든 “전 영화를 좋아해요”라고 당당하게 말하는 사람일 것이다. 달리 말한다면 주변 친구들보다 더 영화를 좋아하는 사람이라고 스스로 믿고 있는 사람일 것이고, 그렇기 때문에 직업적으로 영화기자나 영화평론가가 되는 것에 대해 진지하게 고민해본 적도 있는 사람일 것이다.

그렇다면 첫 번째 질문에서, 최소한 그 100편의 리스트가 대략 어떤 영화들인지 알고 있고 상당수의 작품들을 찾아본 적 있는 사람일 것이다. 가령 오손 웰즈의 〈시민 케인〉(1941)은 그 100편의 리스트에서 종종 1위로 언급되는 영화다. 그래서 그런 질문을 한 사람이, 〈시민 케인〉을 직접 감상하지는 못했다고 해도 제목조차 들어보지 못했을 리가 없다. 더 나아가 〈시민 케인〉이 도대체 어떤 작품이기에 매번 1위 영화로 언급되는지, 궁금해서라도 찾아보지 않은 사람이 과연 영화기자나 영화평론가를 꿈꾼다고 남에게 말할 수 있을까.

두 번째 질문도 마찬가지다. 네오 리얼리즘(neorealism)이나 누벨바그(nouvelle vague), 아메리칸 뉴 시네마(american new cinema) 등의 용어는 최소한의 '영화공부'를 한 사람이라면 반드시 맞닥뜨렸을 법한 용어일 텐데, 마찬가지로 이 용어들을 궁금해서라도 찾아보지 않은 사람이 과연 "무얼 준비해야 할까요?"라는 질문을 당당하게 할 수 있을까.

세 번째 질문의 경우, 심지어 〈씨네21〉 신입기자 면접 당시 던졌던 질문이기도 하다. 어떻게 보면, 영화기자로서 당대 할리우드와 한국영화의 지형도를 조감하는 데 있어 현재 가장 중요한 감독들의 명단이라 할 수 있다. 물론 그 네 감독의 영화를 다 못 봤을 수는 있다. 하지만 (3)처럼 질문한 것은, 그들 영화를 다 봤는지 기어이 캐물으려고 하는 것이 아니라 그 질문의 의도가 무엇인지 파악하고 있어야 한다는 얘기다. 영화기자나 영화평론가를 꿈꾼다면 (1)과 (2)처럼 '고전'에 대한 이해도 중요하지만, 결국 '당대'의 가장 영향력 있는 감독들의 영화를 피해갈 수 없다는 사실을 주지시켜 주기 위함이다. 결국 우리의 관심사는 바로 지금의 영화여야 한다.

나와 생각이 다른 글을 즐겁게 읽을 수 있는 이유

우리가 누군가의 글을 읽고 '잘 썼다'라고 느끼는 순간을 떠올려보자. 십중팔구 쓴 사람이 가진 정보와 지식이 풍부할 때다. 때문에 '잘 썼다'라는 감상은 '아는 게 많네!'라는 감상과도 거의 일치한다. 우리는 여러 기자와 평론가의 글을 읽으며 자연스레 그 사람의 '수준'을 가늠하게 된다. 또 그들의 글을 통해 나의 부족한 부분을 채워주길 바란다. 누군가의 글을 '찾아 읽는' 이유가 바로 여기에 있다.

A평론가는 고전영화에 대한 이해가 높고, B평론가는 문학적 지식이 풍부해 소설 원작을 영화화한 작품에 대한 시각이 예리하며, C평론가는 다른 건 몰라도 마블이나 DC 슈퍼히어로 영화에 대해서는 신뢰할 만하다고 나름의 평가 기준을 만들게 된다. 이는 너무나 당연한 일이다. 바꿔 말하자면 우리도 풍부한 정보와 지식으로 가득한 글을 써야 한다. 영화글은 날카로운 관점으로 평가받기 이전에 먼저 글의 정보와 지식으로 평가받는다. 냉정하게 말해, 나의 글은 바로 나의 수준을 드러낸다. 때문에 위에서 말한 특정한 평론가의 글을 읽는 이유처럼 누군가가 나의 글을 제대로 평가해주고, 또 찾아 읽게 되는 정도까지 가야 한다.

『글쓰기 생각쓰기』의 작가 윌리엄 진서는 "비평은 진지하고 지적인 행위"라고 딱 잘라 얘기한다. 나 또한 이 말에 전적으로 동의한다. 그러면서 이렇게 덧붙인다. "로버트 알트만의 전작들을 보지 않고 그의 새 영화를 평하는 비평가는 진지한 영화 팬에게 별 도움이 되지 않는다." 이 또한 당연한 얘기다. 가령 봉준호 감독의 〈옥자〉에 대한 글을 읽고자 할 때, 봉준호 감독의 이전 작품들을 모두 꼼꼼하게 써왔거나, 더 나아가 그와 인터뷰 경험이 있는 사람의 글을 읽고 싶어 할 것이다. 그러나 종종 유명감독의 영화에 대해 글을 쓰면서 별 생각 없이 "그 감독의 영화를 본 것은 처음인데"라는 문장으로 시작하는 글들을 종종 본다. 유명감독의 작품을 처음 본 처지가 오히려 그 영화에 대한 기발한 관점을 강조할 수 있을 것이라 믿기 때문이다. 하지만 그것은 신선한 관점을 제공하기보다 글쓴이의 게으름을 포장하려는 무의미한 솔직함이나 허세다.

일전에 정성일 평론가는 "김혜리 기자가 쓰는 〈해리포터〉 시리즈에 대한 글은 언제나 궁금하다"라고 말한 적이 있다. 같은 맥락으로 이야기하자면, 허문영 평론가가 쓰는 스필버그 영화에 대한 글도 포함된다고 할 수 있다. 어느 분야든 신뢰할 만한 전문가가 있기 마련이다. 때문에 직업적 글쓰기를 꿈꾸는 기자 혹은 비평가가 된다는 것은, 보다 세련되고 지식이 풍부한 독자들을 이제부터 염두에 두어야 한다는 얘기다.

자신의 날카로운 관점은 풍부한 정보와 지식의 바탕 위에 비로소 서 있을 수 있다. 앞서 얘기한 것처럼 비평을 읽는다는 행위는 이른바 '지적 유희'이기 때문이다. 비평 자체의 문장력을 포함해 나보다 더 많이 본 사람, 혹은 더 많이 알고 있는 사람, 앞서 말한 '전문가'의 글을 더 유심히 읽게 되는 것은 지극히 당연한 일이다. 글을 읽을 때 글이 나의 관점과 비슷하면 더 신나게 읽겠지만, 그게 아니어도 '얻는' 것이 있다면 충분하다고 느낄 것이다. 윌리엄 진서가 말하길, 글을 쓴 필자와 그걸 읽는 자신의 결론이 다르다 할지라도 맨 마지막 문장의 마침표에 다다르기까지 "지적 유희의 여정을 함께 즐기는 것" 자체가 굳이 누군가의 글을 찾아서 읽는 가장 중요한 첫 번째 목적일 수 있기 때문이다.

영화를 보기 전에 글을 써라

직업적으로 영화글을 쓰는 사람이 아무런 정보도 없이 극장에 가서 앉아있는 건 총도 없이 전장에 나가는 것과 같다.

보고 쓴 문장과 보고 쓰지 않은 문장을 구별하라

내가 쓴 글이 잘 쓴 글일까, 못 쓴 글일까? 아마도 매 순간 고민될 것이다. 직업적 글쓰기라면 '잘 썼을까?'라는 생각보다 '문제없이 통과될 수 있을까?'라는 고민이 더 클 수도 있다. 나 또한 신입기자 시절에, 잘 썼다고 칭찬을 못 받아도 좋으니 그저 지적당하지 않고 무난하게 원고가 넘어갔으면 좋겠다는 생각이 더 절실했었다.

그렇다면 과연 여기서 '무난하다'는 수준의 기준은 무엇일까? 신입기자가 아닌 편집장의 자리에서 보자면, 그 기준은 '보고 쓴 문장'과 '보고 쓰지 않은 문장'의 균형에 있다. 종종 후배들에게 점검과 퇴고의 한 방식으로, 글을 다 쓴 다음 두 종류의 문장으로 나눠보라고 한다. 순전히 기계적인 접근방법이라 할 수 있는데, 문장 하나하나 다시 읽어보면서 '영화를 직접 봐야 쓸 수 있는 문장'과 '영화를 보지 않고도 쓸 수 있는 문장'으로 분류해보라는 말이다. 아래 직접 썼던 글의 일부를 인용하며 얘기해보겠다. 먼저 팀 버튼의 〈프랑켄위니〉(2012) 리뷰다.

"〈프랑켄위니〉는 무려 30년 전 디즈니의 애니메이터였던 팀 버튼이 만든 동명의 실사 단편영화를 장편 애니메이션으로 만든 것이다. 애초에 자신이 그린 그림을 바탕으로 애니메이션으로 만들고자 했던 바람이 이제야 이뤄진 것. 실제로 애완견과 이별한 아픈 경험이 그의 유년시절에 지대한 영향을 미쳤던 고전 호러영화 시대의 취향과 행복하게 조우한 작품이다. 3D 스톱모션 장편 애니메이션으로 리메이크하며 변화를 꾀한 부분은 바로 빅터의 친구들과 그들이 창조한 괴물들이다. 거기에는 햄스터 미라도 있고 고양이 뱀파이어도 있으며 기괴하게 변한 쥐 괴수도 있다. 해머 스튜디오와 유니버설 호러영화의 감성으로 가득 찬 기존 〈프랑켄위니〉에 다양한 캐릭터들이 등장하는 〈쥬라기공원〉과 특수효과의 고전 〈우주전쟁〉이 결합된 형태랄까. 지난 몇 년간 팀 버튼의 영화에서 느꼈던 아쉬움을 귀엽고 재기발랄한 캐릭터의 향연으로 돌파한다. 30년 전 〈프랑켄위니〉가 디즈니와의 마찰로 인해 팀 버튼이 자신만의 길을 가게 된 계기가 된 작품이라면, 지금의 〈프랑켄위니〉는 그에게 어떤 의미로 남을까."

위 글에서 밑줄 치지 않은 대부분의 문장은 엄밀하게 말해 영화를 보지 않고도 쓸 수 있다. 〈프랑켄위니〉에 대한 보도자료나 지식을 활

〈프랑켄위니〉

용하면 충분히 '보지 않은 영화를 예상하고 상상하며' 쓸 수 있다는 말이다. 실제로 나 역시 대부분의 영화 리뷰를 영화를 보기 전에 작성하기 시작한다. 그저 간단한 사전정보만 챙겨두는 수준이라도 영화를 보기 전에 아주 훌륭한 예습이 될 수 있다. 말하자면, 직업적으로 영화글을 쓰는 사람이 아무런 정보도 없이 극장에 가서 앉아있는 건 총도 없이 전장에 나가는 것이다. 이런 예습이 중요한 또 하나의 결정적인 이유는, 우리가 영화를 보는 2시간 내내 고도의 집중력을 발휘하는 것이 사실상 무척 힘들기 때문이다. 그래서 '아, 이게 바로 그 장면이구나' 하면서 기다렸던 장면들이 펼쳐지고, '드디어 나오는구나' 하면서 나오기로 했던 캐릭터들이 적당한 시점에 등장해야 그 집중력을 유지하는 것이 수월해진다.

가령 〈스타워즈: 라스트 제다이〉(2017)의 경우 루크(마크 해밀)를 통해 자신 안에 잠들어 있던 특별한 힘을 깨닫게 된 레이(데이지 리들리)가 뜻밖에 퍼스트 오더의 실세 카일로 렌(아담 드라이버)과도 교감하게 된다는 사전 정보를 알고 가지 못한 사람들은, 영화 속에서 두 사람이 마치 텔레파시처럼 시공간을 초월한 교감을 나눌 때 사뭇 당황할 수도 있다. 또 〈스타워즈: 라스트 제다이〉에 새로운 캐릭터로 눈이 동그란 귀여운 새 '포그'가 등장하고, 배우 베네치오 델 토로가 새로이 합류했다는 것을 알고 간다면 등장인물이 나오기를 기다리며 영화에 집중할 수 있을 것이다.

잠시 〈스타워즈: 라스트 제다이〉 예를 들다가 얘기가 길어졌는데, 중요한 점은 앞의 〈프랑켄위니〉 리뷰에서 밑줄 치지 않은 부분은 영화를 보러가기 전에 충분히 쓸 수 있다는 것이다. 때문에 완벽하지 않은 상태여도 상당 분량의 글을 미리 써놓고 영화를 보러가라고 주문하고 싶다.

사실 직업적 글쓰기를 하는 사람이라면 이미 영화를 보기 전에 자신의 초점과 주장이 대략 있기 마련이다. 유명 시리즈의 속편이나 좋아하는 감독의 신작이라면, 예상과 상상만으로도 술술 써 나갈 수 있다. 이렇게 '초벌구이'를 해놓은 상태에서 영화를 본다면 추후 글을 마무리 지어야 하는 사람이 반드시 맞닥뜨릴 수밖에 없는 '선택과 집중'이라는 문제를 해결하기가 한결 수월해진다.

보고 쓴 문장의 비율이 더 높게끔 만들어라

다시 '보고 쓴 문장'과 '보고 쓰지 않은 문장'의 균형의 문제로 돌아와서, 앞서 얘기한 무난하다는 수준의 기준을 말하자면 일단 보고 쓴 문장의 비중이 높아야 잘 쓴 글이 될 가능성이 높다. 악착같이 그런 태도로 글을 써야 한다고 말하고 싶고, 그렇다면 칭찬해주고 싶다. 보고 쓰지 않은 문장은 사실상 죽어있는 정보들로 가득 찬 보도자료의 글과 크게 다르지 않다. 물론 그것만으로도 깔끔한 가이드로서의 글을 완성할 수 있지만, 전혀 생동감이 느껴지지 않는다.

알파고에게 방대한 보도자료와 프로덕션 노트 파일을 주입해서 프리뷰를 맡기면 훨씬 더 잘할 것이다. 그래서 영화글을 잘 쓰고 싶다면 강박적으로라도 보고 쓴 문장의 비율을 높여야 한다. 퇴고의 최우선 원칙 또한 보고 쓴 문장의 비율을 높이는 것으로 해야 한다.

아래 김기덕 감독의 〈피에타〉(2012) 리뷰는, 보고 쓴 문장들로만 채워야겠다는 목표 아래 썼던 글이다. 초점을 여태껏 김기덕 감독과 한 번도 함께하지 않았던 조민수와 이정진이라는 배우들과의 협업에 두고, 종교적인 설정을 가져와서 '구원'의 희망을 말하려고 하는 것처럼 보였으나, 결국 김기덕 감독의 영화가 이전보다 더 암울해지고 있다는 주장을 쓰고 싶었다. 밑줄 그은 부분 정도만이 보고 쓰지 않은 문장이라 할 수 있고, 줄거리 또한 포털 사이트의 보도자료에 있는 것과 기어이 다르게 쓰려고 했다. '잘 썼다, 못 썼다'라는 감상과 별개로 앞

〈피에타〉

서 말한 '보고 쓴 문장'을 쓰려는 태도의 관점에서 읽어보기를 권한다.

"〈피에타〉는 오프닝부터 극심한 폐소공포증을 불러일으킨다. 청계천 공구상가를 무대로 각종 기계가 돌아가고 각종 공구들이 빈틈없이 들어차 있다. 한낮에도 전등 빛이 없다면 온통 어두컴컴할 것 같은 〈피에타〉의 청계천 거리는, 김기덕 감독의 전작 〈아리랑〉(2011)의 산속 외딴집과 비교했을 때 죽음의 공간처럼 다가온다. 기름때와 땀으로 범벅이 된 노동자들이 그곳에서 그저 죽지 못해 살고 있다. 수많은 외국인이 오가는 청계천의 새로운 풍경도 매일 사채 빚에 찌들어가는 이곳의 토착민들에게는 남의 일처럼 느껴진다. 오직 십자가 하나만이 밤

풍경에 둥둥 떠다닐 뿐이다. 김기덕 감독이 말하길, 실제로 젊었을 적 이곳에서 기계를 만지며 일했던 자신의 지난 기억이 〈피에타〉에 반영되어 있다고 한다. 자고로 사람들은 심란할 때 과거로 빠져드는 법이다(〈아리랑〉을 둘러싸고 벌어졌던 세간의 논란을 떠올려보라). 어쩌면 〈피에타〉를 김기덕 감독의 기이한 회귀로 볼 수 있지 않을까.

이런 청계천 공구상가를 무대로, 강도(이정진)는 끔찍한 방법으로 채무자들의 돈을 뜯어내며 살아간다. 손가락을 자르거나 다리를 부러뜨리는 방식으로 그들에게 인위적으로 상해를 입혀 보험금을 뜯어낸다. 눈 깜짝할 새 이자가 원금의 10배로 불어나니 그들로서는 선택의 여지가 없다. 청계천의 노동자들은 그렇게 홀어머니 앞에서 구타를 당하고, 채무기간을 연장하려고 몸을 팔려 하며, 급기야 자살에 이르기까지 한다. 그러던 어느 날, 피붙이 하나 없이 냉혈한으로 자라온 강도에게 한 여자(조민수)가 엄마라며 불쑥 찾아온다. 내쫓고 때리며 여자의 정체에 대해 끊임없이 의심하지만 "너를 버려서 미안하다"며 찾아오는 그녀에게 조금씩 빠져들기 시작한다. 하지만 어느 날 갑자기 엄마는 사라지고 둘 사이의 잔인한 비밀이 드러난다.

피에타는 '자비를 베푸소서'라는 뜻으로, 성모 마리아가 죽은 그리스도를 안고 있는 모습을 표현한 그림이나 조각상을 말한다. 하지만 영화 〈피에타〉에는 그 어디에서도 자비의 기운을 느낄 수 없다. 채무자는 몸을 이용하고, 엄마라는 사람은 모성을 이용한다. 목적이 어떠하건 간에 몸과 마음, 육신을 이루는 모든 것을 이용해 남을 속이고 자신의 이득을 취하려 한다.

〈아리랑〉에서 김기덕 감독이 열변을 토했듯 그는 〈피에타〉에서도 여전히 '불신'에 대한 혐오에 빠져있는 듯하다. 강도를 향해 '돈으로 사람을 시험하는 악마'라는 표현은 그가 〈아리랑〉에서 대기업 자본을 향해 했던 얘기와도 일맥상통한다. 〈수취인불명〉(2001)에서 창국(양동근)의 엄마(방은진)가 대표적이지만, 그의 영화에서 엄마 혹은 모성이라는 존재는 그 스스로 뭔가를 하지 못하던(성모 마리아가 그저 죽은 그리스도를 안고 있을 뿐인 것처럼) 사람이었지만 〈피에타〉에서는 다르다. 그런 불신 혹은 악마와 직접 대면한다. 그리고 그 결과는 참혹하다. 살려고 밖으로 나갔다가 차에 치어죽는 영화 속 토끼처럼. 〈피에타〉의 라스트신은 그의 영화들 중 가장 암울하다. 김기덕의 세계는 갈수록 더 어두워지고 있다."

나는 이런 글을 써왔다: 사건들의 기록

〈씨네21〉이 잡지 만드는 일만 하는 건 아니기에, 지난 2017년 〈씨네21〉의 모든 기자와 함께 광화문 촛불집회에 나가기도 했다. 사건들에 대한 기록을 모아봤다.

김운하와 판영진,
두 배우의 슬픈 운명

두 배우의 안타까운 소식이 전해졌다. 먼저 지난 2015년 6월 19일 서울 성북구의 한 고시원에서 연극배우 김운하가 안타깝게도 숨진 지 5일 만에 발견되었다. 뒤이어 또 다른 배우 판영진의 사망 소식도 전해졌다. 2015년 6월 23일 판영진 배우는 자신의 승용차에서 발견되었다. 조수석에 타다 남은 번개탄이 있었고 지인에게 자살을 암시하는 내용의 문자메시지를 보냈으며 평소 우울증을 앓아왔다는 점 등으로 미뤄 스스로 목숨을 끊은 것으로 추정된다. 이런 일련의 사건을 통해 지난 2011년 최고은 시나리오 작가가 생활고로 사망하면서, 국회에서 일명 '최고은법'으로 불리는 예술인복지법이 제정되고도 여전히 사각지대에 놓인 예술인 복지 문제가 다시 고개를 들고 있다.

애초 알려지길 배우 김운하의 경우 본명은 김창규이며, 대학 졸업 후 배우 생활을 하면서 배우였던 돌아가신 아버지의 이름 '운하'를 예명으로 썼다고 했다. 그의 아버지뻘 되는 배우들 중에 지금 세상을 뜨고 없는 배우로 분명 김운하가 있다. 1939년에 태어나 2010년에 세상을 떠난 왕년의 김운하는 김기영 감독이 발굴한 배우로 〈현해탄은 알고 있다〉(1961)를 시작으로 이만희 감독의 〈돌아오지 않는 해병〉(1963) 등 수많은 작품에서 인상적인 모습을 보여줬다. 〈법창을 울린 옥이〉(1966), 〈왕십리〉(1976), 〈낙동강은 흐르는가〉(1976), 〈불의 딸〉(1983), 〈티켓〉(1986) 등 1970~1980년대 임권택 감독의 거의 모든 영화에 출연하기도 했다. 최무룡, 신성일, 남궁원처럼 당대를 풍미한 탁월한 미남자나 그 반대편에서 장동휘, 박노식, 이대엽처럼 남성미 물씬 풍기는 마초적 매력과는 거리가 멀었지만 그 특유의 쓸쓸한 표정과 유약한 이미지로 기억되는 배우였다. 특히 〈돌아오지 않는 해병〉에서 고아 소녀(전영선)를 유독 챙기는 그 마음 씀씀이가 애틋했다.

배우 김운하의 사망 소식이 전해지면서 몇몇 언론 매체는 왕년의 김운하와 얼마 전 세상을 뜬 김운하를, 그 예명의 사용이라는 측면에서 서둘러 부자관계로 단정지었다. 〈씨네21〉에 추모글을 보내온 배우 권병길 또한 한동안 그렇게 믿었다고 한다. 과거 활발하게 활동했던 배우 김운하에 대해 선명한 기억을 갖고 있던 그가, 그 아버지의 이름을 예명으로 사용하던 아들 김운하에 대해 가진 애틋한 마음은 짐작하고도 남음이 있다. 하지만 최종적으로 배우 권병길의 추모 글은 실을 수 없게 되었다. 몇몇 언론을 통해 마치 기정사실처럼 보도된 것과 달리, 취재를 통해 두 사람은 부자 관계가 아니었음을 알게 되었기 때문이다. 비록 글을 싣지는 못했으나, 원고 작성 마지막 단계까지 극단 관계자와 지인들, 그리고 여러 친구들에게 연락을 취하며 후배의 죽음을 안타까워한 권병길 배우에게 이 글을 통해 감사 인사를 전한다.

취재 도중 알게 된, 김운하 배우의 지인은 김운하 배우의 아버지가 영화인이 아니었으며, 예명 또한 아버지의 것이 아님을 얘기해주었다. 구체적인 사실 관계를 확인하지 않고 기사를 양산한 언론에 아쉬움을 표한 그는 "물론 무명 배우들이 힘든 것은 사실이지만, 추측이 마치 진실로 엮여가는 게 마음이 아프다. 창규가 생활고보다는 지병으로 세상을 떴는데, 마치 무능한 40대 남자로 비쳐지는 것도 가슴아프다"고 했다. 경찰도 김운하 배우의 연고지를 찾지 못하고 시간이 흘러 화장을 치를 운명이었지만, 그러지 않게 되어 다행이라는 것도 알게 되었다. 다시 한 번 고인의 명복을 빈다.

2003년 칸국제영화제의 기억

〈올드보이〉가 심사위원대상을 수상했던 2003년 칸국제영화제가 나의 처음이자 (아마도) 마지막 칸국제영화제 출장이었다. 당시 일하고 있던 영화주간지 〈필름2.0〉 선배였던 현 전주국제영화제 김영진 수석 프로그래머와 함께 칸을 누볐다. 불문학 전공자였던 그 덕분에 매일 레스토랑에서 와인에 다채로운 요리를 즐겼다면 거짓말이고, '실부플레(s'il vous plaît)' 한마디로 열흘을 버티며 맥도날드를 내 집처럼 드나들었다. 물론 기사도 열심히 썼다.

하루는 고레에다 히로카즈의 〈아무도 모른다〉(2004)를 울면서 보고 나온 뒤 프레스 센터에 가서 리뷰를 작성하고 있었다. 충격을 안겨준 어린 주인공 야기라 유야를 비롯해 배우들에 대한 정보가 턱없이 부족했고, 연출이나 작품 스타일 또한 이전 작품들과는 사뭇 달랐기에, 유럽의 열악한 인터넷 환경과 싸워가며 기사를 작성하는 것이 여간 힘든 일이 아니었다. 그런 내 고통을 아는지 모르는지, 한 일간지 선배 기자가 옆에 다가와서는 디스켓(당시에는 디스켓을 사용했었다)을 내밀며 "다 쓰면 여기 좀 담아줘"라고 말하며 기사 작성하는 대로 자기 디스켓에도 저장해달라는 거였다. 그러고는 옆에 앉아 연신 투덜대며 인터넷 서핑을 하기 시작했다. "와 이래 인터넷이 느리노."

칸국제영화제를 찾은 기자들의 ID 카드는 색깔에 따라 등급이 나눠지며, 그 등급대로 상영관에 입장할 수 있다. 가장 높은 화이트부터 핑크, 블루 순서인데 블루 카드인 경우 좋은 자리를 차지하기 위해, 몇몇 경쟁부문 기대작 상영 시작 1~2시간 전부터 땡볕에 줄을 서는 일도 흔하다. 해마다 칸국제영화제를 방문하는 〈씨네21〉의 경우 핑크 카드를 발급받지만, 당시 나는 블루 카드였다. 〈아무도 모른다〉를 보기 위해 1시간 넘게 줄 서 있던 블루 카드의 나를 제치고 들어갔던 핑크 카드의 그가, 정작 영화가 끝난 다음에는 내게 와서 "영화가 너무 심심해서 잤어"라며 기사를 복사해서 달라는 상황이라니. "어차피 일간지 영화제 기사라는 것이 '가벼운 리뷰'와 '스케치' 정도만 있으면 되니까 베껴 쓴지도 모른다"는 당당함에 할 말을 잃었었다. 물론 일간지 기자들이 전부 그렇게 생각하는 것은 아니기에 지나치게 일간지 비판으로 읽히면 곤란하다.

2017년 칸국제영화제는 경쟁부문에 초청된 봉준호 감독의 〈옥자〉와 홍상수 감독의 〈그 후〉(2017), 그리고 비경쟁부문의 여러 작품들을 비롯해 박찬욱 감독도 심사위원으로 참여하면서 예년보다 몇 배의 한국 기자들이 칸을 찾았다. 그럼에도 "홍상수, 김민희 맞담배" "홍상수, 김민희 명품 쇼핑" 같은 제목의 기사들만 수십 건씩 뜨는 걸 보니 옛 기억이 떠올라 씁쓸했다. 아니, 자발적이고도 경쟁적인 취재 열기만큼은 뜨거워서 훨씬 나아졌다고 해야 하나. 하다못해 '작품 경향'이나 '칸의 발견' 같은 기사는 찾아보기 힘들었다.

그러다보니 칸국제영화제에 다녀온 이화정, 이주현 기자가 하루에 4~5편씩 영화를 챙겨보고 꼬박꼬박 개별 인터뷰나 기자회견에 참석해서 기사를 전송할 때는 어떤 뿌듯함도 있었다. 게다가 그때나 지금이나 열악한 인터넷, 와이파이 환경과의 싸움 속에 실패를 거듭하며 페이스북 라이브에 동영상 전송까지 하려고 낑낑댔다. 그때마다 영화전문지 기자들만 사서 고생한다는 생각을 해마다 지울 수는 없지만, '우리가 아니면 누가 하리'라는 생각으로 지금도 졸음과 싸워가며 칸의 해변을 걷고 있다.

이 얼굴을 기억해두세요

한동안 연락을 주고받다 끊어진 여배우가 있다. 끊어진 이유는 활동을 그만두고 고향으로 돌아갔기 때문이다. 그 배우를 거의 10년도 더 된 2000년대 초반에 처음 만나 인터뷰를 했었다.

당시 그 배우는 약속시간보다 무려 2시간 늦게 촬영 스튜디오에 도착했다. 소속사가 없는 데다가 집은 경상도라 기차를 타고 서울로 왔고, 스마트폰도 없던 시절이라 노선표만 보고 버스를 잘못 타 늦은 것이었다. 섭외 전화를 했을 때 서울에 있다고 얘기하지 않으면, 혹시라도 (기자와 사진작가가 번거롭게 지방출장을 가야하는 상황이 되어) 인터뷰가 취소될까봐 "마침 오디션 보려고 서울에 있는 중"이라고 거짓말을 하고는 부랴부랴 서울로 온 것이었다. 나중에 얘기해서 안 것이지만 "어디쯤 오셨어요?"라는 기자의 전화에, 어디로 가고 있는지도 모를 버스에 앉아서는 "죄송합니다. 길이 너무 막혀서요"라는 말만 되풀이해야 했을 때 얼마나 막막했을까 싶었다.

혼자 버스 타고 촬영 스튜디오에 나타나 손거울을 보며 화장을 고치던 그 배우처럼, 그때나 지금이나 신인배우들에 대한 기획이나 특집을 하면 소속사가 있는 배우보다 없는 배우가 더 많다. 당시 인터뷰를 했던 그 배우의 가장 큰 고민도 바로 소속사 문제였다. 단편영화의 주인공으로 얼굴을 알린 뒤 작은 역이나마 TV아침드라마에 바로 출연하게 된 것은 무척 다행스러운 일이었으나, 다음이 문제였던 것이

〈라라랜드〉

다. 어떻게 개인 연락처를 알았는지 여기저기서 만나자는 연락은 많이 오지만, 인터넷으로 검색하면 홈페이지나 전화번호도 나오지 않는 회사가 대부분이라고 했다. 요즘으로 치면 나무액터스, 매니지먼트숲, 싸이더스HQ, 씨제스, 판타지오, 호두앤유엔터테인먼트 같은 곳이라면 안심할 텐데 매번 혼자 모르는 이들과 미팅을 갖는 것도 힘든 일 중 하나라고 했다.

이병헌 감독의 영화 〈스물〉(2015)에서 영화 속 치호(김우빈)의 연인 은혜(정주연)가 처한 상황을 떠올려보면 알 것이다. 게다가 '인맥'이라는 것에 의지해볼 법한 영화학과 출신도 아니고, 〈라라랜드〉(2016)

의 미아(에마 스톤)처럼 아르바이트도 해야 하는, 그래서 오디션이라도 볼라치면 하루 휴가를 내야 하는 지방 출신 고졸 배우에게 영화란 예술 이전에 비즈니스였다.

문제는 이것이 여배우에게 더 심각한 조건이라는 점이다. '남자나 여자나 무명의 슬픔은 똑같은 것'이라는 말로 넘겨버리기에는, 오디션에서 여배우에게 할당된 배역 수 자체가 일단 적고, 남배우와 달리 '풀 메이크업'을 요구하는 경우가 다반사다. 때문에 당시 그 배우는 소속사가 없는, 유명하지 않은 신인 여배우로 살아가는 고단함을 얘기하며 살짝 눈물을 보이기도 했다.

물론 배우의 꿈을 포기하지 않고 힘닿는 데까지 해보겠다며 웃는 얼굴로 헤어졌지만, 이후 소식은 더 씁쓸했다. 꽤 규모가 큰 TV드라마에 캐스팅되었다는 소식을 접하고 기뻐했던 것도 잠시(동시에 인터넷을 통해 소속사가 생긴 것도 알게 되었다), 그로부터 며칠 뒤 다른 배우로 캐스팅이 바뀌었다는 뉴스를 접했다. 어떤 이유로 배우가 바뀌었는지 알 수는 없지만 처음부터 묻지도 않았고, 그녀가 먼저 얘기해주지도 않았다. 다만 이후 메일을 통해 "고향 집에 가서 다른 일을 해볼 생각이에요"라는 얘기만 들을 수 있었다.

〈씨네21〉에서는 배우 특집을 종종한다. 연초에 '라이징 스타'라는 이름으로 그해 신인배우들을 만나는데, 어느 순간부터 독립영화계의 새로운 얼굴들까지 만나게 되었다. 2017년의 경우 '독립영화계 신(新)여성배우들 7인' 특집을 하면서 여러 단편영화의 주인공 혹은 상업영화의 조단역으로 이제 얼굴을 알리기 시작한 배우들을 만났다.

특집을 준비하며 문득 그때가 떠올라, 살짝 우울한 기분이 들기도 한다. 그럼에도 마주 앉은 순간 '안 되면 말고' 식으로 씩씩하게 대답하는 신인배우들을 보면 큰 위안이 되기도 한다. 〈씨네21〉에는 여러 배우 꼭지가 있다. 이런 특집을 제외하면, 배우를 다루는 꼭지는 신인배우들을 만나는 '후아유', 그 다음 꽤 긴 이야기를 듣는 '피플'과 그보다 더 길게 4쪽 이상 할애하는 '씨네 인터뷰', 그리고 표지를 장식하는 경우가 끝이다.

송강호, 전도연, 하정우, 강동원 모두 그렇게 만나왔다. 〈씨네21〉 사진 스튜디오에는 선배들의 '후아유' 사진들이 붙어 있다. 신인배우들이 촬영 스튜디오에 방문하면 사진들을 볼 수 있는데 대선배들의 '리즈 시절'을 보는 그들의 눈빛은 초롱초롱 빛난다. 그래서 늘 헤어지며 누가 먼저랄 것도 없이 인사한다. "다음에 꼭 표지로 만나요!"

다양성영화 지원사업에 동참하며

'다양성영화'라는 표현을 바꿔야 한다고 생각하는 사람이 한둘이 아닐 것이다. 다양성영화란 2007년 영화진흥위원회가 발표한 〈시네마워크 사업 계획안〉에 언급된 용어로 독립영화, 예술영화, 다큐멘터리 영화 등을 통칭하는 말이다. 개인적으로는 국내 제작 영화에 한해 극영화건 다큐멘터리이건 일정 제작비 이하의 영화를 '독립영화'라고 지칭하는 것이 어떨까 싶은데, 정부의 문화정책 담당자들이 보다 현실감 있는 방안을 마련해주길 기대한다. 〈비긴 어게인〉(2013) 같은 영화들이 다양성영화로 지정되는 것을 넋 놓고 봐야하는 독립영화인들의 심경을 헤아린다면 말이다.

〈씨네21〉은 경기영상위원회, 경기콘텐츠진흥원과 함께 경기도 다양성영화 지원사업인 'G-시네마' 사업에 참여한 적이 있다. 사업을 추진하는 관계자들, 그리고 그로 인해 영화를 만들 수 있었던 감독과 배우들을 한자리에 모아 표지 촬영을 진행하기도 했다. 다양성영화에 대한 지원 사업이 보다 활성화되는 것은 물론이요, 더 나아가 명칭과 컨셉까지 머리를 맞대고 새롭게 논의할 수 있는 장이 마련되길 기대한다. 표지 촬영 당시 무엇보다 〈우리들〉(2015)의 윤가은 감독과 아이들 배우, 〈재꽃〉(2016)의 정하담 배우, 〈컴, 투게더〉(2017)의 신동일 감독과 이혜은, 채빈 배우, 〈마돈나〉(2014)의 신수원 감독과 권소현 배우, 〈야근 대신 뜨개질〉(2015)의 박소현 감독, 〈용순〉(2017)의 신준 감독 등을 한 자리에 모은 그림이 꽤 근사했다.

뿐만 아니라 2013년부터 꾸준히 다양성영화 상영 기회를 늘리고 제작을 지원해온 경기도와 〈씨네21〉은, 사람 엔터테인먼트와 함께 다양성영화 배우 오디션도 가졌다. 〈씨네21〉은 잡지 만드는 일만 하는 것이 아니라 영화 미디어로서 다양한 협업, 공조 체제도 구축한다. 그러다보니 해마다 업무량은 늘어만 간다.

나는 이른바 '학교'나 '아카데미'에서 만들어지는 독립 장편영화들을 엄밀한 의미에서의 독립영화라고 보지 않는다. 그들 창작의 순수

〈우리들〉

성을 근본부터 의심하는 것은 아니지만, 공동 작업이라는 영화제작과정의 특성상 학교를 통해 구조화된 일정과 인력의 도움을 얻은 영화들이, 지난 몇 년 간 한국 독립영화계의 가장 중요한 성과처럼 수렴되어온 분위기에 적응하기 힘들었다.

물론 이 자리를 빌려 어떤 근원적인 문제제기를 하려는 것은 아니고, 그와 전혀 다른 영토에서 진짜 독립군처럼 고군분투해온 신수원, 윤가은, 신동일, 박석영(〈재꽃〉) 감독의 존재와 그 가치를 강조하고 싶어서다. 그처럼 재능 있는 감독과 배우들이 이런 기회를 통해 더 많이 발굴되었으면 한다.

〈씨네21〉 특별판 들고
광화문 촛불집회에서 만납시다!

"대통령이 하면 불법적인 일도, 불법이 아니라는 겁니다." 1974년 8월, 미국 정치 역사상 가장 큰 스캔들이었던 워터게이트 도청 사건으로 인해 사임했던 닉슨 대통령은 백악관을 떠나면서 아무런 진실을 밝히지 않았고, 자신의 잘못도 사과하지 않았다. 그 사임 이후를 그린 론 하워드의 〈프로스트 VS 닉슨〉(2008)은 뉴욕 방송국으로 복귀하고 싶은 토크쇼 MC 프로스트(마이클 쉰)와, 역시 정계 복귀를 꿈꾸는 전직 대통령 닉슨(프랭크 란젤라)의 인터뷰를 생생하게 보여준다. 하지만 예정된 네 번의 인터뷰 중 세 번째까지 프로스트는 닉슨에게 끌려다니기만 한다.

그러던 중 마지막 인터뷰에서 결정적인 증거를 통해 닉슨으로 하여금 잘못을 시인하게 만드는 데 성공한다. 그럼에도 자신의 잘못을 인정하기 싫었던 닉슨은, 대통령의 불법은 불법이 아니라는 말을 내뱉고서야 무너지고 만다. 그렇게 그는 진상 은폐에 가담했고 불법 행위를 저질렀다는 것을 시인한다. 그리고 다음과 같은 독백이 이어진다. "임기 중 나는 실수가 아니라 잘못을, 범죄를 저질렀다. 나는 국민들에게 실망을 주었다. 대통령 권한을 남용했고, 국민에게 고통을 주었다. 내 정치생명은 끝났다." 그렇다, 한때 우리가 누군가로부터 가장 듣고 싶었던 말이다.

수세에 몰리다 기어이 진실을 털어놓고야 마는 인물로는, 아론 소킨의 할리우드 각본 데뷔작이기도 한 로브 라이너의 〈어 퓨 굿맨〉(1992)의 제셉 대령(잭 니콜슨)도 떠오른다. 쿠바의 관타나모 기지에서 산티아고 사병이 두 명의 해병에게 폭행당해 죽는 사건이 발생하고, 캐피 중위(톰 크루즈)와 겔로웨이 소령(데미 무어)이 투입되어 사건을 법정으로 가져간다. 하지만 관련자들의 부인과 유일한 증인의 권총 자살로 사건은 더욱 미궁에 빠진다. 그리고 재판이 진행됨에 따라 결국 '몸통' 제셉 대령을 증언대에 세워야 함을 깨닫게 된다. "진실을 원한다"는 캐피 중위에게 "넌 진실을 감당할 수 없다"고 말하는 그 유명한 대사, 그리고 이어지는 공방 속에 분노한 제셉 대령은 결국 진실을 토해낸다. "내가 덮어준 자유의 이불로 자네는 하루하루 살아가고 있는 것이다. 나 대신 누가 그 일을 해줄 텐가!"

〈프로스트 VS 닉슨〉이 논픽션이라면, 〈어 퓨 굿맨〉은 픽션이다. 그리고 한때 우리 현실과 겹쳐 보였다. 두 영화의 마지막 장면에서 목격했던 진실의 고백이 당시 우리에게 머나먼 풍경처럼 느껴지기도 했다. 간절히 바라는데도, 온 우주가 끝까지 우리를 도와주지 않을 것 같은 생각에 참담한 심정이 되기도 했다.

그 심정과 반대로 "대통령이 7시간 동안 청와대에 있었다던데 그렇게 찾기가 어렵습니까?" "헬조선인 줄 알았더니 고조선" "청와대를 비우그라" 등 많은 패러디와 유행어가 만들어졌다. 게다가 시국 얘기에 분개하던 친구가 무심결에 "여기 차움처럼 한 병 더요"라고 주문하질 않나, 또 다른 친구는 "왜 부산에서는 '하야리아' 공원을 놔두고 서면 주디스 태화 앞에서 집회를 하는 것이냐"고 흥분하질 않나, 하여간 국민들의 스트레스가 이만저만 아니었다. 〈씨네21〉은 지난 2017년 거의 모든 기자와 함께 광화문 촛불집회에 나가기도 했다. 〈씨네21〉이 잡지 만드는 일만 하는 것은 아니라는 얘기를 했던 것 같은데, 같은 맥락으로 촛불집회 또한 꼭 해야만 하는 일이었다. '영화계 블랙리스트'는 우리와 전혀 무관한 얘기가 아니었기 때문이다.

〈씨네21〉은 '정훈이 만화'의 주인공 남기남이 촛불을 들고 '박근혜 퇴진'을 외치는 특별판을 제작했다. 그때 나와 〈씨네21〉 직원들이 노사연합으로 광화문에 나갔던 기억이 생생하다. 당시 시국을 풍자하는 정훈이 만화의 여러 편을 묶은 특별판을 배포했었다. 오다가다 남기남 씨를 만나 반갑게 맞아주던, 특별판을 서로 달라고 손을 내밀던 사람들의 희망찬 표정이 잊히지 않는다. 그렇게 남기남 씨도 승리했고, 우리도 승리했다.

〈아수라〉와 〈연애담〉의 팬들을 만나다

"너무 좀 과한 거 같지 않아요?" 〈아수라〉 시사회를 보고 나온 뒤 일행 중 누군가가 얘기했다. 그러자 또 다른 사람이 얘기했다. "영화제목이 〈아수라〉인데 과하지 않으면 안 되는 거 아니에요?" 나 또한 후자에 공감하는 입장이었다. 〈아수라〉 같은 영화들에 이끌리는 내 세계관이나 영화관을 길게 설명하자면 어떤 영화적 '원체험'에 대한 얘기까지

〈연애담〉

거슬러 올라가야겠지만, 내게 있어 〈아수라〉는 납득할만한 흥분과 과잉으로 점철된 최고의 '폭력영화'였다. 그냥 남김없이 다 죽였다. 그렇다고 해서 '브로맨스'라고 하기에는 턱없이 부족하고, 요즘 남성 캐릭터들만 잔뜩 출연하는 한국영화에 신물이 난 사람들이 그런 영화들을 조롱하듯 부르는 속어인 '알탕 영화'라는 낙인을 벗어던질 수 있는 것은 아니지만, 그냥 홀린 것처럼 영화를 봤다.

〈연애담〉(2016)도 마찬가지였다. 함께 뜨거워지고 쓸쓸해졌다 비참해지고, 역시나 홀린 것처럼 등장인물들의 이야기를 따라갔다. 〈연애담〉의 이상희 배우가 왕가위의 〈해피 투게더〉(1997)를 꺼낸 것 또한 흥미로웠다.

〈씨네21〉에서 〈아수라〉의 열혈 팬들인 이른바 '아수리언'들과 그에 못지않은 〈연애담〉의 팬들을 만나 특집을 꾸민 적이 있다. 두 영화는 서로 너무나도 다르기 때문에 각각의 만남이 무척 흥미로웠다. 영화 비평이나 제작진 인터뷰와는 사뭇 다른, 팬들과의 만남을 기록한 기획기사였고 반응 또한 좋았다. 개인적으로는 이렇게 영화의 안과 밖을 넘나드는 기사 아이템을 선호한다.

2016년에 출간된 『팬덤 이해하기(Understanding Fandom)』에서 저자 마크 더핏(Mark Duffett)은 마치 '우리 모두는 누군가의 첫사랑이었다'라는 영화 카피 같은 느낌으로 "우리 모두는 무언가의 팬이다"라고 썼다. 그리고 팬 문화를 '이상한 사람들의 유별난 취향'이라 여기면서 '팬덤에 깊이 빠져들어 대상에 집착하게 되면, 엽기적이거나 폭력적인 성향을 가지게 된다'라는 주장은 '미끄러운 경사길 논증(언덕에서 한번 미끄러지면 걷잡을 수 없다는 의미)'이 실제 현실과 큰 관련이 없다는 것을 얘기하고 있다. 그러면서 그는 "팬들이야말로 역사학자이자 큐레이터"라고 했다.

나 또한 그들이 영화기자나 영화평론가들 못지않게 중요한 존재들이라 생각한다. 아니, 그들과 만나 진행했던 기사를 보고 있자니 영화기자나 영화평론가가 흉내 낼 수 없는 눈을 가진 것 같기도 하다. 그래서 〈씨네21〉 동료들도 팬들과 만나고온 기자들과 얘기를 나누며 우리도 더 분발하자고 다짐했다. 세상의 중심에서 영화를 외쳤다. "아는 사람은 좋아하는 사람만 못하고, 좋아하는 사람은 즐기는 사람만 못하다"라는 공자의 말이 지금도 돌아다니는 이유가 바로 그 때문일 것이다.

〈씨네21〉의 연말 한국영화 베스트, 2016년과 2017년의 경우

〈씨네21〉이 매해 연말에 만드는 송년호는 한 해의 베스트 영화를 꼽으며 결산하는 시간이다. 〈씨네21〉의 기자와 평론가들이 선정한 2016년의 1위 영화는 바로 〈아가씨〉(한국 부문)와 〈자객 섭은낭〉(해외 부문)이었다. 2011년 〈북촌방향〉을 시작으로 2012년 〈다른 나라에서〉, 2013년 〈누구의 딸도 아닌 해원〉, 2014년 〈자유의 언덕〉, 그리고 2015년 〈지금은 맞고 그때는 틀리다〉까지 무려 5년 연속 1위를 차지했던 홍상수 감독의 영화가 5위권 밖으로 밀려난 것이 가장 큰 사건이었다.

개봉하지 않았던 해를 빼면 홍상수 감독의 영화는 언제나 1위 아니면 2위를 차지했었다. 김동원 감독의 〈송환〉이 1위, 김기덕 감독의 〈빈 집〉이 2위를 차지했던 2004년은 예외였지만, 그래도 당시 〈여자는 남자의 미래다〉는 5위에 자리했었다. 그런데 2016년은 예상보다 더한 결과였다.

2005년 〈극장전〉을 시작으로 홍상수 감독의 영화는 주로 1위를 차지했었다. 홍상수 감독과 엎치락뒤치락하며 가장 센 경쟁자는 바로 이

창동 감독이었다. 2000년 〈박하사탕〉이 1위를 차지했을 때 〈오! 수정〉은 2위였고, 2002년 〈생활의 발견〉이 1위를 차지했을 때 〈오아시스〉는 2위였다. 그의 영화가 개봉하지 않았던 2007년의 1위는 〈밀양〉이었고, 〈시〉가 1위를 차지했던 2010년은 〈옥희의 영화〉와 〈하하하〉 두 편이 개봉하며 각각 2, 3위로 표가 분산되었던 경우다. 2000년대 들어 그 둘이 아닌 감독으로는 앞서 언급한 김동원 감독 외에 2001년 윤종찬 감독의 〈소름〉, 2003년 장준환 감독의 〈지구를 지켜라!〉, 2009년 봉준호 감독의 〈마더〉가 1위를 차지한 적이 있다. 그게 전부다. 그만큼 〈씨네21〉 기자, 평론가들의 홍상수 사랑은 오래된 것이었다. 그래서 실로 충격적인 결과였다.

하지만 그보다 더 놀랍고도 반가운 결과는 2016년에 이경미 감독의 〈비밀은 없다〉와 윤가은 감독의 〈우리들〉이 각각 3위, 5위를 차지하며 나란히 5위권 안에 기록되었다는 사실이다. 〈씨네21〉의 20년 넘는 역사 속에서 여성감독 영화 2편이 5위권 안에 자리한 것은, 2001년 정재은 감독의 〈고양이를 부탁해〉와 임순례 감독의 〈와이키키 브라더스〉가 각각 2위와 5위를 차지했던 이후 무려 15년만이었다(당시〈와이키키 브라더스〉는 〈수취인불명〉과 공동5위였다).

돌이켜보면 그 오랜 시간 동안 여성감독의 영화가 상위 5위권에 들어온 경우 자체가 극히 드물었다. 박찬옥 감독의 두 영화 〈질투는 나의 힘〉(2003년 3위)과 〈파주〉(2009년 3위)가 눈에 띄고, 그 외 홍형숙 감독의 〈경계도시2〉(2010년 4위)와 정주리 감독의 〈도희야〉(2014년 5위)가 있다. 슬프지만 이것뿐이다. 그래서 더 반가웠다.

2016년 초부터 〈씨네21〉 컬럼 '디스토피아로부터' 필자로 가세한 노덕 감독은 〈특종: 량첸살인기〉(2015)를 만들었는데, 그것이 2015년에 충무로에서 여성감독이 만든 유일한 상업 장편영화였다. 연말 한국영화감독조합 송년회에서 방은진 감독은 그런 그를 "올해 유일한 여성감독"이라고 소개하며 무대로 불러내 선물을 줬는데, 그 날의 기억에 대해 첫 번째 칼럼을 보내왔던 노덕 감독은 "때론 존재만으로도 응원을 받는다"고 썼다. 2015년에는 여성감독이 만든 작품 수 자체가 아예 한 편이었는데 2016년에는 무려 2편이나 베스트 목록에 이름을 올린 것이다. 앞으로도 더 많은 여성감독의 영화를 진심으로 보고 싶다.

하지만 그런 바람이 쉬이 이뤄지지는 않는다. 2017년 〈씨네21〉의 기자와 평론가들이 선정한 1위 한국영화는 바로 〈밤의 해변에서 혼자〉다. 홍상수 감독이 1위 자리로 복귀했다. 이로 인해 "〈씨네21〉이 홍상수만 편애한다"는 얘기를 또 듣게 되었다. 개인적으로는 비평적인 관점으로 '〈씨네21〉 연말결산에서 홍상수 감독의 영화가 1위를 차지할 때 상대적으로 그해 다른 상업영화 감독들이 얼마나 부진했는가' 하는 흥미로운 지표가 된다고 본다. 〈밤의 해변에서 혼자〉에 지지를 보낸 많은 평자가 하나같이 홍상수 감독의 변화에 대해 언급한 것과 별개로, 2017년 연말결산에 의미 부여를 하자면 다른 상업영화 감독들이 더 분발해야 한다는 것이다.

영화잡지에서
번역의 딜레마

'뽀로뽀로미'와 '반야바라밀'의 차이는 뭘까? 〈서유기-월광보합〉(1994)과 〈서유기2-선리기연〉(1994) 연작에서 시간 이동을 하려는 주성치가 달빛 아래 월광보합을 들고 외치는 주문이 바로 '뽀로뽀로미'다. 실제 대사인 반야바라밀의 광둥어 발음을 보다 더 귀엽고 '주성치스럽게' 풀어낸 것이다.

반야바라밀을 해석하면 불교에서는 반야(지혜)를 최고의 바라밀(보살이 부처가 되는 과정에서 실천해야 하는 덕목)이자 열반으로 가는 최상의 길로 설파하고 있다. 말하자면 열반의 피안에 이르기 위해 보살이 수행을 하는 중 진리를 인식하는 깨달음의 지혜를 얻는 것을 말한다. 물론 이러한 '팩트'를 모르는 바 아니지만, 주성치의 팬들이라면 오래전 VHS 비디오로 출시되었던 〈서유기〉 시리즈의 자막이었던 뽀로뽀로미에 대한 깊은 애착이 있는 것이다.

그런데 일부 애호가들이 번역은 무조건 가감 없이 실제와 가까워야 한다는 이유로, 뽀로뽀로미를 정확하게 반야바라밀로 바꿔달라고 DVD 출시사에 항의메일을 보냈었다고도 한다. 하지만 뽀로뽀로미가 실제 발음과 딱히 크게 다르지도 않을 뿐더러, 영화 속에서 이형환영대법으로 저팔계(오맹달)와 자하선자(주인)의 몸이 바뀌고, 우마왕의 여동생과 사오정의 몸이 뒤바뀌면서 주성치는 오맹달에 뽀뽀를 하려다 그만 구역질을 하고 만다. '뽀뽀'가 남발되는 영화 속에서 뽀로뽀로미라는 주문은 잘 어울린다. 번역자가 누구인지는 모르겠으나, 당시 주성치의 팬이었기에 가능한 재치 넘치는 번역이었다고 생각한다.

한편 마틴 스코시즈는 〈황야의 무법자〉(1964)로 시작된 세르지오 레오네의 일련의 '스파게티 웨스턴' 혹은 '마카로니 웨스턴' 영화들을 '이탈리안 웨스턴'이라 부르는 것이 정당하다고 말하기도 했다. 이탈리안 웨스턴이라고 하면 뭔가 새로운 장르가 탄생한 느낌이지만, 스파게티 웨스턴이라고 하면 어딘가 변종 같은 느낌을 주기 때문이라고 했다. 그러나 특정 용어가 수용자 집단 내에서 빈번히 사용되고 각인되면서 얻게 된 독창적인 무드를 무시할 수 없는 것도 사실이다. 게다가 스파게티 웨스턴이라 불러야 왠지 총을 잘 쏠 것 같다. 이탈리안 웨스턴은 지나치게 학구적이어서 괜히 총싸움을 못할 것만 같은 이름이다.

또한 만화 『슬램덩크』에서 강백호가 아니라 원래 원작 이름 그대로 사쿠라기 하나미치가 "왼손은 거들 뿐"이라고 말하면 왠지 오른손도 거들어야 할 것 같고, 북산고도 원작 그대로 쇼호쿠 고등학교라고 하면 왠지 다니던 학교가 통폐합되어 사라진 것 같은 느낌마저 든다. 하지만 같은 텍스트를 두고 새로운 독자와 관객들이 계속 등장하는데, 언제까지 '카나가와현의 북산고 1학년 강백호'라는 1990년대식 표현을 고집할 수도 없는 노릇이다. 게다가 북산고의 경우 비디오 버전에서는 한자를 그대로 우리말 독음으로 읽어 '상북고'로 나왔고, SBS에서 방영된 애니메이션 버전에서는 '신성고'로 나왔다. 기준 없이 학교 이름이 3번이나 바뀐 것이다.

말하자면 번역에 있어 흔들림 없는 '원칙'과 유연한 '균형' 모두 중요하다. 그래서 어려울 뿐더러 상상 이상으로 창조적인 작업이다. 영화잡지가 겪는 번역 문제도 그와 별반 다르지 않다. 때문에 〈씨네21〉에서 가끔 영화 번역가 특집을 마련했었다.

홍콩영화가 겪는 표기법의 딜레마

머리에 심한 충격을 입고 코피를 줄줄 흘리는 아화(유덕화)가 우체통으로 웨딩숍 유리를 박살내고는, 죠죠(오천련)와 함께 턱시도와 드레스를 맞춰 입고 오토바이를 타고 홍콩 코즈웨이베이의 성 마가렛 성당으로 향한다. 그리고 이어지는 그들만의 결혼식. 하지만 달콤한 순간도 잠시, 아화(유덕화)는 죠죠(오천련)를 남겨두고는 복수를 위해 센트럴의 가스등 계단으로 떠난다. 〈천장지구〉의 마지막 장면이다. 애절하게 원봉영의 〈천약유정〉이 흘러나오는 마지막 장면은 〈나의 소녀시대〉(2015)에도 오토바이를 탄 왕대륙의 모습으로 패러디될 만큼 추억의 명장면이다.

'철없는 시절 꿈을 쫓길 사랑했고, 단지 앞을 향해 날아가고 싶어 했지'라고 노래했던 유덕화의 노래 〈망정수(忘情水)〉는 또 어떤가. 〈영웅본색〉에서 소마(주윤발)가 자호(적룡)의 복수를 위해 떠났던 대만, 〈용의 가족〉(1989)에서 유덕화의 형제 앨런 탐이 잠시 숨어 살던 대

〈나의 소녀시대〉

만, 〈용등사해〉(1992)에서 유덕화의 매형이 될 뻔한 등광영이 세력다툼에 밀려 떠날 수밖에 없었던 대만, 바로 그 대만에서 유덕화의 인기는 하늘을 찌르게 된다. 노래 〈망정수〉는 유덕화 주연 영화 〈천여지〉의 만다린 주제곡이었다.

유덕화는 영화에서 항상 죽었다. 바로 그 〈천여지〉에서도 죽고, 〈투분노해〉(1982)에서도 죽고, 〈천장지구〉에서도 죽고, 〈복수의 만가〉에서도 죽고, 〈지존무상〉에서도 죽고, 〈오호장〉(1991)에서도 죽고, 〈용재강호〉(1986)에서도 죽고, 〈풀타임 킬러〉(2001)에서도 죽고, 〈결전〉에서도 죽고, 〈파이터 블루〉(2000)에서도 죽고, 〈삼국지: 용의 부활〉에서도 죽고, 〈무간도〉 마지막 편에서도 죽는다. 설령 죽지 않았다 하더라도 〈강호정〉(1987)에서는 죽을 '뻔' 하고, 〈암전〉(1999)에서는 죽은 '척'하며, 〈열혈남아〉(1987)와 〈연인〉(2004)에서는 죽은 '듯' 보인다.

그런 점에서 〈나의 소녀시대〉는 또 다른 이유로 내게는 눈물 나도록 가슴 뭉클한 영화였다. 내게 유덕화는 영화의 마지막에 언제나 죽었는데, 〈나의 소녀시대〉에서는 한참을 기다려 마지막에 가서야 등장했기 때문이다. '설마' 했는데 진짜였다. 지난 시간 그 수많은 영화 속 죽음을 딛고 기어이 살아남은 화어권 최고의 배우가 바로 그 영화에 있었다.

그런데 유덕화에 대한 추억이 없는 지금의 젊은 관객들도 〈나의 소녀시대〉를 좋아한다니 감회가 새롭다. 아니, 무엇보다 팬들이나 언론 그 누구도 왕다뤄나 왕따루로 부르지 않고 왕대륙으로 불러서 기분이 좋다. 홍콩영화 침체기의 지난 10여 년의 시간 동안 내가 무슨 홍길동도 아닐진대, 주윤발을 주윤발이라 부르지 못하고 장국영을 장국영이라 부르지 못한 채 각각 저우룬파와 장궈룽으로 부를 수밖에 없었던 시간이 야속했던 것이다. 하지만 외국어표기법에 대한 공식적인 이의제기를 하는 것은 아니다.

그러나 외국배우에 대한 외국어표기법이 영 주먹구구식이다. 지난 2009년 한 명의 위대한 배우, 〈용쟁호투〉(1973)의 석견이 세상을 떴다. 영화 속에서 울버린 손을 하고 라스트에 이소룡과 거울방에서 싸웠던 악당 '한'이다. 〈영웅본색3〉(1989)에서는 베트남에 살던 주윤발의 숙부로 나왔다. 하지만 그가 홍콩영화계에 전설로 남은 이유는 과거 수십 편이 만들어진, 그러니까 1950년대에만 무려 60여 편이 만들어진 왕년의 인기 시리즈 〈황비홍〉에서 늘 악당으로 등장했기 때문이다. 이소룡이 〈용쟁호투〉에 석견을 끌어들인 것도 다 그런 오마주였고, 실제로 그는 이소룡의 부친과도 절친한 사이였다.

안타까운 건 국립국어원의 표기법에 따라 성룡을 청룽이라 하고, 장만옥을 장만위라 하듯 석견 역시 느닷없이 무슨 '스잔나'나 '스뎅'도 아닌 '스젠'으로 기사가 뜬 것이다. 이 명칭은 사람들의 실제 대화와 별개로 오직 방송과 일간지 기사로만 등장하는 표기법이다.

게다가 표기법의 또다른 문제는 청룽, 저우룬파, 장궈룽 같은 유명인들만 이름을 지어주고 임달화, 웅대림처럼 국내에서 유명하지 않은 사람들은 이름도 만들어주지 않는다는 거다. 견자단 역시 뜨기 시작하면서 '쩐즈단'이라는 새로운 호적이 나오길 기다렸지만 감감무소식이다. 한국에서 활동하려면 일단 국립국어원에 가서 주민등록이라도 해야 하는 모양이다.

진짜 원칙대로라면 북경 표준어가 아니라 광둥어로 표기해주는 것이 맞다. 아무리 요즘 홍콩에서 북경 표준어 '만다린'으로 의무교육을 한다지만 실제 광둥어를 주로 쓰는 홍콩 가서 청룽, 왕자웨이라고 해봐야 아무도 알아듣지 못한다는 황당한 현실이다. 게다가 현재 규정대로라면 '중국'은 무조건 '중궈'라 해야 하고, '공자'도 사실은 '쿵쯔'라고 불러야 한다. 수십 년 넘게 한국에서 잘 살아오던 성룡이나 주윤발이나 석견을 이제 와서 청룽, 저우룬파, 스젠으로 부르는 것이 영 마뜨찮다. 성룡, 주윤발, 장국영, 종초홍 같은 표기법을 고집스레 고수하고 있는 매체는 사실상 〈씨네21〉뿐인 것 같다.

개인적으로는 원칙을 모색하는 가운데 종전의 한자음과 적절하게 혼용하는 게 맞다고 본다. 〈색, 계〉(2007)를 통해 처음부터 탕웨이라고 불렀던 그녀를 한자음대로 굳이 '탕유'라고 하지 않아도 전혀 어색하지 않은 것처럼, 시진핑을 한자음 그대로 '습근평'이라고 하면 영 입에 붙지 않는 것처럼, TV예능 프로그램 〈동상이몽2-너는 내 운명〉의 우효광을 이제 와서 '위샤오광'이라고 부르면 왠지 방송에서 하차한 느낌을 주는 것처럼, 그러니까 그 기준을 분명하게 모색하되 적당히 입에 붙는 대로 뭘 쓰건 어느 한 쪽을 틀렸다고 규정하지는 않았으면 좋겠다.

외화를 개봉할 때 삭제도 하지 말고,
영화제목도 바꾸지 맙시다

〈핵소 고지〉(2016)는 극장 개봉을 하면서 '삭제'와 '편집'을 하지 않았다는 것이 뉴스가 되었다. 그 즈음해 〈얼라이드〉(2017)를 비롯한 일부 수입영화들의 가위질 논란 탓인지, 오리지널 본편 그대로 개봉하는 것도 뉴스가 되는 것이다. 그동안 우리 사회에 당연하지 못한 일들이 얼마나 횡행했으면, 어쩌다가 당연한 것이 당연하다는 이유로 칭찬받는 세상이 되었단 말인가. 괜히 나도 나라는 이유로, 너도 너라는 이유로 칭찬받고 칭찬해주고 싶은 것이다.

실제로 〈핵소 고지〉에는 전장에서의 모르핀 투약 장면이나 심각하게 훼손되는 육체 등 다소 엄격한 심의기준이 적용될 만한 장면들이 있었으나, 15세 관람가 등급을 결정한 영상물등급위원회 측은 "심의 결과 영상의 표현에 있어 폭력적인 부분이 정당화되거나 미화되지 않게 그려졌다. 그 밖에 대사와 공포 부분은 사회 통념상 용인되는 수준"이라고 밝혔다. 어쨌건 호불호를 넘어 '감독 멜 깁슨'이 언제나 추구해왔던 거의 집착에 가까울 만큼의 사실적인 묘사를 그대로 감상할 수 있게 된 것은 무척 다행이다.

이러한 가위질의 경우 일체 타협의 가능성을 논할 수 없는, 절대 있어서는 안 되는 일이라고 한다면, '제목' 작명법에 대해서도 할 말이 많다. 원칙적으로는 〈핵소 고지〉나 〈라라랜드〉 또는 〈울프 오브 월 스트리트〉처럼 제목이 길더라도 원어 그대로 살려서 번역하는 것이 맞다고 생각한다. 그러나 'Arrival'의 경우 원제가 번역이 어렵거나 그대로 쓰는 것이 이상하지도 않고, 제목도 길지 않은데 〈컨택트〉(2016)라는 완전히 새로운 제목이 붙었다. 이처럼 수입·배급사에서 보다 이해하기 쉽고 어울리는 제목을 찾아 의역하는 경우도 종종 있는데, 원칙적으로 안 되는 일이라고 생각한다.

〈컨택트〉는 〈얼라이드〉의 로버트 저메키스 감독이 오래전에 만든, 〈인터스텔라〉(2014)의 제작자 린다 옵스트와 배우 매튜 맥커너히가 처음으로 '컨택'했던 〈콘택트〉(1997)와도 충돌한다. 다행히 두 영화 사이에 세월동안 외국어표기법 기준이 달라지며 '컨'과 '콘'으로 나뉘

긴 했지만, 사실 이럴 때 직업적으로 가장 힘든 점은 옛날 영화, 요즘 영화가 뒤섞여 자료를 찾아보기가 불편하다는 것이다. 리메이크가 아님에도 불구하고 〈무방비도시〉(2004), 〈네 멋대로 해라〉처럼 원래 유명한 영화제목을 그대로 가져다 쓰는 것도 참 난감하다.

그나마 관객들 사이에서 용인되어온 의역 수준은, 〈컨택트〉의 드니 빌뇌브 감독을 한국에 처음 알린 〈그을린 사랑〉(2010)이라는 제목일 것이다. 원제는 '화재, 전란'이라는 뜻의 불어 'Incendies'이고 부산국제영화제에서 최초 상영될 때도 〈그을린〉이라는 제목으로 소개되었는데, 나중에 극장 개봉 당시 '사랑'이라는 말이 덧붙여졌다. 제목 번역에 대한 고민을 모르는 바 아니지만 최소한 우디 앨런의 'Vicky Cristina Barcelona'가 〈내 남자의 아내도 좋아〉(2008)처럼 20자평스럽게 탈바꿈하는 일은 없었으면 좋겠다.

영화잡지도 마찬가지다. 국내에 개봉제목이 정해지지 않은 시점에서 해외영화제 초청작 소개나 기대작 소개를 할 때, 기자 스스로 '작명'해야 하는 운명에 처하기 때문이다. 미개봉, 미출시작에 대해 써야할 때도 그렇다. 오래전 모 영화잡지에서 스탠리 큐브릭 추천작으로 '이상한 사랑 박사'를 소개하는 것을 보면서 '기자가 참 대단한 원칙주의자구나' 하는 생각을 하기도 했다. 바로 〈닥터 스트레인지러브〉(1964)였다. 아무튼 세상이 그대를 속일지라도 제목은 바꾸지 맙시다.

부산국제영화제와 전주국제영화제의 추억

더도 말고 덜도 말고 한가위만 같으면 괴롭다. 〈씨네21〉은 1년에 2번, 2주치 분량의 설 합본호와 추석 합본호를 만들 때가 가장 바쁘다. 기자들의 숨소리도 들리지 않아서 하나하나 생사를 확인할 정도다. 특히 추석 연휴의 경우 곧장 부산국제영화제 출장과 이어져서 여간 힘든 것이 아니다. 제1회 부산국제영화제에서 오구리 코헤이의 〈잠자는 남자〉(1996)를 보며 진짜 잠자는 관객이 되었던 기억이 엊그제 같은데, 지난 추억을 떠올리는 기분이 묘하다. 부산국제영화제와 관련된 재미있는 일화를 소개할까 한다.

제1회 부산국제영화제가 열린 1996년 이후 몇 년간 영화제의 중심은 단연 남포동이었다. 그리고 부산국제영화제가 개최되면 남포동에는 영화제 초청작을 상영하는 극장과 일반 개봉영화를 상영하는 개봉·재개봉 극장들이 뒤섞여 있었다.

그러던 1999년 제4회 때, 늦게 군대를 가 이병으로 고생하던 한 대학동기의 일화다. 그해 최고 인기영화였던 강제규의 〈쉬리〉를 보지 못한 병장이 다른 휴가 나온 장병들과 함께 남포동을 찾았고, 막내인 내 동기에게 일반 극장의 〈쉬리〉를 5장 끊어오도록 시켰다. 하지만 친구는 피프 매표소에서(그땐 'BIFF'가 아니라 'PIFF'였다) 인도네시아영화 〈스리〉를 5장 끊어갔다. 나와야 할 한석규와 최민식은 나오지 않고 웬 늙은 귀족과 결혼한 어린 소녀 '스리'가 무용하는 것만 나오니, 그 친구는 이후 힘든 군 생활을 해야만 했다.

전주국제영화제에 얽힌 추억도 있다. "육첩방은 전주의 나라, (중략) 얼굴이 이렇게 쉽게 탄다는 부끄러운 일이다." 윤동주의 '쉽게 쓰여진 시' 일부분을 각색한 이유는 2000년 제1회 전주국제영화제를 찾았을 때의 숙소가 세월이 꽤 지난 지금도 잊히질 않기 때문이다. 먼저 오해를 방지하기 위해 당시 전주국제영화제로부터 제공받은 숙소가 아니었음도 밝힌다. 지금도 그 여관(이라고 적었지만 사실 여인숙에 가까웠던)이 있는지 모르겠으나 당시 예약한 조그만 방에는 침대도 없고, 커튼도 없었다. 그런데 쓸데없이 창은 컸고, 열대지방처럼 너무나 햇빛이 잘 들었다. 방구석 어디에도 태양을 피하는 방법을 찾을 수 없는 방이었다.

새벽까지 술을 마시고 들어와 대낮까지 잤더니, 하루 만에 얼굴이 시커멓게 타 있었다. 만나는 지인들마다 "전주 오기 전에 어디 좋은 데로 휴가 다녀 왔나봐?"라고 물었다. 자초지종을 설명했더니 "선크림을 바르고 자라, 창 바로 아래 벽에 딱 붙어서 자라" 같은 빤한 얘기만 늘어놓았다. 그렇게 전주국제영화제 마지막 날까지 이불을 머리끝까지 뒤집어쓰고 잘 수밖에 없었다.

그 숙소는 매일 원치 않는 선탠을 하게 만들었던 햇빛만 거슬렸던 것이 아니다. 침대도 커튼도 없었지만 좌식으로 앉아서 쓸 수 있는 컴퓨터가 있었다. 지금처럼 슬림형 모니터가 아니라 물론 그 당시에도 거의 사라지고 없던, 브라운관이 툭 튀어나온 거대한 모니터였다. 심지어 그걸 누가 훔쳐간다고 모니터가 쇠사슬로 칭칭 감겨 있었다. 그런데 키보드가 없었다. 키보드가 없는 걸로 봐서 도둑이 있긴 했었던 것 같다. 아무튼 모니터와 본체만 가지고 뭘 한단 말인가. 그리고 비디오 데크에는 비디오테이프가 꽂혀 있었다. 투숙객 중 누군가가 홧김에 뭘 어떻게 했는지 몰라도 비디오 데크에 테이프가 씹혀 있어서 빼낼 수도 볼 수도 없는 상태였다.

그런 찝찝한 기분으로 일행들과 함께, 우리는 '원두커피'라는 글자가 대문짝만하게 걸려 있는 카페에 들렀다. 주문을 했더니 바리스타, 아니 주인아주머니께서 커피와 함께 구운 한치를 함께 내오셨다. "아니, 대체 이 한치는 뭐냐"고 물었더니 "원래 우리 가게는 차를 시키면 한치를 서비스로 준다"고 하셨다. 쿠키도 아니고 커피에 한치라니 어안이 벙벙했지만, 그래도 공짜라 좋았다. 거짓말이 아니고 그렇게 해서 한 잔에 천원이었다. 그게 바로 17년 전 정성일, 김소영 프로그래머가 있던 제1회 전주국제영화제 첫날의 기억이다.

이후 전주국제영화제를 찾는 것은 연중 가장 즐거운 때 중 하나다. 커피에 한치뿐인 줄 알았더니, 그보다 더한 맛집들이 많았다. 무엇보다 전주국제영화제는 〈씨네21〉 기자들에게 연중 다른 국제영화제와 비교할 수 없을 정도로 화려한 먹거리의 성찬을 제공해주는 영화제다. 평소 사무실에서 시름시름 앓던 기자들도 전주국제영화제 개막일이 다가오면 두 눈에서 총기를 빛낸다. 영화제에 머무르는 기간이 10일이고 그동안 최소한 하루에 2끼를 먹어서 총 20번의 식사를 한다면, 정말 단 한 번도 같은 음식을 먹어본 적 없는 것 같다. 사소한 간식까지 더하면 하루에 족히 5끼 정도는 먹는 느낌이다.

이처럼 쓸데없는 얘기까지 더한 것은, 해마다 지자체의 전폭적인 지원 속에 성장하고 있는 전주국제영화제를 이 자리를 빌어 적극적으로 드러내기 위함이다. '지원은 하되 간섭은 않는다'는 절대 명제의 모범 사례가 바로 전주국제영화제다. 더도 말고 덜도 말고 전주만 해라.

국정 영화잡지도 만들자?

"국정 영화잡지를 만들자." 오래전 타 영화잡지의 한 선배가 말을 꺼낸 적이 있다. 월간지 〈키노〉와 〈스크린〉과 〈프리미어〉를 비롯해 주간지 〈씨네21〉과 〈필름2.0〉과 〈무비위크〉와 〈씨네버스〉가 공존하던 시절, 1박 2일 출장으로 다들 모였던 누군가의 방에서 술잔을 기울이던 때였다. 영화잡지가 〈씨네21〉만 남은 지금과 달리 그때만 해도 영화 기자들끼리 수시로 교류를 가졌었다. 해외 출장을 가서 같은 방을 쓰는 일도 잦았고, 거의 모든 한국영화가 촬영현장 공개를 하던 때였으니 비록 소속된 잡지는 달라도 꽤 친하게 지내던 때였다.

그러나 앞서 선배가 농담처럼 국정 영화잡지를 말한 이유는 잡지들 간의 치열한 '경쟁' 때문이었다. "A잡지는 섭외에 성공했는데 넌 무엇을 했느냐? B잡지는 현장 잠입에 성공했는데 우린 어떻게 된 거냐?"라며 거의 모든 기자가 매주 데스크에 시달리던 때라 차라리 한 개의 영화잡지에 다 사이좋게 모여 있었으면 좋겠다는 말이었다.

당시 나 또한 절대 인터뷰를 안 한다는 배우가 며칠 뒤 타 잡지에 그의 인터뷰가 실려 있는 걸 보고서 심기가 불편한 상태였다. 그래서 국정 영화잡지가 생긴다면, 제일 처음 영화 본 사람을 따라 다들 그 영화에 대한 호불호를 정하고, 찬반양론 무시하고 별점도 모두 똑같이 매기며, 감독이나 배우도 사이좋게 돌아가며 만나자고 했다. 다들 맺힌 것이 많았던지 마른 안주를 내던지며 웃고 떠들었다. 왜냐하면 농담이니까. 당연히 말도 안 되는 일이니까.

한때나마 '국정 교과서'라는 말도 안 되는 일이 버젓이 일어날 뻔 했던 현실을 되새기며, 그날의 술자리가 떠올랐다. 콘텐츠의 효과나 제작 공정에 있어 교과서나 잡지가 별반 다르지 않다고 생각하기 때문이다. 정말이지 글을 쓰고 교정을 보고 잡지를 만드는 사람으로서 참담한 기분이 들었다. 그러다보니 다른 한편으로 지난 몇 년간 다큐멘터리 소재가 쏟아지는 광경을 보며 묘한 감상에 젖게 되었다.

1991년 일본에서, 다큐멘터리 〈산리츠카〉 7부작(1968~1977)을 만든 오가와 신스케와 만났던 변영주 감독이 들려준 이야기가 떠오른다. "다큐멘터리의 가장 큰 기쁨과 미학이 무엇인가요?"라는 변영주 감독의 물음에 오가와 신스케는 이렇게 답했다고 한다. "어떻게 영화가 나올지 모르지만 그저 '사랑합니다'라고 10번 외쳤더니 어느 순간 작품이 나왔다." 세상이 얼마나 더 나빠질지 알 수 없지만, 아무튼 그처럼 '사랑합니다' 하고 수십 번 외쳐보련다.

변영주 감독이 만들었던 다큐멘터리 〈낮은 목소리2〉(1996)도 떠오른다. "내가 그때 위안부로 끌려가지 않고 공부를 더 했으면 국회의원

〈낮은 목소리2〉

이든 뭐든 대단한 사람이 될 수도 있었을 거야"라는 박두리 할머니의 말에 변영주 감독이 "그럼요, 맞아요"라고 맞장구를 친다. 〈낮은 목소리2〉에서 내내 웃음을 주며 관객들의 눈에 하트를 그리게 만들었던 박두리 할머니는, 술기운에 노래를 부르며 한 많은 세월을 회고했다. 화요일이면 "내일 데모 하재?"라며 수요집회만 기다렸던 할머니는 〈낮은 목소리〉 3부작이 마무리된 1999년이 지나 2006년에 평화의 소녀상도 보지 못하고 세상을 떴다.

본래의 상태로 돌아갈 수 없다는 '불가역적'이라는 표현은 합의문(2015년 '일본군 위안부 협상이 최종적이고 불가역적으로 타결되었다'라고 일본정부는 표명했다)에 쓰는 것이 아니라, 바로 그들 할머니의 삶에 적용되는 것이다. 팟캐스트 〈노유진의 정치카페〉에서 노회찬 전의원이 얘기한 것처럼, 할머니가 다시 부푼 장래희망을 꿈꾸던 바로 그 소녀 시절로 돌아갈 수 없다는 것이 불가역적인 것이다.

박두리 할머니가 아픈 기억 속에서도 환하게 웃을 수 있었던 건, 세상이 조금씩 더 나아지고 있다는 기대 때문이었을 것이다. 여전히 일본의 보상이나 사과는 제대로 이뤄지지 않고 있지만, "내가 죽은 뒤에라도 언젠가는"이라는 순진한 믿음 말이다. 과연 지금의 '초가역적' 풍경을 예상이라도 하셨을까. 그즈음 "성공한 쿠데타는 처벌할 수 없다"는 헌법재판소의 판결(1995년 7월)도 고 김영삼 대통령 집권기의 '5·18 특별법'을 통해 신속하게 처벌되어야 한다는 판결로 바뀐 일도 있었다. 그렇게 전두환은 1심 법원에서 사형, 2심 법원에서 무기징역 판결을 받았지만 어쨌거나 지금은 자기 집에서 VOD로 〈26년〉(2012)을 보며 버젓이 잘 살고 있을 것이다.

그런 생각을 하며 옛 〈씨네21〉을 뒤적였다. 1995년 가을, 무려 24호에 장선우 감독의 〈꽃잎〉(1996) 촬영현장 취재 기사가 실려 있다. 도청 앞 금남로에서 계엄군이 첫 발포를 하는 '그날 그 거리' 장면을 위해, 아침 7시부터 오후 4시까지 9시간에 이르는 촬영이 진행되는 동안 5천여 명의 엑스트라를 비롯해 1만여 명의 광주시민들이 참여했다. 영화에 참여한 1만 명이 도시락 5천 개를 나눠먹었다고도 쓰여 있다. 참 많은 생각이 든다. 우리는 그런 시간을 채우며 걸어왔다.

국정 교과서 강행과 한일 위안부 졸속합의를 보면서 '역사 혼돈의 시대'에 부치는 대안 콘텐츠 특집을 다룬 적이 있다. 정통으로 다룬 영화도 있고, 유머로 다룬 영화도 있다. 사실 그 거대한 역사를 한 번의 특집으로 다루는 것부터 무리일지도 모른다. 선정한 텍스트들을 여러 방면으로 이해해주길 바라는 마음이었다.

끝으로 한글 워드프로그램에 '국민학교'를 타이핑해보면 순식간에 자동완성기능으로 '초등학교'로 바뀌는 광경을 목격할 수 있다. 과거 역사바로세우기 운동을 통해 바뀌어야만 하는 역사의 찌꺼기들은 이미 뒤안길로 물러났고, 컴퓨터조차 경기를 일으키며 그 국민학교를 뱉어낸다. 되돌아가서는 안 되는 길도 있는 법이다. 영화의 프리퀄은 재밌을지 몰라도 현실의 프리퀄은 재미없다. 바르게, 계속 앞으로 나아가야 하지 않겠나.

'한국영화 파워50' 설문을 중단하며

처음 편집장이 되었던 2015년, 한동안 중단됐던 〈씨네21〉의 '한국영화 파워50' 설문을 부활시키려고 했다. 실제로 창간 20주년 1000호에서 맞춰 2달 전부터 설문을 돌리기 시작했다. 지난 2008년을 끝으로 자취를 감췄던 이 설문은 '누가 한국 영화계를 움직이는가'라는 제목의 특집으로 실려, 바로 지금 한국 영화계의 지형도를 일목요연하고 냉철하게 보여준다는 평가를 받아왔다. 때문에 이 설문을 창간 특대호를 통해 되살려보고 싶은 마음이었다. 하지만 설문지를 받은 대다수 관계자의 반대가 극심했다. 답변을 주겠노라고 한 사람들도 반응은 뜨뜻미지근했다.

"모든 것이 대기업 위주로 재편되어 줄서기를 하는 마당에 순위가 무슨 의미냐?" "영화계에서 일부 감독과 배우들을 제외하면 '개인'은 사라졌다. 회사 순위를 뽑는 것만 의미가 있을 것이다." "전혀 궁금하지 않은, 뻔한 결과의 선정위원단에 내 이름을 올리고 싶지 않다." 등 마음 편히 과거의 영광을 운운하기엔 당대의 현실이 너무나 엄혹한 탓이었다.

결국 집계는 그만두기로 했다. 올림픽이나 월드컵에서 순위가 궁금한 것은 바로 '이번'의 기록일 텐데, '이 시점에서 과연 그를 찾아볼 수 있을까' 생각하니 답답하긴 우리도 매한가지였다. 어쨌건 2015년에 '한국영화 파워50'을 부활시키려다 이런저런 이유로 그만둘 수밖에 없었다는 얘기를 남겨둘 필요가 있다는 생각에 쓴다.

다만 예전 집계를 뒤적이며 놀란 것이 번외 설문에 대한 답이었다. 당시 배우만 따로 떼어 '티켓 파워가 가장 강한 배우'와 '연기력이 가장 뛰어난 배우'라는 좀 민망한 설문을 각각 집계했는데, 놀랍게도 두 부문 1위를 기록한 배우가 바로 송강호였다. 연기를 잘 하니까 티켓 파워도 있는 것이겠지만, 차별화된 결과가 선사하는 극적 대비를 기대했던 당시 편집부로서는 무척 김이 샜을 것이다. 설문을 중단하며 송강호는 역시 대단한 배우라는 것만 알 수 있었다.

애거서 크리스티,
그리고 팬더추리걸작시리즈

"명탐정은 죽지 않는다"고 한국추리작가협회 회장이자 한국미스테리클럽 회장이신 이가형 교수님께서 말씀하셨다. 과거 해문출판사의 팬더추리걸작시리즈를 기억하는 사람이라면 '추천의 말'에 "체조가 몸을 단련시켜주듯, 추리는 두뇌를 단련시켜줍니다. 어린이 여러분을 추리의 세계에 초대합니다!"라는 말과 함께 증명사진으로 어린이들을 환하게 반기던 그 얼굴을 모를 리 없으리라.

물론 저작권 개념이 희박했던 시절, 일본의 '추리탐정걸작' 시리즈를 무단으로 가져온 해적판이긴 했으나, 당시 많은 어린이가 책을 통해 셜록 홈즈나 에르퀼 푸아로, 그리고 브라운 신부에 이르기까지 세계의 유명 추리소설 50권을 속성으로 독파할 수 있었다. 해문출판사는 나중에 '애거서 크리스티(Agatha Christie) 시리즈' 또한 해적판 출간과 정식 판권 구입을 거치며 80권을 정식 완간하기도 했다. 그래서 이후 출판사 황금가지는 전집을 출간하며 애거서 크리스티 재단이 인정한 국내 유일의 공식 완역판을 강조하기에 이르렀다. "나는 한국에서 우리 할머니의 작품을 정식으로 출간한다는 소식을 듣고 무척 기뻤다"는 애거서 크리스티의 손자이자 재단 이사장인 매튜 프리처드의 정식 한국어판 서문도 함께 실려 있었다.

〈오리엔트 특급 살인〉(2017) 개봉에 맞춰 애거서 크리스티 특집을 준비하면서 어릴 적 동생과 함께 밤새워 읽고 또 읽던 팬더추리걸작

시리즈와 이가형 교수님이 떠올랐다. 이 시리즈 외에도 번외 단행본들이 몇 권 있었는데 그 중 아직도 가지고 있는 책은 바로 『세계의 명탐정 44인』이다. 명탐정의 부활을 제창하는 의미에서 셜록 홈즈나 에르퀼 푸아로 같은 세계적인 명탐정 44인을 등장시켜 한 가지씩 미스테리 사건을 풀게 해 독자의 두뇌에 도전하는 흥미로운 구성의 이 책에서 『오리엔트 특급 살인(Murder on the Orient Express)』의 에르퀼 푸아로 탐정 또한 등장해 사건을 해결한다. 흥미로웠던 점은 그 탐정들로 하여금 종종 다른 추리소설의 사건을 해결하게 했다는 것이다. '회색의 뇌세포' 에르퀼 푸아로는 바로 부엉이를 이용해 보석을 훔쳤던 아더 모리슨(Arthur Morrison)의 '렌턴 관 도난 사건' 유명한 트릭을 풀었다.

푸아로가 출연한 작품은 아니지만 개인적으로 가장 맨 처음 읽은 애거서 크리스티의 작품은 『쥐덫(The Mousetrap)』이었다. 연극을 했던 아버지의 작품 목록을 보는데, 내가 갓난아기일 때 『쥐덫』에서 가장 책임감 넘치는 메카프 소령을 연기한 적이 있었다. 나는 그때부터 팬더추리걸작시리즈 30권인 『쥐덫』을 시작으로 해문출판사의 덫에 빠졌던 것 같다. 맨 처음 라디오 드라마 극본으로 시작했던 『쥐덫』은 1955년부터 연극으로 만들어져 런던 웨스트엔드에서 최장기 공연 기록을 세우며 지금도 관객들과 만나고 있다.

그런저런 생각을 하며 『애거서 크리스티 자서전(Agatha Christie an autobiography)』을 읽는데 다음과 같은 대목이 눈에 띈다. "희곡 〈쥐덫〉의 로열티는 손자에게 선물했다. 물론 매튜는 언제나 우리 가족 중 최고의 행운아다. 거액을 거머쥐는 것은 매튜가 받은 축복이리라." 바로 앞서 얘기했던 손자 매튜 프리처드다. 〈오리엔트 특급 살인〉으로 시작된 추억여행은 그렇게 얼굴 한 번 보지 못한 누군가에 대한 부러움으로 마무리되었다. 아무튼 이번 주말은 애거서 크리스티와 함께.

2017년 대선 후보
인터뷰에 부쳐

"로지의 선택을 보면 어떤 도덕적 기준에 억눌려 있지 않아요. 영화를 보면서 제가 도덕률에서 벗어날 수밖에 없는 그 여성의 처지에 대해서 깊은, 아주 깊은 공감을 하는 거예요. 그 자체로 아름답게 느껴졌다고 할까. 첫 번째 남편을 배반했으니 부도덕한 사랑이고, 주둔군을 사랑했으니 공동체에 대한 배반이고. 도덕적 규범과 충돌하는 한 인간의 감성이랄까, 그런 것이 어쩐지 강하게 남아있는 거죠."

2002년 11월 중순, 당시 대선을 앞두고 〈씨네21〉과 인터뷰를 가졌던(378호, 연속기획 '대통령 후보 릴레이 인터뷰') 노무현 후보가 얘기했던 '내 인생의 영화'가 바로 데이비드 린의 〈라이언의 딸〉(1970)이었다. 그가 제대 후 고시공부를 할 때 짬을 내서 봤다는 이 영화의 당시 개봉제목은 '라이언의 처녀'였다.

1916년, 영국으로부터 독립 운동을 벌이던 격동의 아일랜드에서 로지(새라 마일즈)는 초등학교 선생 찰스(로버트 미첨)와 결혼한다. 하지만 이내 결혼생활에 지루함을 느낀 그녀는 마을에 새로 부임해온 영국군 장교 도리안(크리스토퍼 존스)과 열정적인 사랑에 빠져든다. 하지만 그들의 밀회 장면이 들키고 소문이 퍼지면서, 마을 사람들은 그녀를 매국노 취급한다. 심지어 아일랜드 독립군의 정보를 영국에 밀고했다는 누명까지 쓰고는 발가벗겨진 채 머리가 박박 밀리는 수모까지 겪는다. 자신 때문에 로지와 그 가족이 고통을 겪고 있다는 것을 알게 된 도리안은 스스로 목숨을 끊고 만다.

노무현 전 대통령의 서거 소식을 들었을 때 즉각적으로 〈라이언의 딸〉이 머릿속을 스쳐 지나갔던 이유는 영화 속에서 담배 피는 모습도 멋지고, 그야말로 로맨티스트였던 도리안 소령과 그의 선택이 떠올라서였던 것 같다.

브리 라슨이나 데인 드한을 좋아하는 후보가 보고 싶어. 혹은 로빈 우드나 하스미 시게히코의 영화책을 감명 깊게 읽었다던가, 브레송의 〈당나귀 발타자르〉(1966)나 왕가위의 〈해피 투게더〉를 내 인생의 영화로 꼽을 후보는 없을까? 〈씨네21〉에서는 2017년 대선 후보 인터뷰를 진행했는데, 후보 6명 모두에게 '내 인생의 영화'를 물어보면서, 기자들끼리 위와 같은 농담을 주고 받았던 적이 있다. 〈씨네21〉로서는 15년 만에 대선 후보 인터뷰를 진행한 것인데, 예나 지금이나 대부분의 후보들은 순수하게 미학적 가치보다는 자신의 장점이나 비전을 드러내기 위한 방편의 하나로 영화를 고르기 마련이었다.

그런 점에서 노무현의 〈라이언의 딸〉은 신선했다. 영화 속에서 가장 인상적인 장면을 묻는 질문에도 "로지가 밤에 외간남자를 만나러 미

〈라이언의 딸〉

친 듯이 뛰어나가는 장면이 머릿속에 선하다. 역시 인간은 도덕만으로 이뤄진 것이 아니죠"라고 대답했다. 대선을 앞두고 전략적으로 내 인생의 영화를 골라야 할 텐데 '정의'보다 '욕망'에 충실한 영화를 고른 것이 무척 흥미로웠다.

2주에 걸쳐 여섯 후보가 인터뷰에 응해줬다. 심상정 후보는 2월 27일 황교안 대통령 권한대행이 박영수 특검의 수사기간 연장 요청을 승인하지 않으면서 긴급 규탄 기자회견을 가진 날 인터뷰였으나 인터뷰에 응해주었다. 우리의 걱정과 별개로 "약속은 지켜야죠"라고 말했다. 돌이켜보면 15년 전 노무현 후보도 여의도에서 농민 시위가 벌어져 시위대가 던진 돌에 맞는 불상사가 있었음에도, 역시 "약속은 지켜야죠"라며 무슨 일이라도 있었냐는 듯 무척 편안한 얼굴로 인터뷰에 임했다고 한다.

인터뷰에서 후보들 모두 마치 약속이나 한 듯 문화예술정책에 대해 '지원은 하되 간섭하지 않는다'는 '팔길이 원칙'을 이야기했다. 그들의 약속이, 문재인 정부 이후 다시 한 번 대선 후보 물망에 오르더라도 변함없길 기대한다.

인터뷰이의 얘기를 그대로 믿으면 안 된다. 인쇄 직전까지 '팩트 체크'를 해야 한다. 영화기자가 왜 '기자'냐고 묻는다면, 바로 이 때문이기도 하다. 인터뷰어가 얘기하는 사소한 기억이나 정보, 사실관계는 틀리는 경우가 많다. 이야기한 그대로 옮겨 쓰는 것이 중요한 것이 아니라, 그 빈자리를 당신이 채워야 한다. 진짜 인터뷰는 인터뷰가 끝나는 바로 그 순간 시작된다.

Part 04

인터뷰의 기술

인터뷰이의 거짓말과 싸워라

인터뷰이의 얘기를 곧이곧대로 믿어서는 안 되며, 지면에 옮기기 직전까지 팩트 체크를 하는 것이 더 중요하다.

인터뷰이의 얘기를 그대로 믿지 말라

영화기자가 하는 일은 크게 2가지다. 그리고 이 2가지만 잘 하면 된다. 영화를 보고 와서 쓰는 것과 인터뷰이를 만나고 와서 쓰는 것! 이 책의 많은 부분이 전자를 다루고 있다면, 이제 그 후자에 대해 말하려고 한다. 인터뷰의 가장 중요한 첫 번째 원칙은 상대방의 얘기를 주의 깊게 경청하되 그걸 다 믿어서는 안 된다는 것이다.

많은 사람이 인터뷰이가 들려주는 얘기를 토씨 하나 틀리지 않고 완벽하게 옮겨 적는 것이 최선이자, 더 나아가 인터뷰이에 대한 예의라고 생각한다. 하지만 오랜 경험에 비춰보자면 인터뷰이의 얘기를 곧

이곧대로 믿어서는 안 되며, 지면에 옮기기 직전까지 팩트 체크를 하는 것이 더 중요하다. 인터뷰이가 얘기하는 사소한 기억이나 정보, 사실관계는 틀리는 경우가 다반사이기 때문이다.

무조건 완벽하게 들은 대로 녹취를 옮겨 적는 것만이 결코 능사가 아니다. 그런데 이런 당연한 원칙을 유념하지 않는 경우가 많다. 하나하나 다 확인해야 한다. 더 나아가 보도자료의 내용도 그대로 믿어서는 안 된다. "영화기자가 왜 기자냐"고 묻는다면, 바로 이 때문이기도 하다. 모든 것을 의심하는 것이 이른바 '기자 정신'이라면, 여기에도 그 정신이 적용된다.

간단히 한 예를 들어보자. 지난 2016년, 〈씨네21〉 창간 21주년 기념 토크 콘서트에서 당시 〈경성학교: 사라진 소녀들〉(2015)을 만들었던 이해영 감독과 〈비밀은 없다〉 개봉을 앞둔 이경미 감독이 대화의 시간을 가졌고, 바로 그 시간의 모더레이터(moderater, 회의나 토론석상에서 사회를 담당하는 사람)로 참여한 기억이 있다. 그들은 데뷔의 기억을 꺼내들며 '감독'이라는 일에 매혹되었던 첫 순간을 회상했다. 시나리오작가였던 이해영 감독은 "〈천하장사 마돈나〉(2006)를 만들고 싶어 연출까지 맡았다. VIP 시사 때 아버지가 혼자 일어나 엔딩 크레딧이 다 올라갈 때까지 박수를 치고 계시더라. 태어나 처음 아버지에게 존재를 인정받은 순간이었다"고 말했고, 이경미 감독은 "첫 장편이라 가장 진심으로 와닿는 인물을 떠올리며 〈미쓰 홍당무〉(2008)를 만들었다. 부산국제영화제에서 먼저 선보이고 뜨거운 반응에 들떠서 돌아왔는데, 서울역 가판대에 놓인 〈씨네21〉 표지가 바로 〈미쓰 홍당무>였다. '공효진의 화양연화'라는 기사와 함께. 정말 행복했다"며 그 시절의 추억을 공유했다.

자, 그런데 여기서 이경미 감독이 말한 잡지는 <씨네21>이 아니라 이제는 사라진 영화주간지 <필름2.0>이다. <씨네21>의 편집장으로서 이경미 감독의 기억 속에 정말 멋진 추억의 일부로 자리한 잡지가 <씨네21>이었으면 좋겠지만, 그 잡지는 분명 <필름2.0>이었다. 그런데 영화기자로서 특히 이런 경우에 그냥 지나치기 쉽다. 더구나 <씨네21> 창간 21주년 기념행사 자리에서 그 이야기의 마무리가 "데뷔작이 <씨네21> 표지였다"라는 감동의 기승전결, 그 스토리가 거의 완벽하게 한 편의 시나리오처럼 들어가 있기 때문에 의심하기가 쉽지 않다. 어쩌면 '설마 그런 기억이 거짓일까' 의문을 가지는 것이 예의에 어긋난다고까지 생각할 수도 있다. 하지만 인터뷰이의 사소한 이야기 하나하나에 '팩트 체크'가 들어가야 한다.

인터뷰이의 망각과 오류를 흘려듣지 마라

거기서 더 나아가, 하나의 예를 더 들어보자. 2016년 초 <씨네21>에서 당시 신임 한국영상자료원장으로 임명된 류재림 원장과 인터뷰를 가진 적이 있다. "개인적으로 좋아하는 한국 고전영화의 리스트와 극장에 대한 기억이 궁금하다"는 질문에 대한 그의 (잡지에 최종적으로 실린) 답은 다음과 같다.

"아주 어렸을 적 본 김승호 주연의 〈마부〉(1961), 동양영화사에서 만든 최하원 감독의 〈독 짓는 늙은이〉(1969), 이장호 감독의 〈별들의 고향〉(1974)이 당장 떠오른다. 어렸을 적 극장에 대한 기억도 선명하다. 지금은 사라진 극장인데, 신설동 노벨극장에서 월트디즈니의 장편 다큐멘터리 〈사막은 살아있다〉(1954)를 본 기억이 남아 있다. 미국 서부 사막지대를 배경으로 온갖 동식물의 성장을 컬러필름에 담은 새로운 형식의 다큐멘터리였다. 삼선교 동도극장과 미아삼거리 대지극장에도 자주 영화를 보러 다녔다. 피카디리, 단성사, 스카라극장도 많이 갔었다. 지금 생각하면 극장 사진이라도 기록으로 남겨놓았으면 좋았을 텐데, 그땐 왜 그런 생각을 못했는지.(웃음)"

여기서 얘기하고 싶은 것은 팩트 체크와 더불어 인터뷰이의 얘기를 정갈하게 정리하는 기술이다. 앞서 얘기한 것처럼 인터뷰이의 얘기를 '완전하게 똑같이' 옮기는 것이 아니라 독자가 읽기 편하게끔 때로는 인터뷰이가 말하지 않은 정보까지 찾아서 더해 정리해야 한다.

개인적인 상상력을 발휘해 경험상 그가 했던 얘기를 '녹취를 푼 것 그대로' 옮기면 다음과 같을 것이다. 사전에 질문지를 미리 보내주지 않는 한 거의 모든 인터뷰이가 다음과 같이 말한다고 보면 된다. 밑줄 친 부분을 중심으로 위의 정리된 내용과 비교해보자.

"아주 어렸을 적 본 〈독짓는 늙은이〉와 김승호씨가 나오는 〈마부〉를 좋아했고, 〈별들의 고향〉도 좋아했다. 어렸을 적 극장에 대한 기억도 선명하다. 지금은 사라진 극장인데, 노벨극장에서 미국 서부 사막지대를 배경으로 온갖 동식물의 성장을 컬러필름에 담은 다큐멘터리를 봤던 기억이 있다. 하하, 그런데 제목은 전혀 기억나지 않는다. 신설동이었나, 창신동이었나 거기 있던 동도극장하고 미아삼거리 대지극장에도 자주 영화를 보러 다녔다. 피카디리, 단성사, 스카라극장도 많이 갔었다. 지금 생각하면 극장 사진이라도 기록으로 남겨놓았으면 좋았을 텐데, 그땐 왜 그런 생각을 못했는지.(웃음)"

차이점이 느껴지는가? 먼저 좋아하는 영화를 쭉 나열해서 언급할 때, 아무래도 독자들에게 생소한 고전영화들이기 때문에 이왕이면 영화를 시대 순으로 나열해줄 필요가 있고, 감독 이름과 제작년도까지 찾아서 표기해준다. 그리고 과거의 극장들에 대한 기억을 떠올릴 때는 십중팔구 틀리는 경우가 많다. 인터뷰이가 잘 기억하지 못해서 사람 이름이나 제작연도, 그리고 실제 장소를 틀리게 말하는 것은 무척 흔한 일이다.

서울 삼선교에 있었던 동도극장을 그 주변의 신설동이나 창신동에 있었다고 착각할 수 있다. 그래서 자료를 찾아 '삼선교 동도극장'이라고 정확하게 써줘야 한다. 이 정도는 인터뷰이가 순간적으로 기억을 못하거나 착각한 정도이기 때문에 그가 '삼선교 동도극장'이라고 하지 않았는데 "그렇게 임의로 수정하면 어떡하나"라고 의문을 제기할 수는 없을 것이다. 또 '삼선교 동도극장' '미아삼거리 대지극장'처럼 지명과 극장이름을 붙여놓으며 언급했기 때문에 통일성을 위해 앞서 얘기한 노벨극장도 자료를 찾아서 '신설동 노벨극장'이라고 표기해주는 것이 좋다. 실제로 그 극장들에 얽힌 추억이 있는 독자들을 향한 배려라고도 할 수 있다. 많은 경우 인터뷰이가 하지 않은 얘기도 찾아서 써야 한다.

또한 그가 제목을 전혀 떠올리지 못했던 작품 〈사막은 살아있다〉(1954)의 경우, 실제로 당시 원고를 데스크에서 최종적으로 보면서 찾아낸 영화다. 인터뷰이가 '디즈니에서 만든 다큐멘터리이면서 미국 서부 사막지대를 배경으로 온갖 동식물의 성장을 담아낸 작품'이라는 것 정도만 기억하고 있었기에, 거기에 더해 다소 오래된 개봉작이라는 점에 착안해 1시간 동안 검색해서 〈사막은 살아있다〉라는 제목을 찾아냈다. 개인적으로는 디즈니에서 다큐멘터리를 제작했다는 사실을 처음 알았기에 나름 공부가 되기도 했다. 이 작품의 큰 성공에 힘입어 디즈니는 대자연을 소재로 한 시리즈 다큐멘터리를 여러 편 더 만들었다고 한다.

또 하나의 사례로 박찬욱 감독의 데뷔 시절 이야기를 인터뷰하던 중, 그가 한때 M&R이라는 한 영화사의 기획실 직원으로 일했던 경험담을 들을 수 있었다. "구멍가게 같은 영화사에서 모든 일을 혼자 다 했다. 수입한 외화의 보도자료를 만들고, 자막도 번역하고, 극장을 찾아다니며 우리 영화 좀 걸어달라는 부탁도 하고 다녔다. 영화포스터 디자인을 직접 하지는 않았지만 디자이너와 함께 의견을 교환하고 카피도 썼다. 가끔은 개봉하는 영화의 제목도 지었다." 박찬욱 감독이 수입한 외화의 영화제목도 직접 지었다는 사실이 너무 재미있어서 어떤 영화인지 꼭 알고 싶었다. 하지만 그는 '그리스 영화'라는 것 외에는 더이상 기억을 떠올리지 못했다.

다행히 국내에서 그리스 영화가 흔하게 개봉하는 것은 아니기에, 그 회사에서 일했던 시기에 개봉했던 외화 목록을 뒤져 그 영화가 기오르고스 파누소풀로스 감독의 〈호기심에 대하여〉(1990)라는 것을 찾아냈다. 혹시 그 영화가 맞는지 확인했더니, 당시 심의에 통과하기 위해서 적당히 두루뭉술한 제목으로 지었다며 함께 웃었던 기억이 있다.

이처럼 인터뷰이가 기억이 잘 나지 않아서 기자가 대신 찾아줘야 하는 경우는 무척 흔한 일이다. 1시간 정도 인터뷰하면 보통 기자가 찾아야 하는 난관이 최소 5번 정도는 찾아온다. 반면에 '인터뷰이의 망각과 오류와 싸워라'라는 이름으로 거창하게 표현하지 않아도 될 예들도 있다. 독자들이 글을 읽다가 '얘기한 사람이 누구지? 무슨 영화를 말하는 거지?'라고 번거롭게 찾아보지 않게끔 친절하게 기입해주는 것이다. 가령 부천국제판타스틱영화제 김영덕 프로그래머 인터뷰를 했다고 가정하자. "우리 프로그래머들이 팟캐스트를 하나 진행하고 있는데, 미팅에다 스케줄 확정에다 계속 일만 늘고 있다.(웃음)"라고 얘기했다면, "우리 프로그래머들이 올해부터 팟캐스트 〈한여름의 판타지아〉를 진행하고 있는데…(후략)"라는 식으로 김영덕 프로그래머가 그 팟캐스트 제목을 말하지 않았다고 하더라도 〈한여름의 판타지아〉라는 이름을 찾아서 써주는 것이다.

물론 완벽하게 들은 그대로 잘 정리한다고 해서 그 인터뷰가 실패한 것은 아니다. 인터뷰의 전체적인 흐름을 딱히 방해하는 것도 아니다. 하지만 독자를 위해서, 그리고 그 인터뷰이를 위해서 필사적으로 찾아야 한다. 가끔 그래서 인터뷰이로부터 "나도 기억 못하는 걸 어떻게 찾았어? 고마워!"라는 피드백을 받을 때 무척 뿌듯하다. 그리고 그런 내용들이 쌓여서 하나의 '역사'가 된다고도 할 수 있다.

1시간 인터뷰하고, 2시간에 걸쳐 녹취를 풀고, 3시간 동안 팩트 체크를 하면서 인터뷰이의 기억의 공백을 채워 넣는다. 그것이 바로 인터뷰 기사의 퇴고의 과정이다. 그래서 이것을 명심해야 한다. 진짜 인터뷰는 인터뷰가 끝나는 바로 그 순간부터 시작된다.

인터뷰는 준비한 만큼 성공한다

가장 큰 무기가 되는 것은 꼼꼼하게 준비하는 성실함이다. 웃는 얼굴에 침 뱉지 못하는 것처럼 성실한 얼굴에 불성실한 답변을 뱉어내지는 못할 것이다.

좋은 질문과 부족한 시간 사이의 딜레마

"영화 비평은 인터뷰를 이길 수 없다." 〈키노〉에서 일하던 시절, 당시 정성일 편집장은 언제나 "제 아무리 잘 쓴 영화평이라도 그 감독의 인터뷰를 이길 수 없다"고 말한 적이 있다. 한 영화를 완벽하게 이해하는 길은, 바로 그 창작자의 진솔한 얘기인 것이다. 물론 '좋은 질문'들로 이뤄진 인터뷰일 때, 그 말이 성립될 것이다.

그런 점에서 영화공부에 가장 큰 도움이 되었던 책 중 하나는 이런저런 영화이론서나 비평집이라기보다 프랑수아 트뤼포(Francois Roland Truffaut)가 〈까이에 뒤 시네마〉 비평가 시절에 썼던 『히치콕

〈히치콕 트뤼포〉

과의 대화(Hitchcock)』다. 그는 1962년 히치콕과의 이 인터뷰집을 위해 그의 작품을 연대순으로 다룬 500개 정도의 질문에 답해 줄 수 있는지 편지를 보냈다. 히치콕이 승낙해 무려 50시간의 인터뷰가 이뤄진 이후, 녹음테이프를 풀어 쓰고 사진을 모으는 데만 4년이 걸렸다. 게다가 그 사이 히치콕이 새로 만든 영화에 대한 추가 인터뷰까지 담아내려 했다.

초판이 1967년 말 히치콕의 오십 번째 작품인 〈찢어진 커튼〉(1966)이 완성되었을 즈음에 나왔으니, 평균적으로 각 영화당 10개의 질문을 던진 셈이다. 이 책에는 감독 개인에게 던질 수 있는 공통된 질문을 제외하고 매 작품마다 그야말로 '엑기스'만 담은 10개의 질문이 있다고 보면 된다. 앞서 얘기한 '좋은 질문'의 기준이 바로 여기에 있다.

하지만 좋은 질문이 있다고 해도 '넉넉한 시간'이 보장되지 않으면 인터뷰의 성공을 보장하기 어렵다. 『히치콕과의 대화』의 경우 트뤼포는 날마다 오전 9시부터 오후 6시까지 히치콕을 인터뷰했다고 한다. '점심을 먹으면서도 대화를 계속하는 기록적인 인터뷰'를 진행했다고 되어있으니, 하루에 8~9시간씩 해서 적어도 일주일 정도의 인터뷰를 진행해 그 대단한 저작을 남겼을 것이다.

트뤼포에 따르면, 처음 하루 이틀은 "재치 있는 이야기꾼이라는 평에 걸맞게 재미있는 일화들로 우리를 즐겁게 하면서 인터뷰를 시작"했다가 "자신의 이력의 기복을 이야기하면서 좀더 냉정하고도 신중해진 것은 셋째 날이 되어서였다"고 묘사되어 있다. 말하자면 인터뷰를 시작한 지 20시간이 지나고서야 자신의 영화에 대한 진중한 얘기를 들려주기 시작했다고 추론해볼 수 있다. 하지만 당장 눈앞의 마감을 해야 하는 우리에게는 그럴 만한 시간이 없다.

지금의 영화기자들이 당면한 가장 큰 문제가 바로 시간이다. 인터뷰는 보통 해당 영화가 개봉할 때 일정한 기간 동안 집중적으로 이뤄진다. 또 거의 '독점'으로 서울 삼청동의 모 카페에서 이뤄지는 경우가 많다. 언론시사회 직후 며칠간 날을 잡아 그곳에서는 하루 종일 인터뷰가 이뤄진다. 주연배우나 감독의 경우 오전 11시부터 오후 5시 정도까지 거의 카페에 감금되어 있다시피 한다. 한 개의 매체당 인터뷰와 사진 촬영을 포함해서 보통 30분에서 1시간 정도의 시간이 주어진다. 시간을 초과하면 대기중인 다른 매체의 항의가 있기 때문에 무조건 시간을 지키는 것이 좋다. 이런 이유 때문에 〈씨네21〉 같은 영화 전문지가 4페이지 이상의 아주 많은 분량으로 인터뷰를 다룬다고 해도, 특별한 경우(감독이나 배우가 특별히 직접 허락한 경우)가 아니면 1시간 이상 인터뷰를 진행하기가 어렵다.

인터뷰를 둘러싼 현실적 여건은 그렇다 치고, 인터뷰를 위해 어떤 준비를 해야 할까? 영화에 대해 긴 비평을 쓸 때와 똑같은 준비를 하면 된다. 원작의 유무와 함께 작품에 대한 전반적인 개요와 기술 수준, 연출과 캐스팅의 의도, 즉 영화를 보지 않고도 할 수 있는 질문들과 영화를 보고난 뒤의 개인적인 질문들을 준비하면 된다. 가장 필수적인 것은 시나리오를 구해 읽는 것이다. 감독이 시나리오와 어떻게 다르게 영화를 연출하고, 배우가 연기했는지는 인터뷰 질문의 가장 기본이 된다.

또 인터뷰는 비평을 쓸 때와 달리 자유롭게 더 많은 내용들을 담을 수 있다. 비평을 쓸 때 하나의 맥락으로 통일시키지 못했던 여러 요소들을, 개별 질문들로 나누어 소화할 수 있다. 비평과 인터뷰의 차이가 바로 여기 있다. 인터뷰는 글로는 옮기지 못할 내용도 질문으로 소화할 수 있기 때문이다. 때로는 질문이 비평보다 더 어렵다.

그래서 비평은 자신의 능력 밖이라 생각하는 기자도, 인터뷰는 준비한 만큼 충분한 성과를 얻어낼 수 있다. 간혹 영화를 보기만 하고 '아무 정보도 없이' 인터뷰이를 만나는 것이 의외의 답을 끌어낼 수 있다고 믿는 기자들도 있는 것 같은데, 그건 단지 자신의 준비부족을 변명하는 것에 지나지 않는다.

물론 0에서 시작해 차근차근 만들어가는 인터뷰를 꿈꿀 수도 있겠으나, 일단 주어진 시간이 절대적으로 부족하다는 것을 잊지 말아야 한다. 내가 공들여 준비한 질문이 30개라고 가정해보자. 하지만 인터뷰이에게 절대 다 질문할 수 없다. 인터뷰이의 답변 시간에 따라 5개만 하고 끝날 수도 있고, 많아야 15개 정도 질문할 수 있을 것이다. 매정하게 줄어드는 시간을 보면서 선택과 배제는 순전히 인터뷰어의 몫이다. 이것 또한 '원하는 대로 다 할 수 없는' 영화기자의 직업적 결핍 중 하나다.

구체적으로
성실하게 질문하라

영화란 카메라로 10시간을 찍건 100시간을 찍건 간에 최종적으로 2시간 정도로 편집해 보여주는 예술이다. 물론 '디렉터스 컷(director's cut)'이라는 이름으로 추후 다른 버전을 내놓기도 하지만, 어쨌거나 아까워도 버리는 장면들이 있게 마련이다. 인터뷰 또한 마찬가지다. 감독이나 배우와 5시간 이상 인터뷰할 수 있게끔 공부해서 질문을 준비해가지만 원하는 만큼 시간을 소요하거나, 공들인 만큼 만족스런 답변이 돌아오는 경우는 드물다.

게다가 더 중요한 것은 인터뷰로 만나게 될 감독이나 배우와 별다른 친분이 없거나, 업계에서 딱히 알려지지 않은 기자의 경우 상대방의 무관심과도 싸워야 한다는 점이다. 그들이 경력이 일천한 기자에게 무례하게 나온다는 것이 아니라, 아무래도 관심이 덜할 수밖에 없다는 얘기다. 종종 어떤 감독과 배우들은 평소 친분이 있는 기자가 자신을 인터뷰해주길 요구하는 경우도 있다. 그럴 때 자신이 더 인터뷰하기 편하다는 얘기인데, 인터뷰이로부터 더 많은 얘기를 끌어낼 수 있는 환경 조성이라는 측면에서 감독과 배우의 요구를 마냥 무시하고 넘어갈 수만은 없는 상황이기도 하다.

자, 이처럼 이름 없는 기자이거나 혹은 이제 막 일을 시작한 신입기자는 어떻게든 상대방에게 강한 인상을 남겨야 한다. 역시 가장 큰 무기가 되는 것은 꼼꼼하게 준비하는 성실함이다. 웃는 얼굴에 침 뱉지 못하는 것처럼 성실한 얼굴에 불성실한 답변을 뱉어내지는 못할 것이다. 쉽게 말해, 공부를 많이 하고 만나야 한다.

『히치콕과의 대화』에서도 트뤼포의 첫 번째 질문은, "히치콕 씨, 당신은 1899년 8월 13일 런던에서 태어났습니다. 내가 당신의 어린 시절에 대해 아는 유일한 사실은 경찰서에서 일어났던 일입니다. 그 이야기가 사실입니까?"다. 대부분은 "당신의 어린 시절에 대해 들려주세요" 정도로 질문하겠지만, 트뤼포는 히치콕이 어린 시절 겪었던 독특한 체험을 미리 알고서 질문했다. 히치콕의 아버지가 그에게 쪽지를 쥐어주고는 경찰서로 가라고 한 일이 있는데, 경찰서장은 그 쪽지를 읽더니 "말 안 듣는 애들에게는 이렇게 하는 거야"라며 그를 5분이나 10분쯤 유치장에 가둔 일이 있었다. 믿기 힘들지만, 히치콕이 말

〈로건〉 제인스 맨골드 감독

을 잘 듣지 않아서 신경질적인 아버지가 그를 경찰서로 보내 가둔 충격적인 일이었다.

이렇게 '뭘 좀 알고 하는 질문'은 상대의 환심을 사는 데 굉장히 중요하다. 가령 〈로건〉(2017)의 제임스 맨골드 감독과 인터뷰한다면 "〈엑스맨〉 시리즈에 뛰어들어 연출한 느낌이 어땠나?"라고 묻는 것보다 "〈로건〉은 당신의 두 번째 〈울버린〉 영화이며, 패트릭 스튜어트의 다섯 번째이자 휴 잭맨의 아홉 번째 〈엑스맨〉 영화다. 그들의 세계에 뛰어든 느낌이 어땠나"라고 묻는 것이 효과적이다. 일단 감독이 바라보기에 '준비해온' 티가 날 뿐더러, 질문에 패트릭 스튜어트와 휴 잭

맨이라는 이름을 따로 호명한 만큼, 감독으로서는 그 두 배우와 함께 한 느낌을 추가로 더 얘기할 가능성이 높아진다.

또 〈캐리비안의 해적: 죽은 자는 말이 없다〉(2017)에서 악역 살라자르를 연기한 하비에르 바르뎀을 인터뷰한다면 “살라자르라는 캐릭터를 만들기 위해 혹시 참고한 인물이 있나?”라고만 묻기보다 “조니 뎁이 연기하는 캡틴 잭 스패로우 캐릭터가 롤링 스톤즈의 뮤지션 키스 리처드를 참고해서 만들어졌다는 사실은 유명하다. 당신도 살라자르라는 캐릭터를 만들기 위해 혹시 참고한 인물이 있나?”라고 물어보면 좋을 것이다. 만약 실제 참고한 인물이 있어도 딱히 얘기하고 싶지 않거나, 잭 스패로우와 키스 리처드 정도의 관계는 되지 않지만 그런 인물이 있긴 있을 때, 자연스럽게 누구인지 역시 들려줄 가능성이 높다. 질문의 기술이란 결국 무언가를 치밀하게 유도하는 기술이다.

우문현답을 두려워하지 마라

어떤 질문도 주저하지 말고 물어보라고 하는 이유는 질문이 어떠하건 간에 감독과 배우들이 질문의 요지를 파악만 했다면, 그 답변의 '길'을 잃지 않기 때문이다.

봉준호 감독의 삑사리의 미학과 야외 로케이션의 매력

〈설국열차〉 개봉 당시 봉준호 감독을 인터뷰했던 기억을 떠올려보면, 악착같이 전작들의 사례를 언급하며 현재의 영화를 묻고자 했던 기억이 난다. 감독이나 배우 입장에서는 '이 사람이 내 영화를 좋아하는 사람이구나, 나에 대한 애정이 있구나'라는 느낌이 들 때 마음을 열기 마련이다. 개봉 즈음 하루에 10개 이상의 인터뷰를 소화하는 그들 입장에서는 눈에 들어오는 몇몇 기자를 좀더 챙길 수밖에 없다. 그러다 보면 자연스레 수많은 기자 중 뻔하지 않은 질문을 한 기자로 기억에 남아있게 될 것이다.

물론 질문들 가운데 장황한 것과 구체적인 것은 다르다. "이른바 '삑사리의 미학'이라 불렸던, 〈살인의 추억〉에서 수사반장이 논두렁에서 굴러떨어지고 〈괴물〉의 괴물도 제풀에 한강에서 구르는 모습을 이번 〈설국열차〉에서도 혹시나 볼까 했다. 어떤가?" "당신은 촬영현장의 변수를 즐기고 쉽게 흡수하는 스타일의 감독이다. 그런 점에서 질문하자면, 〈살인의 추억〉이나 〈괴물〉 〈마더〉 등 거의 야외 로케이션 촬영으로 가득한 전작들과 달리 거의 100% 세트 안에서 촬영된 이번 영화의 환경이 개인의 연출 스타일에 어떤 영향을 미쳤을까 궁금하다." 이렇게 물었다. 전자가 '봉테일' 만큼이나 종종 봉준호 감독 특유의 엇박자 리듬과 유머 스타일로 얘기되는 '삑사리의 미학'에 대해 묻고, 후자는 언제나 야외 로케이션을 즐겨온 그에게 〈설국열차〉의 지난한 세트 작업이 답답하지는 않았을까 물어보는 질문이었다.

봉준호 감독은 전자에 대해서는 "이번에도 커티스가 생선 밟고 쓰러지는 장면이 있다.(웃음) 물론 분위기가 웃기지는 않은데, 한번은 크리스가 장면이 너무 황당한 거 아니냐고 묻더라. 그래서 내가 '중요한 순간에 그러면 가슴 아프잖아'라고 얘기해줬다(웃음)"라고 답했고, 후자에 대해서는 "〈마더〉 때는 참 좋았다. 주인공인 김혜자 선생님과 식당을 가면 다들 알아보고는 정말 산해진미를 차려주신다. 그런 다음 새들이 지저귀는 이 산, 저 산으로 옮겨 다니며 즐겁게 촬영하는 거다. 그런데 〈설국열차〉는 출근과 동시에 하루 종일 갇혀서 일했다. 솔직히 그게 너무 힘들었다. 로케이션 촬영을 하다보면 날씨 때문에 부득이하게 촬영을 쉬는 날도 있으니, 그때 지난 편집본을 보면서 회의

〈마더〉 촬영현장

도 하고 배우들과 소주도 한잔하면 꽤 의미 있는 충전의 시간이 된다. 그런데 이번에는 그런 게 어디 있나, 그냥 계속 찍는 거다. 그래서 예정된 스케줄을 오버할 일은 없었지만 촬영 중반에는 세트에 들어가기 싫을 정도로 힘들었다. 그런 생활의 변화가 어떤 영향을 미쳤는지 분석해서 얘기할 수는 없지만, 내가 로케이션의 신선한 공기를 좋아하는 감독인 것만은 분명하다. 이미 설계한 것도 막상 로케이션 촬영을 나가 여건에 맞게 콘티를 수정해서 좋아지는 경우도 많았다. 배우의 애드리브처럼 공간의 애드리브도 있는 거니까. 그런데 다양한 배우들이 수시로 등장하는 건 좋았다. 칸마다 새로운 미술이 펼쳐지고 새로운 얼굴이 등장하니까, 그렇게 공간의 답답함을 배우들로 인해 많이 해소했다"고 답했다.

특히 후자의 질문과 답변은, 거의 세트에서 촬영된 〈설국열차〉와 거의 강박적으로 실제 야외에서 촬영된 그의 이전 작품들 사이를 굵직하게 가로지르는 핵심적인 차이이기도 하다. 아마도 그래서 〈마더〉 촬영 때의 기억을 신나게 떠올렸을지도 모른다. 야외 로케이션 때는 날씨 때문에 부득이하게 촬영을 쉬는 날도 있고, 그것이 나름 의미 있는 충전시간이 된다는 답변 또한 '맞아, 그럴 수도 있겠구나' 하며 고개를 크게 끄덕인 새로운 내용이기도 했다. 봉준호 감독이 야외 로케이션에서 느끼는 매력과 효과에 대한 그 답변은 결국 그의 연출관을 일러주는 것이기도 하다. 이후 만든 〈옥자〉가 거의 야외 로케이션으로 이뤄진 영화라는 사실 또한 꽤 의미심장하다.

황당한 질문이 될 것을 두려워 말라

화제작의 경우, 감독과 배우는 TV연예 프로그램 출연부터 각종 인터넷 언론사 인터뷰까지 최소 30번에서 많게는 50번 정도의 인터뷰를 진행하게 된다. 그 인터뷰마다 10개 정도의 질문을 받는다고 가정했을 때 그들은 500개의 질문과 마주하게 된다. 하지만 그중에서 300에서 400개의 질문은 같은 질문일 것이다.

"이 작품을 연출하기로 결심한 출발점은 무엇이었나?(감독)" "촬영을 그만두고 싶다는 생각이 든 적은 없었나?(감독)" "A배우를 주인공으로 낙점한 이유는?(감독)" "배우와 어떤 대화를 나누며 캐릭터를 만들어갔나?(감독)" "배우의 감정선을 위해 시간 순서대로 촬영한 편인가?(감독)" "10년 만에 메가폰을 잡은 셈인데 과거 촬영현장의 분위기와 어떻게 다른가? 가장 적응하기 힘들었던 점은?(감독)" "이 작품에 출연하게 된 계기는?(배우)" "상대배우와의 호흡은 어땠나?(배우)" "영화 속 캐릭터를 소화하기 위해 어떤 준비를 했나?(배우)" "B 감독을 10년 만에 다시 만난 느낌은?(배우)" "자신의 출연 장면 중 가장 마음에 드는 장면이 있다면?(배우)" "자신이 연기한 캐릭터 말고 영화 속에서 한번 연기해보고 싶은 다른 캐릭터가 있다면?(배우)" 등 영화를 보지 않고도 생각해낼 수 있는 질문이 무수히 많다.

위 12개의 질문은 질문하는 사람도 20년 동안 늘 했던 질문이고, 받는 사람도 늘 받아온 질문이다. 당연히 식상하지만 하지 않을 수 없는 질문이기도 하다. 그만큼 익숙하고 빤한 것인데, 그 질문을 매번 받는 감독과 배우들의 피곤함과 지겨움은 오죽하겠나.

그래서 앞서 얘기했던 것처럼 위의 빤한 질문에 적당히 공부한 티가 나는 살을 붙여야 하는 것이고, 그러다 보면 혼자만의 생각에 빠져 황당한 질문을 할 수도 있다. 그런데 경험상 그런 황당한 질문이 예상 밖의 질문으로 신선하게 느껴지는 경우가 꽤 있다. 첫 번째로, 인터뷰이 입장에서는 늘 빤한 질문만 받다 보니 '처음 들어보는 질문'이라면 멍청한 질문마저도 너그럽게 용인되는 것이다. 물론 멍청한 질문을 인터뷰 초반부터 했다가는 큰일 나는 것이고, 인터뷰가 화기애애하게 흘러갈 때라야만 '우문현답'이 가능하다.

두 번째로, 감독과 배우 입장에서 기자가 인터뷰 내내 꼼꼼하게 준비했다는 인상을 가지고 있으면, 기자가 그 어떤 황당한 질문을 하더라도 '이 인간 뭐야?'라고 느끼기보다는 '생각이 거기까지 나아간 이유가 뭘까?' 하고 이해하기 위해 노력할 것이다. 아무런 맥락 없이 이른바 '뜬금포'를 날린다고 생각하지 못할 테니까. 그래서 '저 사람이 왜 그렇게 생각하지? 내가 정말 그랬나? 그렇게 보이는 데는 분명 무슨 이유가 있을 텐데?'라며 오히려 자신의 지난 영화 촬영시간을 통째로 복습하는 시간을 가질 것이다. 어쩌면 인터뷰이에게 전혀 생각지도 못한 사유의 시간을 제공할 수도 있는 노릇이다.

부끄럽지만, 김지운 감독의 〈악마를 보았다〉(2010)를 보면서 박찬욱 감독 영화로부터의 영향을 질문한 적이 있다. "〈악마를 보았다〉에서 장경철(최민식)이 타고 다니는 봉고차의 백미러에 있는 천사 날개가 〈올드보이〉의 천사 날개를 연상시키고, 펜션에서 여자를 겁탈하는 모습은 〈친절한 금자씨〉(2005)에서 역시 최민식이 연기한 백 선생을 떠올리게 한다. 여러 비평과 인터넷 글에서도 최민식이라는 교집합을 두고 박찬욱의 '복수 3부작'을 이야기하는 경우가 많다. 그런 시선들에 대해서는 어떻게 생각하나?" 개인적으로는 평소 막연하게 연상하고 있던 관계에 대해 직접 물어보고 싶은 마음이었다. 어쨌거나 아래 답변을 보면 알 수 있듯 인터넷상에서도 꽤 그런 의견들이 있었기에, 이미 접했을 가능성이 높다고 보고 지나친 무례라고는 생각하지 않고

〈악마를 보았다〉

물어봤던 것이다. 그의 대답은 이러했다.

"백미러의 천사 날개가 〈올드보이〉로 연결될지는 정말 생각도 못했다.(웃음) 나 역시 그런 반응들을 보긴 했는데 박찬욱 감독의 영화로부터 영향을 받았다는 의미나 의도는 전혀 없었다. 오직 영화 안에서의 인물과 캐릭터만 생각했다. '복수 3부작'과의 연결 얘기도, 음… 그런 설정들은 사실 영화를 본 사람들이 알 수 있는 현학적인 부분이기도 한데 나는 정말 모르겠다. 내가 그렇게 똑똑했다면 벌써 걸작을 만들었을 거다.(웃음) 만드는 태도라는 측면에서 내가 늘 염두에 두는 건 '장인의 윤리성'이다. 만듦새라는 측면에서 결코 부끄럽지 않은, 관객에게 늘 만족스러운 결과물을 내놓아야 한다는 태도 말이다."

앞서 언급했던 '우문현답'이라는 표현처럼, 분위기를 살펴가며 그 어떤 질문도 주저하지 말고 물어보라고 하는 이유는, 질문이 어떠하건 간에 감독과 배우들이 질문의 요지를 파악만 했다면 그 답변의 '길'을 잃지 않기 때문이다. "곤란한 질문이라 답하지 않겠다"고 하지 않았다면(그 또한 그들의 솔직한 반응이며, 어쨌거나 그들의 자유다) 필시 그들은 자신의 길을 스스로 찾는다. 그 영화에 대해, 그리고 그 자신에 대해 가장 잘 아는 것은 결국 인터뷰이 자신이기 때문이다.

그래서 위 답변에서 가장 중요한 내용은, 웃으며 얘기하긴 했지만 "내가 그렇게 똑똑했다면 벌써 걸작을 만들었을 것"이라는 말이다. '어떤 의도로 그런 질문을 했는지 분명히 알겠지만 전혀 그렇지 않을 뿐더러, 오히려 나는 그와 정반대의 연출 방식을 가지고 있다'는 얘기다. 노골적인 질문이라는 사실에 창피해할 필요는 전혀 없다. 오히려 김지운 감독으로서는 보다 분명하게 자신의 생각을 털어놓을 수 있는 기회가 되었을지도 모르는 일이다.

하나 더 말하자면 박찬욱 감독에게는 〈박쥐〉(2009) 개봉 당시 인터뷰에서 다음과 같은 질문을 던진 적이 있다. "원래 닭살스러운 거 좀 싫어하는 편 아닌가. 가령 〈복수는 나의 것〉(2002) 엘리베이터 장면에서 이미 죽어버린 배두나의 손을 연인인 신하균이 지그시 잡아주는 장면이 있는데, 사실 그것도 당신은 닭살스럽다며 그렇게 빼자고 했다가 다른 사람들이 만류해서 넣었던 것으로 안다. 그런데 〈박쥐〉는 멜로영화라 어쩔 수 없이 닭살스러운 장면들이 있을 수밖에 없다고 생

〈박쥐〉

각했다. 특히 상현(송강호)이 태주(김옥빈)에게 자기 구두를 신겨주는 장면이 가장 닮살이다. 어떤 변화일까?"

개인적으로는 최근 박찬욱 감독 영화의 가장 중요한 변화 중에 하나가, 〈박쥐〉 이후 〈스토커〉(2012)와 〈아가씨〉(2016)는 물론 TV시리즈 〈더 리틀 드러머 걸〉에 이르기까지 여성 주인공을 전면에 내세우면서 여성성 혹은 멜로성이 더 진해지고 있다는 것이다.

당시 그의 답변은 이러했다. "맞다. 그렇게 말할 수도 있겠다.(웃음) 당신이 말한 대로 상현이 태주를 밤거리에서 만나 가로등 아래서 말없이 자기 구두를 신겨주는 장면이 가장 닭살이다. 류성희 미술감독이 유치하다고 계속 빼라고 했던 장면이다.(웃음) 태주는 어려서부터 맨발로 뛰어다니기 좋아해서 굳은살 박히고 발꿈치도 갈라진 발인데, 상현이 태주 발을 씻겨주는 건 가톨릭에서 교황이 평신도 발을 씻겨주는 데서 온 거니까 뭐 그렇고, 하여간 그 장면만 그렇게 하나 남았는데 딱히 낭만적으로 하려고 했던 건 아니고 나로서도 참을 만하다고 생각했다." 이 답변에서 인상적이었던 부분은 "나로서도 참을 만하다고 생각했다"는 얘기였다.

〈복수는 나의 것〉 DVD 음성해설에서 들은 바, 신하균이 죽은 배두나의 손을 잡는 장면조차 성격상 닭살스러워 빼려고 했던 과거의 그가, 〈박쥐〉에 이르러서는 류성희 미술감독조차 유치하다며 빼라고 했던 장면을 살려둔 것이 굉장한 변화라 여겨졌다. 그런 점에서 멜로영화 〈박쥐〉는 박찬욱 감독 필모그래피의 의미심장한 분기점이 되는 영화라 할 것이다.

그와 관련해 인상적으로 봤던 MBC 예능 프로그램 〈무한도전〉의 에피소드가 있다. 지난 2017년 550회는 '무도'가 뽑은 올해의 인물과의 인터뷰를 공개했다. 2017년 한 해 동안 자신의 자리에서 성실하게 노력하며 '무한도전 정신'을 몸소 실천해 마침내 빛을 발한 인물들을 선정해 그들과 인터뷰를 진행한 것이다. 인터뷰의 주인공들은 질문을 던진 무한도전 멤버들에게 '가장 참신한 질문'과 '가장 진부한 질문'을 선정해 각각 스티커를 붙여줬다. 이날 개그맨 박명수는 유시민 작가에게 "왜 우리나라에는 노벨문학상 수상자가 나오지 않는가"라는 질문을 던졌는데, 유시민은 "우리끼리 우리 문학을 잘 즐기면 그것으로 된 것"이라며 "문학이 올림픽도 아닌데, 상이 뭐가 중요한가"라는 촌철살인의 답을 내놓았다. 중요한 것은 참신하고 진부한 질문을 각각 선정해 스티커를 붙이는 순간이었다. 놀랍게도 2개의 스티커 모두를 박명수에게 붙여주면서 "질문 그 자체로만 보면 제일 멍청하다"며 진부한 질문이라고 했지만, "하지만 사실 정말 많은 사람이 그 질문을 갖고 있다. 바보 같은 질문임을 말할 수 있는 기회를 줘서 훌륭한 질문"이라며 참신한 질문이라고도 한 것이다.

이처럼 인터뷰는 궁금한 것을 알아내는 것 외에도 다양한 기능을 행할 수 있다. 멍청한 질문이 더 큰 진실을 끌어낼 수도 있다. 또 예상과 다른 답변을 듣고 집요하게 물고 늘어질 필요도 있다. 우리는 왜 감독이나 배우를 번거롭게 직접 만나서 얼굴을 마주보며 인터뷰하는가, 에 대한 대답이 바로 거기 있다.

인터뷰의 기술들

인터뷰란 이야기를 '듣는' 행위가 아니라 '끌어내는' 행위라는 것을 잊어선 안 된다. 그간 영화기자 생활을 하면서 건져낸 인터뷰의 기술 몇 가지를 소개한다.

주변 사람을 인터뷰하라

영화기자 생활을 해오면서 뉴스 기사나 비평에는 약하지만 인터뷰에 유독 강점을 드러내는 동료들을 많이 봐왔다. 아마도 기자 개인의 성향 차이일 것 같은데 영화기자, 아니 더 나아가 기자는 결국 사람을 만나는 것을 즐겨야 하는 직업이다. 영화기자는 글 쓰는 시간보다 사람을 만나는 시간이 더 많기 때문이다.

하지만 오랜 경험에 비춰볼 때, 영화기자를 꿈꾸는 사람들은 하나같이 'A형' 인간들이 많다. '다음 주 마감 때는 또 어떤 영화인을 만날까' 설레고 기쁜 마음을 가져야 하는 것이 정상일 텐데 가벼운 섭외 전화한 통 하는 것도 수줍어하는 사람들을 더 많이 봤다.

언론사기자와 달리 영화기자를 희망하는 사람들 중에 유독 '기자'와 '작가'를 착각하는 사람들이 많다는 것은, 장차 이 직업을 꿈꾸는 사람들이 스스로 곰곰이 생각해볼 문제다. 특히 취재기사를 쓸 때 얼마나 더 많은 사람과 만나고 통화하느냐가 그 기사의 퀄리티를 결정하기 때문이다. 즉 영화기자란 매주 새로운 사람을 한 명 이상 만나는 사람들이다.

그래서 A라는 영화인을 인터뷰한다고 할 때 감독과 배우, 그리고 주변 스태프들 B, C, D의 얘기도 들어보면 좋다. 감독이나 배우를 만나기 전 주변 스태프들을 대상으로 사전 취재를 하는 것이다. 이렇게 하는 사전 취재가 기자 개인에게는 질문거리들을 다양하게 만들어줄 뿐만 아니라, 상대 인터뷰이로 하여금 '이 기자가 나를 만나기 위해 준비를 많이 해왔구나' 하는 생각에 보다 친절하고 적극적으로 임하게 만들어준다. 영화기자는 배우를 만나기 전 감독과 스태프 인터뷰를 하거나, 감독을 만나기 전에 배우와 스태프 인터뷰를 해서 다양한 질문을 만들어간다.

물론 사정이 여의치 않을 때는 그와 관련한 다른 인터뷰가 없었는지 찾아본다. "감독님 말씀을 들어보면, A신과 B신의 촬영순서를 바꿔달라고 했다던데 어떤 이유 때문이었는가?" "배우에 따르면, 특별히 어려운 촬영이 아님에도 그날따라 감독님이 평소와 다르게 잔뜩 긴장했다고 하는데 무슨 이유에서였는가?" 등 나중에 질문을 취사선택해야 할 만큼 많은 내용을 건질 수 있다. 게다가 당연한 얘기지만 이런 사전 준비는 인터뷰가 아닌 다른 글을 쓸 때도 큰 도움이 된다.

보통 영화잡지에서는 '담당'이라는 것이 있다. 특정 영화 제작사나 영화인을 전담하는데, 기본적으로는 개봉하는 특정 한국영화를 한 명의 기자가 처음부터 끝까지 담당하는 경우가 많다. 시나리오 개발 단계부터 개봉 이후 인터뷰까지 책임지는 것이다. 그렇다보니 한 명의 감독, 한 명의 배우만 열심히 인터뷰한다고 해서 끝이 아니다.

가령 〈1987〉을 담당하고 있다고 가정하자, 영화 촬영 전부터 장준환 감독 외에 김경찬 시나리오 작가, 김우형 촬영감독과 어떤 식으로든 '소통'하고 있어야 한다. 그러니 앞서 지겹도록 설명한 '사전 인터뷰'라는 형식은 영화 개봉일쯤에 "다음 주에 장준환 감독을 인터뷰하게 되었는데, 뭐 좀 여쭤봐도 될까요?"라며 티나게 진행하는 것이 아니라, 영화가 제작되고 있는 내내 해당 영화의 제작진과 관계를 맺으며 자연스럽게 소통해온 내용들이 바탕이 되어야 한다. 인터뷰 준비라는 것이, 영화 개봉일에 인터뷰를 맡게 되어 부랴부랴 그때서야 시작하는 것이 아니라는 얘기다.

내가 묻고 싶은 것이 아니라 상대가 말하고 싶어 하는 것을 물어라

지금까지 얘기한 것들을 바탕으로, 실제 인터뷰 시간이 어떻게 흘러가는지 살펴보자. 먼저 영화의 테마나 배우와의 호흡, 제작상의 어려움, 앞으로의 비전 등 듣고 싶은 내용과 목적에 맞는 정확한 질문을 던져야 한다. 애매모호한 질문, 말끝을 흐리는 질문은 '이 기자가 별로 준비를 안 하고 왔구나'라는 인상만 줄 뿐이다. 그리고 인터뷰란 이야기를 '듣는' 행위가 아니라 '끌어내는' 행위라는 것을 잊어선 안 된다.

경험상 인터뷰이의 답변이 내가 예상한 것과 완전히 동떨어진 방향으로 흘러가는 경우는 거의 없다. 심지어 다른 인터뷰 기사에서 읽어서 상대방이 어떻게 답할지 뻔히 알고 있는 것을 그대로 다시 질문할 수밖에 없는 경우도 있다. 왜냐하면 '독자는 이 인터뷰 하나만 읽는다'고 가정하고 인터뷰에 임해야 하기 때문이다. 물론 그때 내가 이미 알고 있는 내용에 더해 다른 새로운 사실을 끌어내게끔 질문해야 하는 것은 당연한 일이다. 어쨌건 내가 묻고 싶은 것이 아니라 상대방이 말하고 싶어 하는 것을 묻는 것도 중요하다.

오랜 경험에 비춰볼 때, 딱 하나 명심해야 할 것은 '그 어떤 인터뷰이도 비판을 달가워하지 않는다'는 점이다. 거짓말 하나 보태지 않고 단 한 명의 예외도 없었던 것 같다. 돌이켜보면 인터뷰의 성패는 바로 '비판을 하는가 하지 않는가'에 있었다. 설령 감독이나 배우가 자신의 영화나 연기가 별로라는 생각을 스스로 하고 있다 하더라도 남의 입을 통해 듣는 것을 좋아하지 않는다. 그런 방어적 태도에는 분명 이유가 있고, 또 이해되지 않는 것은 아니다. 감독과 배우 그 자신을 포함해 수십, 수백 명의 스태프들이 정말 힘들게 만들었기 때문일 것이다.

영화가 별로라고 스스로 고백하는 순간, 다른 수많은 사람의 노고를 허사로 만들어 예의가 아니라고 생각하는 것은 일견 당연하다. 영화에 대한 평가야 어찌 되었건 감독과 배우는 '내가 이 영화를 지키는 마지막 보루'라고 생각하는 사람들이다. 영화가 공동작업이자 공동예술이라는 것은 바로 태도에서도 드러난다. 영화란 창작자에게 이상한 책임감을 부여하는 예술이다.

그래서 날카롭거나 단도직입적인 질문은 일단 아껴둘 필요가 있다. 별로였던 영화를 좋아하는 것처럼 위장해 상대방의 기분을 맞춰주라는 얘기가 아니라, 그 영화가 가진 미덕에 대해 최대한 털어놓으면서 인터뷰를 시작하라는 것이다. 앞서 말했듯이 인터뷰란 결국 상대의 마음을 얻는 일이기 때문이다. 처음부터 공격적이면 말 그대로 '할 얘기도 안 하는' 상황이 벌어지고 만다. 그리고 눈을 씻고 찾아봐도 진정 아무런 미덕도 없는 영화라면, 어차피 처음부터 인터뷰 고려 대상이 아닐 것이다. 진행하는 인터뷰가 라이브 방송으로 나가는 것이 아니라면, 나중에 기사를 쓸 때 질문 내용을 편집하면 된다.

질문과 답변 모두 분량에 맞게, 맥락에 맞게 핵심적인 내용을 해치지 않으면서 편집하는 것은 당연한 일이다. 게다가 상대방도 '정작 중요한 얘기는 나중에 물어보겠지'라는 생각으로 이미 마음의 준비 정도는 하고 있을 것이다. 왜냐하면 요즘에는 언론시사회 첫날부터 감독과 배우, 그리고 제작진이 이미 SNS를 통해 탈탈 털릴 수밖에 없다. 인터뷰 자리에 앉자마자 "영화 별론데 인터뷰 왜 해요?"라고 말하는 감독과 배우들을 숱하게 봤다.

이는 내가 과거와 달리 가장 적응 안 되는 부분이다. 과거에는 감독과 배우들이 영화에 대한 외부의 객관적인 최초 평가를 기자나 평론가를 만났을 때 비로소 처음 들을 수 있었다. 그런데 지금은 언론시사회에 초청된 수많은 기자뿐만 아니라 프리랜서 방송인, 블로거, 유튜버까지 시사 당일 미친 듯이 평가를 쏟아낸다. 그들이 제대로 쓰고 말고를 떠나서 스포일러 유출까지 걱정될 정도로 무수히 많은 글이 SNS를 가득 메운다. 그러니 '혹시 내가 상대방에게 상처를 주는 것은 아닐까' 하는 걱정은 굳이 할 필요가 없는 시대가 되었다는 말이기도 하다. 영화기자로서 웃어야 할지 울어야 할지 모르겠지만.

인터뷰의 3가지 잔기술

첫째, 본격적으로 인터뷰를 시작하면, 수첩에 메모를 많이 하는 편이다. 수첩에는 진짜 메모와 가짜 메모가 있다. 녹음기를 쓰기 때문에 말하는 내용이 백퍼센트 다 녹음되지만, 상대방의 말이 끝나고 확인차 물어봐야 할 것들을 주로 메모한다. '나중에 인터넷으로 검색해서 찾아보면 되지 뭐'라는 생각으로 확인하지 않는 경우가 많은데, 의문스러운 것들이 있으면 그 자리에서 직접 확인하는 것이 최상이다. 이것이 진짜 메모라면, 가짜 메모란 메모하는 척하는 것이다.

메모하는 척으로 상대방이 더 많은 얘기를 하게끔 북돋아주라는 의미다. 메모로 상대방의 얘기에 맞장구를 치는 것이다. 상대방이 뭔가 중요한 얘기를 꺼낸다 싶을 때 메모하는 척하면 짧게 끝낼 얘기를 더해주거나, 새로운 사실을 알려주기도 한다. 왜냐하면 인터뷰이 입장에서는 최종 인터뷰 기사에 꼭 살려줬으면 하는 내용들이 있기 때문이다. '이 내용은 빼지 말고 꼭 좀 넣어주세요' 하고 직접 부탁하는 경우도 있는데, 그러지 않았다고 하더라도(그런 얘기하기가 어디 쉬운 일인가) '이 얘기는 꼭 살려야겠군요' 하는 무언의 화답 같은 것이다. 입장 바꿔 생각해봐도, 상대방이 내 얘기를 열심히 메모하고 있으면 '그냥 녹음기 켜놓고 고개만 끄덕이는 게 아니라 진짜 나와 소통하고 있구나' 하고 생각할 것이다. 한편으로는, 내가 이렇게 열심히 당신 얘기를 듣고 있으니 당신도 인터뷰에 집중하고 긴장하라는 메시지이기도 하다.

둘째, 전에 봤던 영화라고 하더라도 인터뷰하는 감독과 배우의 직전 작품은 만나기 전에 무조건 다시 본다. 잔기술이라고 하기에는 무척 중요한 준비 단계인데, 그동안 꼭 지켜왔던 것들이다. '봤던 영화여도 다시 본다'는 게 가장 중요하다. A라는 영화로 인터뷰를 한다고 할 때, A를 본 후에 직전 작품인 B를 다시 보면 그 느낌이 굉장히 다르다. 거창하게는 세계관이나 스타일, 사소하게는 버릇 같은 것들이 어떻게 변화했는지 또렷하게 보일 수밖에 없다. 좋은 방향이든 나쁜 방향이든 그들이 창작자나 예술가로서 끊임없이 변화해가는 존재들이라면, 현재 작품의 가장 좋은 비교대상은 역시 바로 직전 작품일 것이다.

물론 그들의 이전 작품을 모조리 다 보고 준비하는 것만큼 좋은 일이 없겠지만 '필수적인 최소한의 준비'라는 관점에서 하는 얘기다. 그리고 이전 B 작품과 관련한 언론 인터뷰를 찾아 읽는 것이 좋은데, 사실 이 또한 당연한 얘기라고 할 수 있기 때문에 거기서 더 나아가 B 작품의 DVD나 블루레이에 실린 음성해설을 무조건 듣는다.

음성해설도 인터뷰의 한 형태라고 한다면, 아마도 영화인들이 가장 솔직한 얘기를 털어놓는 자리일 것이다. 왜냐하면 대담 형식이 아닌 한 인터뷰란 언제나 '기자와 감독' '기자와 배우'라는 형태로 거의 모든 경우 일대일로 이뤄지기 때문이다. 하지만 음성해설은 어떤가? 감독과 배우, 거기에 종종 프로듀서나 촬영감독이 더 붙어서 여러 명이 거침없이 앞다투어 이야기한다. 게다가 직접 화면으로 영화를 보면서 얘기를 나누는 것이다 보니, 빠지는 장면 없이 해야 할 중요한 얘기들은 어지간하면 꼭 하고 지나갈 수밖에 없다.

때문에 음성해설에서는 '기자의 인터뷰'로 들을 수 없는 '오프 더 레코드' 수준의 얘기들이 쏟아진다. 나 또한 음성해설을 즐겨 듣는 편이고 그때 가장 흥미로운 얘기들을 많이 들을 수 있었다. 앞서 얘기한 '주변 사람 인터뷰'의 다른 방식이라고 봐도 될 것이다.

셋째, 인터뷰가 끝났을 때 "인터뷰는 여기서 마치겠습니다. 긴 시간 좋은 말씀 감사합니다"라고 정리하면서도 일단 녹음기는 끄지 않는다. 경험상 인터뷰가 끝나는 그 순간 긴장이 풀리면서 정작 중요한 얘기를 꺼내는 경우를 흔하게 본다. 왜냐하면 요즘에는 인터뷰 자리에 마케터가 동석하는 경우도 많고, 거의 대부분 영화 개봉 전 인터뷰가 흔하기 때문에 감독이나 배우 스스로 '알아서 조심'하는 경우가 많기 때문이다. 그냥 해도 상관없는 이야기임에도 혹시나 기사화되어 문제가 될까봐 굳이 자기 검열을 하는 것이다. 그러다 인터뷰가 끝나는 순간 종종 터져 나오는 것이다.

물론 그런 흥미로운 내용들을 기사에 쓰기 전에 "금방 하신 얘기 기사에 써도 돼요? 제가 볼 때 별 문제없어 보이는데"라고 확인은 해야 한다. 그리고 기자 입장에서 진짜 문제없다는 확신이 들 경우 감독이나 배우를 설득할 필요도 있다. 어쨌거나 명심해야 할 것은, 인터뷰는 끝날 때까지 끝난 것이 아니라는 사실이다.

나는 이런 글을 써왔다: 미투와 페미니즘

너와 나 우리 모두 혼자가 아니라는 것, 그걸 아는 게 중요하다. 영화라는 '공동 예술'의 경우라면 더더욱 그러하다. 영화계의 미투와 페미니즘에 대한 글을 모아봤다.

미투(#MeToo), 백모 편집장과 김모 평론가 성폭력 사건의 기억

지난 2017년을 전후해 한국영화계가 직면한 가장 큰 이슈는 '영화계 내 성폭력' 사건과 페미니즘 이슈에 관한 활발한 전개였다. 〈씨네21〉로서도 오랫동안 '팔로우'했던 일이었다. 취재팀 내부는 매주 새로운 사건, 사고들이 발생할 때마다 촉각을 곤두세웠다. 직통 메일(metoo@cine21.com)까지 만들어 영화계 내 성폭력에 대한 제보를 받았다. 가장 먼저 〈씨네21〉 영화평론가 공모 출신인 한 평론가의 성범죄가 언론의 도마 위에 올랐고, 이후 개별적인 사건들로 배우 조덕제의 성폭행 사건, 배우 곽현화와 감독 이수성 사이의 노출신 관련 소송 사건 등으로 이어졌다. 언론으로서의 영화 전문지의 역할과 그 대응이라는 점에서, 그 일을 쭉 정리하는 것만으로도 의미 있겠다 싶어 긴 이야기를 전하려 한다.

개인적으로는 2011년 영화 웹진 〈네오이마주〉에서 있었던 일이 떠올랐다. 당시 편집장이 이제 막 글쓰기를 시작한 신임 에디터에 대해 성폭력 혐의를 받았지만, 결국 검찰의 불기소 처분으로 끝났다. 명백히 악법이라고 생각되는, 사실적시 명예훼손 문제와 증거에 대한 공방이 피해자를 괴롭혔다. 가해자가 명예훼손이라며 오히려 큰소리를 치고, 누가 봐도 알만한 증거를 들이대도 모르쇠로 일관했다. 이후 가해자는 사실상 업계에서 퇴출되었지만, 그 어떤 사과도 없었다. 더 불쾌했던 것은 지인들과 함께 에디터로 일했던 사람들의 태도였다. 난처해서 가만히 있는 사람들은 그냥 양반이었다. 당시 편집장을 두둔하던 에디터가 모 영화제 프로그래머로 가는 것도 봤고, 역시 그를 두둔하던 모 감독도 여전히 영화를 잘 만들고 있다. 그들 또한 사과나 반성의 말 한마디 없었다.

이후 가장 먼저 트위터를 통해 알렸다시피, 〈씨네21〉도 2016년 SNS 상에서 '씨네21 영화평론가'로 지칭되는 한 평론가를 둘러싼 사건이 벌어졌다. 제보는 오래전에 있었지만, (역시 그 빌어먹을) '사실적시 명예훼손' 문제(팩트를 써도 명예훼손에 걸릴 수 있다) 때문에 피해자 몇 분이 실명을 포함한 공개적 입장표명을 자제해달라고 부탁했다. 〈씨네21〉이 마치 그 사건에 대해 침묵하는 것으로 비춰진 데는 그런 이유가 있었다. 하지만 피해자들과 그 지인들을 통해 '김모' 씨로

짐작되던 그 영화평론가의 실명이 오르내리게 되었다. 〈씨네21〉로서도 "문제가 된 평론가와의 원고 계약을 종료하고, 그가 참여한 대담과 비평 일체를 삭제하겠다"는 입장표명을 더 미룰 수 없었던 데는 당시의 분위기의 탓도 있지만, 함께 절차를 밟고 있던 일부 피해자들과 가해자의 태도를 고발하기 위함도 있다. 저열하게 명예훼손을 무기삼아 가해자와 일부 피해자가 또 다른 피해자에게 고소취하를 종용하며 압박하고 있다는 얘기를 접했었기 때문이다. 그래서 더이상 참을 수 없게 되었고, 또한 더 큰 책임감을 느끼게 되었다. 어떻게 보면 〈네오이마주〉 백모 편집장 사건과 〈씨네21〉 김모 평론가 사건은, 2016년부터 시작된 '#영화계_내_성폭력' 해시태그와 함께 2017년을 기점으로 뜨겁게 퍼져나갔던 '영화계 미투(#MeToo, 이하 '미투')' 운동의 시발점쯤 된다 할 것이다.

어렵게 용기를 내어 고백과 폭로에 나선 사람들을 보면서 새삼 지적하고 싶은 문제는 사실적시 명예훼손 문제만큼이나 부당하다고 느끼는 '사후 성폭력 인지'에 대한 것이다. 제보자들의 사례를 보면 하나같이 사건이 있었을 때는 권력관계상 상위에 있는 자에게서 느꼈던 심리적 위축, 혹은 강요된 착각의 합의로 인해 고발이나 고소의 시점을 지나쳐버리는 경우가 대부분이다. 하지만 이처럼 나중에 스스로 성폭력으로 규정하는 경우 법적으로 인정되지 않는다. 온갖 사례들에 보편적으로 적용되어야 하는 법의 성격상 어쩔 수 없겠지만, 이른바 '아무 것도 모르는 어린 피해자들' 스스로 성폭력으로 규정하기까지 그만큼의 시간이 들어간 것은 지극히 당연한 일 아닌가. 누군가의 조언이나 학습을 통해 비로소 용기를 내기까지 혼자 얼마나 괴로웠을까. 그래서 미성년자들을 대상으로 한 범죄는 그야말로 악질 중의 악질이다. 〈씨네21〉로서는 김모 평론가 사건을 계기로 2016년 말부터 진행한 '#영화계_내_성폭력' 연속 대담과, 그 이후 미투 운동에 대해 보다 책임감 있게 후속보도를 해 나가는 중요한 계기가 되었다. 이 또한 영화잡지의 당연한 역할이라고 생각해서다.

미투 주변인들을 위한 가이드

부끄럽게도 그동안 한국영화계의 성폭력 문제에 대해 착각하고 살았던 것 같다. 한 오래된 영화인의 얘기에 따르면, 프랑스 유학파 박광수 감독이 이른바 '사회파 감독'이라는 수식어와 함께 〈칠수와 만수〉(1988)로 한국영화계에 등장하던 순간이 과거와 작별하던 순간이다. 이후 이른바 '의식 있는 운동권 영화'들이 만들어지기 시작했고, 과거의 구시대적인 여러 악습들이 개선되어 가기 시작했다는 것이다. 또 다른 영화인도 "그때부터 영화계에 운동권 출신들이 많이 들어왔다"며 "성폭력부터 촌지에 이르기까지 1990년대 들어 영화계가 많이 깨끗해진 데에는 그런 영향이 적지 않을 것"이라고 했다. 나름 일리 있는 이야기라는 생각이 들었고, 한국영화계 안에서 일한다는 자부심의 바탕이 되기도 했다. 그래서 몇 년 전 한 배우가 "한국 영화계의 본바탕이 좌파다"라고 말하며 이슈가 되었을 때, '그런 얘기인가?'라고 생각했을 정도다.

하지만 앞서 얘기한 영화계 내 미투에 대해 취재한 바에 따르면 실상은 충격적이다. 앞서 말한 그런 막연한 믿음이 참담하게 깨진 것이다. 제보를 받은 영화나 영화인의 경우 피해당사자와의 연락은 물론, 사실관계 확인을 위해 제보 받은 영화에 참여한 최소 1인 이상의 스태프와 PD를 취재했다. 대부분 사실이었고, 이니셜로 표기해 기사에 반영했다. 아무래도 공론화하거나 법적 절차를 받기 위해서는 자신의 정보도 알려질 각오를 해야 하는 피해당사자의 의견을 우선할 수밖에 없었기 때문이다. 하지만 취재 시점 당시에 작품 계약을 진행중인 감독과 스태프들의 경우 제보와 관련한 내용들을 해당 투자배급사에 전달했다. 그리고 사실관계 확인 차 연락하게 된 한 투자배급사의 관계자는 "그런 문제가 있는 감독이나 스태프들과의 작업은 전면적으로 재검토할 것"이라며 더 많은 정보를 공유해주길 원했다. 그 또한 어떤 변화의 시작이라고 한다면, 무척 다행이라는 생각이 들었다.

그러면서 앞서 얘기한 '#영화계_내_성폭력' 연속 대담, 그 첫 번째 대담에 참여한 배우 이영진은 "현장에서 성희롱이 일어나면 처벌받을 수 있게 제도화가 되어야 하고, 적어도 눈치 주는 문화"를 만들어야 한다고 했다. 그러려면 여러 단계를 거쳐 정말 수많은 사람이 참여하고, 또한 서로 다른 부서와 부서가 부딪히는 공동 작업이라는 영화 예술의 특성상 '공감'과 '연대'가 중요하다. 실제로 제보자들 중에는 정작 피해당사자보다 "내가 아는 누군가 어떤 일을 겪었다"는 식으로 지인들의 제보가 많았다. 그래서 당시 성폭력을 목격했거나, 지인의 성폭력 가해 혹은 피해 사실을 알게 되었을 때 '주변인들을 위한 행동 지침 가이드' 기사를 싣기도 했다. 기억해야 할 것은 아래의 3가지다.

첫 번째, 그 어떤 경우에도 '사고'가 아니라 '사건'이라는 인식이 중요하다. 어떻게든 가해자를 위해 변명하고 옹호하고 싶어하는 주변인들이 가장 많이 하는 얘기가 "술만 안 마시면 되는데" "평소에는 참 좋은 사람인데" "피해자의 평소 행실도 문제"라는 말로 논점을 흐리기 위한 것이다. 그런 식으로 '좋은 게 좋은 것'이라는 미명하에 납득하기 힘든 '2차 가해'는 언제나 벌어지고 있다. 사고가 아니라 '사건'이며, '합의'가 아닌 '처벌'로 눈을 돌려야 한다.

두 번째, 사과는 피해자를 향해야 한다. 가해자가 이른바 '빼도 박도 못 하는' 상황에 처했을 때 자신의 SNS에 쓰든, 소속사를 통해 발표하든, 직접 손편지를 쓰든 사과문을 내는 경우를 흔하게 본다. 하지만 문제는 종종 사과의 대상을 자기 마음대로 '국민'이나 '대중'으로 설정하는 경우 또한 흔하게 본다. 그럴 경우 사과문 자체가 2차 가해가 될 수 있는데, 사과와 용서는 언제나 정확하게 피해자를 대상으로 삼아야 한다.

세 번째, 나의 일 혹은 나에게 벌어질 수 있는 일이라고 여겨야 한다. 대다수의 성범죄에서 가해자는 필연적으로 힘과 권위를 가진 남성들이다. 사실상 거의 예외가 없는 일이기도 하다. 그래서 그들은 사건이 발생했을 때 행위를 정당화하고 다른 방식으로 포장하는데, 온갖 유리한 방법들을 동원하는 데 능수능란하다. 반면에 피해자는 용기를 내어 공론화했을 때 경력이 단절되거나 주변으로부터 고립되는 경우 또한 흔하게 본다. 그럴 때 우리는 결코 남의 일이 아니라고 느껴야 한다. 그 문제를 해결하는 것이 내 문제를 해결하는 것이며, 내 경력에도 도움 되는 일이다. 연대를 위해 굳이 좋은 말로 마무리하려는 것이 아니라, 실제로도 분명히 그렇다. 피해자를 고립시키지 않는 것, 그렇게 너와 나 우리 모두 혼자가 아니라는 것, 그걸 아는 게 중요하다. 영화라는 '공동예술'의 경우라면 더더욱 그러하다.

그건 연기가 아니라 성폭력입니다

지난 몇 년간 개인적인 가장 큰 변화라면, TV 코미디 프로그램을 안 보기 시작했다는 것이다. 나와 아주 가까운 사람들은 적잖이 놀랄 수도 있다. 왜냐하면 단적으로 말해 〈개그콘서트〉를 한 번도 안 본 적이 없었기 때문이다. 언제나 일요일 본방사수를 했고, 사정상 못 보게 되면 무조건 다시보기로 봤다. 그건 타 지상파 코미디 프로그램도 마찬가지다. 〈웃찾사〉 〈개그야〉를 매주 한 번도 빼놓고 지나친 적이 없다. 옛날로 거슬러 올라가자면, 말을 배우기 시작한 이후부터 모든 코미디 프로그램을 다 VHS 테이프로 녹화해 보관하셨던 아버지의 영향 때문인지 〈웃으면 복이 와요〉를 비롯해 〈유머1번지〉와 〈쇼 비디오자키〉도 무조건 다 봤던 것 같다. 어떻게 한 주도 안 빠지고 다 보냐고 묻는 이들도 있었는데, 문득 돌이켜보니 거의 30년 넘게 코미디 프로그램을 챙겨 보는 것이 몸에 배어 그렇게 살아왔고, 삶의 중요한 낙 중 하나였다.

그런데 장동민, 유상무 때문에 〈코미디 빅리그〉를 안 보기 시작하고, 〈개그콘서트〉에서도 적잖이 거슬리는 여성 혐오 요소들을 접하게 되면서 정이 떨어진 측면이 컸던 것 같다. 그러면서 나 또한 무심히 드러낸 잘못들이 없을까 생각하고 조심하게 되었다. 나에 대해 속속들이 아는 사람들은 이런 글을 쓰는 나를 향해 비양심적이고 몰염치하다고 느낄 수도 있겠다. 하지만 끊임없이 반성하고 있고, 그 모든 게 지난 1년의 변화다. 개인적으로 앞으로도 더 달라져야 한다고 생각한다. 아무튼 한 코미디 프로그램 안에도 여러 개의 코너와 수십 명의 개그맨이 있기에 전체를 싸잡아서 말하면 안 되고, 매번 그 이상으로 훌륭한 코너가 혜성처럼 등장하기도 하며, 또 언제나 열심히 시청자들의 웃음을 위해 노력하는 많은 개그맨들이 있다는 걸 알기에 죄송하기도 하다. 하지만 뭐랄까, 거짓말처럼 어느 순간부터 그렇게 되었고 다시는 코미디 프로그램을 챙겨 보던 그때의 나로 돌아갈 길은 없을 것 같다.

페미니즘을 공부하고 있는 무수히 많은 사람이, 그 전과 후의 자신이 달라진 점에 대해 얘기하는 모습들을 보고(여자남자 할 것 없이 "과거의 나를 생각하면 죽고 싶다"고 말하는 사람들이 대부분이다) 나도 이렇게 몇 자 써봤다. 감히 얼마 안 된 편집장으로서 〈씨네21〉의 과거와 현재에 대해서도 생각해봤고, 젠더 이슈에 관한 한 과거와 다른 모습을 보여야 한다는 생각에 이런저런 연속 기획도 진행해왔다. 그 첫 번째 중간결산의 자리가 바로 2017년 1월 16일에 〈씨네21〉과 한국여성민우회의 공동주최로 열린 '그건 연기가 아니라 성폭력입니다' 토론회였다. 우리가 생각하는 핵심은 단 하나다. 영화현장에서 감독과 배우 간에 사전에 합의되지 않은 그 어떤 것도 범죄의 소지가 있다는 것이다. 그동안 '즉흥성'과 '현장성'이라는 말로 포장되어 왔던 범죄를 감독의 역량이나 기민한 연출력, 그리고 배우의 융통성이니 통 큰 결단력이니 하는 말로 퉁치지 말자는 것이다. 〈파리에서의 마지막 탱고〉(1972)의 경우처럼 배우에게 아무런 고지도 하지 않은 채, 이른바 사실적인 연기를 뽑아내기 위해 행했던 그 모든 과오를 뉘우쳐야 한다.

무슨 얘기냐면, 〈파리에서의 마지막 탱고〉의 강간 장면이 실제로 여배우를 성폭행해서 촬영한 것으로 드러난 것이다. 베르나르도 베르톨루치 감독은 한 인터뷰에서 "영화 속 성폭행 장면은 여주인공에게 미리 알리지 않고 남자 주인공과 상의한 후 촬영했다"고 말했다. 영화에서 폴(말론 브란도)이 버터를 이용해 잔느(마리아 슈나이더)를 성폭행하는 장면을 설명한 것인데, 이어서 베르톨루치는 "그 장면은 촬영에 들어가기 전 나와 말론이 떠올린 아이디어로, 슈나이더에게는 해당 장면에 대해 말해주지 않았다. 강간 장면에서 슈나이더가 여배우가 아닌 소녀가 되어 수치심을 느끼길 바랐다"고 얘기했다. 촬영 당시 말론 브란도의 나이가 48세였으며, 슈나이더가 19세였다는 사실이 알려지며 더욱 충격을 줬는데, 두 남성감독과 배우가 영화 이후 큰 명성을 얻은 반면 슈나이더는 강간 장면 이후 약물 중독, 정신 질환 등으로 힘든 시간을 보내다가 지난 2011년 58세의 나이에 암으로 숨을 거뒀다. 그 영화 촬영 당시의 충격으로 이후 정상적인 생활이 힘들었다는 주변 지인들의 이야기도 더해져 큰 안타까움과 분노를 느꼈다.

한편 '그건 연기가 아니라 성폭력입니다' 토론회를 계기로 〈씨네21〉의 '#영화계_내_성폭력' 연속 대담의 1차 마침표를 찍었다. 그동안 토론회까지 포함해 흔쾌히 대담에 참석해서 이야기를 들려준 사람은 총 50명이었다. 공부를 위해서건, 업계 사정을 이해하기 위해서건, 어떤 지침을 마련하기 위해서건 간에 더 많은 사람이 인터넷으로라도 지난 대담들을 챙겨 읽어주면 좋을 것 같다. 그래서 그 50명의 이야기가 영화계 전체 5만, 아니 50만 명의 현실을 바꿀 수 있는 계기가 되었으면 한다.

〈걷기왕〉과 든든의 사례

2016년부터 '#영화계_내_성폭력' 해시태그가 시작되어 퍼져나가면서, 기억해두어야 할 사례는 바로 백승화 감독 〈걷기왕〉(2016)의 성희롱 예방교육이다. 〈걷기왕〉은 영화제작에 들어가기 전인 2016년 3월 사실상 법정의무교육인 '성희롱 예방교육'을 한국영화계 최초로 실시했던 작품이다. 기존 근로계약 조건 법적 의무에 따라 영화제작 현장에서도 성희롱 예방 교육이 실시되어야 하나 놀랍게도 〈걷기왕〉 이전에는 현장에서 이를 실시하거나, 이를 실시하지 않았을 때 규정대로

〈걷기왕〉

벌금이 부과된 사례도 없었다. 〈걷기왕〉에 시나리오 작가이자 스크립터로 참여했던 남순아 감독은 전국영화산업노조 홈페이지에서 '모든 촬영장은 크랭크인 전에 성희롱 예방교육을 시행해야 한다'는 내용을 보고 실행에 옮겼다. 당시 성희롱 예방교육에는 〈걷기왕〉 스태프의 3분의 2 정도가 참여했고, 교육 뒤 모든 스태프에게 배포되는 영화 콘티북에 '성희롱 예방지침'을 싣기도 했다.

이후 SNS와 여러 매체를 통해 〈걷기왕〉의 제작 과정이 알려지며, 이후 영화·드라마 제작 과정에서 해당 교육을 실시하거나 매뉴얼을 삽입하는 사례도 생겨났다. 이후 남순아 감독은 백승화 감독이 연출한 웹드라마 〈오목소녀〉(2018)에 연출부로 참여했고, 스태프들을 대상으로 성희롱 예방교육도 실시했다. 〈걷기왕〉 촬영 때는 교육을 받는 위치였지만 〈오목소녀〉에 강사로 참여하게 된 것은, 영화진흥위원회와 한국여성민우회가 공동 주관한 '영화산업 내 성폭력 예방교육 강사단 양성교육'을 받았기 때문이다. 그리고 〈걷기왕〉 콘티북 맨 뒤에 실렸던 성희롱 예방지침도 〈오목소녀〉 콘티북에는 앞 쪽에 실릴 수 있었다고 한다. 그만큼 의미 있는 변화가 이뤄지고 있는 것이라 생각한다.

또 하나 기억해두어야 할 일은 바로 2018년 한국영화성평등센터 든든(이하 든든)의 개소다. (사)여성영화인모임이 운영하고 영화진흥위원회가 지원하며, 임순례 감독와 명필름 심재명 대표가 공동센터장을 맡은 한국영화성평등센터 든든이 3월 1일 개소했는데, 2016년부터 시작된 '#영화계_내_성폭력' 해시태그 운동을 계기로 신고 및 상담을 위한 '영화계 내 성범죄 대응 상설기구'의 필요성을 인식하며 준비되어 왔었다. 뿌듯하게도 심재명 대표는 〈씨네21〉에서 꾸준히 진행했던 '#영화계_내_성폭력' 연속 대담이 든든을 준비하는 데 큰 자극이 되었다고도 했다. 이후 든든은 성희롱·성폭력 예방교육, 상담 및 조사·피해자 지원, 성평등 환경 조성을 위한 연구 및 정책을 제안하고 실태 조사를 추진 중이다. 〈씨네21〉과도 '#with_you 〈씨네21〉과 든든이 함께하겠습니다'라는 슬로건과 함께 긴밀한 협조 체제를 구축하기로 해, 〈씨네21〉에 제보한 피해자는 필요시 든든에서 상담 및 법적·의료적 지원을 받을 수 있으며, 든든에서 상담을 받은 피해자가 공론화를 원할 경우에는 협의 후 〈씨네21〉에서 기사화할 수 있게 했다(제보 메일은 metoo@cine21.com).

한편 개소식 당일 든든에서 발표한 '영화계 성평등 환경 조성을 위한 성폭력·성희롱 실태조사' 결과는 실로 충격적이다. 배우와 작가, 스태프 등 영화계 종사자 749명(여성 467명, 남성 267명)을 대상으로 진행되었는데, 성폭력·성희롱 피해 경험에 대해 전체 응답자의 46.1%가 경험이 있다고 답했다. 여성 응답자는 61.5%, 남성은 17.2%로 성별 격차가 컸다. 여성 영화인들의 경우 절반 이상이 피해 사실을 토로한 것이다. 사적 만남이나 데이트를 강요받았다는 응답자가 27.6%였고, 원하지 않는 신체접촉을 당하거나 강요받은 경우도 22.3% 정도 되었으며, 원하지 않는 성관계를 요구받은 경우도 11.3%나 되었다. 직군별로는 작가(65.4%)가 성폭력·성희롱에 가장 많이 노출된 것으로 조사되었다. 배우(61.0%), 연출(51.7%), 제작(50.0%) 순으로 피해 경험이 많았으며, 비정규직은 50.6%가 피해를 당한 적이 있다고 답한 반면 정규직은 29.9%에 그쳐 고용형태별 차이도 컸다.

게다가 응답자의 76%는 영화계 내 성폭력·성희롱 사건이 적절히 해결되지 않을 것이라고 답했는데, 사건처리 절차에 대한 불신은 남성(58.8%)보다 여성(86.5%)이 더 컸다. 그처럼 사건이 적절히 해결되지 못하는 이유로는 딱히 비율의 우위를 따질 필요도 없이 '인맥·소문이 중요한 조직문화'와 '문제를 제기하기 어려운 권위적·위계적 분위기 때문'이라는 응답이 지배적이었다. 짐작은 하고 있었으나, 그 계량화된 실체를 확인하게 된 첫 번째 자리라는 점에서 무척 의미 있는 시간이었다. 결과 발표 이후 토론회에 참석한 배우 문소리는 "우리 모두 가해자이거나 피해자이거나 방관자거나 암묵적 동조자였다는 것을 영화인 전체가 인정해야 한다. 몇몇의 문제가 아닌 전체의 문제임을 반성하고 돌아보는 시간이어야 한다"고 말했다.

미투와 타임즈 업, 2018년 할리우드와 칸국제영화제

2017년 거물 영화 제작자 하비 웨인스타인의 오랜 세월동안 이어져 온 성폭력·성추문 범죄가 용감한 여성 배우들의 고발에 의해 수면 위로 드러나면서, 이는 SNS와 거리에서 여태껏 숨겨왔던 자신의 경험을 고백하며 '#MeToo' 운동으로 이어졌다. 영화계의 추악한 현실이 들불처럼 번져나가면서 미투 운동은 전세계를 뒤흔들었다. 그리고 웨인스타인은 회사에서 쫓겨날 수밖에 없었다.

이후 2018년 1월 1일, 할리우드 여성배우와 작가, 감독, 프로듀서, 변호사 등 300여 명이 미국 전역의 노동 현장에서 일어나는 성폭력과 성차별을 해소하기 위해 '타임즈 업(Time's Up)'이라는 연대단체를 결성했다. 이는 '여성에 대한 잘못된 인식과 행동은 이제 그만' 해야 하고, '남성들의 우월적 지위 독점 시대 또한 끝났다'는 뜻으로 배우 메릴 스트립, 엠마 스톤, 나탈리 포트만, 리즈 위더스푼, 제니퍼 애니스톤, 애슐리 주드 등이 참여했다. 타임즈 업은 성폭력에 대해 침묵과

수궁을 강요하는 기업들의 처벌을 강화하자는 법안 제정 운동은 물론 할리우드 제작 현장에서의 남녀 차별 철폐 운동도 벌일 예정이다.

이처럼 문화예술계에서 촉발된 미투 운동이 사회 전반의 변화를 촉구하는 타임즈 업 운동으로 진화했다고 할 수 있다. 성폭력의 뿌리를 뽑고 궁극적으로 '여성 노동' 이슈로 나아가자는 것이다. 그리고 2018년 골든글로브 시상식장에서 타임즈 업에 소속된 배우들은 성폭력과 성차별에 대한 경각심을 높이기 위해 블랙 드레스를 입고 등장했으며, 뒤이은 아카데미 시상식에서는 형형색색의 자유로운 드레스를 입은 대신 타임즈 업 배지를 달고 등장했다.

그런 미국에서도 끊임없는 요구의 목소리가 들려온다. 먼저 기존의 규정을 살펴보고 싶다. 아래 내용은 영화진흥위원회 하은선 미국 통신원이 기고한 '미국의 영화촬영 현장에서의 폭력(성폭력 포함)을 예방하기 위한 지침'이라는 보고서에서 상당 부분 인용한 것임을 밝혀 둔다.

할리우드의 경우 배우의 노출과 관련된 조항을 사전 합의해 정리한 'Nudity Rider Agreement'라는 이름의 특수 계약서를 작성해야 한다. 제작사나 소속사는 배우에게 노출이나 성행위 장면에 대해 사전 통보해야 하고, 그런 장면을 촬영하게 되었을 때 업무와 무관한 사람들의 현장 출입을 엄격하게 통제해야 한다. 게다가 배우의 사전 서면 동의서 없이는 그 현장을 촬영할 수 없다. 이처럼 미국은 영화 촬영현장을 포함한 모든 작업장에서 노조가 요구하는 '차별과 (성)희롱에 대한 방침'을 철저히 준수하도록 하고 있다. 그리고 이를 어겼을 시에는 '무관용 원칙'을 채택하고 있다. 사소한 범죄라도 절대 가벼이 넘어가지 않겠다는 얘기다. 이것만 봐도 미국과 한국의 차이가 느껴진다. 하지만 그런 미국도 이제 막 운동의 불길을 피우고 있는 중이다.

사실 할리우드에서도 제작자와 배우가 호텔방에서 영화나 텔레비전 출연 오디션을 보는 것은 오래된 관행이기도 했다. 하지만 거물 제작자 하비 와인스틴의 상습적 성폭력으로 인해 성폭력 고발 '#미투' 캠페인의 발원지가 된 할리우드에서, 이 구습을 타파하자는 목소리가 나온 것이다. 밀폐된 사적 공간에서 치러지는 오디션이 지망자들을 성폭력에 너무나도 쉽게 노출시킬 수 있다는 우려에서다.

미국 배우·방송인 노동조합(SAG-AFTRA, 이하 배우노조)은 지난 2018년 초 "호텔방이나 집에서 오디션·인터뷰·업무상 회의를 하지 말라"는 가이드라인을 발표했다. 와인스타인의 수많은 범죄를 비롯해 할리우드에서 알려진 수많은 성폭력 사건이 감독이나 프로듀서와 배우가 단 둘이 있는 호텔방에서 벌어졌기 때문이다. 대안을 찾지 못해 부득이하게 호텔이나 집에서 회의를 해야 한다면, 믿을 수 있는 사람과 동행하라고 권고사항을 덧붙이기도 했다.

한국영화계도 엄격한 가이드라인 발표와 함께 견고한 무관용 원칙의 단계로 나아갈 때가 되었다. 세상과 시스템 모두 변하고 있다. 당연히 사람들의 의식도 변하고 있다. 바로 그 '늘 해오던 대로 한 것'에 대해 제동을 걸고자 하는 것이 바로 지금 이 많은 사람의 끊임없는 노력이다. 그렇게 현장도 바뀌고, 세상도 바뀔 것이다.

하비 와인스타인의 성범죄로 촉발된 미투 운동은 2018년 제71회 칸국제영화제에도 영향을 미쳤다. 영화제의 주요한 화두가 바로 '여성'이다. 먼저 심사위원단의 구성이다. 경쟁 부문 역대 열한 번째로 여성심사위원장인 케이트 블란쳇을 위촉했으며 9명의 심사위원 중 배우 크리스틴 스튜어트, 레아 세이두, 〈셀마〉(2014)의 에바 두버네이 감독, 아프리카 브룬디 출신 가수인 카쟈닌 등 5명을 여성으로 구성했다. 게다가 영화제 기간 동안 성범죄를 신고하는 전용 핫라인을 개설했는데, 하비 와인스타인은 과거 칸국제영화제 기간 중에도 무려 4건의 성폭력을 행사한 사실이 드러나 취해진 조치라 할 수 있다. 또 영화제 기간 중인 5월 12일에는 영화제 프로그램 중 하나로 '우먼 인 모션(Women in motion)'에서 기획한, 약 100여명의 여성영화인들이 레드카펫을 행진하는 행사를 열기도 했다.

힐러리 클린턴과 재시카 채스테인의 〈제로 다크 서티〉, 그리고 스필버그의 〈더 포스트〉

"선거기간 중 내게 신념을 불어넣어준 모든 여성, 특히 젊은 여성들이여. 여러분을 위한 투사가 되는 것보다 더 자랑스러운 일은 없었다는 걸 알아주시길 바랍니다. 우리가 아직 높고 단단한 유리천장을 깨지 못했다는 걸 압니다. 그러나 언젠가는, 누군가는 해낼 겁니다. 우리가 생각하는 것보다 가까운 미래일 수 있습니다. 그리고 지금 이 연설을 보고 있을 모든 어린 여성들에게 말합니다. 여러분이 귀하고, 영향력이 있다는 걸 의심하지 마십시오. 그리고 여러분이 꿈을 좇고 이룰 세상에서 모든 기회와 가능성을 오롯이 누려야 한다는 것 또한 의심하지 마십시오." 지난 2016년 힐러리 클린턴의 대선 패배 인정 연설은 그야말로 감동적이었다. 동시에 최근의 전 세계적 변화의 물결 위에서 떠오르는 영화들이 많았다. 그 중 2편을 소개하고 싶다.

힐러리 클린턴의 연설을 보면서 캐슬린 비글로우 감독의 〈제로 다크 서티〉(2012) 마지막 장면이 떠올랐다. 십여 년에 걸친 끈질긴 추적 끝에 오사마 빈 라덴의 은신처를 찾아낸 CIA 요원 마야(제시카 차스테인)로 인해 빈 라덴 암살 작전은 성공한다. 그리고 이후 홀로 비행기 안에 남겨진 마야는 그동안 참았던 울음을 터트린다. 빈 라덴의 은신처를 찾아내기까지 성공과 실패를 거듭하는 가운데 마야는 여성이라는 이유로 늘 뒷전에 물러나있을 수밖에 없었다. 성공하면 여성의 몫을 지운 채 팀플레이의 결과가 되고, 실패하면 온전히 여성의 지나친 고집과 집착이 빚어낸 일이었다. 그런데 그 고집과 집착이 결국 빈 라덴의 은신처를 찾게 했다. 군대와 영화계, 그리고 정치계의 공통점이 바로 지독한 '알탕' 세상이라는 점일 텐데 그 마야의 눈물에서 오랜 시간 알탕 영화계에서 버티어내며 '감독 캐슬린 비글로우'가 아니라 '제임스 카메론의 전 부인'으로 불리는 일이 더 많았던 캐슬린 비글로우의 집념과 회한을 읽을 수 있었다.

힐러리 클린턴의 연설이 줬던 감동도 그러했다. 그 또한 그날 밤 홀로 남아 마야처럼 깊은 눈물을 쏟아냈을지도 모른다. 당시 〈씨네21〉 '해외뉴스'에 따르면, 〈제로 다크 서티〉에서 마야를 연기했던 제시카 차스테인은 힐러리 클린턴의 낙선 뒤 연설문 중 '소외된 여성의 권익을 위해 계속 노력하겠다'는 요지의 일부 코멘트를 인스타그램에 게재하며 "당신들을 믿습니다. 나는 평생 당신들을 위해 싸울 겁니다. 당신이 어떤 인종이고 어느 곳에 사는지와 상관없이 당신이 세상 밖으로 나아갈 수 있도록, 당신이 다른 이들에게 영향을 미칠 수 있도록 당신을 지지합니다"라고 덧붙였다. 진정 아름다운 풍경이었다.

〈더 포스트〉(2017)는 대가 스티븐 스필버그의 명백한 페미니즘 영화라는 점에서 실로 신선했다. 잠깐 다른 얘기를 해보면, 마이클 코넬리(Michael Connelly)의 형사 '해리 보슈' 시리즈의 첫 번째 작품인 『블랙 에코(The Black Echo)』에서, 해리 보슈는 베트남전 참전 당시 겪었던 끔찍한 악몽에 시달리며 살아간다. 그러던 어느 날, 자신과 함께 베트남에서 '땅굴쥐(Tunnel Rats)' 부대에 복무했던 전우의 시체와 맞닥뜨린다. 베트콩이 파놓은 수많은 땅굴에 들어가 탐색과 폭탄 설치 등 토벌작전을 맡았던 군인들을 그렇게 불렀는데, 땅굴에서 함정에 빠지거나 덫에 걸리거나 죽창에 찔리는 일이 흔할 정도로 그 임무는 위험천만이었다. 당시 베트콩들의 은신처로 매우 중요했던 그 땅굴들은 하나같이 입구가 작았는데, 덩치 큰 미군들이 들어오지 못하게 하기 위해서였다. 그러다보니 작은 체구를 가진 사람들이 많이 뽑힐 수밖에 없었기에 수많은 히스패닉 군인들이 땅굴쥐 부대원으로 활약했다.

베트남전 당시 히스패닉 군인들에 대한 얘기를 꺼낸 이유는, 스필버그의 〈더 포스트〉의 거의 마지막 법원 장면 때문이다. 법원에 간 〈워싱턴 포스트〉의 사주 캐서린 그레이엄(메릴 스트립)은 한 정부 측 젊은 여성 직원의 안내로 줄을 서지 않고 현장으로 향하는데, 그 직원은 정부 측에 속해 있으면서도 "전 여사님이 이겼으면 좋겠어요"라고 말하며 "우리 오빠도 아직 베트남에 있거든요"라고 덧붙인다.

당시 베트남전이 후반부로 치달을 때 무수히 많은 흑인, 히스패닉 군인들이 베트남으로 향했다. 군인이 된다는 것은 미국사회의 당당한 일원으로 인정받는 것이기도 했기 때문이다. 눈물겹도록 목숨을 걸고서라도 인정받고 살아남고자 했다. 그렇게 흑인, 히스패닉 군인들이 베트남전에서 용맹을 떨쳤다고 알려져 있는데, 바꿔 말하면 백인 남자 군인들보다 더 위험한 임무에 투입되었다는 얘기이기도 하다. 그를 합치면 베트남에 파병된 전체 군인의 10% 정도지만 사망자의 20%는 바로 그들이었다. 훨씬 더 많이 죽었던 것이다. 베트남전은 TV로 중계된 사상 최초의 전쟁이었다. 하지만 대중은 〈더 포스트〉에 드러나는 것처럼 그 실체를 잘 알지 못했다.

스필버그는 영화를 통해 미국 근현대사를 기록해왔다고 해도 과언이 아니다. 미국 남북전쟁 시기를 다룬 〈링컨〉(2012)을 비롯해 〈워 호스〉(2011)를 통해 1차 세계대전을 다뤘고, 〈태양의 제국〉(1987), 〈쉰들러 리스트〉(1993), 〈라이언 일병 구하기〉(1998)를 통해 특히 2차 세계대전을 많이 다뤘다. 〈스파이 브릿지〉 또한 동서 냉전이 극심했던 1957년을 배경으로 하고 있다. 그런데 유독 동년배 감독들과 비교하자면 베트남전에 무심했다. 심지어 1969년이 배경인 〈캐치 미 이프 유 캔〉(2002), 1972년 뮌헨 올림픽을 다룬 〈뮌헨〉(2005) 등 시기적으로 보면 베트남전(1960~1975년)과 시간적 배경이 겹쳐지는 영화를 2번이나 만들었지만 베트남에 대한 얘기는 딱히 없었다. 그래서 한편으로는 스필버그가 베트남전의 기억을 일부러 피하는 건가, 하는 생각을 하기도 했다.

그런 점에서 〈더 포스트〉는 스필버그의 첫 번째 베트남전 영화가 아닐까 싶다. 게다가 앞서 얘기한 것처럼 오빠를 베트남으로 떠난 보낸 정부측 히스패닉 젊은 여성 직원까지 등장시켜, 〈워싱턴 포스트〉의 워터게이트 사건 보도를 다룬 또 다른 영화 〈모두가 대통령의 사람들〉(1976)에는 아예 등장하지도 않았던 캐서린 그레이엄을 포함해 보다 스펙트럼이 넓고 디테일이 풍부한 페미니즘 영화로 완성했다. 아무튼 보는 내내 감탄했던 〈더 포스트〉의 가장 멋진 마침표가 바로 그 장면이지 않을까 싶다. 하지만 이어지는 장면에서 백인 남자 선배 직원에게 야단맞던 그 직원은 정부 안에서 잘 승진하며 버텼을지, 또 그 오빠는 베트남에서 살아서 돌아왔을지 생각하면 마음이 무겁긴 하다. 그래서 더 찾아봤더니 1968년 설리 치좀이 최초의 흑인 여성 하원의원으로 등장했던 것에 비해, 히스패닉 여성으로는 2009년에 와서야 소니아 소토마요르가 최초의 히스패닉 여성 대법관으로 임명되었고(당연히 오바마 대통령의 임명), 2016년에는 캐서린 코테즈 매스토가 첫 번째 히스패닉 여성 상원의원이 되었다. 그처럼 그 직원은 이후 얼마나 더 큰 유리천정을 깨고 살아야 했을까.

1946년생이라, 어느덧 70대 중반의 나이가 된 스필버그 감독의 흥미롭고 가슴 뭉클한 변화를 보면서 그가 진정 '대가'라고 느꼈다. 그렇게 세상은 변하고 있다.

독자 여러분의
소중한 원고를 기다립니다

★ 메이트북스는 독자 여러분의 소중한 원고를 기다리고 있습니다. 집필을 끝냈거나 혹은 집필중인 원고가 있으신 분은 khg0109@hanmail.net으로 원고의 간단한 기획의도와 개요, 연락처 등과 함께 보내주시면 최대한 빨리 검토한 후에 연락드리겠습니다. 머뭇거리지 마시고 언제라도 메이트북스의 문을 두드리시면 반갑게 맞이하겠습니다.